Aésha
Im Land des Waldes

High-Fantasy
1. Auflage

Mehr Infos unter:
www.hawkifybooks.com

JOHANNA B. BECKING

AÉSHA
IM LAND DES WALDES

HIGH FANTASY
1. AUFLAGE

Hawkify Books c/o
Inh. Svenja Hawkins
4514 Sandy Cv
Memphis, 38122, Tennessee,
United States of America

Covergestaltung: Jaqueline Kropmanns -
http://www.jaqueline-kropmanns.de/ -
https://de.depositphotos.com /@rdonar / @Gudella /
@Marisha / @davemhuntphoto
https://wyldraven.deviantart.com / @wyldraven

Lektorat: Katherina Ushachov -
https://www.facebook.com/phoenixlektorat/

Korrektur: Regina Meißner - Semikolon&Co
https://www.semikolonundco.com/

ISBN: 978-3-947288-40-3
Druck: booksfactory

Ich möchte dieses Buch meiner geliebten
Familie widmen.
Doch ganz besonders meinen Großeltern, die
mich mein ganzes Leben lang unterstützt
haben und mir bei allem zur Seite standen.

Flumentia
TIAGA
FLUMENS
ENORHAVEN
MAURIN
ENOR
VINARA
EICHDORF
Die Silvanei
ESCHEHAIN
DER GROSSE WALD
ELANDOR
EIBERIN
DURAN
TERNUS
BIRKHEIM
ROSTHAL
TRADENSTADT
ALTE WACHBURG
KLEPPEN
HALLEN DER WÄCHTER
MOOR DER SCHATTEN
DURANSTADT
WÄCHTERMAUER
ATERNICA
Nundinn

KAPITEL 1

Es war zu dunkel, als dass Aésha hätte erkennen können, wo sie war.

So dunkel, dass sich die schemenhaften Gestalten, die wie schwarze Schatten auf sie zukamen, kaum von ihrer Umgebung abhoben. Die schaurigen Gesänge, die sie von sich gaben und eine Gänsehaut auf ihren Armen verursachten, wurden von einem körperlosen Murmeln in einer Sprache begleitet, die Aésha nicht verstand.

Ihr Geist, der eben noch träge und müde war, als wäre sie soeben erst erwacht, klärte sich mit einem Schlag auf, als sie die Bedrohung wahrnahm, die von diesen Wesen ausging. Sie wollte fort von hier, ihr ganzer Körper schrie nach Flucht, ihr Atem beschleunigte sich, ihr Herz raste, doch ihre Beine bewegten sich nicht. Während die Gestalten unaufhaltsam in ihre Richtung kamen, verweigerte ihr Körper ihr den Dienst.

Aésha sah zu ihnen hinunter, doch da war nichts, das sie hätte aufhalten können. Der Boden war aus glatt poliertem Stein, keine Ranken, kein Sumpf, in dem sie feststeckte, sie war schlicht gelähmt.

Stein bedeutete aber auch, dass sie in einem Gebäude sein musste. Wenn auch in einem, in dem sie offensichtlich noch nie zuvor gewesen war. Hektisch versuchte sie, in der Dunkelheit die Wände zu erkennen, doch die einzige Lichtquelle war ein rundes, mit Ornamenten verziertes Fenster im Dach über ihr, dessen Abbild als ein gigantischer Schatten in dem Schein auf den Boden prangte.

Die Wesen schritten weiter darauf zu. Und damit auch auf sie, die inmitten dieses Scheines stand.

Unaufhaltsam gingen die verhüllten Gestalten voran. Stück für Stück näherten sie sich. Langsam, doch dadurch nicht minder bedrohlich wirkend - es war doch offensichtlich, dass ihr Opfer unfähig war, zu fliehen.

Aéshas Herz schmerzte in ihrer Brust, sie atmete so schnell, dass ihre Lunge brannte.

Erst als sich ihr Puls so stark beschleunigte, dass ihr Herz in der Brust zu bersten schien und ihr der kalte Schweiß die Kleidung an ihrem Rücken kleben ließ, lösten sich plötzlich ihre Muskeln aus der Starre. Endlich konnte sie loslaufen. Wenn sie doch nur nicht so quälend langsam vorankäme.

Die Stimme, die zuvor nur ein Murmeln gewesen war, schwoll an und legte sich wie eine bleierne Schwere auf ihren Geist und ihren Körper. Doch noch bevor sie wieder stehen blieb, paralysiert von diesem Klang, hob sie die Arme und presste ihre Finger gegen die Ohren.

Die Worte, die sie soeben noch betäubt und gelähmt hatten, verloren die Macht über sie. Sie verstand. Es war nicht die Panik, die sie gelähmt hatte, es war die Stimme!

Schlagartig fiel der Zauber von ihr ab. Strauchelnd stürzte sie in eine beliebige Richtung und lief blind in die Finsternis, die abrupt an einer Wand endete. Beinahe hätte sie die Finger wieder von den Ohren genommen, um sich an ihr entlangzutasten, doch schon als sie nur den Druck minderte, vernahm sie sogleich wieder das Murmeln, das inzwischen in eine Art Sprechgesang übergegangen war und die jetzt aufgeregt kreischenden Wesen, die ihr folgten.

Mit aufgerissenen Augen keuchte Aésha und zwang sich dabei, die Hände nicht schützend vor sich zu halten, sondern da zu lassen, wo sie waren. Sie stolperte an der Wand entlang, vorbei an Säulen, die den unüberblickbaren Raum stützten, suchte nach einem Ausgang, doch sie lief geradewegs in eine Ecke, aus der es kein Entkommen mehr gab.

Viel zu schnell hatten die Wesen sie eingeholt und sie eingekesselt. Vorbei ihre Gemächlichkeit.

In der Stille wirkten sie beinahe noch bedrohlicher als mit den Geräuschen, die sie von sich gaben.

Aésha kniff die Augen zusammen, als könnte es helfen, bevor sie all ihre Kräfte zusammennahm und schrie, solange schrie, bis sie erwachte.

Sie fuhr hoch und blickte sich hektisch um.

Der kalte Schweiß, den sie in ihrem Traum schon gespürt hatte, klebte auch jetzt an ihrem Körper und nahm damit seinen Schrecken mit in die Realität.

Tief einatmend, versuchte sie, sich zu beruhigen und sah sich dabei in ihrem Zimmer um. Es wirkte gleichzeitig vertraut und so fremd, als könnten die Gestalten in den Ecken lauern.

Doch da war nichts. Kein Gesang, kein Murmeln.

Sie wartete, ob nicht doch etwas geschah, bis sie überzeugt davon war, in Sicherheit zu sein. So bemerkte sie zu spät, dass tatsächlich etwas nicht war, wie es sein sollte.

Durch den Türspalt drang ein sanftes, bläuliches Licht.

Es gab nichts, was derart leuchtete, zumindest nichts Natürliches. So kühl und stetig, das konnte in keinem Fall eine Kerze oder ein Feuer sein.

Aésha fiel es schwer, nach diesem Albtraum genug Mut aufzubringen, um dem auf den Grund zu gehen. Es nicht zu tun, kam jedoch ebenso wenig in Frage. Also holte sie tief Luft, schlug die Decke zurück und schlich zur Zimmertür, um daran zu lauschen.

Nichts. Absolute Stille.

Leise öffnete sie die Tür und spähte in den Flur hinein, konnte jedoch keine Bedrohung entdecken.

Sie wusste, das Beste wäre es jetzt, Hilfe zu holen. Schließlich musste es jemanden geben, der sich Zutritt zu ihrem Haus verschafft hatte und diesen Schein verursachte. Doch dieses Leuchten, das Aésha nun durch den Gang führte, zog sie auf unerklärliche Weise an, sodass sie keinen weiteren Gedanken daran verschwendete.

Mit vom Läufer gedämpften Schritten durchquerte sie den Flur, vorbei an mehreren ungenutzten Zimmern des für sie viel zu großen Anwesens und hielt vor der Luke in der Decke inne, zu der eine Leiter am Ende des Flures führte.

Der Ursprung des Leuchtens kam vom Dachboden.

Wer könnte bloß etwas dort oben wollen?

Nervös trat sie von einem Bein auf das andere. Die Leiter würde sie nicht lautlos erklimmen können. Beinahe jede Sprosse hatte die lästige Eigenart, äußerst geräuschvoll zu knarren. Unmöglich, hinaufzuklettern, ohne bemerkt zu werden.

Dass sie ihr Kindermädchen Una wecken könnte, machte ihr keine Sorgen. Die schlief im anderen Teil des Hauses und hatte sich schon lange einen ganzen Flur als ihr Eigen eingerichtet, als wäre sie die Herrin des Anwesens. Doch das bedeutete auch, dass sie ihr nicht schnell genug zu Hilfe eilen konnte. Nicht, dass sie dafür zu gebrauchen wäre.

Aésha schnaufte verächtlich. Sie hielt nicht besonders viel von der Frau, in deren Obhut sie lebte. Una tat ihre Pflichten, sorgte für ein Mahl auf dem Tisch und unterrichtete Aésha in Schrift, Sprache und Rechnen, doch vom Charakter her war sie plump, man konnte fast sagen, dumm und dazu noch faul.

Wenn Aésha sie jetzt weckte, um ihr von einem seltsamen blauen Leuchten auf dem Dachboden zu berichten, würde sie nur einen fragenden Blick aufsetzen und sie wieder ins

Bett schicken. Nicht, ohne sie für die nächtliche Störung auszuschimpfen und ihr zur Strafe die Hausarbeiten der nächsten Woche aufzuhalsen, die sie sich sonst teilten.

Es hatte keinen Sinn, Aésha musste allein dort hoch und nachsehen.

Sie ergriff den Leiterrahmen und setzte ihren linken Fuß vorsichtig ganz außen an den Rand der ersten Sprosse, in der Hoffnung, sie würde sich dadurch nicht allzu tief durchbiegen und stumm bleiben.

Tatsächlich ging diese Taktik auf.

Sie erreichte beinahe lautlos die Luke zum Dachboden und spähte vorsichtig durch die Öffnung. Es war niemand zu sehen, doch sie fand den Ursprung der Lichtquelle.

Hinter einem alten Spinnrad, zwischen zwei kaputten Bilderrahmen, ihrem Spielzeug aus Kindertagen und unter einem von Spinnweben behangenen Balken schimmerte es sanft. Es war eine riesige Kiste, nein, besser gesagt, es war die Truhe ihrer Mutter, von der Aésha noch wusste, wie diese sich strikt geweigert hatte, sie zu entsorgen, obwohl sie nirgends einen guten Platz fand.

Vor langer Zeit war sie wohl hell gestrichen worden, doch inzwischen war die Farbe längst größtenteils abgesplittert, die Verzierung mit verspielten Ranken und Blüten nur noch schwach zu erkennen und sie war so groß, dass Aésha sich fragte, wie man sie wohl auf den Dachboden geschafft haben mochte.

Sie ging langsam, nun etwas mutiger, darauf zu. Was auch immer dieses Licht verursachte, es schien keine Bedrohung zu sein. Zumindest wartete hier niemand, um sie zu erdolchen und auch die Schatten blieben alle da, wo sie hingehörten, noch immer waren keine dunkel gewandeten Gestalten in der Wirklichkeit auszumachen.

Die Scharniere quietschten leise, als sie sich daranmachte, die Truhe zu öffnen. Aésha stemmte den Deckel auf und beäugte interessiert den Inhalt.

In der Truhe lagen einige Bücher und mehrere Fläschchen, gefüllt mit Kräutern und Flüssigkeiten, die sie nicht zuordnen konnte. Die Etiketten waren vergilbt und nicht zu entziffern; die Schrift kam Aésha nicht bekannt vor, es musste eine andere Sprache sein. Sie fand Kleidung, leicht und unglaublich fein gewebt. So kunstvoll, dass sie von Elben gefertigt sein musste. Außerdem einen Umhang und einige Beutel und Taschen.

Es reizte sie, sofort deren Inhalt zu erforschen, doch ein Bündel Briefe weckte ihr Interesse.

Ihr stockte der Atem. Sie erkannte die verschnörkelte Schrift ihrer Mutter darauf, auch wenn sie sie schon lange nicht mehr gesehen hatte.

Vorsichtig nahm sie das brüchige Papier und blätterte die Seiten durch, doch dann ließ sie sie enttäuscht wieder sinken. Ihre Mutter schrieb hier in einer Sprache, die sie nicht verstand. Sie konnte lediglich sehen, dass die Briefe an ihren Vater gerichtet waren und fand schließlich auch seine Antworten. Dann noch andere, die an ihre Mutter adressiert waren, geschrieben von einer Frau namens Lilja. Doch außer dem Wort Elandor konnte sie nichts erkennen.

Lilja musste aus der Hauptstadt stammen.

Aésha fragte sich, wer sie wohl gewesen sein mochte.

Sie wurde unruhig. Sie fragte sich, was das hier sollte. Ein Albtraum, ein Leuchten, eine merkwürdige Kiste, Briefe in einer Sprache, die sie nicht kannte. Sie wusste nicht einmal, dass ihre Mutter eine andere Sprache beherrscht hatte! Aésha rieb sich die Augen, hielt sie eine Weile geschlossen, versuchte einen klaren Gedanken zu fassen, gab es jedoch bald wieder auf und legte die Briefe fürs Erste zur Seite. Mit ihnen würde sie sich später befassen.

Etwas anderes erregte ihre Aufmerksamkeit. Ein Stab lag auf einem Buch und es war nicht zu übersehen, dass die beiden Dinge zusammengehörten. Beide strahlten so offensichtlich Magie aus, dass sie die Truhe vor Schreck beinahe wieder zugeschlagen hätte.

Was hatte das zu bedeuten?

Obwohl sich ihr dabei die Nackenhaare aufrichteten, wusste sie, sie würde es nur mit Hilfe dieser Briefe herausfinden. Mit zittrigen Händen ergriff sie eine Schnur, um sie zusammenzubinden und heil nach unten zu bringen. Dann stellte sie noch einmal sicher, dass sie wirklich allein war. Was hatte dieses Leuchten ausgelöst? Doch es war niemand dort.

Als Aésha wenig später wieder in ihrem Zimmer im Bett lag, dick eingehüllt in ihrer Decke, machte sie kein Auge zu. Die Briefe lagen auf ihrem Nachttisch. Buch, Stab und alles andere dagegen immer noch gut verstaut in der Truhe auf dem Dachboden.

Sie hatte es nicht einmal gewagt, sie zu berühren.

Ihre Mutter konnte keine Zauberin gewesen sein. Die gab es längst nicht mehr. Zumindest nicht hier. Dass es Magie gab, das wusste Aésha, aber in Maurin? Dieser kleinen Stadt voller normaler Menschen?

Sicher, der alte Bullit, der schon seit Ewigkeiten in den Bergen lebte, behauptete steif und fest, ein Zauberer zu sein. Doch so sehr er sich auch mühte, die Kinder, die ihn auslachten, in Kröten zu verwandeln, bisher hatte nie eins von ihnen zu quaken begonnen oder auch nur eine Warze bekommen. Die Leute hielten ihn lediglich für einen alten verwirrten Greis mit einer sehr lebhaften Fantasie.

Aésha versuchte, sich an ihre Mutter zu erinnern. An Sarina Hallinor, die starke, wunderschöne Frau, die viel zu früh verstorben war. An ihr Lachen, die grünen Augen, die sie ihrer Tochter vererbt hatte sowie die wilden Locken, an ihre Geschichten, die Lieder, die sie ihr vorgesungen hatte, die Ausflüge im Wald, wo sie gemeinsam Kräuter sammelten, an die Tage, an denen sie zusammen kochten und auch daran, wie sie sie pflegte, wenn sie mal krank war. An all das dachte Aésha, aber sie fand nicht den geringsten Hinweis darauf, dass ihre Mutter tatsächlich eine Magierin gewesen sein könnte.

Es war schon hell, als Aésha endlich in einen unruhigen Schlaf fiel. Als Una sie schließlich weckte, hämmerte es in ihrem Kopf und sie fühlte sich erschöpft und ausgelaugt.

Im Kampf gegen ihre zotteligen Haare kapitulierte sie gleich, sie kringelten sich eigenwillig. Sie zog sich ihre Hose und eine leichte Leinentunika an, schlüpfte in ihre Stiefel und machte sich an ihre Aufgaben bei der Hausarbeit, fest entschlossen, nicht mehr an die vergangene Nacht zu denken.

Doch wie sich herausstellte, war das unmöglich. Immer wieder erwischte Aésha sich dabei, wie sie sich Fragen stellte oder ihr Blick zum Dach des Hauses wanderte. Dorthin, wo die geheimnisvolle Truhe stand. Wie zum Beispiel, als sie am Nachmittag Ausschau nach dem Falkenweibchen Maru hielt, doch sie war nirgends zu sehen.

Drei Jahre war es nun her, seit sie den Vogel mit einem gebrochenen Flügel gefunden hatte. Liebevoll und geduldig pflegte sie das Tier gesund. Dass sie sie jetzt nicht entdecken konnte, betrübte sie zwar, war jedoch kein Grund zur Beunruhigung. Maru blieb des Öfteren für mehrere Tage weg, doch irgendwann kam sie immer wieder.

Jetzt aber vermisste Aésha die Gesellschaft ihrer Freundin. Ein letzter Blick auf das Dach und die dahinter untergehende Sonne zeigte ihr, dass es Abend wurde. Zeit, wieder hineinzugehen, wo Una gewiss schon das Essen vorbereitete.

»Sag mal,« fing Aésha beim Abendessen an. »Was weißt du noch über meine Mutter?«

Das Kindermädchen hielt, mit dem Löffel auf halbem Weg zum Mund geführt, inne.

»Deine Mutter? Was meinst du?«

»Du hast sie doch gekannt.«

»Natürlich kannte ich sie, sie hat mir ihr Kind in Obhut gegeben.« Una war deutlich anzumerken, dass sie kein Interesse an dieser Unterhaltung hatte.

»Kannst du mir etwas über sie erzählen?«

Una seufzte und beäugte mit geschürzten Lippen ihren Teller, bevor sie weitersprach: »Was möchtest du denn wissen?«

Aésha überlegte. Es würde eigenartig erscheinen, wenn sie gleich mit der Tür ins Haus fiel. Die Truhe gehörte ihrer Mutter, damit zum Erbe und somit ihr, aber dennoch wollte sie nicht verraten, dass sie von ihr wusste.

»Wo kam sie her? Ist sie hier in Maurin geboren worden? Habe ich wirklich nicht noch anderswo Verwandte?«

»Nicht, dass ich wüsste. Warum fragst du danach? Hältst es nicht mehr hier aus, was?«

»Nein, das mein ich ja gar nicht.«

Una beäugte sie kritisch, schürzte die wulstigen Lippen und wandte sich wieder ihrer Suppe zu.

Aésha probierte es erneut. »Weißt du, wer ihre Freunde

waren?«

»Freunde?«

»Ja, Freunde. Sie hat sich doch sicherlich mit jemandem gut verstanden. Mit einer besten Freundin, zum Beispiel.«

»Ich weiß nichts von einer besten Freundin. Deine Mutter ist voll und ganz in ihrer Rolle als Ehefrau, Mutter und Hofherrin aufgegangen. Ich glaube nicht, dass sie Zeit für Tratsch und Klatsch mit irgendwelchen Weibern hatte. Und nun iss.«

Fast hätte Aésha gefragt, ob sie eine Lilja kannte. Wer sie war und ob ihre Mutter einst in Elandor gelebt hatte, doch sie biss sich auf die Zunge und schwieg. Damit hätte sie sich nur verraten.

»Was mich jedoch zu einer anderen Angelegenheit führt, die wir dringend weiter erörtern müssen ...«, setzte ihr Kindermädchen an.

Aésha rollte die Augen. »Nein«, entgegnete sie barsch. »Da gibt es nichts zu erörtern. Ich werde ihn nicht heiraten.«

»Tu nicht so, als hättest du die größte Auswahl. Die Bewerber um deine Hand stehen schließlich nicht vor der Haustür Schlange und warten geduldig auf deine Antwort«, antwortete Una und fuchtelte mit ihrem Löffel in der Luft herum.

Aésha dachte indes an Helgar. Den Mann, der ihr eine Heirat vorgeschlagen hatte. Nicht auf die romantische Art, es war nicht einmal ein richtiger Antrag, sondern mehr ein Geschäft, das er im Sinn hatte. So lapidar, als plante man, eine Teegesellschaft zu organisieren. Es ging ihm nicht um Geld, das hatte Aésha kaum noch zu bieten, er dafür umso mehr. Es ging ihm darum, dass seine im Vorjahr verstorbene Frau es unverschämterweise nicht geschafft hatte, ihn mit einem Erben zu beschenken. Doch durch sein fortgeschrittenes Alter und seine nicht vorhandene Schönheit war er eher unbeliebt bei den noch unvermählten Damen, was seinen Geschmack sich jedoch nicht dazu verleiten ließ, mit einer ebenso unattraktiven Frau Vorlieb zu nehmen.

Das war unter seiner Würde, die er mit seinem Gold verwechselte.

Aésha verzog das Gesicht, als sie ihn vor ihrem inneren Auge sah. Aufgedunsen, mit einer roten Weintrinkernase, einem Wohlstandsbauch, der selbst dafür zu groß war und aschgrauem, öligem Haar, das auf seinem Kopf klebte. Sie sah ihn vor sich, wie seine dicken Finger versuchten, ihr einen klobigen, viel zu engen Ring aufzudrängen und spürte, wie sich ihr Hals zuzog. Nicht in diesem Leben, nahm sie sich verbissen vor.

Una hatte wohl noch eine Weile weitergesprochen, bis sie Aéshas abwesenden Blick bemerkte hatte und mit den Fingern vor ihrer Nase herumschnippte.

»Hörst du mir überhaupt noch zu?«

»Ich habe nein gesagt«, gab Aésha kühl zurück und stand auf. Sie musste sich etwas anderes für ihre Zukunft überlegen. Wenn sie wenigstens geschickt in Handarbeiten wäre oder die Möglichkeit hätte, in eine Lehre zu gehen.

Doch damit würde sie das Haus nicht halten können. Ihr ging das Geld aus.

Una hatte ihr bereits angedroht, wenn es so weiterginge, bald das Pferd verkaufen zu müssen.

Aber Helgar war keine Option. Sie musste einen anderen Weg finden.

Drei Tage später hatte sie noch immer keine Ruhe gefunden.

Inzwischen war sie wiederholt auf den Dachboden geschlichen und hatte die Habseligkeiten ihrer Mutter in Augenschein genommen. Den Stab und das magische Buch rührte sie jedoch weiterhin nicht an. Zu beängstigend waren die Erinnerungen an die Nacht, in der sie die Truhe gefunden hatte. Sie verstand noch immer nicht, was das Leuchten auslöste und ob es mit ihrem Traum zusammenhing. Wäre sie nicht erwacht, hätte sie es womöglich gar nicht bemerkt.

Sie fand ein Kräuterbuch mit Abbildungen, Wirkweisen, Zubereitungen und Fundorten verschiedenster Pflanzen. Außerdem Landkarten, die jedoch veraltet schienen. Aésha erkannte darauf einige Städte, von denen sie wusste, dass sie nicht mehr existierten. Außerdem waren die Karten ungenau und kaum leserlich. Nichtsdestotrotz studierte sie jede Linie. Fuhr mit dem Finger den Fluss unweit Maurins entlang, der bei Enorhaven ins Meer mündete, der Händlerstadt, aus der ihr Vater die Waren bezogen, mit denen er sich sein Vermögen aufgebaut hatte. Zeichnete die Ländergrenze der Silvanei nach, dem Land des Waldes, das, so hatte sie gelernt, so genannt wurde, weil es nirgendwo mehr und größere Wälder gab als hier. Sie fand auch Elandor, ebenfalls an der Ostküste gelegen, wenn auch viel weiter südlich.

Und irgendwann, als sie eines Nachts wieder einmal dort oben saß, das Wachs der Kerze neben ihr auf den Boden tropfte und sie versunken in ein Buch über die verschiedensten Wesen und Kreaturen der erforschten Welt war, fasste sie einen Entschluss.

Sie würde gehen. Sie würde noch heute ihre Sachen packen und sich auf den Weg nach Elandor machen. Sie musste herausfinden, wer Lilja war.

Aésha holte einen großen Rucksack aus Stoff, den ihr

Vater früher auf Reisen genutzt hatte, stopfte verschiedene, ihrer Meinung nach für eine Reise nützliche Habseligkeiten hinein, außerdem Kleidung, die Karten und schließlich auch den Stab und das magische Buch.

Ihre Fingerspitzen kribbelten, als sie die beiden Gegenstände berührte und sie schüttelte nervös die Hände.

Im alten Arbeitszimmer ihres Vaters öffnete sie ein versteckt gelegenes Fach in seinem alten prunkvollen Schreibtisch, in dem sie ihr noch übrig gebliebenes Bargeld verwahrten.

Sie warf einen Blick auf das gezeichnete Abbild ihrer Eltern, das an der Wand über dem Schreibtisch hing. Sarina Hallinors lange Locken, die sie ihrer Tochter vererbt hatte, fielen schön drapiert über ihre Schultern. Stolz und aufrecht stand sie neben Tamo, ihrem großgewachsenen Mann. Er war wie sie vornehm gekleidet, zeigte damit seinen Wohlstand. Er lächelte leicht und umfasste Aéshas Mutter liebevoll an der Taille.

Aésha überkam ein neuer Anflug von Trauer. Auch nach Jahren war der Verlust noch so schmerzhaft wie direkt nach dem Unfall.

Sie stockte, doch dann holte sie den Schlüssel des Fachs aus seinem Versteck und nahm sich einen Teil der Münzen. Von den wertvollsten Brokaten, den weniger kostspieligen Silkaten, einigen Hellern bis hin zur kleinsten Währung, den Dirals, war alles dabei. Una ahnte bis zu diesem Tage nicht, dass Aésha längst wusste, wo sie den Schlüssel aufbewahrte. Dann schlich sie sich nach unten, griff ihren Mantel, ging in die Küche und deckte sich mit Vorräten sowie nützlichen Hilfsmitteln wie einem Messer und einer ledernen Trinkflasche ein.

Der Geruch von etwas zu lange in der Sonne gelegenem

Stroh und Heu stieg ihr in die Nase, als sie den Stall betrat. Wie mechanisch striegelte sie das Pferd, das sie zu ihrem zwölften Geburtstag bekommen hatte, obwohl es damals noch viel zu groß für sie gewesen war. Es war der letzte Geburtstag, den sie mit ihren Eltern verbrachte. Wehmütig dachte sie an diesen Tag zurück.

»He, Atlas, na, wie sieht's aus? Bist du bereit für eine Reise?« Sie tätschelte den starken Hengst, bevor sie ihn sattelte und das Zaumzeug anlegte.

Bevor sie jedoch endgültig ihr Heim verließ, weckte sie noch Maru, die auf einem Balken im Stall ihr Nest hatte.

»Hey, meine Hübsche«, flüsterte Aésha und strich dem Falken zärtlich über das Gefieder.

Maru öffnete schläfrig die Augen und gab ein leises Fiepsen von sich.

»Shh, alles gut, komm, du kannst in der offenen Satteltasche weiterschlafen.«

Die Hufe hallten laut auf dem harten Boden. Die inzwischen langsam endende Nacht schien jedes Geräusch zu verstärken.

Aésha ritt an den kleinen Fachwerkhäusern des Dorfes vorbei, am Bäcker, bei dem schon fleißig gearbeitet wurde, dem Tischler, dem Wirtshaus mit der schiefen Tür und dem Rathaus, in dem der Bürgermeister schon in vierter Generation amtierte. Bis hin zum Rand des Dorfes und schließlich zu dem Punkt, an dem sie nur von Karten wusste, was sie dahinter erwarten würde. Aésha atmete kräftig durch und sandte ein Stoßgebet an Minaria, die auch Göttin der Reisenden war. Dann ließ sie ihr Pferd antraben.

KAPITEL 2

Die Sonne ging langsam auf, doch die Wärme ihrer Strahlen drang noch nicht ganz bis zu ihr durch und so schlang Aésha ihren Mantel fester um sich und lauschte dem monotonen Hufschlag ihres Pferdes, während die Vögel ihr morgendliches Lied erklingen ließen.

Frieden. Alles wirkte so friedlich hier oben im Norden. Die Landschaft war dominiert von saftigen Wiesen, fruchtbarem Boden und Wäldern in allen Variationen - von prächtigem Forst bis hin zu düsteren und verwachsenen Hainen.

Wirklich durchdacht hatte Aésha ihre Reise nicht. Sie wusste die Richtung, hatte die Karten lange studiert und die Wege und Straßen mit dem Finger nachgezeichnet. Doch erst am Abend, als ihre Beine trotz regelmäßiger Pausen schon steif und wund waren vom vielen Reiten, wurde ihr plötzlich bewusst, dass sie zum einen zu wenig Geld hatte, um jede Nacht in einem Gasthaus zu verbringen und zum anderen dafür jeden Abend erst einmal eins finden müsste. Außerdem war sie längst nicht so weit gekommen, wie sie erwartet hatte, denn das lange Reiten war anstrengender als gedacht. Ihre Beine schmerzten, sodass sie kaum laufen konnte. Sie sehnte sich den bequemen Ohrensessel am Kamin herbei, aus dem sie wahrscheinlich drei Tage nicht aufstehen würde.

In diesem Moment war kein Gasthaus in Sicht. Im Gegenteil, vor ihr führte der immer schmaler werdende Weg eindeutig in einen dunklen Wald, der ziemlich bedrohlich wirkte.

Diese Nacht würde sie wohl draußen verbringen müssen.

Aésha versuchte, sich zu erinnern, welche Lektionen sie als Kind von ihrer Mutter gelernt hatte. Sie war einmal mit ihr mehrere Tage in den bewaldeten Berghängen nahe Maurins unterwegs gewesen, um bestimmte Kräuter zu finden. Der Nutzen einiger Pflanzen fiel ihr ein, die sie jedoch auch in ihrem Buch hätte nachschlagen können. Ein paar Fallen, die sie stellen könnte. Vielleicht sollte sie sich ein Lager aufschlagen und versuchen, ein Kaninchen zu fangen.

»Also gut.« Sie seufzte und hielt nach einem geeigneten Platz Ausschau, um sich eine Schlafstätte herzurichten. Erst überlegte sie, sich am Waldrand niederzulassen, entschied dann jedoch anders und führte ihr Pferd zwischen die Bäume, abseits des Weges. Dort fand sie eine Senke an einem großen Felsen, die von Moos bewachsen und gut geschützt war. Hier würde sie dem Wind nicht so stark ausgesetzt sein wie am Waldrand oder gar auf offener Fläche. Eine Tanne überdachte ihr Lager und unter ihr war der Boden mit weichen Nadeln bedeckt.

Aésha fand einen kleinen Bach in der Nähe, tränkte ihr Pferd, füllte ihre Lederflasche auf und sammelte ein paar braune, essbare Pilze, die am Uferrand wuchsen. Aus ihnen und einigen Wurzeln würde sie sich eine Suppe kochen, die sie zumindest ein wenig stärken würde, während sie auf den Erfolg der Fallen hoffte. Dazu aß sie den Teil ihrer Vorräte, den sie nicht ewig aufsparen könnte. Nur das Trockenfleisch, das sie eingesteckt hatte, behielt sie für später.

Die Nacht war hart. Der Boden war trotz des Teppichs aus Tannennadeln steinig und voll knorriger Wurzeln und sie war am nächsten Morgen auch noch klitschnass von Tau. Schlotternd stand sie auf, streckte die versteiften Gliedmaßen und schaute sich aufmerksam um. Es war nahezu unheimlich still, nur ein paar Tropfen hingen von den Zweigen und fielen vereinzelt zu Boden. Dort, wo sie auf den Steinen am Ufer landeten, platschte es leise.

Aésha schaute nach ihrem Pferd, kontrollierte die Fallen und fand in einer davon tatsächlich Beute. Kein Kaninchen zwar, dafür ein - wenn auch ziemlich ausgemergeltes - Eichhörnchen.

Mit zusammengepressten Zähnen erlöste sie es von seinem Leid, nahm es aus und röstete es über dem Feuer, während sie sorgsam ihre Umgebung im Auge behielt.

Maru war auf Beutezug, wahrscheinlich würde sie im Laufe des Tages wieder zu ihr stoßen. Dennoch war Aésha nicht allein. Sie spürte es, ohne es sich erklären zu können.

Mit rasendem Herzen suchte sie die Umgebung ab, bis sich das von ihr angestarrte Gebüsch plötzlich regte und verblüfft zurückblickte.

Sofort ergriff Aésha ihr Messer, doch der Mann hob abwehrend die Hände.

»Ich tu dir nichts!«, beschwichtigte er sie. »Wirklich. Du brauchst keine Angst zu haben.«

Sie kniff die Augen zusammen und studierte ihn genauer. Sein Gesicht war mit Schlamm beschmiert und Moos und Rinde klebten auf seiner Haut, doch darunter war ein Mann zu erkennen, dessen Haare schmutzig und verfilzt bis auf die Schultern fielen. Tiefe Falten und Narben zerfurchten sein

Gesicht, durch die Schlammschicht waren sie gut zu erkennen. Am längsten hing Aéshas Aufmerksamkeit an seinen Augen, sie konnte sich selbst kaum erklären, weshalb.

»Warum schleichst du dich dann getarnt an mich heran?«, fragte sie. Ihre Stimme klang selbstbewusster, als sie tatsächlich war.

»Ich … Ich kann das erklären, gib mir nur einen Augenblick, zu überlegen, wie … Könntest du das Ding runternehmen? Nein? Nun gut, wäre wohl auch ein bisschen naiv. Mein Name ist Java und ich möchte dir wirklich nichts tun, das kannst du mir glauben. Ich lebe im Wald. Ich bin ein Chäma.«

»Ein Waldmann?«

»Wie du möchtest. Chäma, Waldmann, Landstreicher, Rumtreiber. Ich habe dich gesehen, wie du hier dein Lager aufgeschlagen hast, ganz allein.«

»Wer sagt, dass ich allein bin?«

»Ich beobachte dich seit gestern Abend. Du bist allein.«

Das gefiel ihr nicht.

»Ich kann sehr gut auf mich selbst aufpassen«, entgegnete sie kühl.

»Trotzdem ist es sehr gefährlich in den heutigen Zeiten. Selbst größere Gruppen reisen nicht mehr ohne Geleitschutz und mehrere Wachen. Du hast zwar keine Handelswaren, doch dein Pferd ist einiges wert und na ja … du hast sicherlich das eine oder andere kostbare Gut, an dem so mancher Widerling, der hier draußen sein Unwesen treibt, interessiert wäre. Und die sind selten allein.«

Aésha errötete leicht, als sie begriff, dass er ihren Körper meinte. Sie war so dumm, nicht daran gedacht zu haben! Sie hielt sich für gut vorbereitet, hatte jedoch lediglich an die natürlichen Gefahren der Wildnis gedacht und nicht daran, wer ihr auf dem Weg nach Elandor begegnen könnte.

»Alles in Ordnung mit dir?«, hakte der Waldmann nach.

»Was? Ja. Ja, natürlich. Nun gut, du hast mich also beobachtet und ich bin allein. Schön. Und jetzt?«

Er zuckte mit den Schultern. »Womöglich haben wir ja dasselbe Ziel und könnten uns zusammentun.«

»Wieso sollte ich dir das beantworten? Damit du weißt, ob irgendwo jemand auf mich wartet oder nicht?« Sie versuchte, zu schlucken, um ihre Kehle zu befeuchten, weil ihre piepsige Stimme sie noch mehr verriet als ihre Worte.

Java lächelte ruhig. »Wie schon gesagt, ich werde dir nichts tun. Auch wenn gesundes Misstrauen auf jeden Fall angebracht ist. Wie ist dein Name?«

Java gab sich betont gelassen. Vermutlich, um sie zu überzeugen, dass sie in ihm keine Bedrohung zu sehen brauchte.

Aésha atmete tief durch. Mochte sein, dass sie eine Dummheit beging, doch irgendetwas in ihrem Inneren sagte ihr, dass sie tatsächlich nichts zu befürchten hatte.

»Aésha Hallinor.« Sie senkte ihr Messer und wies ihm mit einer Handbewegung, am Feuer Platz zu nehmen.

Er deutete eine leichte Verbeugung an und setzte sich grinsend.

»Eine Frage habe ich dennoch.« Er räusperte sich.

Aésha hob eine Augenbraue und sah ihn erwartungsvoll an. »Die wäre?«

»Wie hast du mich entdeckt?«

Sie zögerte kurz. Dann zwinkerte sie ihm grinsend zu.

»Vielleicht, ganz vielleicht verrate ich es dir irgendwann.« Sie bot ihm ein Stück Eichhörnchen an.

Er blickte enttäuscht drein, lachte dann jedoch und nahm es dankend an.

»Elandor also, he? Das ist ein weiter Weg,« sagte er wenig später, nachdem sie gegessen und eine Weile beieinandergesessen hatten. Er kniete neben dem Bach und wusch sich ausgiebig das Gesicht.

»Und so wie du es bereits angedeutet hast, auch sehr gefährlich.«

Er nickte und sah sich gleichzeitig um.

»Erwartest du jemanden?«, fragte Aésha, während sie scheinbar gelassen mit einem Stock im Feuer herumstocherte.

»Nein, ich halte nur Ausschau. Dieser Wald ist mir nicht ganz geheuer.«

»Sagt jemand, der im Wald lebt?«

Er grunzte. »Du bist vermutlich in einem Haus aufgewachsen. War dir noch nie eines unheimlich?«

»Auch wieder wahr.« Nun sah auch Aésha sich um. »Woher stammst du?«

»Aus dem Zentrum Landruns, dort, wo die Wälder noch von einem grüngoldenen Glitzern erhellt werden, der Fluss jedem sein Lied singt, der zuzuhören vermag und der Wind einen in eine sanfte Umarmung hüllt.« Sein Blick glitt ins Leere und er seufzte leise.

»Und wohin führt dich dein Weg?« Aésha konnte es kaum erwarten, ihre Sachen zu packen. Sie wollte weiter und sich nicht länger aufhalten lassen. Wer wusste schon, wo sie sich diesen Abend wiederfinden und wie lange sie brauchen würde, um Schutz zu finden.

»Das weiß ich nie«, antwortete er schmunzelnd und sah sie genauer an.

Aésha wusste nicht genau, wie sie sich verhalten sollte, also strich sie sich abwesend eine lockige Strähne aus dem

Gesicht und nickte nichtssagend.

»Ehrlich, ich habe kein bestimmtes Ziel. Ich war noch nie hier im Norden, habe von der Silvanei lediglich die westliche und südliche Hälfte erkundet, also bin ich aufgebrochen und nun hier gelandet.« Er schob gedankenverloren das Laub am Boden hin und her.

Jetzt, wo er sauber war, betrachtete Aésha ihn von Neuem. Er war tatsächlich alt genug, um ihr Vater sein zu können. Sie schätzte ihn auf mindestens vier Jahrzehnte. Seine braunen Haare waren von einzelnen grauen Strähnen durchzogen und sein Gesicht war faltig, vor allem an der Stirn. Wenn er sich aufrichtete, überragte er sie sicherlich um mindestens einen Kopf.

Bei sich trug er einen kleinen Bogen und ein Kurzschwert, das mit einem Gurt am Bein festgebunden war.

»Ich bringe dich nach Elandor«, verkündete Java, stand auf und klatschte voller Tatendrang in die Hände. »Vielleicht wird es Zeit, wieder unter Menschen zu gehen.«

»Und wenn ich deine Begleitung gar nicht wünsche?«

»Ein junges Mädchen sollte nicht allein in der Welt herumreisen.«

»Aber wer sagt denn, dass ich mich vor dir nicht genauso fürchten muss?«

»Würde ich dir etwas antun wollen, dann doch eher hier als in der Stadt, wo es viel zu viele Zeugen gibt, oder?«

»Es sei denn, du führst mich in eine Falle. Womöglich wartet an der nächsten Ecke ein Freund von dir oder gleich eine ganze Horde?«

Er schmunzelte. »Wenn da jemand wäre«, warf er ein, »hätte ich dich mit ihm auch hier überwältigen können und mir die Mühe gespart, dich von meiner Begleitung zu überzeugen.«

Seine Argumente waren schlüssig. Und vielleicht war es sogar ganz gut, nicht allein zu reisen. In gewisser Weise hatte Java durchaus Recht, sie war sehr blauäugig an die Sache herangegangen.

»Dann lass uns aufbrechen.« Seufzend packte Aésha ihre Sachen zusammen. Dabei fragte sie sich, ob sie nicht womöglich den nächsten Fehler beging.

Er nickte und fing an, das Feuer mit feuchter Erde zu bedecken.

Java hatte zwar kein Pferd und so waren sie deutlich langsamer zu zweit als Aésha noch am Vortage allein, doch sie war erstaunt, wie viel Ausdauer er an den Tag legte, um mit ihr Schritt zu halten. Am Abend allerdings sah sie ihm die Erschöpfung an, als er immer wortkarger wurde und die Schultern hängen ließ.

»Wir sollten uns langsam eine Bleibe suchen«, schlug sie deshalb vor.

Er schreckte aus seinen Gedanken auf und blinzelte. Dann nickte er, gähnte herzhaft und bedeckte die Augen mit der rechten Hand, um auch entgegen der immer tiefer sinkenden Sonne die Gegend abzusuchen. Er deutete auf eine kleine Baumgruppe in einiger Entfernung.

»Es wäre unklug, hier auf freier Fläche zu bleiben. Dort vorne haben wir etwas mehr Schutz, solange der Wind nicht stärker wird und uns die Äste auf den Kopf fallen lässt.«

Aésha seufzte unhörbar. »Einen Gasthof gibt es nicht zufällig in der Nähe?« Eine Nacht im Freien war zur Abwechslung willkommen gewesen, sie hatte die Sterne über sich vor Kälte jedoch kaum genießen können.

Er schüttelte den Kopf. »Nein, tut mir leid. Morgen

Abend könnten wir vielleicht einen erreichen, aber das kann ich nicht versprechen.«

Sie schürzte missmutig die Lippen, doch es blieb ihr nichts anderes übrig. Also trieb sie ihr Pferd zu der kleinen Baumgruppe und suchte mit Java zusammen eine geeignete Lagerstelle. Ein tiefer Baum breitete seine Äste schützend über einen mit weichem Moos bewachsenen Fleck, auf den der Waldmann nun deutete.

»Dort ist ein guter Platz. Geh ein paar Kiefernzweige und Laub sammeln, ich kümmere mich derweil um ein Feuer«, schlug er vor und beäugte dabei Maru kritisch. Wie Aésha schon erwartet hatte, hatte der Falke sie am späten Vormittag eingeholt und war ihr seitdem nicht mehr von der Seite gewichen. Ständig fixierte Maru Java mit einem argwöhnischen Blick und begehrte drohend auf, wann immer er sie zu lange ansah oder ihr zu nahekam. Auch sie war misstrauisch diesem Fremden gegenüber, was Aésha nur Recht war. Sie wachte von ihrem gepolsterten Platz auf ihrer Schulter über Aésha.

Das Waldstück war nicht groß, man konnte von einem Ende zum anderen sehen, doch es gab viele Tiere. Vermutlich, weil ein kleiner Bach in der Nähe floss.

Java reichte ihr eine Schnur, mit der sie die gesammelten Äste lose zusammenband, um sie als Bündel über der Schulter zu tragen. Gleichzeitig suchte sie nach grünen Zweigen, um daraus eine Schlafunterlage zu machen. Vielleicht hatte Java ja noch den einen oder anderen Rat, wie man ein Bett in der freien Natur bequemer gestaltete, als es ihr bisher gelungen war.

Aésha war schon fast wieder bei ihm, als sie das Grollen hinter sich bemerkte.

Sie beide erstarrten in ihrer Bewegung. Aésha hatte dieses

Geräusch zuvor noch nie gehört, doch sie kannte die Geschichten, die Reisende gern erzählten, um von den Gefahren und Abenteuern zu berichten, die sie erlebt hatten. Es klang, als würden Steine aufeinandermahlen, sodass sie sofort wusste, welche Bestien sich hinter ihr angeschlichen hatten.

Ruuvarge waren seltene, doch äußerst gefährliche Geschöpfe, griffen sie doch alles an, was in ihre Nähe kam und machten auch vor Menschen nicht Halt.

Aésha sah in Javas weit aufgerissene Augen und bemühte sich, nicht zu atmen. Nur ihre Lippen formten ein lautloses

»Wieviele?«

Seine Augen suchten die Gegend ab, dann blinzelte er viermal.

Vier. Sie unterdrückte ein panisches Keuchen.

Java atmete langsam durch, hob seinen rechten Arm und winkte sie vorsichtig zu sich.

»Wenn ich dir ein Zeichen gebe, renn los und klettere auf den Baum«, presste er leise hervor.

Aésha deutete ein Nicken an, ein Schweißtropfen rann ihr die Stirn hinunter.

Auch sie atmete so ruhig wie möglich, konzentrierte sich.

Das Grollen wurde bedrohlicher. Sie wusste nicht genau, ob es eine Drohgebärde war oder sich die Kreaturen damit untereinander verständigten.

Noch kam es nicht näher, doch sie nahm undeutlich wahr, wie sich mehrere der Raubtiere in Bewegung setzten.

Sie wollten sie umzingeln.

Aéshas Herz hämmerte fast schon schmerzhaft in ihrer Brust, während sie all ihren Mut zusammennahm und sich quälend langsam bewegte.

Bloß keinen Angriff provozieren.

Die Sekunden zogen sich in die Länge, doch noch rührten sich die Ruuvarge nicht. Dennoch konnte sie ihren Geifer förmlich vor ihrem inneren Auge sehen.

Aésha hob wieder einen Fuß, diesmal nicht hoch genug, denn sie verhedderte sich in einem Gestrüpp und strauchelte. Ihr Herz setzte aus, als sie sich fing und ihre Tage schon als gezählt sah.

Das Knurren wurde lauter.

Langsam kam sie einen weiteren Schritt auf Java zu, der sich wie festgewurzelt nicht rührte.

Sie sah ihm in die Augen und fand darin feste Entschlossenheit, diesen Tag zu überleben.

Kurz bewunderte Aésha ihn für diese Selbstsicherheit. Sie wäre am liebsten davongerannt und hätte sich daheim unter ihrer Bettdecke verkrochen.

»JETZT!« Java zog sein Schwert und rannte brüllend auf das ihm am nächsten stehende Raubtier zu.

Aésha zuckte zusammen und schalt sich sofort für ihre Dummheit – sie verschwendete kostbare Zeit. So schnell sie konnte, sprintete sie zum Baum, ergriff den untersten Ast und zog sich verzweifelt zappelnd daran hoch, von der panischen Vorstellung erfüllt, am Bein von einem Ruuvarg heruntergezogen zu werden.

Tatsächlich hörte sie direkt unter sich ein wütendes Schnappen und konnte ihren Fuß gerade noch aus der Reichweite des riesigen Schlundes ziehen.

Unten sah sie, wie sich Java, der zur Seite gesprungen war, den Ruuvargen entgegenstellte und erblickte zum ersten Mal die Kreaturen, in deren Fänge sie geraten waren. Das zottelige, dunkle Fell erinnerte an Bären, während der Körperbau eher Wölfen ähnelte, obwohl die Kopfform nicht annähernd so anmutig war. Sie hatten platte Nasen über den mit langen Zähnen bestückten Mäulern.

Von ihrem Baum aus erkannte Aésha deutlich die typisch rote Färbung am Maul, die den gruseligen Eindruck erweckte, die Tiere hätten den Mund voller Blut. Damit bestätigten sich die Schilderungen in den Gruselgeschichten, die sie bisher für maßlose Übertreibung gehalten hatte.

Mit gezogenem Schwert in der einen und einem Dolch in der anderen Hand wartete Java auf den Angriff des ersten Tieres, ohne einem anderen den Rücken zuzukehren und sich somit zu einem leichten Opfer zu machen.

Das Leittier wartete im Hintergrund. Aésha erkannte es daran, dass es der größte und anscheinend älteste der Ruuvargen war, mit zerzaustem Fell und Spuren einiger überlebter Kämpfe.

Narben verunstalteten sein ohnehin schon abscheuliches Gesicht und er besaß nur noch ein Auge. Dort, wo das andere einst gewesen war, hatte sich eine hässliche Geschwulst über der Augenhöhle gebildet. Das andere verfolgte aufmerksam jede Bewegung, die Aésha machte.

Ein junges Tier, vielleicht gerade ausgewachsen, griff Java von links an.

Mit einer fließenden Bewegung machte er einen Schritt zurück und schlitzte dem Tier noch im Sprung den Bauch mit seinem Schwert auf, als auch schon der zweite von rechts kam und ihn zwang, die Waffe loszulassen. Sie blieb in den Eingeweiden des einen Tieres stecken. So hatte Java nur noch den Dolch, um den zweiten abzuwehren.

Aésha sah - gelähmt vor Angst - gebannt zu, wie Java herumwirbelte und ihn in das Auge des Tieres rammte, das laut aufheulte und am Boden liegen blieb.

Was hatte sie sich nur dabei gedacht, allein auf Reisen zu gehen? Immer noch unfähig etwas zu tun, verfolgte sie, wie

Java auch den zweiten Ruuvargen abwehrte. Er hatte kaum den festen Stand wiedererlangt, als auch schon die beiden letzten Wesen zum Angriff ansetzten, doch er fand sich ohne Waffe wieder.

Java hatte auch den Dolch verloren.

Aésha keuchte panisch und entdeckte ihn außer Reichweite im Schädel eines Tieres. Er hatte es bei dem Tempo der aufeinanderfolgenden Angriffe nicht geschafft, ihn wieder herauszuziehen.

Einer der beiden übrigen, ein schwarzer Ruuvarge mit hellen, bernsteinfarbenen Augen, knurrte zähnefletschend, wurde langsamer und umkreiste Java in sicherem Abstand, während das Leittier versuchte, ihn zu umrunden.

Java versuchte, ihn nicht hinter sich kommen zu lassen, doch die einzige Möglichkeit zur Rückendeckung war ein Baum. Der Baum, auf dem Aésha saß und betete. Sie flehte Minaria an, aber auch Kehnai, den Kriegergott, dass ihr Reisebegleiter überleben würde.

Blitzschnell machte Java einen Schritt zur Seite und packte das Schwert, um es dem toten Tier aus dem Leib zu ziehen.

Aésha wurde übel, als sie die Gedärme aus dem offenen Bauch quellen sah. Ein abartiger Gestank breitete sich aus.

Java fiel es unterdessen immer schwerer, die beiden noch übrigen Ruuvargen in seinem Blickfeld zu behalten.

Der schwarze lenkte die Aufmerksamkeit stets wieder auf sich.

Sah Java nur kurz zum Leittier, das sich Schritt für Schritt auf ihn zubewegte, wagte er sofort einen Blitzangriff und wich ebenso schnell wieder zurück, wenn das Schwert ihm zu nahekam.

Endlich gab sich Aésha einen Ruck. Sie konnte nicht

länger untätig hier oben sitzen, sie musste etwas tun. Mit zittrigen Fingern löste sie ihren Dolch aus seiner Halterung an ihrem Gürtel.

Sie musste ihn werfen – und sie musste treffen. Dummerweise war sie keine geübte Werferin und verfehlte sie, wäre ihre einzige Verteidigung weg und sie säße oben auf einem Baum fest, während die Raubtiere unten nur warten mussten, bis sie vor Schwäche herunterfiel.

Die Ruuvarge bedrängten Java immer stärker, einfach sterben lassen konnte Aésha ihn nicht.

Sie hatte den Dolch gerade wurfbereit in der Hand, als das schwarze Wesen sich bereitmachte.

Java riss sein Schwert herum und sofort setzte auch der Leitruuvarge hinter seinem Rücken zum Angriff an.

Er sprang, Aésha warf und traf ihn zu ihrem völligen Unglauben direkt ins Auge.

Mit einem dumpfen Aufprall landete er auf dem Boden. Überrascht warf Java einen Blick nach hinten. Auch der letzte Ruuvarge stockte überrascht. Ein Zucken ging durch seinen Körper, doch dann nutzte er Javas Unachtsamkeit und sprang ihn an. Mit seinem massigen Körper brachte er ihn sofort zu Fall und schnappte nach ihm, während Java sein Maul mit bloßen Händen von sich fernhielt.

Aésha stieß einen spitzen Schrei aus.

Dann sah sie plötzlich Maru schemenhaft im Sturzflug an sich vorbeifliegen.

Sie stürzte sich auf die am Boden Kämpfenden, doch Aésha konnte kaum erkennen, was passierte. Sie sah nur ein Gewirr aus Fell, Federn, Blut und zappelnden Gliedmaßen.

Ohne nachzudenken, sprang sie von dem Ast herunter, rannte zu dem toten Leittier, zog ihren Dolch heraus und wirbelte herum, doch da lag der letzte bereits schlaff auf den

Beinen des keuchenden und blutüberströmten, aber lebenden Java.

Ihr geliebter Falke stand etwa einen Meter entfernt mit aufgeplustertem Gefieder und drohend erhobenen Flügeln auf einem Baumstumpf.

»Du solltest auf dem Baum bleiben!«

»Und du überleben.«

»Guter Wurf.«

Sie grinsten einander an.

»Danke.« Sie konnte ihren unsagbaren Glückstreffer kaum fassen. Ihr Blick war auf seinen Arm geheftet. »Bist du stark verletzt? Das ist ne Menge Blut ...«

Java sah an sich herunter und verzog seine Mundwinkel.

Maru begann schon, sich die Federn zurechtzuzupfen und sah die beiden abwechselnd mit einem prüfenden Blick an.

»Das meiste ist nicht von mir, keine Sorge.« Mühsam schob Java das reglose Tier von seinem Schoß.

Aésha nickte beruhigt, bis ihr ein Gedanke durch den Kopf schoss und sie sich suchend umsah.

»Wo ist Atlas?« Sie hatte ihr Pferd während des Angriffs völlig vergessen. Zuletzt hatte es auf der nahegelegenen Wiese gegrast.

Auch Java sah sich um und begutachtete dann den Boden.

»Er muss fortgelaufen sein, wir hätten es gehört, wenn sie ihn erwischt hätten.« Er versuchte offenbar, sie zu beruhigen, doch es funktionierte nicht.

So schnell sie konnte, lief Aésha um die Baumgruppe herum und suchte den Horizont ab, bis sie Atlas weit entfernt ausmachte, wo er sich mit erhobenem Kopf deutlich von der Umgebung abhob.

Es dauerte eine Weile, bis sie ihn erreichten, doch obwohl er sich noch immer nicht entspannt hatte, lief er nicht vor ihr davon.

Beruhigend auf ihn einredend, näherte sie sich vorsichtig dem verängstigten Tier. Sie mochte sich nicht ausmalen, was passiert wäre, wenn die Ruuvarge ihn gekriegt hätten.

Java hielt einen angemessenen Abstand, bis Atlas sich entspannte und den Kopf senkte.

»Ich sollte mich waschen. Es ist nicht gut, wenn fremdes Blut in offene Wunden gelangt.«

Sie nickte und deutete mit ihrer Hand in die Richtung, aus der sie vorhin gekommen war.

»Dort hinten ist ein Bach.«

Er nickte dankbar und folgte ihr schweigend, bis er sich erschöpft der Länge nach und mitsamt all seinen Klamotten ins kalte Nass fallen ließ. Nur seinen Gürtel mit den Waffen warf er zuvor ins Gras.

Auch Aésha genoss die Abkühlung und träufelte sich ein paar Tropfen in den Nacken.

»Danke«, sagte sie mit geschlossenen Augen. »Ohne dich hätte ich das nicht geschafft.« Sie hörte, wie er etwas Wasser ausspuckte.

»Ich sagte ja, dass es gefährlich ist hier draußen. Wobei man von Glück reden kann, dass Ruuvarge sehr selten sind, sie wurden schon vor Jahrzehnten fast ausgerottet«, schnaufte er. »Aber ich muss ehrlich sagen, du hast dich verdammt gut geschlagen. Ich hätte ein kleines Vermögen daraufgesetzt, dass du kreischend losrennst und nach drei Schritten zerfetzt wirst.«

Aéshas Gesichtszüge entglitten ihr, doch er lachte nur, zwinkerte ihr zu und warf sich noch einmal zurück ins Wasser, wo er komplett untertauchte und sich wusch.

Zu dem großen Baum, unter dem sie ursprünglich nächtigen wollten, kehrten sie nur zurück, um ihre Sachen zu holen. Neben den toten Bestien wollten sie nicht schlafen und die kleine Baumgruppe bildete nicht genug Abstand zu den Tierleichen. Außerdem ließ sich Atlas nicht dazu bringen, auch nur in die Nähe ihres ursprünglichen Lagers zu kommen.

So entschieden sie sich dafür, weiterzugehen, bis sie die nächste Baumgruppe auf dem Weg fanden und sich dort einen provisorischen Unterstand aus ein paar Ästen bauten, gleich nachdem sie ein Feuer angezündet hatten, um weitere Wildtiere fernzuhalten und Javas Kleidung zu trocknen.

Es war inzwischen dunkel geworden.

Beinahe wären sie daran gescheitert, genug Feuerholz für die Nacht zu finden. Aésha traute sich nicht, sich weiter vom Lager zu entfernen, als der Schein des kleinen Feuers reichte.

»Ich bin froh, wenn wir die nächste Nacht in einem Bett verbringen. Sicher umgeben von vier stabilen Wänden, in denen die größte Bedrohung aus dem Tierreich eine lausverseuchte Matratze ist.«

Java antwortete mit einem Grunzen und stocherte im Feuer herum. »Ja, aus dem Tierreich vielleicht.«

Sie drehte ihren Kopf, um ihn anzusehen und blickte direkt in seine ernsten Augen.

»Manche Menschen tun anderen so schlimme Dinge an, dass ich die Ruuvarge vorziehen würde.«

Aésha kaute auf ihrer Unterlippe herum. »Ist es in Elandor so viel anders als in Maurin?«

Er seufzte und wich ihrem Blick aus. »Die Stimmung im Land ist angespannt«, erklärte er. »Aus allen Ecken des Kontinents kommen Söldner, Unzufriedene und sonstiger Abschaum. Vor allem hier in der Silvanei, wo es keine richtige Regierung mehr gibt. Seit dem Tod des verrückten Königs kümmert sich jede Stadt mehr oder weniger um sich selbst, mit eigener Verwaltung, Bürgermeisteramt und Rechtssystem, welches sich dann wiederum innerhalb der verschiedenen Völker unterscheidet. Und gerade da gibt es die größten Missstände. Ihr habt in Maurin nicht viele Zwerge und Elben, oder?«

Aésha schüttelte den Kopf. »Nur einen Zwerg, unseren Schmied.«

Java nickte. »Im Süden und in den größeren Städten gibt es welche. Sie kommen seit Jahren aus Nundinn und Landrun. Sie bringen ihre Handelswaren mit und besitzen gerade im handwerklichen Bereich Kenntnisse und Kniffe, die sie mit niemandem teilen. Damit machen sie sich konkurrenzlos. Und sie werden sesshaft. Das gefällt nicht allen, sie ecken an. Ich weiß nicht, was du schon über Elben und Zwerge gehört hast …«

Aésha dachte nach. »Ich habe schon mehrere Leute sagen hören, dass Woltan der Beste seines Fachs sei, der ihnen je untergekommen sei. Und dass sie bedauern, dass er keine Lehrlinge aufnehme. Er ist nicht gerade …« Sie suchte nach einem passenden Wort. »… einfach. Aber ich weiß nicht, ob das auf alle Zwerge zutrifft.«

Java lachte. »In der Tat sagt man es ihnen allen nach. Ich glaube manchmal, dass sie nur so ruppig tun, um sich nicht viele Freunde zu machen. Die könnten ja ihre Geheimnisse stehlen.« Er zwinkerte.

»Und Elben?«, wollte sie wissen.

»Elben sind auch eine Nummer für sich. Die Kunst und Literatur haben ein großes Ansehen bei den meisten von ihnen. Sofern sie nicht gerade betrunken sind und sich dem Glücksspiel hingeben.«

Aésha hob erstaunt ihre Augenbrauen.

»Ja, tatsächlich hegen manche Elben da eine Schwäche für …« Java schmunzelte. »Das ist aber nicht, was ich meine. Von den Elben und Zwergen geht im Allgemeinen keine Gefahr aus. Und letztendlich sind sie ebenso vielfältig wie wir Menschen. Es sind die, die sich gegen sie aufbegehren, die mir Sorgen machen. Und das fehlende Rechtssystem. Ist man nicht gerade in einer Stadt mit Schutzmännern und Richter, ist man sich selbst überlassen. Die Schwachen sind den Starken komplett ausgeliefert. Darum ist deine Idee, sich allein nach Elandor zu begeben, auch so wahnwitzig. Lange Zeit wurden Zwerge und Elben akzeptiert, vor allem, als die Magier noch im Lande verbreitet waren, sie bildeten eine Art Brücke zwischen den Völkern. Nicht alle mochten sie, das kann man nicht leugnen und ja, auch einige von ihnen verhielten sich nicht stets ehrenhaft. Doch nun, wo immer mehr Zwerge und Elben kommen, vertrieben aus ihrer Heimat, und die erste Generation hier nicht nur reinrassige Nachkommen zeugte, kommt immer mehr Unmut auf, zumal sich die Zahl der Zauberer stark dezimiert hat.« Er machte eine kurze Pause, bevor er tief einatmete und dann fortfuhr. »Es gab scheußliche Verbrechen. Unmenschliche, mit vielen Toten. Zurschaustellungen und Schmähungen. Ich weiß nicht, ob du in Maurin davon gehört hast.«

Aésha schüttelte den Kopf.

»Ich denke, am grausamsten war Birkheim. Der Ort ist nicht weit von der alten Wachstadt entfernt, falls dir das etwas sagt. Die Menschen dort sind nicht so weltoffen wie beispielsweise in Elandor. Sie verabscheuen Magie. Eine Elbin wurde bezichtigt, einen Mann verführt zu haben. Die hintergangene Ehefrau klagte sie an. Der Mann hingegen versuchte, die Schuld von sich zu weisen und behauptete, er wäre Opfer der Fähigkeiten der Elbin geworden. Eines kam zum anderen, bis die Elbin schließlich mitsamt all ihrer Angehörigen verbrannt wurde. Darunter waren auch Kinder. Unschuldige Kinder.« Java ballte seine Hand zur Faust. »Und das ist nicht der einzige Vorfall dieser Art. Viele kamen mit ihren Untaten davon, niemand wollte sich mehr für diese unbeliebten Minderheiten offen einsetzen und sich dabei selbst zum Ziel machen. Die Abneigung gegenüber der anderen Völker wurde immer mehr zu einer üblichen Haltung. Und wer schon unbescholten mit Verbrechen an anderen Rassen davonkommt, hat irgendwann keine Hemmungen mehr, auch Menschen etwas anzutun.«

Aésha schluckte. Bei der Erwähnung von Magiern hatte sie versucht, sich nichts anmerken zu lassen, doch sie bezweifelte, dass ihr das gelungen war.

»Vertrieben aus ihrer Heimat?«, fragte sie nach.

»Koangahn, ein ganzes Zwergenvolk, lebte dort. Bis Korún, ein viel zu machtgieriger Mann, das Gebiet zu seinem Eigentum ernannte, einem neuem Reich, in dem er seine Ideologie durchsetzen will. Er beruft sich auf die Stärken der Menschen, hetzt gegen die anderen Völker und lädt alle reinen Menschen in sein Land ein. Lockt mit Versprechen und Gold und dem Aufrechterhalten der reinen Rasse, denn er ist überzeugt, sich mit Zwergen, Elben oder Orks zu paaren, sei wider die Natur. Und er hat nicht wenige Anhänger. Es gibt noch viele, in deren Köpfen dieses Gedankengut verwurzelt ist, selbst lange nach Rodins Tod.«

Aésha entging nicht die Verachtung in Javas Stimme.

»Orks? Es gibt sie tatsächlich?«

»Oh ja, die gibt es. Hier nicht, die Hallen der Wächter lassen sie nicht hinein und sagen wir es so, die Orks und die Silvanei haben eine nicht wirklich friedvolle Vergangenheit.

Doch in den anderen Ländern ist das anders. In Nundinn gibt es tatsächlich ein paar, die sich in die Gesellschaft integrieren und einer Arbeit nachgehen, bei der ihre primitive, rohe Art nicht aneckt. Woanders hausen sie jedoch noch wie die Wilden in den Höhlen und gehen des Nachts auf die Jagd nach allem, was sie finden.« Er schob ein wenig Glut hin und her. »Die heutige Gesellschaft macht mir Angst, Aésha. Zwietracht und Missgunst herrschen über die Leute. Und es ist ansteckend, wie ein widerwärtiger infektiöser Ausschlag breitet es sich aus.« Seine finstere Laune bedrückte sie zu sehr, um etwas zu entgegnen und so nickte sie nur andächtig.

KAPITEL 3

Am Abend des nächsten Tages erreichten sie eine Herberge, in der sie unterkommen konnten. Obwohl Java ihr ein ziemlich beängstigendes Bild von allen Fremden in den Kopf gesetzt hatte, war Aésha trotzdem froh, einer weiteren Nacht in der Wildnis zu entkommen.

»Du hättest das Ganze viel einfacher haben können, wenn du nur auf eine Reisekutsche gewartet hättest«, merkte er an.

»Ich weiß.« Sie seufzte. »Aber das hätte zu lange gedauert. Bis dahin hätte ich es mir wahrscheinlich anders überlegt.«

»Das wäre klüger gewesen.«

»Vermutlich.«

Sie betrat zusammen mit Java den spärlich beleuchteten Gastraum, in dem es unangenehm nach Rauch, Schweiß, schalem Bier und ranzigem Essen roch. Mühsam unterdrückte sie den Drang, sich die Hand vor das Gesicht zu pressen und hielt sich dicht hinter Java, während sie die anwesenden Personen in der Spelunke musterte. Angesichts der Gestalten, die sie erblickte, überließ sie lieber Java das Reden.

»Guten Abend«, sprach er den Mann hinter der Theke an - eine bärtige und ungewaschene Gestalt mit gelben Zähnen.

»Ich hätte gern ein Zimmer für zwei.«

»S'is noch eins frei«, lallte der Mann. »Hat aber ‘n recht kleines Bett. Kost' fünf Schiller die Nacht.«

»Fünf Schiller? Was soll das denn für ein Zimmer sein? Ein Palast? Mit Badewanne und Bediensteten rund um die Uhr? Zwei Kupferne, mehr gibt es nicht.«

»Es steht euch auch frei, die Nacht draußen zu verbringen«, höhnte der Mann gespielt höfisch.

»Dann bleibt das Zimmer frei und du verdienst auch nichts daran«, warf Aésha ein.

Der Mann hörte auf, sein schmutziges Glas mit einem ebenso schmutzigen Lappen zu putzen, musterte sie abschätzend und spuckte auf den Boden. Dann sah er wieder zu Java. Seine Augen wurden zu Schlitzen, doch Java ließ sich davon nicht beeindrucken. Eine Stille entstand, die nur von einem Husten irgendwo im Raum unterbrochen wurde.

»Zwei Silkaten, he?«, meinte er schließlich unwirsch, legte Glas und Lappen auf der Theke ab und nahm einen Schlüssel aus einer Schublade.

Sie gingen hinter ihm die Treppe hinauf, verfolgt von sämtlichen Augen im Raum, in das obere Stockwerk des Hauses, wo er ihnen das hinterste Zimmer aufschloss.

»Biddeschön.« Er deutete eine lächerliche Verbeugung an und grinste über das Quieken der Ratten hinweg, die aus dem plötzlichen Lichtschein flohen.

Aésha verzog angewidert das Gesicht, doch es war immer noch besser als Ruuvarge. Ratten gab es in der Wildnis mit Sicherheit auch.

Java sah ihr in die Augen, nickte ernst und bedankte sich knapp bei dem Gastwirt, während er die Tür schloss.

»Ich werde vor der Tür bleiben. So kann niemand eindringen, während wir schlafen.«

Sie nickte und setzte sich auf das Bett. Ihre Sachen verstaute sie direkt daneben.

»Wir sollten dennoch etwas essen, bevor wir uns zur Ruhe begeben.«

»Gut.« Aésha überlegte mit Schrecken, ob der dreckige Wirt auch kochte. Sie sah sich im Zimmer um und fragte sich kurz, was bei Borinius sie hier machte. Der weise Gott hätte sicherlich etwas zu ihrem Übereifer zu sagen gehabt.

Das Essen war passabel. Kalt und pampig, aber es wurde von einer übergewichtigen Frau mit schiefen Zähnen gebracht, der Körperhygiene nicht komplett fremd zu sein schien. Aésha hoffte einfach, dass es auch von ihr zubereitet worden war.

Java bestach unterdessen den Stalljungen, damit er auf ihr Pferd achtete und so wie Aésha es mitbekam, drohte er ihm, auch wirklich sein Bestes zu tun, sonst würde er ihn sich vorknöpfen.

»Maru wird mit im Stall bleiben, niemand wird sich unbemerkt an meinem Pferd zu schaffen machen.«

Es war jedoch klar, dass Java dem nicht sonderlich Vertrauen schenkte. Er räusperte sich höflich und prostete ihr mit einem Krug Bier zu. Sie traute sich, von dem gewässerten Wein zu kosten, den er ihr mitgebracht hatte. Er war leicht säuerlich.

Doch die anderen Gäste machten sie unruhig. Sieben Männer saßen verteilt an zwei Tischen, obwohl sie bei näherer Betrachtung wohl doch zusammengehörten. Sie waren laut, rabiat, ungehobelt und vor allem betrunken.

Immer wieder warfen sie Aésha Blicke zu, tuschelten miteinander, deuteten auf sie. Dunkle Zahnlücken grinsten sie unverhohlen an. Einige Männer hoben grüßend die Krüge, pfiffen und leckten sich über die Lippen.

Aésha versuchte dies alles zu ignorieren und rückte unauffällig zu näher zu Java.

Wenn sie sich vorstellte, dass sie beinahe allein solche Gasthöfe angesteuert hätte, ausgerechnet um Schutz zu suchen, schüttelte es sie.

Ob sie nun besser geschlafen hatte als in den Nächten zuvor draußen oder nicht, vermochte sie am nächsten Tag nicht zu sagen. Sie stand komplett gerädert auf, schleppte sich zu der alten Waschschüssel mit dem langen Riss in der Mitte auf der Kommode an der Wand und versuchte vergeblich, sich zu erfrischen.

Der Sommer hatte Einzug gehalten.

Hatten sie noch ein paar Nächte zuvor bitterlich gefroren, war es plötzlich schwül und warm geworden, nicht ein Lüftchen ging. Stattdessen hatte es die ganze Nacht gedonnert, doch nicht ein Tropfen Regen hatte den Boden erreicht.

Aésha griff ihre Sachen, um sie direkt mit nach unten zu nehmen, wo sie von leisem Gemurmel im Saal empfangen wurden. Nur wenige der Gäste waren schon aus den Betten, doch man sah auch ihnen an, dass sie nicht besonders gut geschlafen hatten.

»Dieses Wetter macht einem ja zu schaff'n«, grummelte einer in seinen Bart.

»Is' tatsächlich wie verhext«, zischte der nächste ihm zu, dessen Augen zu Schlitzen wurden und misstrauisch zu Aésha hinüberblinzelten.

»Komm«, sagte Java steif. »Ich denke, wir verzichten auf das Frühstück.« Er legte dem Wirt zwei kupferne Silkaten auf den Tresen und hielt Aésha die Tür auf, die nicht umhinkam zu bemerken, dass er eindeutig an ihr vorbeisah, um unauffällig den Schankraum in Beobachtung zu behalten.

Sie ging aufrecht an ihm vorbei nach draußen, wo die Sonne schon unerbittlich auf sie herniederbrannte und steuerte den Stall an. Java blieb ein wenig hinter ihr.

»Machen wir, dass wir hier wegkommen«, hörte sie ihn noch sagen, da sah sie vor sich schon einen der Männer um die Ecke kommen, die am Vorabend noch im Gasthof gespeist hatten.

»Sieh mal an, wen wir da haben. Wohin wollt n' ihr so schnell?«, raunte ein Hüne und spuckte laut lachend neben Aésha auf den Boden.

Java zog sein Schwert.

»Lasst uns vorbei, wir möchten nur unser Pferd holen und weiterreisen.«

Der Hüne grinste. Er hatte kaum Haare auf dem Kopf, aber einen üppigen und dreckigen Vollbart. Aésha meinte, Hühnchenreste darin zu erkennen. Er war ungewaschen und muskelbepackt, trug zwar keine Rüstung, doch an seinem Gürtel baumelte eine lange Axt, die auch ohne Körperpanzerung mächtig Eindruck schindete. Unter dem zerschlissenen Hemd konnte sie eine verschwitzte und behaarte Brust ausmachen, die er sich nun verwegen und gespielt lässig kratzte.

»Ich denke, das wird nicht möglich sein …«, entgegnete er grinsend und bedeutete seinen Kumpanen, näherzukommen. Es waren nur vier von ihnen.

Aésha überlegte, ob der Rest wohl noch seinen Rausch ausschlief oder einen Hinterhalt vorbereitete, als Java sich breitschultrig vor sie stellte.

»Ich denke, das wird es schon«, sagte er mit fester Stimme und baute sich zu seiner vollen Größe auf, die gar nicht mal so unbeachtlich war, jedoch den Riesen nicht sonderlich beeindruckte.

»Naa … Tut mir ja wirklich leid, meine Lieben. Ehrlich!«, beteuerte dieser schief grinsend. »Ich würde euch ja echt gern einfach euer Pferd hol'n lassen, damit ihr in aller Ruhe eurer Wege gehen könnt, aber ich kann einfach nich'. Wisst ihr, die Zeiten sind hart … Und euer Pferd is' wertvoll. Ihr scheint Gold zu hab'n. Und sie …« Seine Augen fielen auf Aèsha und wanderten an ihrem Körper herunter. Er schnalzte mit seiner Zunge und grinste hämisch, zwinkerte seinen Männern zu und legte seinen Kopf schief.

Aésha wich keinen Schritt zurück. Sie sah, wie Java sich in Position brachte, um zuzuschlagen, doch sie kam nicht umhin zu bemerken, dass sie einer unbezwingbaren Übermacht gegenüberstanden.

Sie stieß einen Fluch auf die Götter aus, für den sie von ihrem Kindermädchen sicherlich eine Ohrfeige kassiert hätte. Kurz sah sie Javas fassungslosen Blick, als er sich flüchtig zu ihr umdrehte, zum Boden griff und eine Handvoll staubigen Sand in die Gesichter der Briganten warf.

Im selben Moment tauchte Maru auf, die zuvor auf dem Dachfirst des Stalles gehockt und die Szenerie von dort aus beobachtet hatte. Lautlos glitt sie durch die Luft und warf ihre Klauen nach vorne, um Aéshas Angreifer damit zu attackieren. Ihre Flügel schlugen kräftig und wirbelten noch mehr Sand auf.

Die Männer gingen in Deckung. Genau diesen Moment nutzten Java und Aésha.

Sie eilte ihm sofort nach und stürzte sich mit ihm gegen die verblüfften Männer, die zu ihrer Überraschung tatsächlich das Gleichgewicht verloren und fielen. Sie spürte den Stiel der Axt ihr Bein streifen, rappelte sich auf und stolperte, gezogen von Javas Hand, in den Stall, wo er direkt hinter ihr und Maru, die gerade rechtzeitig zu ihnen hineinflog, die Tür verriegelte und ihr hastig half, ihr Pferd aufzuzäumen.

Die Tiere der anderen schnaubten erregt.

»Wie kommen wir hier wieder raus?«, flüsterte Aésha panisch.

»Wir improvisieren.«

Die Türen wurden mit Fäusten malträtiert. Durch das Holz hindurch hörte sie die Schimpftiraden, die sich gegen sie richteten.

Aésha warf einen prüfenden Blick hinüber. Die Türen wirkten nicht sehr stabil, das Eindringen der wütenden Rüpel war lediglich eine Frage von wenigen Augenblicken.

»Wir tun WAS?«

Doch statt zu antworten, ergriff er sie hastig, schob sie auf den Sattel und schwang sich direkt hinter sie. Er trat die nur angelehnte Tür der Box auf, langte nach einer Mistgabel und drückte Aéshas Rücken unsanft mit einer Hand hinunter, bis sie fast auf dem Hals des Hengstes lag. Die Forke im Anschlag auf die Tür gerichtet, welche inzwischen von der Axt bearbeitet wurde, machte er sich bereit.

Maru plusterte sich auf einem Balken auf und stieß einen kurzen, aber kräftigen Laut der Empörung aus. Sie würde ihnen hinterherfliegen.

Aéshas Hände, feucht vom Schweiß, fanden auf den alten Zügeln kaum Halt. Sie schlang sie doppelt um und presste ihre Knie fest an die Schultern des Tieres.

Die Tür flog krachend auf, Java gab dem Tier einen heftigen Stoß in die Seiten und stieß einen furchterregenden Schrei aus, der Atlas erst steigen und dann unaufhaltsam nach vorne galoppieren ließ, mitten durch die Gruppe der Männer, die fluchend auseinanderstoben, um auszuweichen, was jedoch nicht allen gelang.

Einer von ihnen geriet unter die Hufe, Aésha hörte ein Knacken, das sie erschaudern und ihn kläglich vor Schmerzen aufheulen ließ.

Ein zweiter ergriff ihn und schleifte den schimpfenden Verletzten beiseite. Aésha konnte seine wüsten Beschimpfungen und Verwünschungen noch lange hören, während sie Atlas im Jagdgalopp durch und über die Umzäunungen des Gasthofes trieb und sich abmühte, nicht herunterzustürzen.

»Verdammtes Miststück!«, brüllte einer der Männer ihnen hinterher. »Das werdet ihr büßen!«

Kurz fürchtete sie, die Rüpel würden ihnen direkt hinterherjagen, doch als sie nach einer Weile in ein gemächlicheres Tempo wechselten, um das völlig verschwitzte und schäumende Pferd ein wenig zu schonen, sahen sie weit und breit niemanden hinter sich das Tal herunterkommen, durch das sie nun ihren Weg fortsetzten.

Nach kurzer Zeit erreichte auch Maru die beiden.

Aésha entdeckte an ihren blutigen Krallen einige krause, schwarze Haare.

Als sich eine Flussbiegung der Straße näherte, entschieden sie sich für eine kurze Rast, denn auch sie brauchten dringend eine Pause.

Aésha stieg ab, um Atlas‘ verschwitztes Fell abzureiben.

Maru landete auf dem Ast einer jungen Birke neben ihnen. Dort schaute sie sich in alle Richtungen um und hielt Ausschau, bevor sie begann, ihre Federn zu richten.

»Hier können sie uns nicht überraschen. Wir sehen jeden, der in unsere Richtung kommt, schon aus weiter Entfernung«, erklärte Java und blickte dabei zu dem Falken.

»Gut.« Aésha nickte. »Meinst du, wir haben sie abgehängt?«

Er beschattete seine Augen mit einer Hand und schaute noch einmal zurück. Eine kurze Zeit lang zögerte er, dann zuckte er mit den Schultern.

»Schwer zu sagen«, begann er. »Einer von ihnen ist schwer verletzt. So wie ich sie einschätze, werden sie sich rächen wollen, wenn sie nicht unbedingt woanders hinmüssen. Aber es ist noch immer recht früh am Morgen. Wenn sie sich später aufmachen, ausgeruhte Pferde nehmen und ihnen dann ordentlich die Sporen geben, könnten sie versuchen, uns in der Nacht einzuholen und sich anzuschleichen. Sie werden ahnen, dass wir nach Elandor wollen, in dieser Richtung gibt es nicht viel anderes mehr. Heute Abend kämen wir in Eschehain an, doch dort gibt es nicht viele Übernachtungsmöglichkeiten. Sie würden uns schnell finden, ein paar Münzen ihre Besitzer wechseln und wir wären ihnen ausgeliefert.«

»Das sind ja rosige Aussichten«, spottete Aésha. »Also, was sind unsere Möglichkeiten?«

Java grinste schief. »Mir gefällt die Art, wie du Probleme angehst.« Er runzelte nachdenklich die Stirn und stocherte mit einem Stock in der trockenen Erde herum. »Wenn wir statt in Eschehain zu nächtigen, mehr Pausen machen und die Nacht durchreiten, erreichen wir am Abend vielleicht den großen Wald.«

Aésha stieß einen ehrfürchtigen Laut des Staunens aus, der Marus Aufmerksamkeit auf sich lenkte und sie kurz innehalten ließ.

»Ich hörte von diesem Wald …«

Java nickte. »Das haben viele. Er lehrt die meisten Menschen das Fürchten. Nicht wenige nehmen lieber einen riesigen Umweg in Kauf, um ihn zu meiden, obwohl dies gerade für die Kaufleute mit immensen Mehrkosten verbunden ist. Doch ob sie nun in zusätzliche Verpflegung oder in höheren Wachschutz investieren, die Frage stellt sich den wenigsten. Der Verlust der gesamten Ware, trotz übermäßigem Geleit, ist immer noch teurer.«

»Und da wollen wir durch?«, hauchte sie.

»Vergiss nicht, mit wem du unterwegs bist.« Java zwinkerte ihr zu. »Allein hätte ich dir vehement davon abgeraten. Es wäre dein Todesurteil gewesen. Jetzt allerdings ist er unsere beste Chance. Ich glaube nicht, dass diese Halunken uns folgen werden. Und wenn doch, werden sie es nicht überleben.«

Aésha atmete tief ein, schürzte ihre Lippen, während sie überlegte und sah sich dabei die vor ihnen liegende Landschaft an. Dann nickte sie, stand auf und klopfte ihre Hose sauber.

»Nun denn, also auf zum großen Wald.« Sie überprüfte, ob das Gepäck sicher am Sattel verstaut war.

Sie entschied, die Strecke so lange wie möglich zu Fuß zurückzulegen. Aésha wollte ihr Pferd schonen, nachdem es sich am Morgen so verausgabt hatte.

Immer und immer wieder warf sie prüfende Blicke über ihre Schulter. Es war nicht der angenehmste Teil der Reise. Selbst ihre häufigen, wenn auch kurzen Pausen brachten keine Erholung. Sie konnten beide nicht entspannen, im steten Unwissen, ob ihre Verfolger hinter ihnen her waren oder nicht.

»Du solltest lieber deine Füße schonen statt dein Pferd. In den Wald können wir es nicht mitnehmen«, sagte Java.

Erschrocken fuhr Aésha herum. »Wieso das?«

»Es ist zu laut und zu groß. Unser Vorteil ist, dass wir nur zwei sind, wir müssen uns durchs Unterholz schlagen, unwegsames Gelände. Nicht nur, dass das Pferd nicht vorankäme, es würde stets und ständig scheuen und die Aufmerksamkeit auf sich ziehen. Wir würden die Nacht nicht überleben.«

Aésha stockte.

Atlas zurücklassen? Das kam nicht infrage.

»Gibt es keinen anderen Weg?«, krächzte sie mit trockener Stimme. Sie schluckte schwer, als Java ernst den Kopf schüttelte.

Tränen stiegen auf und sie dachte wehmütig an die Zeit zurück, die sie mit ihrem treuen Hengst verbracht hatte. Er hatte ihr stillen Trost gespendet, als sie sich sonst niemandem anvertrauen konnte. Er war das einzige Andenken an ihre Eltern, das sie mit auf diese Reise genommen hatte. Sie hatten ihn ihr geschenkt. Wie könnte sie sich da von ihm trennen? Es schien ihr unmöglich.

Aésha blickte zurück. In diesem Moment nicht nur zurück zu dem Ort, in dem der Gasthof und damit ihre möglichen Verfolger lagen, sondern zurück zu ihrem alten Leben.

Sie hatte ihr Zuhause hinter sich gelassen. Ihre Habseligkeiten, sogar ihr Haus mitsamt des Hofes. Sie konnte nicht zurückkehren. Die Zukunft, die dort auf sie wartete, war nicht die, die sie sich wünschte.

Doch war es das wert, ihr Pferd zu opfern?

Sie stieg wieder in den Sattel.

»Dann sollten wir uns abwechseln. Wenn deine Kräfte erschöpft sind, sobald wir in den Wald kommen, senkt das unser beider Chancen ebenso.« Ein dicker Kloß saß in ihrem Hals, sodass ihr das Sprechen wehtat. Sie musste sich damit abfinden, so schwer es auch war.

Es war später Mittag, als die Straße erneut auf den Fluss zulief und diesmal auf der anderen Seite fortführte. Eine Fähre stand zum Übersetzen bereit. Vor ihr saß ein alter, ergrauter Mann mit stoppeligem Bart und wirrem Blick auf einem Dreibein, das sein Gewicht kaum zu tragen vermochte. Der Tisch vor ihm sah nicht besser aus – er war schief und schlecht zusammengezimmert. Der Greis aß etwas Brot und Käse, während er sich die Sonne in das wettergegerbte Gesicht scheinen ließ.

»Ein Silkat«, verlangte er mit kratziger Stimme, die offensichtlich nicht oft zum Einsatz kam.

»Wie bitte?«

»Die Überfahrt. Macht einen Diral pro Person, zusammen also ein Silkat«, wiederholte er mit Nachdruck und wedelte dabei mit seinem Brotkanten durch die Luft.

Java nickte abwesend und sah sich um. Der Fährmann hauste augenscheinlich in einer kleinen Hütte nah am Ufer, die aussah, als würde sie beim nächsten Sturm in sich zusammenbrechen. Er drückte dem Greis eine Münze in die Hand. Aésha sah Silber aufblitzen.

»Guter Mann«, sagte der Fährmann, als er auf seine Hand hinabsah. »Es tut mir leid, doch ich bin so gut wie mittellos. Mein einziges Einkommen ist die Überfahrt Reisender nach Eschehain, doch viele gibt es derzeit nicht mehr. Ich bezieh' meine Nahrungsmittel und alles, was ich brauch', aus diesem Dorf und es ist nicht reich, wisst Ihr. Ich kann Euch kein Wechselgeld geben.«

»Schon gut«, winkte Java ab. »Ihr könnt den Rest behalten.«

Aésha stockte der Atem. Nicht nur für sie war dies ein kleines Vermögen. Wenn sie sich den Alten besah, dann entdeckte sie ein Leben, das von Armut und Entbehrungen geprägt war. Einsam, mit Hunger als einziger Gesellschaft. Und dennoch war seine Arbeit wichtig, sie wurde nur nicht wertgeschätzt. Gleichzeitig fragte sie sich, wie Java an sein Geld kam und nahm sich vor, ihn bei Gelegenheit danach zu fragen.

Der Fährmann ergriff einen im Gras liegenden, etwa mannslangen Stab und humpelte, sich darauf stützend, mit ihnen zum Ufer, löste den Knoten der im Wasser treibenden Plattform und zog sie ans Ufer.

»Das Pferd muss schwimmen. Gebt mir das Gepäck, es muss in der Mitte liegen, damit das Floß im Gleichgewicht bleibt«, wies er sie an, doch Java und Aésha nahmen ihre Taschen wortlos an sich und platzierten sie selbst an richtiger Stelle.

Sobald sie übergesetzt hatten, hielt Java den Fährmann am Arm zurück.

»Werter Herr, wie steht es um Eure Vorräte? Wollt Ihr nicht mit uns kommen, nach Eschehain und Euch neu eindecken?«

Aésha wusste, was er vorhatte. Er wollte ihn nicht hier zurücklassen, wenn später ihre Verfolger kommen könnten.

Der Fährmann legte den Kopf schief.

»Wisst Ihr, ich bin nicht besonders gut zu Fuß, ich würde Euch bloß aufhalten«, antwortete er mit gesenktem Blick.

»Denkt sowas nicht. Ihr werdet natürlich auf Atlas reiten«, warf Aésha ein. »Kämt Ihr allein zurück?«

»Ich habe eine Nichte in Eschehain, sie würde mich sicher zurückbegleiten …¨

»Dann ist es beschlossen. Braucht Ihr noch etwas aus Eurem Heim?«, erkundigte sich Java, doch der Mann schüttelte den Kopf.

»Nein, nein, ich habe nichts von Wert. Ehrlich gesagt, waren das Brot und der Käse der letzte Rest, den ich noch hatte«, gestand er.

Sie teilten ihr Essen und auch ihr Wasser mit ihm, doch den Grund, warum sie ihn fortlockten, verschwiegen sie. Aésha war froh darüber, denn sie mochte den alten Mann nicht noch mehr belasten, der nach und nach immer mehr von seinem Leben preisgab. Sie hatte Recht gehabt, es war ein einsames.

Der Mann war in den Sattel geklettert und versuchte von da aus einen respektvollen Abstand zu Maru zu wahren, die auf dem Sattelknauf saß und sich wenig beeindrucken ließ. Sie beachtete den alten Fährmann nicht weiter.

»Ich hatte eine Frau, wisst Ihr. Sie war wunderschön, klug und viel zu gut für mich. Hätte einen wohlhabenden Mann heiraten können, oh ja. Ich versteh bis heute nicht, warum sie mich erwählt hat, sie hätte es so viel besser haben können. Wir haben uns gut durchs Leben gekämpft, eines Tages wurde sie sogar schwanger. Doch die Winter hier können hart sein. In einem Jahr hatten wir nicht genug Brennholz und waren eingeschneit. Dann bekam sie das Fieber«, erzählte er traurig.

Aésha wurde flau im Magen. Sie senkte den Blick und nahm seine zitternde Hand, die er auf seinem Oberschenkel abgelegt hatte.

Er zuckte erst, doch dann ließ er sie gewähren.

»Es gibt nicht mehr viele anständige Herrschaften in diesem Teil des Landes. Hätte nicht gedacht, dass ich nochmal welche treffe.«

»Worüber grübelst du?«, hörte Aésha Javas Stimme wie aus weiter Entfernung. Sie schreckte aus ihren Gedanken hoch. Der Tag war ihr viel zu schnell vergangen, sie rasteten schon mit der nächsten Ortschaft in Sichtweite.

»Über dich«, gestand sie.

Er hob eine Augenbraue und legte den Kopf schief, woraufhin ihr die Hitze vor Scham in die Wangen stieg. »Na ja, über deine Beweggründe, zu tun, was du tust.« Die Bedenken, die sie hatte, als er sich angeboten hatte, sie zu geleiten, waren inzwischen verschwunden.

»Und das wäre?«

»Gutes. Und das, ohne eine Gegenleistung zu erwarten.«

»Oh, das stimmt nicht«, widersprach er. »Ich erwarte sehr wohl eine Gegenleistung, nur nicht in der Form, wie sie andere vielleicht erwarten.«

Aésha sah ihn stirnrunzelnd an, doch er blieb bei seiner rätselhaften Antwort.

Die Dämmerung setzte bereits ein, als sie den Ort erreichten. Er wirkte grau und etwas schäbig, sie empfand ihn als wenig einladend und trostlos. Noch einmal dachte sie darüber nach, wie es wohl geendet hätte, hätte sie tatsächlich versucht, sich allein nach Elandor durchzuschlagen. Hätte sie wenigstens auf die nächste Reisekutsche gewartet, wäre ihr diese Idee im Nachhinein nicht ganz so peinlich gewesen.

Sie verabschiedeten sich von dem Fährmann am Haus seiner Nichte und schlugen eine Einladung dankend aus. Aésha sehnte sich zwar danach, sie anzunehmen, in der Hoffnung, dass sie im Haus für ihre Verfolger möglicherweise nicht so leicht zu finden wären, doch es gab genug Menschen im Ort, die sie gesehen hatten und sie wollten beide niemanden gefährden.

KAPITEL 4

Bei einem Bauern am Rand des Ortes veräußerten sie Aéshas Pferd für einen Spottpreis, über den sie sich gern noch lange aufgeregt hätte, doch wie Java ihr geduldig erklärte, bestimmte die Nachfrage den Preis. Hier gab es niemanden, der sich einen höheren Preis hätte leisten können und dennoch ein Pferd benötigte.

Am liebsten hätte Aésha trotzig wie ein kleines Kind auf dem Boden aufgestampft und zu weinen begonnen, doch sie wusste, sie hatte keine Wahl.

Ein letztes Mal strich sie durch Atlas‘ Mähne und lehnte ihren Kopf gegen seinen warmen Hals, lauschte seinem regelmäßigen Atem. Tränen stiegen in ihr auf.

»Mach's gut, alter Freund.« Dann, ohne sich noch einmal umzudrehen, marschierte sie los, in dem Wissen, dass Java direkt hinter ihr ging.

Im Stillen dankte sie ihm für sein Schweigen. Wahrscheinlich kam sie ihm vor wie ein kleines Kind, das sein liebstes Spielzeug nicht hergeben mochte, doch es war ihr egal. Atlas war mehr als nur ein Pferd für sie. Und nun ließ sie ihn zurück, nach allem, was er mit ihr durchgestanden hatte.

Zweifel überkamen sie. Zweifel, ob der Preis nicht zu

hoch war, den sie zahlte, nur um ein paar Briefen nachzugehen, die sie auf ihrem Dachboden gefunden hatte. Doch sie wusste auch, dass sie damit mehr als nur Atlas zurückließ. Auch ihre Vergangenheit und die Zukunft in Maurin. Aber zugleich ließ Aésha damit auch das letzte Andenken an ihre Eltern zurück. Das Einzige, was ihr nun noch von ihnen blieb, waren die Erinnerungen, die sie in ihrem Herzen trug und die wenigen Habseligkeiten ihrer Mutter, die sie mitgenommen hatte. Sie dachte an ihren Vater Tamo und daran, wie er sie breit grinsend mit in den Stall genommen hatte, um ihr Atlas zu präsentieren. Wie er verkündete, dass sie groß genug und es nun ihr Pferd war.

Stumme Tränen liefen ihr über die Wangen, während sie wie automatisch einen Fuß vor den anderen setzte und die Männer im Gasthof, aber auch sich selbst dafür verfluchte, was geschehen war.

Und so ließen sie das Dorf hinter sich und standen an seinem Ende vor einem zugewachsenen Trampelpfad. Ihr Gepäck hatten sie in den Rucksäcken verstaut und auf das Nötigste minimiert, da sie nun ohne die Satteltaschen weniger Stauraum hatten.

Darauf achtend, möglichst kein Geräusch von sich zu geben, stiefelten sie bei Dämmerung auf die Dunkelheit des Waldes zu, der bedrohlich seine Schatten warf. Eine widernatürliche Stille drückte unangenehm auf Aéshas Ohren.

Maru plusterte sich beunruhigt auf ihrem Schulterpolster auf, bis Aésha den Arm hob, um sie loszuschicken. Auf der anderen Seite würden sie sich wiedersehen, so sehr sie die Trennung von ihr nach dem Verlust des Pferdes auch schmerzte. Sie wusste, sie würde nicht von langer Dauer sein.

Auch Javas Stimmung war bedrückt. Es schien, als wäre

ihm nicht besonders wohl zumute. Die Zuversicht, die er an den Tag gelegt hatte, als er ihr den Plan erläuterte, den Wald zu durchqueren, schien verschwunden. Vielleicht war es aber auch Mitleid.

Es wurde schlimmer, sobald sie zwischen die ersten Bäume traten. Sogleich schlug Aésha modrige Luft entgegen und jeder Laut, den sie verursachten, hallte in einer unnatürlich großen Lautstärke durch den Wald.

Gleichzeitig spürte sie schon nach kurzer Zeit die Unannehmlichkeiten, die das Reisen ohne Pferd mit sich brachte. Die erhöhte Schwere ihres Rucksacks machte sich deutlich auf ihren Schultern bemerkbar und die Riemen schnitten sich in ihr Fleisch.

Es gab einen undeutlich erkennbaren Weg, der wohl einst eine Straße gewesen war und inzwischen von der Natur zurückerobert wurde, doch Java entschied sich dagegen, ihn zu nutzen.

»Wenn jemand Menschen hier erwartet, dann auf dem Weg«, erklärte er leise. Der Boden war inzwischen von dickem Moos bedeckt und mit Farn überwuchert, was ihre Schritte deutlich dämpfte.

»Also suchen wir uns unseren Weg durch das Unterholz?«

Er nickte. »Uns bleibt keine andere Wahl.«

»Sag, Java, was sind das für Gefahren, die in diesem Wald lauern?«, flüsterte sie.

»Schön, dass du jetzt erst fragst.« Im Halbdunkel konnte sie sehen, dass er schmunzelte. »Nun, abgesehen von den üblichen Raubtieren, die man in Wäldern findet, wie den Wölfen, soll es hier zwei Arten von Kreaturen geben, mit denen sich niemand freiwillig anlegen würde. Eine davon, die gefährlichere, geht bei Nacht auf die Jagd, weshalb wir möglichst bald einen Unterschlupf finden müssen. In nur kurzer Zeit werden wir die Hand vor Augen nicht mehr sehen. Dummerweise gilt das nicht für diese Tiere.«

»Was sind das für Tiere?«

»Geflügelte Wesen. Sie sehen nicht richtig, nicht so wie wir. Genau genommen haben sie nicht einmal Augen. Sie sehen mit den Ohren, welche riesig sind und sie können gut riechen.« Er sah sich stetig um, auf der Suche nach etwas Bestimmten.

»Und wie verhindern wir, dass sie uns in unserem noch nicht vorhandenen Versteck wittern?«

»Das,« sagte er verschmitzt, »wird dir nicht gefallen.« Java änderte die Richtung. Anscheinend hatte er gefunden, wonach er suchte, doch Aésha sah nichts, was als Unterschlupf dienen konnte. Er wohl auch nicht, denn er bückte sich an einer freien Stelle und griff beherzt in eine große, schlammige Pfütze. Die Hand voll stinkenden Schlamm, grinste er sie an.

»Nur zu. Bedien dich. Das überdeckt den Geruch unseres Atems. In ihm ist etwas, das die Viecher anlockt.«

Wieder kostete es Aésha einiges an Überwindung, ihm zu vertrauen, doch sie tat, wie ihr geheißen und rieb sich das Gesicht wie er mit dem intensiv riechenden Schlamm ein. Kurz fragte sie sich, ob ein Tuch vor dem Gesicht es nicht auch täte, doch sie wollte seine Erfahrung nicht anzweifeln. Sie hatte noch nie davon gehört, dass Tiere von Mundgeruch angezogen wurden. Schließlich war Schweiß viel stärker zu riechen.

Dann sah sie ihm dabei zu, wie er direkt am nächsten Baum ein paar Farnwedel auf den Boden legte und eine Kuhle bildete, über die er größere Blätter zog. Einen großen, dickeren Stock mit Astgabel klemmte er an den Baum, um mit seiner Hilfe aus blattreichen Ästen und Wedeln eine getarnte Wand zu errichten.

»Normalerweise nächtige ich nicht gern am Boden, vor allem nicht im Wald, doch hier sind die großen Tiere in der Luft und in den Bäumen gefährlicher als die kleinen Viecher am Boden. Hier, ich habe eine Decke. Ohne Feuer wird es verdammt kalt.«

Aésha nickte schon fröstelnd und nahm die Decke dankbar entgegen. Eng um sich geschlungen, war die Wärme, die sie ihr schenkte, in keiner Weise mit der eines Feuers zu vergleichen.

Der Baum drückte in ihren Rücken, doch sie beschwerte sich nicht. Javas Position war nicht angenehmer. Er kauerte vor ihr, angreifbarer, mit seinem Schwert im Anschlag.

Wie ermüdet und erschöpft Aésha auch sein würde, ihr war klar, dass sie in dieser Nacht kein Auge würde zutun können. Kaum war das letzte Licht zwischen den Baumstämmen vergangen, erwachte der Wald zum Leben.

Ein Rascheln war das erste Geräusch, das sie vernahm. Erst eines, dann noch eines und dann hörte sie es überall. Als nächstes schallten Klagelaute durch die Baumwipfel. Sie zuckte erschreckt zusammen, doch sie hielt sich an Javas Anweisung und gab keinen Laut von sich, gelähmt vor Angst.

Etliche Fragen schossen Aésha durch den Kopf, doch sie war froh, dass sie den Mund eisern geschlossen hielt und kein Wort herausbrachte. Sie wünschte sich sehnlichst, zu wissen, wie lange diese Geräusche noch anhielten, denn sie erinnerten sie an schreiende Frauen. Und auch an ihren Albtraum.

Der Baum, bei dem sie lagerten, bewegte sich. Eines der Tiere war darauf gelandet. Ein ledriges Flügelraschen war zu hören, als würde sich das Tier ein wenig zurechtschütteln.

Aésha vernahm ein leises Schnauben, das Wesen nahm Witterung auf, dann klang es ein wenig so, als würde es niesen.

Was, wenn es die Nahrungsmittel in ihren Taschen riechen konnte? Und die Pferdehaare an ihren Kleidern oder doch den Schweiß? Ob die Jagd dieser Wesen die ganze Nacht andauern würde? Was war ihre natürliche Beute, wenn es keine Menschen mehr gab, die diesen Wald durchquerten?

Aésha sah absolut nichts. Sie blinzelte sogar, um sicherzugehen, dass ihre Augen tatsächlich geöffnet waren. Noch nie hatte sie sich derart blind und ausgeliefert gefühlt. Stattdessen hörte und roch sie intensiver. Wahrscheinlich ging es ihr damit ähnlich wie diesen Wesen, nur dass die diese Fähigkeit auf eine tödliche Art und Weise perfektioniert hatten.

Ob sie schon einmal jemand am Tage zu Gesicht bekommen hatte? Sie überlegte, wie sie wohl aussahen und stellte sich ein Geschöpf mit spitzen Ohren und einer großen Nase mit weit aufgeblähten Nüstern vor, während die Augen nur leere, mit dunkler Haut überzogene Höhlen waren.

In ihrer Fantasie waren die Biester bedeckt mit einer schuppigen Haut, hatten lange, peitschende Schwänze und große, schwarze Flügel.

Das nächste Geräusch unterbrach Aéshas Gedanken. Das Tier oben kletterte im Baum umher. Sie konnte nicht sagen, ob nach oben oder nach unten auf sie zu.

Sie zitterte kaum merklich und versuchte, beim Atmen leise zu bleiben, doch sie hätte schwören können, der Herzschlag, der in ihren Ohren rauschte, müsste im ganzen Wald zu hören sein.

Sie versuchte sich zu erinnern, wie hoch der niedrigste

Ast war, der ein Tier halten konnte, doch es wollte ihr nicht einfallen.

Dann kreischte das Wesen, als würde jemand gefoltert werden und stieß sich mit einem Ruck von dem Ast ab, auf dem es saß, um sich mit einem lauten flatternden Flügelschlag in die Luft zu erheben und anderen Rufen seiner Artgenossen tiefer in den Wald zu folgen.

Der Wind, den er mit seinen Flügeln verursachte, zerstörte beinahe die Blätterwand, die Java mühevoll errichtet hatte, um sie zumindest optisch zu schützen, doch beide regten sich noch immer nicht, um ihre Anwesenheit nicht zu verraten.

Die darauffolgende Stille war trügerisch.

Aésha schloss inzwischen mehrfach die Augen, um sie zu entspannen, da sie sich in der Dunkelheit immer wieder neu fokussieren wollte, doch es gab nicht einmal leichten Mondschein. Weder Kaios noch sein größerer Bruder, der Mond Phelios, drangen mit ihrem Leuchten durch das Blätterdach.

Dann spürte Aésha etwas in ihrer Nähe. Ebenso still und regungslos kauernd.

Sie konzentrierte sich. Es war ähnlich wie bei ihrer ersten Begegnung mit Java. Instinktiv. Dann hörte sie den Atem. Langsam und ruhig. Sie hatte nicht mitbekommen, wie das Tier sich an sie herangeschlichen hatte.

Mit ihrem Zeigefinger malte sie still einen Kreis und noch einen kleineren auf Javas Schulter. Dann tippte sie darauf. Eine Zielscheibe. So wie sie ihn einschätzte, würde er verstehen. Möglicherweise hatte er das Etwas, was auf sie lauerte, schon selbst bemerkt.

Ein Knacken war zu hören, nur wenige Schritte entfernt, die Kreatur hatte sich in Bewegung gesetzt. Anscheinend hatte sie keine Flügel, sondern war am Boden unterwegs.

Aésha spürte, wie Javas Arm sich anspannte, als er den Griff um sein Schwert verstärkte. Er war gerade dabei, sich aufzurichten, da warf ein Windstoß ihn wieder zurück.

Das Tier jaulte auf, ein dumpfer Aufprall ertönte, etwas schrie, dann schlugen wieder die kräftigen Schwingen. Ein kläglicher Sterbelaut ertönte, gefolgt vom Geräusch reißender Haut. Stickig warme Luft schlug Aésha entgegen, bis das Tier sein Opfer erneut packte und mit sich fortnahm.

Ihr wurde schlecht.

Ruhe kehrte ein. Die schreienden Laute entfernten sich und verstummten schließlich eine gefühlte Ewigkeit später. Doch Java rührte sich noch immer nicht, obwohl Aésha keinen Zweifel daran hatte, dass er wach war.

Sie wusste nicht, wie sie es vollbracht hatte, doch anscheinend war sie irgendwann vor Erschöpfung eingeschlafen, denn sie schreckte auf, als Java sich rührte.

Mit weit aufgerissenen Augen starrte sie ihn an und fragte sich, ob sie ihre Lage mit einem unbewussten Schnarchen verraten hatte.

Erst dann realisierte sie, dass sie ihn sehen konnte. Die Morgendämmerung hatte langsam eingesetzt, auch wenn die Sonne noch lange nicht aufgegangen war.

Sie sah sich um. Ihr Unterstand war fast völlig zerstört. Sie hatten Glück, dass es nicht geregnet hatte, sodass der Schlamm nicht weggewaschen wurde. Er bildete nun eine feste Kruste auf ihrer Haut.

»Geflügelte Wesen«, murmelte sie verschlafen und sah Java misstrauisch an, unsicher, ob sie es schon wagen konnte, zu sprechen oder ob möglicherweise noch etwas in der Nähe sein konnte. »Das beschreibt diese Biester ja fabelhaft.«

»Entschuldige.« Auch er sah sich um, während er schon

alles zusammenpackte und ihr einen Kanten Brot reichte. »Niemand hat sie je sehen können, um sie tatsächlich zu beschreiben.«

»Und was war das, was uns danach angreifen wollte? Was gefressen wurde?«

»Ich habe eine Vermutung.« Er stand auf, und besah sich einige Pflanzen um sie herum.

Aésha entdeckte eine riesige Lache Blut in der Schlammpfütze.

»Ach ja?«

»Wie ich schon sagte, gibt es zwei Arten von Kreaturen, die diesen Wald so gefährlich machen. Normalerweise begegnen sie einander nicht, da sie zu unterschiedlichen Zeiten jagen. Doch es gibt nicht mehr viele Beutetiere. Das Gleichgewicht in diesem Wald ist schon lange aus den Fugen geraten, denn die zweite Schöpfung ist keine natürliche. Es sind Wesen, die nicht aus dieser Welt stammen. Dämonen, teils Wildkatze, teils Wolf, widernatürlich groß und lauernde Jäger, die allein oder im Rudel jagen. Selten, das ist unser Glück. Es gibt nicht genug Nahrung, als dass sie sich gut vermehren könnten. Erstaunlich ist, dass die Kreatur gestern Nacht überhaupt wach war, denn sie sind eigentlich am Tage unterwegs. Nein, nicht jetzt«, beruhigte er sie schnell, als er ihren entsetzten Blick sah. »Sie schlafen lange, meist bis zum späten Morgen oder gar Mittag. Noch ist die Nacht nicht ganz vorüber, doch auch die Nachtmare haben sich schon zur Ruhe gelegt. Tatsächlich ist dies die sicherste Zeit an diesem Ort und die einzige, in der wir reden können.«

»Nachtmare?«

»Die Flügelwesen. Sie sind der Ursprung einiger Legenden. Mancherorts wird sogar behauptet, es seien böse Geister, die durchs Fenster hineingelangen, sich unter Betten verstecken und einem das Blut aussaugen wollen. Gar nicht mal so abwegig, doch sie mögen kein offenes Gelände und halten sich ausschließlich in solchen Wäldern oder tiefen Höhlen auf und das auch nur in riesigen Gruppen.«

»Wie beruhigend«, frotzelte Aésha und sah sich ebenfalls um. Sie hatte keine Ahnung mehr, aus welcher Richtung sie gekommen waren und wohin sie gehen mussten. Selbst den Weg hätte sie nicht wiederfinden können, doch sie folgte Java, der zielgerichtet voranging. Dabei achtete sie sorgfältig auf ihre Umgebung.

»Wie sehen diese Dämonendinger aus?«, erkundigte sie sich. Sie wollte wenigstens wissen, wonach sie Ausschau halten sollte, wenn das Wesen in der letzten Nacht schon zu einer für ihn unüblichen Zeit unterwegs gewesen war. Wer konnte sagen, ob sie tatsächlich jetzt schliefen? »Welche Farbe hat ihr Fell?«

»Das ist unterschiedlich, wie auch bei Wölfen und Katzen«, war seine unbefriedigende Antwort.

Aésha verzog missmutig das Gesicht, hatte jedoch keine Wahl, als ihm weiter zu folgen und zu beten, dass sie nicht bereits beobachtet wurden, um als Frühstück herzuhalten.

»Woher weißt du, wo wir lang müssen?« Ein wenig hatte sie die Hoffnung verloren, dass sie jemals wieder aus diesem Dickicht finden würden.

Doch Java lachte leise.

»Die Pflanzen, Aésha. Es gibt mehr als die Sterne und den Sonnenstand, um die Richtung zu ermitteln.« Er zeigte auf eine kleine Kletterpflanze. »Schau, in welche Richtung der Strang zeigt. Wenn du von ihrem Ursprung am Boden eine gedachte Linie bis zu der Stelle ziehst, an der sie sich um den Baum schlingt, weißt du, wo Norden ist.«

Doch Aésha blieb diese Technik ein Rätsel. Das Prinzip

verstand sie, nur wie Java die winzigen Pflanzenstränge sofort fand, konnte sie sich beim besten Willen nicht erklären. Sie sah am Boden vor allem ein wirres Geflecht aus Blättern und verschiedenen Stängeln, die in alle Richtungen wuchsen.

Trotzdem nahm sie sich vor, weiter danach Ausschau zu halten.

»Wie lange werden wir durch den Wald brauchen?«

»Das ist unmöglich zu sagen, vielleicht sind wir bis zum Abend hier raus«, spekulierte er.

»Das heißt, dass wir aber vielleicht noch eine Nacht hier verbringen müssen?«

Java gab ihr keine Antwort darauf, sondern wich ihrem Blick aus und ging weiter.

»Ab jetzt müssen wir leise bleiben, die Dämonen erwachen bald.«

Sie nickte grimmig und wies ihn mit einer Geste an, weiter zu gehen. Lächerlich, wie sie sich vor einem Tag noch vor den Männern aus dem Gasthaus gefürchtet hatte. Die würde sie mittlerweile liebend gern gegen die Monster im Wald tauschen, doch das sagte sie ihm nicht.

Aésha hatte, ohne den genauen Sonnenstand ablesen zu können, schon längst jegliches Zeitgefühl verloren, als sie plötzlich auf eine kleine Lichtung stießen. Sie schnaufte leise. Es waren nicht nur das viele Klettern und angestrengte Schleichen, die Landschaft im Wald selbst war unerwartet hügelig und der Wald mitunter von tiefen Schluchten durchzogen, die sie immer wieder umgehen mussten.

Java hielt sie davon ab, die freie Stelle zu betreten. Er sah sich sorgfältig um, bevor er scheinbar mit der Umgebung verschmolz und auf die Freifläche schlich.

Aésha wartete, bis er nach kurzer Zeit wieder zurückkam und sie sich ebenfalls aus dem Schatten der Bäume traute. Auf der Lichtung lag etwas. Etwas Großes, Dunkles mit braunem Fell.

»Was ist das?«, hauchte sie.

»Es hat Flügel«, war seine Antwort.

Ihr Mund klappte auf. Er hatte recht, schwarze, ledrige Flügel ragten grotesk abgewinkelt aus dem mit Fell überzogenen Körper. Sie waren teilweise zerfetzt und blutig, das Wesen hätte nicht mehr fliegen können. Der Kopf war verdreht und das Gesicht ihnen abgewandt, doch schon jetzt erinnerte das Tier Aésha stark an eine gigantische Fledermaus.

»Was hat es getötet?«

Java hatte nicht aufgehört, die Umgebung im Auge zu behalten. »Es gibt nur ein Wesen, das dazu im Stande ist und ich bezweifle, dass es seine Beute lange unbeobachtet lässt. Lass uns weitergehen«, drängte er.

Aésha nickte ängstlich. Sie hatte das Bedürfnis, dem Kadaver ins Gesicht zu sehen, doch sie hielt sich zurück, die Augen auf den hinter ihr liegenden Waldrand gerichtet. So viele Möglichkeiten für die Dämonen, sich im Dickicht an sie heranzuschleichen … Sie schluckte, versuchte, ihre Angst zu beherrschen und folgte Java, während sie sich auf ihr Gefühl konzentrierte, in der Hoffnung, es würde sie warnen.

Zwei Mal schon hatte sie gespürt, dass jemand in der Nähe war, beide Male hatte sie Recht gehabt. Erst Java und dann letzte Nacht das Raubtier. Vielleicht konnte sie sich das zu Nutze machen. Doch bisher spürte sie nur Angst und Panik, wenn sie sich darauf konzentrierte, ob da etwas sein könnte und konnte ihre Umgebung nicht richtig erfassen. Sie atmete tief ein und schob diese Gedanken beiseite. Sie sollte lieber auf den Weg achten.

Vielleicht bildete Aésha es sich nur ein, doch sie glaubte fast, der Wald würde lichter werden. Er war noch immer unheimlich, beunruhigend still und es roch weiter modrig, doch sie mutmaßte, dass es nicht mehr ganz so dunkel war wie noch vor wenigen Stunden.

Sie fragte sich, ob es vielleicht jetzt erst Mittag war - es kam ihr schon so viel später vor - oder ob die Bäume vielleicht nicht mehr ganz so dicht beieinanderstanden und sie bald den Waldrand erreichen würden. Sie hielt sich aber lieber an Javas Schweigegebot. Vielleicht wollte sie die Antwort gar nicht wissen.

Zwei Mal stießen sie auf die alte Straße. Aésha beruhigte diese Tatsache. Vermutlich nahm sie den kürzesten Weg durch den Wald. Java vermied jedoch weiterhin, ihr zu folgen, sondern schlug sich mit ihr abseits davon durch.

Dann wurde es langsam wieder dunkler. Mit einem Tippen auf den Mund fragte Aésha ihn stumm, ob sie wieder sprechen durften.

Er nickte. »Aber wir sollten Lärm vermeiden, um sie nicht zu wecken.«

»Ist das die Dämmerung?«, flüsterte sie.

Wieder nickte er. »Jetzt haben wir die Wahl. Entweder wir bereiten uns noch einmal ein Lager oder laufen weiter und beten, dass wir es vor Einbruch der Nacht, wenn wir nichts mehr sehen können, aus dem Wald schaffen.«

»Wie weit ist es noch?«

»Ich weiß es nicht.«

»Hey Jorg! Hast du das gehört?«

Aésha und Java erstarrten und sahen sich regungslos mit aufgerissenen Augen an.

»Die Männer aus dem Gasthaus, sie sind uns tatsächlich gefolgt«, hauchte sie.

»Und sie leben noch. Sie müssen die Nacht in Eschehain verbracht haben und im Morgengrauen den Wald betreten haben. Sie haben die Straße benutzt. Mit mehr Glück als Verstand.«

»Sie sind laut«, flüsterte Aésha.

Java nickte. »Und sie werden bereits beobachtet.«

Aésha sah ihn erschrocken an und folgte seinem Blick. Zwei Männer waren schon in Sichtweite, tatsächlich benutzten sie die alte Handelsstraße und unterhielten sich mutig, mit ihren Schwertern in der Hand. Hinter ihnen, auf der anderen Seite der Straße, erkannte Aésha ein Augenpaar, golden wie die wenigen Sonnenstrahlen, die es durch die Bäume auf die Blätter des Gebüsches schafften, in dem sie sich versteckten. Ein Dämon lauerte ihnen auf und sie ahnten nichts.

»Beeilung, wir müssen hier weg!«, drängte Java und zog sie am Ärmel davon. Leise, vorsichtig, die Umgebung beobachtend. Weg von den Männern, weg von dem Dämon. Bis sie das Brüllen hörten und dann die Schreie.

Aésha zuckte zusammen und hielt kurz inne. Ein Rascheln war zu hören und es kam in ihre Richtung!

Java zog sie unter einen umgefallenen Baumstamm, der umgeben von ein paar Steinbrocken und Felsen eine winzige Höhle bildete. Direkt über ihnen sprang das Tier mit seiner Beute im mächtigen Kiefer davon in einen anderen Teil des Waldes. Aésha konnte kaum erkennen, welche Farbe das Fell hatte, geschweige denn, ob es mehr nach Wolf oder Raubkatze aussah, so schnell war es trotz des Gewichts, welches es mit sich herumtrug. Dafür erkannte Aésha deutlich, dass ihm ein lebloser Arm aus dem Maul hing.

Aésha sah Java mit weit aufgerissenen Augen an, während er ihr sachte die Hände auf die Schultern legte.

»Beruhige dich.«

Aésha wollte losschnauben, doch er griff fester zu und sah ihr tief in die Augen. »Aésha. Ich habe gesehen, wie mutig du bist. Du warst sogar tapfer genug, dich den Ruuvargen zu stellen, du hast mir damit das Leben gerettet. Und du bist nicht allein. Wir schaffen das.« Sie kam sich nicht wirklich mutig vor, wenn sie daran dachte, dass sie eher aus der Verzweiflung heraus gehandelt und während der meisten Zeit des Angriffs der Ruuvarge auf einem Baum gesessen hatte.

»Diese Biester sind dreimal so groß wie die Ruuvarge«, grummelte sie, doch dann schloss sie kurz die Augen und versuchte, seinen Rat zu beherzigen. Er hatte Recht, auch wenn er es nicht zu Ende aussprach, sie musste sich beruhigen. Wenn sie in Panik geriet, wurde sie für sie beide zur Gefahr.

»Rikan! Jorg!«, schallte es durch den Wald.

Aésha stöhnte leise. »Wie haben sie es so bis hierhin geschafft?«

Java grunzte.

»Sinan, schau ma'! Hier's Blut!«, raunte eine andere Stimme.

»Könntet ihr Deppen vielleicht mal's Maul halt'n?«, zischte ein Dritter. Es war der Riese, Aésha erkannte seine Stimme sofort. »Das is' nich' umsonst der gefürchtetste Wald im ganz'n Land!«

»Aber Rikan un' Jorg sin' wech!«, rief die zweite Stimme.

»Das seh' ich auch! Sie hätt'n eben nich' vorlauf'n soll'n. Bleibt zusamm. Irgendwas Großes muss sie erwischt ham«, knurrte Sinan, der Hüne.

Aésha versuchte abzuschätzen, wie weit sie entfernt waren. Im Wald hallten ihre Stimmen laut und sie waren mindestens vierzig Schritt weit gekommen, nachdem sie Rikan und Jorg gesehen hatten.

Auch Java sah nachdenklich drein.

»Woran denkst du?«

»Wir haben keine Wahl mehr. Wenn sie es geschafft haben, uns einzuholen und sie erst heute Morgen den Wald betreten haben, sind wir dem Rand noch nicht nahe genug, um es vor Einbruch der Nacht zu schaffen.«

Aésha setzte an, etwas zu sagen, doch er hielt sie zum Schweigen an.

»Das bedeutet aber auch, dass die Übriggebliebenen ebenfalls eine Nacht hier drin überleben müssen.«

Und die wussten nicht, was Java wusste, dachte Aésha und nickte entschlossen.

»Also suchen wir Schlamm.«

Er grinste schief und nickte. »Stinkenden Schlamm.«

Aésha schlich durch das Geäst und suchte mit allen Sinnen nach einer feuchten Stelle und Gefahren, während Java die Höhle unter dem Baumstamm schützte. Er hatte geschätzt, dass ihnen diesmal mehr Zeit bleiben würde, um einen Unterstand daraus zu bauen.

»Ich werde diesmal eine dickere Wand errichten, die nicht so leicht von ein paar Flügelschlägen beschädigt werden kann«, versprach er.

Es dauerte nicht lange, bis Aésha fand, was sie suchte, begünstigt durch den einsetzenden Regen, der auch Java beruhigte.

»Regen in der Nacht behindert die Nachtmare.«

Tatsächlich kamen sie sogar noch dazu, etwas zu essen, bevor die Finsternis einzog.

Aésha sah sich um. Durch die Baumstämme konnte sie in der Ferne den Schein eines Feuers sehen, bevor sie sich in ihre Höhle verkrochen.

»Es wird sie anziehen wie das Licht die Motten«, knurrte Java mit einem grimmigen Lächeln auf den Lippen und legte sich, wieder mit Schwert im Anschlag, so bequem wie möglich hin, um sich die Nacht nicht bewegen zu müssen.

Aésha tat es ihm nach und horchte in die Dunkelheit. Sie vermisste Maru.

Es brauchte eine Weile, bis sie das bekannte Rascheln vernahm. Dafür war es gleich viel zahlreicher als in der Nacht davor.

Die Nachtmare verzichteten diesmal auf ihre Schreie.

Aésha hörte sie nur in einiger Entfernung, doch sie bezweifelte nicht, dass sie auch hier in den Bäumen waren. Sie rochen das Feuer, vielleicht konnten sie den Schein sogar sehen, sie hatte nicht nachgeschaut, ob sie Augen hatten.

Aésha hörte sie auf den Ästen klettern, wie sie sich leise klickend fortbewegten. Sie hatten ihre Beute entdeckt, machten sich bereit, stießen sich ab und dann schrien auch sie, zeitgleich mit den Männern, die verzweifelt ums Überleben kämpften.

Aésha hörte, wie sie sich zuriefen, ihre Schwerter zu ziehen. Sie hörte einen von ihnen fluchend nach Pfeilen suchen, vernahm, wie sie gepackt wurden, wie einer rannte, der nächste aufstöhnte. Sie hörte, wie sie starben.

Dass sie in dieser Nacht überhaupt schlafen konnte, schrieb sie der Erschöpfung zu. Der lange Marsch, die schreckliche Nacht davor. Doch die Geräusche des Todeskampfes der Männer hallten noch lange in ihrem Kopf nach. Gleichzeitig beruhigte es sie, dass sie diesmal einen besseren Unterschlupf hatten und die Nachtmare sich auf ein anderes Ziel konzentrierten. Auch wenn sie sich sofort herzlos dabei fühlte. Doch wie viel Mitleid konnte sie für jemanden haben, der sie ausrauben, vergewaltigen und sogar töten wollte?

Als sie aufgestanden waren, vermied Aésha es, in Richtung ihres Lagers zu sehen.

Sie versuchte zuversichtlich in den neuen Tag zu starten. Nicht, weil die Männer tot waren, sondern diesmal, weil sie ganz sicher wusste, dass sie nicht noch eine weitere Nacht an diesem Ort verbringen musste. Heute würden sie den Wald verlassen.

Java hingegen ließ sich keine Gefühlsregung anmerken. Er bestimmte die Himmelsrichtungen und sah sie erwartungsvoll an. »Können wir?«

Sie nickte, schulterte ihre Sachen und schlich ihm nach. Ihre Füße brannten inzwischen bei jedem Schritt. Sie waren wund und hatten Blasen vom ungewohnten langen Laufen. Ständig trat sie auf knorpelige Wurzeln und knickte um. Sie versuchte sich nichts anmerken zu lassen und biss die Zähne zusammen, bis sie mit ihrem Fuß plötzlich im Boden versank. Beinahe hätte sie einen Schrei ausgestoßen, doch schlug sich die Hände vor den Mund.

»Java!« Aésha stieß ihn an und deutete auf die vor ihnen liegende Gegend.

»Ja, ich weiß. Das Moor. Wir sind ein wenig weiter nördlich, als ich beabsichtigt hatte.«

»Wie viel nördlicher?«

»Weit genug, um in den Sümpfen zu landen. Pass auf, wo du hintrittst. Einige Löcher im Wasser sind so tief, dass du glatt ertrinkst, bevor du auch nur den Grund berührst«, warnte er.

Aésha trat sofort einen Schritt zurück.

»Und welche Gefahren erwarten uns hier?«, fragte sie unsicher.

»Keine großen Tiere.« Java sprang schon von einem mit Gras bewachsenen Erdhügel zum nächsten durch die lichter werdenden Bäume. »Außer Schlangen.«

»Schlangen«, wiederholte Aésha trocken. »Wieso, wie groß werden denn Schlangen hier?«

Wieder blieb er ihr eine Antwort schuldig.

KAPITEL 5

Aésha schaute noch einmal zurück in den Wald und glaubte, überall Augenpaare zu erkennen. Als würden die Bäume ihnen düster und bedrohlich hinterherstarren und es ihnen verübeln, sie überlebt zu haben.

Wie groß auch immer diese Schlangen sein würden, sie ging nicht wieder zurück, um einen anderen Weg zu finden, das stand fest.

Tatsächlich endeten die Bäume abrupter, als sie erwartet hatte.

Plötzlich fanden sie sich im Freien vor einer riesigen Sumpflandschaft wieder. Undurchdringliche Nebelschwaden standen still und drückend über den Gewässern, die nur von einigen Sträuchern bewachsen waren. Aésha hielt Ausschau nach ihrem Falken, doch am Himmel war nichts zu sehen.

»Dort drüben!«, hörte sie Java und folgte seinem Finger. Ihr Blick fand keinen Vogel, aber einen Steg, sichtbar markiert mit Fackeln, die in regelmäßigen Abständen an hohen Pfosten angebracht waren.

Sie keuchte erleichtert auf. Endlich. Ein befestigter Weg. Etwas von Menschenhand Erbautes. Ein Stück Zivilisation.

Sie mussten sich sorgsam einen Pfad suchen, der sie zu

dem Steg führte. Nicht immer war deutlich erkennbar, ob sich unter dem Gras fester Untergrund befand. Einmal wäre Aésha ins Wasser gestürzt, hätte Java sie nicht rechtzeitig gepackt.

Sie hatte immer mehr das Gefühl, eine Belastung für ihn zu sein. Ohne sie hätte auch er nicht in den Wald gemusst, darum gab sie sich unerschrocken, obwohl ihr Herz bei jeder Bewegung im Wasser einen Aussetzer machte.

Ein Frosch schwamm schnell davon und floh vor den beiden. Keine Schlangen in Sicht.

»Nimm meine Hand.« Java streckte ihr den Arm entgegen und zog sie mit erstaunlicher Leichtigkeit hinauf, wo sie keuchend stehen blieb und ins trübe braune Nass hinabsah.

In einiger Entfernung hörte sie ein lautes Platschen, etwas hob sich aus dem Wasser und verschwand ebenso schnell wieder darin. Sie schüttelte sich unbehaglich.

Jetzt konnte Aésha die Himmelsrichtungen wieder selbst bestimmen. Sie setzte sich auf die Holzplanken und atmete einen Augenblick tief durch.

Der Steg war zwar nicht genau nach Süden ausgerichtet, das hätte ihn wieder in den Wald geführt, doch sie war sich ziemlich sicher, dass er nach Elandor führte und außer Reichweite von Schlangen lag.

Auch Java hatte sich eine kurze Verschnaufpause gegönnt, bevor er sie wieder vorantrieb. Der Nebel hatte sich inzwischen aufgelöst, lediglich ein feiner Dunst hing noch über dem Boden.

Sie konnte kaum glauben, wie gut sie jetzt vorankamen.

Doch Minarias Segen ließ anscheinend nach, denn anders konnte sie sich nicht erklären, wieso Java ausgerechnet jetzt gestochen wurde.

Aésha sah, wie er das Insekt an seinem Hals totschlug,

dann keuchte und taumelte, als er in seiner Handfläche betrachtete, was seinen Stachel da in sein Fleisch gebohrt hatte.

»Verflucht!«, presste er hervor, als Aésha an seine Stelle eilte und ihn stützte.

»Was ist das?«

»Eine Sumpfwespe.«

Sie sah hinab auf seine Hand. Das scheußliche Insekt war so groß wie das obere Glied ihres Daumens und hatte, anders als ihre Verwandten, keine gelben und schwarzen Streifen, sondern braune.

»Tödlich?«

»Manchmal«, brummte Java. Sie sah Schweißperlen auf seiner Stirn.

»Bestens. Wie weit ist es nach Elandor?«

Er schüttelte den Kopf, sein Hals begann bereits, anzuschwellen. Lange würde er nicht mehr reden können, bis er irgendwann ersticken musste.

Aésha ging im Kopf ihre Möglichkeiten durch. Sie konnte ihn nicht lange tragen, doch sie hatte auch nicht die Fähigkeiten, ihm eine Trage zu fertigen.

Jemand musste diesen Steg gebaut haben, doch es war unmöglich, zu bestimmen, wo sie als nächstes auf Menschen treffen konnten.

»Leg dich hin«, wies sie ihn an, drückte ihm die Wasserflasche in die Hand und legte ihren Rucksack ab.

»Was hast du vor?«, keuchte er schwach.

»Dir helfen«, entgegnete sie. »Du bleibst, wo du bist. Ich komme zurück, sobald ich gefunden habe, was ich brauche.« Sie kletterte über das Geländer des Steges und sprang so schnell es ihre Vorsicht, nicht ins Wasser zu fallen, zuließ, von einem festen Untergrund zum nächsten, bis sie wieder vor den Bäumen stand und ohne zu zögern zwischen ihnen hindurchging. Zurück in den großen Wald, den sie vor wenigen Stunden noch geschworen hatte, nie wieder zu betreten.

Es dauerte eine Zeit, bis sie fand, was sie suchte. Ihr Glück war, dass die Pflanze, die Java helfen konnte, die war, von der sie sich so oft ernährt hatten.

Die Imaritis hatte nicht nur eine nahrhafte und essbare Wurzel, ihre Samen halfen auch bei Vergiftungen von Tieren.

Aéshas Pech war, dass diese Pflanze eher trockene Regionen bevorzugte, weshalb sie sich weit vom Sumpf entfernen musste und mehr oder weniger erfolgreich den Gedanken verdrängte, dass die Dämonen gerade wach waren.

Schnell grub sie die komplette Pflanze aus, klemmte sie behutsam in ihren Gürtel und kehrte mit einem Messer in der Hand wieder um. Java konnte jede Stärkung gebrauchen.

Sie hoffte inständig, dass sie den Weg wiederfinden würde und behielt behutsam die Umgebung im Auge, konzentrierte sich auf die Richtung, in die sie gehen musste.

Sie war längst nicht so leise wie noch am heutigen Morgen, doch sie konnte nicht schleichen. Sie musste sich beeilen, sie war schon viel zu lange fort. Wenn Java ihr jetzt wegstarb, würde auch sie nicht überleben.

Ständig blieb Aésha im Gebüsch hängen, Dornen versperrten ihr den Weg oder das Unterholz war zu dicht, um sich einen Weg hindurchzubahnen. Alles in diesem Wald schien sie aufhalten zu wollen. Sie fluchte leise, zuckte dann aber zusammen und sah sich ängstlich um.

Endlich entdeckte sie den Sumpf vor sich. Der Wald endete ebenso plötzlich wie bei ihrem ersten Verlassen. Sie konnte kaum fassen, wie glimpflich sie davongekommen war.

Aésha sah den Steg, doch sie war ein gutes Stück abseits aus dem Wald gekommen. Java lag in einiger Entfernung weiter nördlich.

Die letzte Strecke rannte sie.

Er atmete noch, wenn auch flach. Sein Hals war gefährlich angeschwollen, der Stich hatte inzwischen eine riesige Beule unter seinem Ohr geschaffen, die rot gefärbt war und eiterte.

Aésha befühlte seine Stirn, sie glühte. Das Fieber hatte schon eingesetzt.

Die junge Frau löste den kleinen Topf von ihrem Rucksack, goss einen kleinen Schluck Wasser hinein und gab die Blüten hinzu, die sie gesammelt hatte, um sie mit einem Holzlöffel notdürftig zu einer Paste zu zerstampfen. Es gelang ihr nicht annähernd so gut wie ihrer Mutter damals, als sie es ihr gezeigt hatte.

Als Aésha einigermaßen zufrieden war und nicht wagte, noch länger zu warten, trug sie das Gemisch vorsichtig auf die Wunde auf. Den Rest der Blätter stopfte sie Java in den Mund und betete, dass sie in seinem Inneren gegen das Gift ankämpften.

Sie nutzte die Zeit, um Wasser aus dem Sumpf über einem kleinen Lagerfeuer neben dem Steg abzukochen, um es trinkbar zu machen, während sie als Blutquelle für all die Stechmücken herhielt, die über sie herfielen.

Solange es keine weitere Sumpfwespe war, nahm sie es hin und überprüfte regelmäßig Javas Körpertemperatur mit ihrem Handrücken auf seiner Stirn. Er fühlte sich noch immer heiß an.

Ein Rabe krächzte unweit von ihnen. Er taxierte Aésha

eine Weile, dann schwang er sich in die Lüfte und rief noch einige Male.

Aésha schien es, als würde die Zeit nicht wie sonst vergehen. Sie hatte ihre Schuhe ausgezogen und die Blasen mit etwas Tee aus den letzten Blüten versorgt. Doch viel mehr gab es nicht zu tun, außer Ausschau zu halten, ob sich Schlangen von gigantischen Ausmaßen näherten oder sich zu fragen, ob sie die Nacht hier verbringen müssten und ob Nachtmare auch aus dem Wald kommen würden, wenn sie die beiden so auf dem Servierteller präsentiert entdeckten.

Aésha war wohl an den Pfosten gelehnt eingenickt, als sie plötzlich etwas an der Schulter berührte. Panisch schreckte sie hoch, wirbelte mit ihrem Messer herum und wischte die Gedanken an das, was im großen Wald geschah, beiseite. Die Schreie der Männer hatten sie bis in ihren Traum verfolgt und sie zusammen mit Bildern von abgetrennten Armen heimgesucht.

Eine alte Frau sprang hastig beiseite.

»Kind! Pass lieber auf, du hättest mich beinahe aufgeschlitzt!«, keuchte sie mit weit aufgerissenen Augen.

»Verzeiht, ich dachte, Ihr wärt eine Schlange …«, entschuldigte sich Aésha benommen.

»Das ist nicht gerade das beste Kompliment, das ich in letzter Zeit bekommen habe.«

Aésha blinzelte verlegen und sah erst zu Java, dann wieder zu der Frau.

Sie war groß und dünn. Lange, gewellte Haare mit vielen grauen Strähnen fielen ihr über die Schultern bis hin zur Hüfte. Ihr gutmütiges Lächeln zeigte einen schiefgewachsenen Schneidezahn und dennoch war sie auf ihre Art schön. Vielleicht lag es an ihren Augen, dachte Aésha, umrahmt von langen, geschwungenen Wimpern und so blau wie Enzian.

Sie deutete mit einem schulterhohen Gehstock auf Java, der noch immer so lag, wie Aésha ihn gebettet hatte und tief schlief.

»Eine Sumpfwespe«, erklärte sie.

»Fiese Viecher.«

»Oh ja.«

»Wie lange ist der Stich her?«

»Ich bin mir nicht sicher, ich bin eingeschlafen …«

Die Frau nickte und besah Java genauer.

»Ich bin Eetah«, stellte sie sich vor.

»Aésha.«

»Fein, fein.« Eetah nickte wieder. »Wir sollten ihn hier wegschaffen, er braucht ein Bett. Mein Haus ist nicht weit und er ist heute nicht mein einziger Patient.« Sie sah bedächtig hinüber zum dunklen Wald und auf den Stand der stetig sinkenden Sonne.

Aésha hingegen beäugte Eetah und fragte sich, ob sie ihr trauen konnte und ob ihr überhaupt die Wahl blieb. Sie konnte Java schließlich nicht einfach sterben lassen.

Also hievten sie ihn gemeinsam hoch, wobei Eetah für eine alte Frau eine erstaunliche Kraft bewies.

Tatsächlich dauerte es nicht lange, bis vor ihnen eine Plattform im Sumpf auftauchte. Hier trafen sich gleich mehrere Wege und mitten auf dieser Kreuzung stand eine runde Hütte aus Holz und Schilf, behangen mit eigentümlichen Windspielen und durchlöcherten Steinen, die an Fäden baumelten. Überall hockten Raben auf dem Zaun, dem Dach und dem Boden um sie herum.

Aésha war kaum durch die Tür getreten, da raubten ihr schon braune Federn jegliche Sicht und sie spürte schmerzhaft, wie sich ein Paar Krallen in ihre Schultern und den Brustkorb bohrten.

»Maru!«, japste sie erschrocken.

Der Falke zitterte am ganzen Leib und schmiegte sich fiepend an ihren Hals.

»Dann hat sie also dich gesucht. Ich habe sie immer und immer wieder gefragt, aber sie wollte nicht mit der Sprache heraus.«

Aésha wusste nicht so recht, wie sie das verstehen sollte, beließ es jedoch dabei, denn sie war mehr damit beschäftigt, Java zu dem wackligen Bett zu bugsieren. Er glühte immer noch, war klatschnass geschwitzt und kreidebleich, wie Aèsha mit Erschrecken feststellte.

»Ich muss auch gestehen, ich kann es ihr nicht verdenken. Weißt du, sie flog hier herum und rief und rief, bis meine Raben sie schließlich angriffen.« Im Laufe des Satzes wandte sich Eetah dem Raben zu, der mit ins Haus gekommen war und funkelte ihn strafend an.

Dieser aber krächzte lediglich und wich ihrem Blick mit erhobenem Haupt aus.

Eetah machte eine wegwerfende Handbewegung und sah Aésha schief und mit einem entschuldigenden Lächeln an.

»Ja, die Raben sind mir bereits aufgefallen.«

»Eigentlich sollen sie die Hühner beschützen.«

»Hühner?« Erst jetzt fiel Aésha das Gackern auf, das von draußen durch die Wände drang.

»Ja, vor den Schlangen«, ergänzte Eetah, als wäre damit alles beantwortet. »Ich rieche Imaritis. Du hast bereits versucht, ihn zu heilen, richtig?«

Aèsha nickte.

»Sehr gut, ohne hätte er es vielleicht nicht geschafft. Den Rest kannst du mir überlassen.«

Eetah legte ihm würzig riechende Blätter aus ihrem

Kochtopf neben den Kopf und versorgte ihn mit nassen Wickeln, bevor sie ein Kraut neben ihm entzündete und ihn mit dem Rauch benebelte.

Sie wies Aésha an, sich auf einen Stuhl an den Tisch zu setzen und war bereits dabei, einen Tee über dem kleinen Herd zu erwärmen, dessen Feuer die Luft noch stickiger machte, als sie von der Sommerhitze war. Draußen hatte es zu regnen begonnen, doch die Tropfen brachten keinerlei Abkühlung mit sich. Es blieb drückend heiß.

»Du bist ganz schön mutig, einer Sumpfhexe einfach so in ihr Haus zu folgen.«

Aésha, die ihre Tasse Tee gerade zu den Lippen geführt hatte, erstarrte in ihrer Bewegung.

»Sumpfhexe?«, japste sie und sah unwillkürlich zu Java hinüber, der noch immer mit Schweißperlen auf der Stirn flach atmend auf dem Bett lag und sich nicht rührte.

»Kindchen, na was dachtest du denn sonst, bei wem ihr hier zu Gast wäret?«

Aésha schalt sich im Geiste für ihre Dummheit. Eine alte Frau, die Raben, mitten im Sumpf. Langsam stellte sie ihren Becher auf den Tisch und schluckte mit trockener Kehle.

Hexen waren nicht ohne Grund gefürchtet. Hatte sie vorhin noch daran gedacht, Eetah wollte sie im Schlaf ausrauben, hätte sie es auf Gold abgesehen, zeigte sich nun eine ganz andere Gefahr. Hexen waren auf andere Dinge aus. Tränen von Jungfrauen, mit Einverständnis gegeben, Haare, Organe, dem lebenden Körper entnommen, hinterlistige Pakte, ans Leben gebundene Schwüre, Verbrechen … Aésha mochte sich die Gerüchte gar nicht weiter ins Gedächtnis rufen.

»Was wollt Ihr?«, hauchte sie kaum hörbar.

»Zunächst einmal,« Eetah ließ sich nicht anmerken,

Aéshas Nervosität erkannt zu haben. »Dass du aufhörst, mich anzusprechen, als wär' ich eine Adlige bei Hofe.« Sie schob Aésha wieder ihre Tasse zu. »Und dann, dass du aufhörst, so zu schauen, als würd' ich dich bei lebendigem Leibe ausweiden, um dein möglichst noch schlagendes Herz in den Händen zu halten.«

Aésha kam nicht umhin, zusammenzuzucken und Eetah mit aufgerissenen Augen anzustarren.

»Du hättest bemerkt, wenn ich dir etwas Böses wollte, oder nicht?« Sie lächelte Aésha verschwörerisch an.

Sofort musste sie an ihre erste Begegnung mit Java denken. Wie sie ihn erspürt hatte und wusste, dass sie ihm trauen konnte.

»Ich weiß nicht, was Ihr - du meinst.«, gab sie kühl zurück.

Eetah lachte. »Und wie sind dann bitte Buch und Stab in deinen Besitz gelangt?«

Aésha presste die Lippen zusammen. Sie fühlte sich ertappt und ausgeliefert. Schließlich seufzte sie. »Sie sind aus dem Nachlass meiner Mutter.«

»Das muss dann wohl Sarina gewesen sein. Natürlich, das macht Sinn. Du bist eine Hallinor.« Eetah seufzte mit gesenktem Blick. Ihr Bedauern war echt.

Aésha riss erstaunt die Augen auf. Woher wusste die Sumpfhexe, wer ihre Mutter war?

Eetah sprach unterdessen unbeirrt weiter.

»Ich habe es kommen sehen, aber ich hab' bis eben gehofft, es würde sich nicht bewahrheiten. Das passiert manchmal, weißt du? Manchmal sehe ich etwas und es tritt nicht ein. Manchmal aber schon.«

Jetzt blickte Aésha Eetah skeptisch an. Vorhin hatte sie noch ihre Stärke bewundert, doch in diesem Augenblick erschien sie ihr plötzlich schwach und verwirrt.

Eetah bemerkte ihren Blick. »Denk dir nichts dabei, Kindchen. Ich war sehr lange bloß in der Gesellschaft meiner Raben. Sie sind klug. Aber eben doch nur Raben. Sehr viel zu erzählen haben sie nicht und irgendwann ist man doch etwas einsam.«

Aésha fragte sich einen Moment lang, ob Sumpfhexen verrückt werden konnten. »Du kanntest also meine Mutter?«

Eetah nickte. »Natürlich kannte ich sie. Aber nein, ich kann dir nicht viel über sie erzählen. Das ist doch deine nächste Frage, oder?«

Aésha nahm nun doch einen Schluck von ihrem Tee, er war inzwischen deutlich abgekühlt. Jemanden wie Eetah hatte sie noch nie getroffen, so viel stand fest.

Sie bemerkte, dass sie beeindruckt von der Sumpfhexe war. Obwohl sie riesige Angst vor ihr hatte.

»Aber woher du sie kanntest, das kannst du mir erzählen«, hakte Aésha nach, inzwischen dazu entschlossen, ihre Neugier vor ihre Furcht zu stellen.

Eetah schwieg und schien zu überlegen. Schließlich nickte sie langsam. »Aus Elandor.«

Aésha beugte sich vor. »Und wo da? Wie? Kanntest du auch Lilja?«

»Jeder in Elandor kennt Lilja. Sie betreibt das Gasthaus der Wächter.« Eetah sagte dies so, als wäre es eine Selbstverständlichkeit.

»Der was?« Aésha sah sie verständnislos an. »Ich war noch nie in Elandor«, fügte sie hinzu.

»Nein, nein, natürlich nicht. Sarina hat sich abgesetzt, wie ich hörte. Sich zurückgezogen. Warum, weiß ich nicht, da brauchst du mich gar nicht so anzusehen. Aber Lilja, die kannst du fragen.« Eetah sah zu Java hinüber.

»Er dürfte übrigens bald aufwachen.« Und tatsächlich schlug der Waldmann in eben jenem Moment die Augen auf.

Aésha eilte zu ihm und half ihm, sich aufzurichten.

Seine Hand glitt sofort zu der Stelle am Hals, wo ihn die Sumpfwespe gestochen hatte, doch die Schwellung war bereits verschwunden. Lediglich eine rote Färbung zeugte noch von dem Stich. Verblüfft befühlte sie die Stelle, an der sie gewesen war. Wie war das möglich? Lag es an den Blättern oder hatte die Hexe hier mit Magie nachgeholfen? Das war unmöglich!

Benommen blinzelte Java sie an und sah sich dann um. Aésha konnte förmlich seine Gedanken lesen, als er sich plötzlich versteifte und aufstehen wollte.

»Bleib ruhig«, mahnte sie ihn. »Du wärst fast an dem Fieber gestorben.«

Aber Java schob ihre Hand beiseite und machte sich daran, aufzustehen.

Aésha versuchte vergeblich, ihn wieder auf das Bett zu drücken.

»Sumpfhexe«, hörte sie ihn grummeln.

»Ja, ich weiß, sie hat dir das Leben gerettet.«

Er hielt inne. »Und wofür?« Er sah misstrauisch aus und musterte Eetah argwöhnisch.

»Einen Gefallen in der Zukunft habe ich dafür wohl verdient«, gab Eetah mit geschürzten Lippen zu bedenken.

»Schlechter Handel, wenn man keine Wahl hat und nicht weiß, worauf man sich einlässt.«

»Hilft es dir, wenn ich verspreche, dass dabei keiner zu Schaden kommen wird, der dir etwas bedeutet?«

Java grunzte. »Das glaube ich erst, wenn es soweit ist.«

Die Hexe lächelte. »Schön.« Sie klatschte ihre Hände auf ihre Oberschenkel. »Wer hat Hunger?«

Der Eintopf, den sie auftischte, schmeckte vorzüglich, doch Aésha konnte Java nicht davon überzeugen, ihn zu kosten. Er weigerte sich, sehr zu ihrem Bedauern, sogar, etwas zu trinken oder länger zu verweilen.

»Ach, Aésha?«, hielt Eetah sie zurück, als sie gerade im Begriff waren, zu gehen. Java war bereits vor der Tür und wartete ungeduldig.

»Ja?«

»Dein Vogel, Maru. Sie ist etwas ganz Besonderes, musst du wissen.«

Aésha runzelte fragend die Stirn, doch Eetah grinste erneut ihr vieldeutbares Grinsen und zog die Tür zu.

»Ja, ich weiß, aber du hättest ihr dennoch nichts tun dürfen!«, hörte sie Eetah drinnen keifen und ein protestierendes Krächzen kam als Antwort.

»Eine faszinierende Frau ...«, murmelte Aésha.

»Gefährlich trifft es eher. Ich kann nicht fassen, dass du dich auf sie eingelassen hast!«, schimpfte Java.

»Was hatte ich denn für eine Wahl? Du warst dem Tode nahe und ich allein mit dir am Waldrand!«

Es war bereits wieder Morgen geworden. Aésha konnte sich kaum erklären, wie schnell die Nacht vergangen war und hatte dabei kein sehr gutes Gefühl. Sie glaubte fast, dass ihre Erinnerung an die letzten Stunden bereits zu verblassen begann. Konnte Eetah ihre Wahrnehmung verändert haben?

Java setzte zu einer Antwort an, wusste aber offensichtlich nichts weiter zu sagen. Stattdessen schüttelte er den Kopf und schulterte sein Gepäck.

Eine Weile lang schwieg er, während sie dem Steg Richtung Elandor folgten, bis Java nach einigen Stunden schließlich die Stille brach und sich langsam entspannte.

KAPITEL 6

»Es ist nicht mehr weit.« Er deutete auf einen Berg, der sich links von ihnen über den Bäumen erhob.

Maru folgte Aéshas Blick und machte ein leises schnarrendes Geräusch. Sie sicherte ihren Halt auf Aéshas Schulterpolster und flatterte kurz mit den Flügeln. Die Freundin wirkte noch etwas mitgenommen, schien sich jedoch rasch wieder zu erholen.

Im Vergleich zu dem Gebirge, an dessen Fuß Maurin lag, war dieser Berg winzig und kaum als solcher zu bezeichnen.

Aésha nahm nach einiger Zeit eine deutliche Veränderung der Umgebung wahr. Der Sumpf wurde trockener, bis er schließlich in eine Graslandschaft und diese nach einiger Zeit in eine locker bewaldete Gegend überging.

Dann, am Nachmittag, sie folgten schon längere Zeit einem Trampelpfad, stießen sie auf eine breite, belebte Straße, auf der ein buntes Treiben herrschte.

Mit weit geöffnetem Mund und aufgerissenen Augen bestaunte Aésha die fremdartig gekleideten Menschen, Zwerge und, zum ersten Mal in ihrem jungen Leben, Elben.

Sie unterschieden sich nicht so stark von den Menschen, wie sie sich vorgestellt hatte. Sie wirkten lediglich etwas zarter, ihre Züge waren ein wenig feiner und ihr Gang weicher. Die größten sichtbaren Unterschiede bestanden in den leicht spitzen und vergleichsweise großen Ohren und Augen und der Tatsache, dass sie sechs Finger besaßen. Zudem war die Vielfalt ihrer Haarfarben deutlich größer. Ein kleines Elbenmädchen kreuzte ihren Weg, dessen Haare nahezu schneeweiß schimmerten.

Ein heftiger Stoß brachte Aésha beinahe zu Fall. Sie drehte sich um und blickte in das Gesicht eines grobschlächtigen Mannes in Lederrüstung. Eine tiefe Narbe über dem rechten Auge verstärkte seinen düsteren Gesichtsausdruck.

»Du stehst im Weg!«, grunzte er ungehalten und schob sie unsanft beiseite, nachdem er sie abschätzig gemustert hatte.

Aésha sah kurz an sich herunter. Ihre Kleidung hatte im großen Wald stark gelitten und brauchte zudem dringend eine Wäsche.

Hinter dem pöbelnden Mann fuhr ein großer, schwer beladener Wagen, der von mehreren Wachen und einem Herrn zu Pferd begleitet wurde, welcher wohl ein Händler sein musste.

Aésha trat verunsichert zur Seite. Sie fühlte sich fehl am Platze, von zu vielen Leuten umgeben, die sie nicht kannte, bis Java neben sie trat und sie behutsam am Arm nahm.

»Lass uns Liljas Haus aufsuchen. Dort können wir erst einmal zur Ruhe kommen. Mir verlangt es nach einem kräftigen Bier und einem deftigen Mahl. Was hältst du davon?«

Aésha nickte und folgte ihm durch das Stadttor, an dessen Rand Wachen standen, denen Java zunickte, als wären sie alte Bekannte.

Die Männer in den blankpolierten Rüstungen erwiderten

seinen Gruß, Java war offensichtlich öfter hier.

Sie schritten durch das große Tor, hinter dem sie auf einen gut besuchten Markt gelangten.

Überwältigt von den verschiedensten Gerüchen, Farben und Eindrücken, wusste Aésha gar nicht, wo sie zuerst hinblicken sollte. Ein kleiner, großohriger Affe mit dickem braunen Fell erlangte schließlich ihre Aufmerksamkeit.

Er huschte zwischen den gut gefüllten Ständen hin und her, stibitzte sich einen Apfel und schlich sich mit mäßigem Erfolg davon.

Der Verkäufer jagte ihm wutentbrannt hinterher, verlor das diebische Tier jedoch schnell aus den Augen.

»Bei allem, was mir heilig ist, ich schwöre, dass ich diesen kleinen götterverfluchten Kaipa noch in die Finger kriege!«, wütete er.

»Du meinst also, bei deinem Geld?«, feixte sein Standnachbar. »Was sonst ist dir heilig? Deine Frau ist es jedenfalls nicht!«

»Die Alte ist auch alles andere als heilig!«

Mehrere Leute brachen in amüsiertes Gelächter aus.

Java steuerte eine der vielen Straßen an, die von dem Marktplatz abgingen und führte sie in ein eher unscheinbares Viertel mit vielen Wohnhäusern. Die Straße endete an einem weiteren Platz, der nicht mit Ständen vollgestellt, sondern von einem großen Brunnen geziert wurde.

»Dort ist es schon!« Er steuerte ein Haus zu ihrer Linken an, über dem Aésha ein Schild erblickte, auf dem

»Das Haus der Wächter« geschrieben stand. »Liljas Haus.«

Durch die milchigen Fenster erahnte Aésha konturlose Gestalten und hörte gedämpfte Unterhaltungen.

Maru stupste Aésha hinter ihrem Ohr an und sah sich

unruhig um.

Aésha sah ihr in die großen dunklen Augen und nickte lächelnd, woraufhin Maru noch einmal einen Blick auf das Haus warf und sich abstieß, um zurück in den Wald zu fliegen. Die Stadt war nichts für sie.

Java öffnete die Tür und sofort stieg Aésha der köstliche Duft nach frisch zubereitetem Braten und gebackenem Brot in die Nase. Ihr Magen knurrte unüberhörbar.

»Höchste Zeit, he?« Er lachte und trat mit ihr zusammen in die Gaststube.

Innen war es gemütlich, wenn auch etwas stickig und gut besucht. An der rechten Seite des von vielen Leuchtern erhellten Raumes erstreckte sich ein langer Tresen, hinter dem rechts in der Ecke ein Torbogen in die Küche führte. Eine Frau in einem locker sitzenden Kleid trug zwei Teller mit dampfendem Eintopf zu einem der Tische, die fast alle besetzt waren. Hinten links führte eine Treppe nach oben.

Java winkte einer Frau mittleren Alters hinter der Theke zu und spähte den Raum nach freien Plätzen aus. Sie fanden einen freien Tisch an der Wand, neben der sie ihre Sachen abluden und bestellten großzügig.

So hart der Stuhl auch war, auf den Aésha sich seufzend setzte, er war eine reine Wohltat für ihre Glieder. Doch wirklich zur Ruhe kam sie nicht.

»Und wer ist nun Lilja?«

Javas Blick glitt erneut zur Theke. »Die reizende Dame am Zapfhahn dort drüben.«

Aésha folgte seinem Blick.

Lilja war eine auffällige Frau. Ihre langsam ergrauenden, gewellten Haare waren lose hochgesteckt und fielen in einzelnen Strähnen hinunter, während ihr einnehmendes Lachen durch den Raum schallte und ihre geschwungenen

Augen mit kleinen Fältchen umrahmte.

»Wir werden schon noch mit ihr ins Gespräch kommen, glaub mir. Aber noch nicht jetzt.«

Aésha runzelte die Stirn. »Wann dann?«

»Wir werden warten, bis sich die meisten Gäste verabschiedet haben. Hab ein bisschen Geduld und iss«, besänftigte er sie.

Aésha bekam kaum einen Bissen hinunter. Immer wieder sah sie zu Lilja, die sie nicht zu bemerken schien.

Das Schankmädchen, das sie bediente, brachte Java bereits das zweite Bier, als Aésha begann, der Einrichtung mehr Beachtung zu schenken.

»Sag mal, Java, wohin führt diese Tür dort?«

Er sah erst hinter sie, wo die Treppe nach oben führte, doch Aésha zeigte in eine andere Richtung neben der Eingangstür. Seit einiger Zeit sah sie immer wieder Personen dort ein- und ausgehen, denen sonst niemand Beachtung zu schenken schien.

Java räusperte sich verhalten und kratzte sich am stoppeligen Kinn.

»Ja, das habe ich mir schon gedacht«, murmelte er.

»Wie bitte?«

»Dass du sie sehen kannst. War eigentlich klar.«

Aésha hob die Augenbrauen. »Ich versteh kein Wort.«

Er holte tief Luft und trank noch einen Schluck. Dann stellte er seinen Becher langsam auf dem Tisch ab und sah grüblerisch ins Leere.

»Java?«

Er hob seine Hand. »Warte bitte noch. Es gibt hier zu viele Ohren, die nicht eingeweiht sind.«

»Nicht was?« Aésha sah sich um. Der Raum hatte sich schon deutlich geleert, doch einige Tische waren noch besetzt, vorwiegend von Menschen und Zwergen, doch sie sah auch zwei Elben unter den Gästen.

Als die nächste Gruppe sich von ihrem Tisch erhob, zahlte und das Lokal verließ, veränderte sich plötzlich die Stimmung.

Lilja verstummte und schloss die Eingangstür mit einem großen Schlüssel.

»So, wen hast du uns denn da mitgebracht, Java?«, wandte sie sich ihnen zu.

Aéshas Herz machte einen Sprung.

»Das wird dich interessieren, Liebste.« Er schmunzelte verschmitzt und zog stimmungsheischend an einer Pfeife, die er sich während des Wartens angezündet hatte. »Kommt dir das Gesicht dieser jungen Dame etwa nicht bekannt vor?« Er deutete mit dem Stiel der Pfeife auf Aésha, die ihn ihrerseits irritiert anblickte und dann unsicher Lilja ansah.

»Du liebe Güte!«, hauchte sie und griff mit einer zittrigen Hand an die Rückenlehne des nächsten Stuhles, um sich abzustützen. »Sarina!«

Aésha schüttelte scheu den Kopf. »Ich bin Aésha.«

»Ja, ja natürlich«, Lilja fuhr sich mit zittrigen Fingern durch ihr Haar und lächelte. »Tut mir leid. Die Ähnlichkeit ist tatsächlich unverkennbar, ich … ich kann es kaum glauben … Oh äh, wo bleiben meine Manieren? Entschuldige, das haut mich doch etwas aus der Rolle. Willkommen, Aésha, willkommen in meinem Haus.« Das Lächeln der Frau strahlte eine Wärme aus, die Aésha bis ins Herz drang.

»Ich dachte, es sei das Haus der Wächter?«, fragte Aésha. Ein leises Tuscheln ging durch den Raum und Lilja lachte heiter auf. Sie nickte belustigt. »Du hast es gelesen, was?«

»Ja, natürlich, es ist ja auch kaum zu übersehen …«

»Tatsächlich ist es das schon«, schaltete Java sich räuspernd ein. Sie sah ihn fragend an. »Die Schrift ist nur für jene lesbar, die der Magie mächtig sind. So wie die Tür für alle anderen unsichtbar ist.«

»Unmöglich. Ich habe in meinem ganzen Leben noch nie Magie gewirkt.« Aésha schüttelte den Kopf. Die Gedanken an das Buch und den Stab in ihrem Gepäck versuchte sie wenig erfolgreich zu verdrängen und etwas wummerte in ihrem Hinterkopf. Erst nach einiger Zeit bemerkte sie, dass es ihr Puls war, den sie in ihren Ohren pochen hörte.

»Das bedeutet noch lange nicht, dass du nicht dazu imstande wärst«, gab Lilja zwinkernd zu bedenken. »Kommt, seid meine Gäste. Ihr müsst einen langen Weg hinter euch haben und erschöpft sein. Und eure Kleidung muss dringend gewaschen werden.« Lilja winkte den beiden, mit ihr zu kommen und marschierte zu der Tür neben dem Eingang, die hier niemandem neu zu sein schien.

Aésha wandte sich an Java. »Ich wusste gar nicht, dass du der Magie mächtig bist.«

Der Waldmann lächelte schief und legte ihr vertraut eine Hand auf die Schulter. »Das bin ich auch nicht. Ich sehe die Tür nur, weil sie mir einst gezeigt wurde. Vorher war ich so blind wie die meisten anderen auch.«

Wenig später saß Aésha tief eingesunken in dem bequemsten Sessel, den sie sich hätte vorstellen können und sah sich fasziniert wie ein kleines Kind in einer verwinkelten Ecke einer wunderbar eingerichteten Bibliothek um.

Die Tür hatte in das benachbarte Gebäude geführt. Aésha hatte mehrere Wohnräume gesehen, aber auch Fenster zu einem wunderschön blühenden Garten im Innenhof, bis sie über eine Treppe im ersten Stock gelangten, in dem sie sich nun befanden. Ihr gefiel die gemütliche Einrichtung des Hauses, überall befanden sich kleine Lampen und Sitzecken, in die man sich zurückziehen konnte.

Lilja saß ihr gegenüber und sah gedankenverloren auf die trockenen Holzscheite im Kamin. Die zwei Lötlampen, die ihn umrandeten, erhellten ihr Gesicht.

Aésha überlegte, ob sie sich verhalten räuspern oder sonst irgendwie auf sich aufmerksam machen sollte. Scheinbar war Lilja mit ihren Gedanken weit auf Wanderschaft gegangen.

Doch plötzlich schreckte die Frau auf und schüttelte sich. »Verzeih, ich hab‘ geträumt.«

Aésha winkte ab, sie war inzwischen damit beschäftigt, sich zu überlegen, was ihre erste Frage sein sollte.

»Weißt du, deine Mutter war eine sagenhafte Frau«, begann Lilja, bevor Aésha etwas sagen konnte. »Sie war sehr viele Jahre lang meine beste Freundin. Aber du erinnerst dich nicht mehr an mich, oder?«

Aésha schüttelte stumm den Kopf. Sie konnte sich nicht entsinnen, Lilja je getroffen zu haben.

»Du nanntest mich deine Tante Lili, aber das ist ewig her, du konntest gerade erst sprechen.« Lilja nippte lächelnd an einem riesigen Becher. »Ich hätte mich viel mehr um dich kümmern sollen, aber ich komme schlecht von hier weg und Sarina wollte, dass du in Maurin aufwächst. Sie wünschte sich, dass du in gewohnter Umgebung bleiben kannst, bis du soweit bist, dich mit deiner Herkunft auseinanderzusetzen. Natürlich hatte sie geplant, das mit dir zusammen zu tun …«

»Was meinst du mit meiner Herkunft?«, unterbrach Aésha.

»Sag, Aésha, was weißt du von den Wächtern?«

»Im Grunde genommen nichts, außer, dass sie etwas mit Magie zu tun haben«, antwortete Aésha wahrheitsgemäß. Von den Wächtern hatte sie bisher lediglich Eetah sprechen hören.

»Das ist richtig, die Wächter sind eine Gemeinschaft von Magiern und auch ihren Freunden. Sie haben sich einst gebildet, um die Menschen zu schützen und zu unterstützen, bis wir, na ja, sagen wir, etwas unbeliebt wurden.«

Aésha hob interessiert die Augenbrauen, doch Lilja wischte die Frage mit einer Handbewegung weg. »Das erfährst du alles noch, ich bin keine Geschichtslehrerin. Rexadnela unterrichtet dich später.«

»Unterrichtet mich?« Aésha stutzte.

Diesmal hob Lilja die Augenbrauen. »Möchtest du etwa nicht ausgebildet werden?«

»Worin bitte?«

»Aésha, in Magie natürlich! Oh, du weißt davon natürlich nichts … Gut, nun ja, wo fang ich an? Das Haus der Wächter beherbergt zum einen den Rat, der sich um unsere Angelegenheiten kümmert, aber auch um die Bildung des Nachwuchses. Die anderen drei sind dir nicht viel voraus, keine Angst, die Magie erwacht erst in deinem Alter, du kannst sie noch einholen. Oder möchtest du wieder zurück nach Maurin? Ich kann nicht verhehlen, dass es mich enttäuschen würde, aber wenn du dich nach deiner Heimat sehnst, kann ich das natürlich …« Sie verstummte, als Aésha heftig den Kopf schüttelte. »Darum geht es aber gerade auch nicht, du wolltest doch was über Sarina erfahren, oder?« Sie lehnte sich in ihrem Sessel zurück und faltete ihre Hände in ihrem Schoß.

Aésha fiel es schwer, sich nach dem Angebot, die Zauberkunst zu erlernen, auf ihr Anliegen zu konzentrieren.

»Tja, sie war eine Wächterin, so wie ich und nicht nur das. Deine Mutter war die Vorsitzende unseres Rates. Ihre Meinung hatte das größte Gewicht, bis sie schwanger wurde und beschloss, anderen die Entscheidungen zu überlassen. Sie hat es nie bereut, wurde sie doch mit so einer zauberhaften Tochter gesegnet.«

Aéshas Ohren fühlten sich plötzlich sehr warm an.

Es war bereits Nacht, als Aésha in einem kleinen, aber liebevoll eingerichteten Zimmer auf einem kunstvoll gestalteten Bett saß und gleichzeitig keinen klaren Gedanken fassen konnte.

Sie hatte den ganzen Abend mit Lilja über ihre Mutter geredet.

Lilja hatte sogar ein Gedicht herausgekramt, das sie geschrieben hatte, als Aésha noch nicht auf der Welt gewesen war.

Nun lag sie in der Dunkelheit und starrte auf die Zimmerdecke, während sie sich die Ereignisse der letzten Wochen noch einmal durch den Kopf gehen ließ.

Sie war nicht allein in diesem Zimmer. Ein blondes Mädchen in ihrem Alter schlief in einem zweiten Bett auf der anderen Seite des Raumes, das immer noch selig schlummerte, als Aésha am nächsten Tag aufstand, sich leise und rasch anzog und sich aus dem Raum schlich.

Es dauerte eine Weile, bis sie sich in den Gängen zurechtgefunden hatte. Sie war im obersten Stockwerk des Gebäudes untergebracht worden und irrte eine Weile durch verschiedene Gänge, deren Türen sie nicht wagte, zu öffnen, aus Angst, es könnten Privatgemächer sein.

Schließlich lief ihr Java über den Weg. »Na, gut geschlafen?« Er grinste, während sie es vorzog, sich eine

Antwort zu sparen. Java hob die Augenbrauen, doch dann zuckte er die Schultern und beließ es dabei.

»Frühstück?« Er deutete auf die Tür am Ende des Ganges. Natürlich, dort ging es zum Gastraum.

Aésha nickte, bekam letztendlich jedoch kaum etwas herunter. Die vielen Eindrücke, die sie gestern noch endlos wachgehalten hatten, ermüdeten sie mit einem Schlag.

Java räusperte sich. »Wie war dein Gespräch mit Lilja gestern Abend? Hast du die Antworten erhalten, nach denen du gesucht hast?«

»Ehrlich gesagt entfiel mir jegliche Frage, als ich plötzlich die Gelegenheit hatte, sie zu stellen.« Sie konnte sich ein verhaltenes Lachen nicht verkneifen. »Ich habe keine Ahnung, was ich erwartet hatte, wenn ich hier in Elandor ankomme, aber ganz gewiss keine komplette Gemeinschaft und das Angebot, Magie zu erlernen!«

»Möchtest du es?«

»Was? Magie erlernen?«

Er nickte.

»Puh … Das … Ich weiß nicht. Magie ist mir völlig fremd…«

Java legte den Kopf schief. »Meinst du?«

Sie sah ihn fragend an.

»Nur weil du nicht damit aufgewachsen bist, bist du nicht weniger begabt.«

»Woher willst du wissen, ob ich begabt bin?« Sie wollte gewiss nicht wieder nach Maurin zurück, doch inzwischen beängstigte sie der Gedanke, gewisse Erwartungen erfüllen zu müssen. Was hatte Lilja gesagt? Ihre Mutter war einmal die Ratsvorsitzende der Wächter gewesen.

»Keine Ahnung, was ist, wenn nicht?«

Darauf wusste sie nichts zu antworten.

»Komm, ich bring dich zu deinem Lehrer, du brauchst noch einen Stab. Und dann wagst du dich zunächst einmal zu deiner ersten Stunde.«

»Tatsächlich habe ich bereits einen Stab …«

KAPITEL 7

Sie hatte ihn mit dem Buch zusammen in ein Tuch gewickelt und ganz unten in ihrem Rucksack verwahrt. Nun kribbelte das Päckchen in ihrer Hand, nicht weniger als ihr Bauch vor Nervosität, während sie vor der Tür stand, zu der Java sie geschickt hatte.

Von drinnen hörte sie eine gedämpfte Stimme reden. Sie klopfte an.

»Herein!«

Es gab kein Zurück mehr. Aésha drückte die Klinke herunter.

»Aaah, du musst Aésha sein!«, begrüßte sie ein alter Mann mit stoppeligem Kinn, tiefen Tränensäcken und freundlichem, wenn auch hagerem Gesicht. »Ich bin Wymiot. Dein Lehrer. Komm, komm! Das hier sind Naomi, Kalef und Diego, deine Mitschüler.« Wymiot deutete auf das blonde Mädchen, das Aésha schon in ihrem Zimmer gesehen hatte und zwei junge Heranwachsende. Einer etwa in ihrem Alter, der andere scheinbar etwas älter.

Die drei saßen an einem langen Tisch, der lediglich noch einen freien Platz bot, direkt vorne an der Tür, wo Aésha stand und nicht einen Ton herausbrachte.

Sie alle starrten sie an.

Erst jetzt bemerkte Aésha, dass Naomi kein Mensch war. Ihre eisblauen Augen waren größer als bei Menschen üblich und strahlten kraftvoll. Ihre Ohren waren etwas spitz und ihre sommersprossige Haut dunkel. Sie musste eine Elbin sein und stammte offensichtlich von den Völkern weit im Süden ab.

Kalef saß neben ihr, er war der ältere der beiden jungen Männer. Er hatte eine gerade Nase sowie helle, graue Augen. Sein breites Kreuz und die kräftigen Oberarme zeugten von Stärke, seine sonnengebräunte Haut dagegen wies darauf hin, dass er viel draußen war.

Der andere, den Wymiot als Diego vorgestellt hatte, war etwas blasser. Seine Haare hatten einen warmen Braunton, der mit seiner Augenfarbe harmonierte. Er war etwas zierlicher als Kalef und bei weitem nicht so kräftig. Eher schlank und dennoch athletisch.

Während Aésha verzweifelt überlegte, wo sie hinblicken sollte, um die drei nicht länger anzustarren, beendete Wymiot die entstandene peinliche Stimme kurzerhand und wies sie an, sich zu setzen.

»Wie ich hörte, bist du noch unerfahren in der Magie, ist das richtig?«

Aésha nickte. Neben sich hörte sie ein Schnauben.

Es war Naomi, die stur geradeaus blickte und sich scheinbar ein Kichern verkniff.

»Nun gut, hast du schon einmal Magie gewirkt?«

»N-nein.«

»Also auch noch nie deinen Stab benutzt?«

»Es ist im Grunde genommen nicht meiner.«

»Aber er kribbelt, nicht wahr? Nun, das ist nicht ungewöhnlich. Der Stab ist nichts weiter als eine Hilfe. Er ist ein Fokus, er soll dir helfen, deine Magie zu kanalisieren, damit sie nicht ungebändigt aus dir herausströmt, wenn du sie erst einmal freilässt. Manche brauchen ihn ihr Leben lang, einige schaffen es irgendwann, die Magie ohne Fokus zu beherrschen«, erklärte Wymiot ruhig.

Aésha sah auf das Bündel, das vor ihr auf dem Tisch lag. Die anderen drei hatten ihre Stäbe offen vor sich drapiert. Jeder von ihnen unterschied sich deutlich von den anderen, so wie es auch ihre Besitzer taten. Aéshas Blick ging an Kalefs unscheinbarem Stab vorbei und blieb an Naomis hängen. Er war zierlich und mit Ranken verziert.

Als sie den Knoten löste und den Stoff auffaltete, offenbarte sich ein etwa eine Elle langer Stab aus dunklem Ebenholz. Der Griff war sanft gedreht, bis er in ein gerades Ende überging. Elegant und dennoch schlicht und, bei dem Gedanken daran musste Aésha lächeln, er passte sehr gut zu ihrer nach Liljas Beschreibung ebenfalls eleganten, aber bescheidenen Mutter. Erst jetzt wurde ihr bewusst, dass sie mit ihm doch noch eine Erinnerung an sie mit sich trug.

Wymiot erzählte, ohne Rücksicht auf Aéshas Träumerei zu nehmen, gerade von einem Zauber, mit dem sie ein Licht erstrahlen lassen konnte. Eine kleine leuchtende Kugel, die wie eine Laterne vor ihnen schweben sollte.

Zum ersten Mal, seit sie ihn entdeckt hatte, ergriff Aésha ihren Stab, um ihn tatsächlich zu nutzen - und nicht, um ihn zu verstecken. Sie spürte, wie er erwartungsvoll vibrierte und sich ihr anpasste.

»Den Zauber zu wirken, ist an sich nicht das Schwerste, komplizierter ist, ihm eine Form zu geben. Ihr müsst der Magie euren Willen aufzwingen, damit das Licht erstrahlt. In eurem inneren Geiste müsst ihr es sehen und euch gleichzeitig der Kraft, die euch innewohnt, öff- oh, ja, sehr schön Naomi!«

Eine walnussgroße Kugel erschien vor der Spitze des Stabes ihrer Sitznachbarin, während Aésha verblüfft von ihrem Stab zu Naomis blickte. Sie hatte keine Ahnung, wie sie solch ein Wunder bewerkstelligen sollte. Licht ohne Feuer …

Ein zweiter Lichtball erschien im Raum. Es war Diego, der zwar etwas länger gebraucht hatte, dafür ein deutlich kraftvolleres Leuchten zustande brachte.

»Wie schon zu erwarten, Diego, vortrefflich!«

Übrig blieb Kalef, der konzentriert auf seinen Stab starrte und etwas verkrampft wirkte.

»Entspanne dich«, flüsterte Naomi ihm zu.

Wymiot nickte. »Versteife dich nicht darauf, die Magie zu bändigen, bevor sie hervortritt, du sperrst sie ein. Lass sie fließen, um ihr die Form zu geben.«

Kalef richtete sich auf, schloss die Augen und atmete langsam durch.

»Genau, genauso wie wir es bei der Meditation geübt haben.«

Kalefs Atmung verlangsamte sich, bis ein winzig kleiner Funke vor seinem Stab erschien. Er erreichte etwa die Größe einer Erbse und leuchtete eher spärlich im Vergleich zu Diegos Werk, doch die Kugel wuchs langsam, bis sie schließlich dieselbe Größe erreichte wie die der anderen.

Wymiot klatschte vor Begeisterung. »Großartig, großartig! Ihr werdet sehen, es wird mit jedem Mal einfacher! Aésha, nun bist du an der Reihe.« Er trat vor sie und sah sie erwartungsvoll an.

Erschrocken starrte sie zurück. »Ich?«

»Na sicher! Irgendwie musst du ja anfangen. Ertaste im Geiste deine Magie, du hast sie in dir, sie lechzt geradezu nach ein wenig Aufmerksamkeit. Wenn es dir hilft, schließe dabei die Augen. Schalte deine Umgebung aus. Und dann stellst du dir bildlich vor, wie die Kraft, die in deinem Inneren steckt - manche spüren sie im Kopf, andere im Herzen - durch deinen Stab fließt.«

Aésha verstand im Groben, was von ihr verlangt wurde, doch es war leichter gesagt als getan.

Ihre Umgebung ausschalten. Sie spürte förmlich die Blicke der anderen auf sich ruhen, während sie sich bemühte, ihre Augen geschlossen zu halten, um sich möglichst nicht ablenken zu lassen, doch es half nichts. Ihr war unwohl, am liebsten hätte sie alles stehen und liegen gelassen und wäre gegangen, doch sie wollte Java nicht enttäuschen.

Als nach einer Weile immer noch nichts geschehen war, seufzte sie und schüttelte entschuldigend den Kopf.

Tatsächlich schienen die anderen sich überhaupt nicht für sie zu interessieren. Naomi beschäftigte sich unter Kalefs interessierten Blicken selbstständig mit dem Zauber und ließ ihre Lichtkugel immer wieder von Neuem entstehen.

Diego achtete nicht auf die anderen, sondern war in sein Buch vertieft, die Stirn von tiefen Falten durchzogen.

Erst Naomi gelang es, seine Aufmerksamkeit wieder auf die anderen, vor allem auf Aésha, zu lenken, indem sie eine kleine Lichtkugel vor seiner Nase tanzen ließ. Erwartungsvoll sah er erst Naomi an, dann zu ihr hinüber, die sofort den Kopf wegdrehte.

Wymiot stand immer noch vor ihr und lächelte sie aufmunternd an.

»Na los, weiter! Konzentrier dich, spürst du schon was?«

Aéshas Wangen glühten. Wieder schloss sie die Augen und tastete erst in ihrem Geist, dann in ihrer Brust nach etwas, was sich magisch anfühlte.

Es dauerte eine Weile, doch dann, gerade als sie glaubte,

gefunden zu haben, wonach sie suchen sollte, hörte sie einen der Jungs kichern.

Sie schreckte auf, die Magie entlud sich und ein gleißender Blitz erhellte den Raum.

»J-jawohl … Na ja, zumindest ein Anfang.« Wymiot räusperte sich, rieb sich die Augen und funkelte die anderen streng an.

»Verzeihung«, nuschelten Naomi und Kalef wie aus einem Munde.

Aésha wäre am liebsten im Boden versunken, ihre Wangen glühten vor Scham.

Den Rest der Stunde regte sie sich kein Stück, bis Wymiot sie endlich entließ. Hastig packte sie ihre Sachen und stürmte in Windeseile aus dem Raum, ohne etwas zu sagen.

Nein, das hatte ihr genügt. Wozu sollte sie die Magie erlernen? Niemand konnte sie dazu zwingen, nur weil sie prinzipiell in der Lage war, welche zu wirken. Und von einem Talent war wohl kaum zu sprechen.

Aésha warf sich auf ihr Bett, tief in Gedanken versunken. Diese Reise endete so anders, als sie erwartet hatte. Was hatte sie eigentlich überhaupt erwartet? Sie wusste es nicht mehr.

Es klopfte an der Tür. Unwillkürlich beschlich Aésha der Impuls, es zu ignorieren, doch schließlich gab sie sich einen Ruck und öffnete. Es war Java, der sie unsicher beäugte.

Aésha schwieg beharrlich.

»Ich hatte dich unten zum Mittag erwartet …«, begann er, doch als Aésha noch immer nichts sagte, erkannte er, dass tatsächlich etwas nicht stimmte.

»Was ist passiert?«

»Nichts, ich hab‘ mich nur etwas lächerlich gemacht«, schnaubte sie.

Er hob eine Augenbraue und ließ nicht locker, bis sie ihm schließlich von ihrer Unterrichtsstunde erzählte.

»Na und? Was hast du gedacht? Niemand beherrscht die Magie von Anfang an.« Er winkte lachend ab.

Java hatte leicht reden.

»Oder sind es die anderen?«

Aésha senkte ertappt den Blick. Sie hatte seit ihrer Kindheit keine neuen Freunde mehr finden müssen. Genau genommen kannte sie jeden in Maurin schon seit ihrer Geburt. Und selbst da war sie nicht sonderlich erfolgreich damit gewesen, soziale Kontakte zu knüpfen. Die Tatsache, dass sie hier auf Gleichaltrige getroffen war, hatte sie förmlich umgehauen.

»Aahh. Du bist die Neue. Aésha, das wirst du nicht immer sein. Du musst einfach nur Anschluss finden.«

Missmutig sah sie hoch in sein Gesicht und fühlte sich sofort elend, weil sie so einen Aufstand gemacht hatte.

Java gluckste leise.

»Was?«

»Ich fass es nicht. Du nimmst es mit einem Rudel Ruuvarge auf und durchquerst mit mir den großen Wald, aber ein paar Schüler deiner Altersklasse schüchtern dich ein.« Eingeschnappt zuckte sie mit den Schultern.

»Na komm, wir sind zur Ratstagung eingeladen.«

Der Rat fand sich im Kellergewölbe zusammen, das weitaus weniger düster und feucht war, als Aésha es von Untergeschossen gewohnt war.

Nach einigen Gängen, die heller beleuchtet waren als durch Kerzenlicht möglich, erreichten sie einen größeren Saal, in dem sich ein langer, breiter Tisch befand. Etwa die Hälfte der Stühle waren besetzt von Menschen, Elben und Zwergen, die Aésha zum Teil schon in der Gaststube gesehen hatte, andere waren ihr fremd.

Lilja war ebenfalls anwesend. Sie saß zur Linken einer Frau am Ende des Tisches, die Aésha aufmerksam anlächelte.

»Aésha, herzlich willkommen. Ich bin Alenia, Ratsvorsitzende der Wächter in Elandor.« Alenia war eine weißhaarige Elbin mit klaren Augen.

Aésha nickte, nicht wissend, was sie antworten sollte. Sollte sie sich verbeugen? Einen Knicks machen? Hätte Java sie nicht einweisen können? Wie wichtig war wohl so ein Rat? War Alenia ähnlich gestellt wie eine Königin? Sie versuchte sich daran zu orientieren, wie die anderen anwesenden Personen sich ihr gegenüber verhielten, nur sprach derzeit niemand mit ihr.

Alenia schien sich nicht daran zu stören, dass Aésha sich nicht verbeugte, sie lächelte unentwegt weiter.

»Aésha, wie du sicher schon weißt, bin ich die Nachfolgerin deiner Mutter. Vor mir saß sie auf genau diesem Stuhl und führte den Rat der Wächter an. Ich hörte, dein Besuch hier gründet auf der Suche nach Wissen über sie.«

Wieder nickte Aésha.

»Ich wüsste nur gern, was der Auslöser für diese Reise war. Java berichtete, du wärst sie recht kurzfristig angetreten …«

»Ich glaube, es begann mit diesem Traum.« Aéshas Kehle war trocken, sie war nicht sicher, ob sie laut genug sprach. »Ich habe schlecht geträumt und bin mitten in der Nacht aufgewacht, als ich plötzlich ein Leuchten bemerkt habe. Es kam von einer Truhe auf dem Dachboden, die einst ihr gehört hatte. Darin befanden sich Briefe von Lilja, die meine Neugier weckten. Also beschloss ich, sie zu suchen.«

Beschämt sah sie zu Boden. Ihre Mutter war zwar schon einige Jahre verstorben, doch sie hatte auf einmal das Gefühl, sie hätte ihre Privatsphäre verletzt. Als sie aufsah, bemerkte sie Alenias Stirnrunzeln.

»Sag, Aésha, was war das für ein Traum, dass er dich erwachen ließ?«, hakte sie nach.

Aésha berichtete von ihrem Albtraum. Ein Schauer lief ihr dabei über den Rücken, doch sie schob das beklemmende Gefühl beiseite, das sofort wieder in ihr hochkam.

Danach war es eine Weile still. Alenia wechselte schwer zu deutende Blicke mit ihrem Sitznachbarn, einem Mann im mittleren Alter mit langer, gerade Nase, und sah dann zu Java, der hinter Lilja auf einem Stuhl an der Wand saß und sich merklich aufgerichtet hatte.

Dann lächelte sie wieder.

»Aésha, wusstest du, dass dein Beiname Hallinor eine weitreichende Geschichte hat?« Aésha schüttelte den Kopf. »Er kommt von den Wächtern, die einst die Hallen als Eingangstore unseres Landes erbaut haben. Du stammst von ihnen ab. Das bedeutet, dass ein gewaltiges Erbe in dir schlummert. Wieviel davon noch übrig ist, wird sich natürlich erst noch zeigen, doch es ist gut möglich, dass gewaltiges Potenzial in dir steckt.« Alenia sprach sanft und ruhig. »Du bist in einem Alter, in dem sich die Magie zum ersten Mal offenbart und du hast ohne fremde Hilfe zu ihr gefunden, das ist bemerkenswert.«

Aésha spürte, wie ihre Ohren warm wurden. »Davon war heute Morgen allerdings nicht viel zu sehen«, rutschte ihr heraus, bevor sie sich der Unverfrorenheit ihrer Widerworte bewusst wurde.

Alenia lachte glockenhell. »Das war dein erster Zauber, glaube mir, wenn ich dir sage, dass meiner viel gewaltiger daneben ging! Die anderen drei sind dir nur um wenige Wochen voraus, auch sie stehen noch am Anfang und auch sie stellten sich zunächst nicht besser an als du. Wymiot wird sich sicher bereit erklären, dich dabei zu unterstützen, sie einzuholen, doch das ist eigentlich nicht der Punkt, auf den ich hinausmöchte.«

Aésha entspannte sich ein wenig. Auch wenn Java vorhin das Gleiche gesagt hatte, tat es gut, es von jemand anderem zu hören.

»Wie du vielleicht schon weißt, sind die Wächter aus den Reihen der Magier hervorgegangen. Viele von ihnen waren zudem auch der Seherei mächtig, wie auch deine Vorfahren. Leider jedoch ist diese Gabe selten geworden. Dennoch möchte ich dich bitten, ein Traumtagebuch zu führen, wenn du einverstanden bist.«

Aésha sah sie mit erhobenen Augenbrauen an.

»Das heißt natürlich, sofern du bleiben möchtest. Wie ich hörte, bist du dir nicht ganz sicher?«

Wusste die Frau denn alles, was hier geschah?

Was hatte Java ihr erzählt?

Aésha fühlte sich ertappt. Man hatte sie hier sofort herzlich aufgenommen und sie war undankbar und trotzig. Sie sollte es als eine Chance sehen. Als ein Ausweg, Helgar nicht zu heiraten. Besser war es allemal. Ob sie nun eine Meisterzauberin werden würde oder nicht. Wer erwartete das schon? Vielleicht sollte sie selbst ihre Erwartungen senken. Von dem gewaltigen Erbe, das angeblich in ihr schlummerte, mal abgesehen.

»Ich bitte um Verzeihung für meine Zweifel«, sagte sie. »Ich kann … Ich war ein wenig … überwältigt.«

Alenia nickte verständnisvoll und winkte sanft ab. »Das verstehen wir«, beruhigte sie sie.

»Ist es vermessen, wenn ich eine Frage stelle?«, erkundigte sich Aésha zaghaft, in der Hoffnung, nicht zu neugierig zu sein.

Alenia legte den Kopf schief und sah sie aufmerksam wartend an.

»Welche Aufgaben haben die Seher in euren Reihen?«

Der Mann neben Alenia schnaubte und rümpfte die Nase, als hätte er auf eine Zitrone gebissen, doch Alenia legte ihre Hand auf seinen Arm.

»Sie hat das Recht dazu, das zu fragen, wenn wir sie schon um ein Traumtagebuch bitten, Jael«, sagte sie bestimmt und wandte sich dann wieder Aésha zu. »Natürlich. Es geht uns maßgeblich um die Vorgänge, die in Koangahn stattfinden. Mit großer Sorge beobachten wir das Handeln Korúns und die Auswirkungen, die es auf die Silvanei hat. Unsere Seher haben dunkle Visionen von Krieg und Leid. Es gab Entführungen, denen wir auf den Grund zu gehen hoffen. Selbstverständlich verlassen wir uns nicht nur darauf, sondern -«

»Das reicht, denke ich«, schnitt Jael ihr das Wort ab. »Wir kennen sie nicht. Wir wissen nicht, ob ihr zu trauen ist oder ob sie nicht doch morgen wieder beschließt, uns zu verlassen. Und selbst wenn, sind das nicht die Belange eines Kindes.«

»Sie ist Sarinas Tochter!«, warf Lilja entrüstet ein, doch Jael blieb stur.

»Das ist mir egal. Es ging heute lediglich darum, dass sie sich vorstellt. Wenn wir sie einweihen wollen, dann erst, nachdem wir besprochen haben, was genau wir ihr erzählen. Wer weiß, ob sie nicht ein Spitzel Korúns ist?«, gab er störrisch zurück.

»Ich weiß das«, antwortete Java gereizt und brachte Jael

damit zum Verstummen.

Alenia hob beschwichtigend die Hände. »Wir können das gern zunächst untereinander bereden. Unseren Feind zu kennen, schadet ihr dennoch nicht.« Sie lächelte das Mädchen an. »Aésha, Korún hetzt gegen alles, wofür wir Wächter stehen, die Gemeinschaft von allen Völkern, solange sie im Herzen rein sind. Wir bestehen längst nicht mehr nur aus menschlichen Magiern. Es gibt Zwerge unter uns, Elben und Menschen, und so soll es sein. Eine oder mehrere Gattungen auszuschließen oder gar gegeneinander aufzubringen, ist bösartig. Zumal er ganze Völker aus vermeintlich seinem Land vertreibt. Und seine Machtgier kennt keine Grenzen. Er greift nach mehr, solange, bis ihm jemand ein Ende macht. Es gibt das Gerücht, dass er sogar seine Gulhards aussendet.«

Jael japste auf und sah sie entrüstet an.

Aésha hatte keine Ahnung, was Gulhards waren, doch der Name und die Reaktionen der anderen ließ nichts Gutes vermuten.

»Aésha, Liebes, was Alenia sagen möchte, ist, wenn deine Träume uns einen Vorteil verschaffen könnten - würdest du uns helfen?«, meldete sich Lilja zu Wort.

Als ob Aésha ihr, der besten Freundin ihrer Mutter, etwas ausschlagen könnte.

Sie nickte. »Natürlich.« Sie atmete tief durch und schloss für einen Augenblick die Augen. Sie horchte auf ihr Gefühl. Ob es nun Intuition war oder doch, wie Wymiot meinte, Magie, es sagte ihr, dass es das Richtige war. Sie konnte Lilja und auch Alenia vertrauen.

Es war bereits Abend, als sie wieder in der Gaststube saßen. Lilja hatte ihnen höchstpersönlich das beste Stück des

Bratens gebracht, doch Aésha stocherte lustlos in den Beilagen herum.

»Du hast dem Rat also jede Kleinigkeit von mir berichtet«, stellte sie Java zur Rede.

Der Waldmann hörte mit einem Schlag auf zu kauen.

»Hör zu«, begann er, doch Aésha bedeutete ihm mit ihrer Gabel, zu schweigen.

»Sag mir nur eins. War unsere Begegnung zufällig?«

Java antwortete zunächst nicht und trank einen Schluck aus seinem Becher, doch sie sah ihn mit einem durchdringenden Blick an. »Nein«, gab er schließlich zu.

Fassungslos starrte sie ihn an. »Während sich der Rat die Frage stellt, ob ich vertrauenswürdig bin, überlege ich gerade, ob du das bist!«, zischte sie.

»Aésha, hör zu!« Doch Java kam nicht dazu, etwas zu sagen.

Sie stand ohne ein weiteres Wort auf und verließ den Raum.

KAPITEL 8

Oben in ihrem Zimmer angekommen, überlegte sie, ihre Sachen zu packen und zu gehen. Es verletzte sie, dass Java ihr das alles vorenthalten hatte. *Später*, hatte er immer gesagt. Alle Erklärungen aufgeschoben. Aber das zumindest hätte er ihr sagen können!

Noch bevor er auf die Idee kommen könnte, sie hier aufzusuchen, verließ sie den Raum wieder. Wie von selbst führten sie ihre Füße in die Bibliothek.

Aufgewühlt setzte sie sich zwischen zwei Regale an einen Tisch beim Fenster und starrte einige Zeit ins Leere, bis sich ihre Atmung beruhigt hatte.

Erst dann wandte sie ihre Aufmerksamkeit den vielen Büchern zu, die sie umgaben. Langsam schlenderte sie durch die Reihen, bis sie ein paar interessante Exemplare gefunden hatte. Bevor sie im Übereifer einen ganzen Stapel durch die Bibliothek schleppte, entschied sie sich zunächst für eines, das ihr am sinnvollsten erschien und kehrte damit zu ihrem eben noch auserkorenen Platz zurück. Aésha wusste nicht genau, wie lange sie in die Grundlagen der Magie vertieft war.

Dabei lernte sie, dass nicht nur Zauberstäbe einen Fokus darstellten, sondern, dass es auch durchaus andere Gegenstände gab, die dazu genutzt werden konnten, magische Energie zu kanalisieren. Offenbar gab es zwei verschiedene Arten. Zum einen jene Gegenstände, die von Natur aus die Fähigkeit dazu hatten, aber auch die Möglichkeit, einen Fokus selbst zu erschaffen, was scheinbar höchst kompliziert und eindeutig eine hohe Kunst war.

Erst nach einer Weile bemerkte Aésha, dass sich jemand zu ihr gesellt hatte. Zu ihrer Überraschung war es nicht Java.

»Hallo«, begrüßte Diego sie schief lächelnd.

Aésha wurde bewusst, dass ihr Mund offenstand wie der eines Karpfens.

»Hallo«, brachte sie krächzend hervor.

»Wenn du etwas für die Anfänge suchst, kann ich dir noch das hier empfehlen.« Er schob ein zerschlissenes Buch zu ihr hinüber. Es war das, was er im Unterricht gelesen hatte.

»Äh, danke.« Aésha wusste nicht recht, was sie sonst sagen sollte. Stattdessen starrte sie ihn viel zu lange an. Sie wollte gern eine Unterhaltung aufbauen, doch worüber sollte sie reden?

»Ich hab' dich hier noch nie gesehen, wo kommst du her?«, übernahm er den Gesprächsfaden.

Erleichtert atmete sie auf. »Aus Maurin, das ist ein kleines Dorf oben im -«

»Norden, nicht wahr?« Er grinste freundlich.

Aésha nickte.

»Ich präge mir gern Karten ein.« Er lächelte schief und griff sich dabei ins Haar.

Aésha schluckte und versuchte, ihre Scheu zu überwinden. »Und du? Wo kommst du her?«

»Wir sind aus Elandor. Also mein Bruder Kalef und ich. Naomi kommt aus Nundinn, aber sie ist schon seit ihrer frühen Kindheit hier.«

Aéshas Mund öffnete sich wieder, diesmal vor Erstaunen. Sie wüsste nicht, dass sie jemanden aus Nundinn kennen gelernt hatte. Sie wurde rot und schloss den Mund hastig wieder.

»Wir wollen gleich ein bisschen rausgehen, kommst du mit?«, lud er sie ein.

»Raus? Wohin?«

Er zuckte mit den Schultern. »Einfach raus. Mal sehen, wo es uns hintreibt.«

»Dürfen wir das überhaupt?« Sie sah sich schuldbewusst um, ohne genau zu wissen, wieso.

»Klar, wieso auch nicht? Du bist hier nicht eingesperrt. Na ja, in ein paar Gegenden sollten wir uns zu dunkler Stunde nicht mehr aufhalten, aber wir sind keine Kinder mehr, oder?« Er lächelte verschmitzt.

Durch den nächsten Torbogen sah Aésha, wie Naomi und Kalef Arm in Arm in ihre Richtung kamen.

Naomi begrüßte sie lächelnd. »He, Neue! Tut mir leid wegen heute Morgen. Ich hab' Kalef zum Lachen gebracht und dich damit aus der Konzentration geholt, das war unhöflich. Hab' nicht wirklich darüber nachgedacht, wie es für dich sein könnte, das erste Mal zu zaubern«, entschuldigte sie sich breit grinsend.

»Du musst wissen, Naomi liegt das förmlich im Blut. Als Elbin ist ihre Magie viel früher erwacht als bei uns, aber wirklich lernen durfte sie erst, als auch wir soweit waren«, erklärte Kalef.

»Halbelbin, bitteschön. Wenn schon Bastard, dann stolz darauf! Außerdem kann ja nicht jeder so ein Spätzünder sein wie du!«, neckte sie ihn.

Aésha befahl ihrer Kinnlade, diesmal oben zu bleiben und lächelte stattdessen, wenn auch eher schüchtern.

»Also, kommst du mit?«, fragte Naomi und zerwuselte frech Diegos Haar. »Du hast sie doch gefragt, oder?«

»Ja, hab' ich!« Er lachte und schob ihre Hand halbherzig weg.

Aésha nickte. Wieso auch nicht? Sie konnte eine Ablenkung gebrauchen.

Dafür, dass es erlaubt sein sollte, schlichen sie sich ziemlich vorsichtig aus dem Gebäude und nahmen dabei nicht die Tür im Gasthaus oder jene, die zur Seite hinausführte, sondern stiegen durch ein Fenster im Erdgeschoss, das auf eine schmale Gasse hinausging.

»Keine Bange«, flüsterte Diego. »Wir bleiben im Wächterviertel.«

Das hätte wohl beruhigend wirken sollen, aber Aésha wusste nicht, was das Wächterviertel darstellte und ob es dort sicher war.

Ein paar wenige Straßen schlichen sie noch dicht an den Häuserwänden entlang durch enge Gassen und vorbei an Hinterhöfen, bis Naomi und Kalef gelassen auf eine größere, belebtere Straße schlenderten.

Diego blieb neben Aésha und bedeutete ihr mit dem Kopf, den beiden zu folgen. Sie führten sie zu einem Stand, der als einziger in dieser Straße stand und Süßspeisen nebst gewürztem Wein verkaufte. Er war gerade drauf und dran, zu schließen.

Naomi ging kokett lächelnd vor und sprach ein paar Worte mit dem rundlichen Mann, bevor sie freudestrahlend zurückkam, die Hände voll Kuchen, die in dünnen Stoff gewickelt waren.

»Er hat mir die Reste für den halben Preis verkauft.« Sie grinste, zwinkerte der Gruppe zu und reichte Aésha eine

Portion.

Der Kuchen war saftig und süß, Aésha schmeckte Äpfel und ein paar Beeren. Gebäck hatte sie schon ewig nicht mehr gegessen, zuletzt mit ihren Eltern bei irgendeinem Fest. Was für eines das war, daran konnte sie sich nicht mehr erinnern. Nur, dass der Kuchen damals auch mit Äpfeln gefüllt gewesen war.

Jetzt hatten nur noch die Wirtshäuser geöffnet, die Wege leerten sich langsam.

Die Straße endete schließlich an der Stadtmauer. Von hier aus ging es nur noch nach links oder rechts.

Aésha sah in beide Richtungen. Die Straße zu ihrer Rechten führte nach einigen hundert Metern zu einem großen Tor, an dem Wachen standen.

»Wohin geht es dort?«, erkundigte sie sich.

»Zu den Schönen und Reichen!«, äffte Naomi. »Sie verweigern allen anderen den Zugang, aus Angst, bestohlen zu werden.«

»Wunder dich nicht, Naomi ist eingeschnappt, weil sie weder schön ist noch reich«, ärgerte Kalef die Halbelbin, woraufhin diese ihm nicht gerade zaghaft in die Seite boxte. Doch er lachte nur.

»Ich hab‘ mich dort schon umgesehen, wirklich schön ist es nur da, wo man das Meer sieht.« Naomi rümpfte die Nase.

»Erzähl mir nichts! Wie hast du dich da denn umgesehen?« Diego feixte.

»Hab mich eben reingeschlichen«, gab sie schulterzuckend zurück. Sie aß ihren Kuchen auf und steuerte einen Hinterhof links von ihnen an.

Die anderen kannten offenbar ihr Ziel und folgten ihr ohne zu zögern.

Aésha lief einfach mit.

Gelassen positionierten sich die Jungen neben einer Eisengittertür, die den Hinterhof verschlossen hielt, während Naomi sich am Schloss zu schaffen machte.

Aéshas Puls stieg an. »Was macht ihr da?«, flüsterte sie erschrocken.

»Alles gut, es wird niemand Schaden nehmen«, versuchte Diego, sie zu besänftigen, doch Aésha wäre am liebsten gegangen. Nur wusste sie nicht, wie sie zurückfinden sollte, zumal es ihr unheimlich war, so spät allein durch die Gegend zu irren.

Naomi stieß einen leisen Siegeslaut aus, als sie das Schloss endlich geknackt hatte.

»Ich nehme mir immer vor, es zu ölen, aber dann krieg ich doch Angst, es könnte zu auffällig sein«, erklärte sie.

Einer nach dem anderen schlüpften sie in den dunklen Hinterhof, an dessen Ende an der hohen Stadtmauer mehrere Kisten hinter einem Baum geschützt gestapelt waren. Von diesen aus kletterten die vier auf das Dach eines Schuppens im nächsten Hinterhof, über die Äste eines Baumes, von denen aus sie sich auf die schützende Wallanlage ziehen konnten.

»Glaub mir, Neuling, gleich wirst du sehen, der Aufwand lohnt sich«, versicherte Diego Aésha.

Sie balancierten ein Stück auf der Mauer entlang, bis sie offenbar angekommen waren, denn die anderen setzten sich auf einen Stein und ließen die Füße baumeln.

Aésha nahm ebenfalls Platz.

Hinter ihnen erhob sich der Berg, der auf ihrem Weg durch die Sümpfe schon Aéshas baldige Ankunft angekündigt hatte, doch vor ihnen erstreckte sich die Hauptstadt des Landes bei Nacht. Die größeren Straßen hoben sich durch die Beleuchtung ihrer Laternen von der

Dunkelheit ab sowie viele Häuser. Es war zwar inzwischen spät, doch zu warm, um sich schon zur Ruhe zu begeben und so waren viele von ihnen beleuchtet.

Eine sanfte Brise wehte über Aésha hinweg, doch sie brachte wenig Abkühlung.

Als Aésha sich vorbeugte und nach links sah, erhaschte sie einen kurzen Blick auf das glitzernde Wasser, in dem sich der Mond spiegelte. Die dunklen Umrisse einiger Schiffe hoben und senkten sich sanft schaukelnd.

»Ich hab' noch nie das Meer gesehen«, hauchte sie.

Diego sah sie überrascht an. »Hm, vielleicht ist es für uns auch schon selbstverständlich geworden«, murmelte er und sah dann verträumt in die Richtung, vorbei an den Villen der Wohlhabenden, deren Viertel abrupt an einem Hang endete. In dessen Schatten erstreckte sich das wesentlich düsterere Hafenviertel.

Von dort oben zeigten die drei Aésha ihre Stadt. Wie die Viertel aufgeteilt waren und wo sie sich schon rumgetrieben hatten. Sie zeigten ihr sogar, wo Diego als Kind fast erwischt worden wäre, wie er, seinen Worten nach, aus Unwissenheit und Versehen, einen Apfel gestohlen hatte. Kalef hatte die Schuld auf sich genommen und hätte eine ordentliche Tracht Prügel kassiert, wären sie nicht schnell auf die Marktstände geklettert und davongelaufen.

»Ich war vier Jahre alt, ich habe nicht einmal darüber nachgedacht, ob du das Geld dabeihast, um ihn zu bezahlen!« Diego lachte und erzählte dann davon, als Kalef einst in einen Haufen Dung gefallen war und dermaßen gestunken hatte, dass ihm jedermann den ganzen Weg zurück bis zum Haus der Wächter ausgewichen war. »Lilja hat ihn draußen auf der Straße warten lassen, bis sie mit einem Eimer kaltem Wasser kam und ihn ihm an Ort und

Stelle über dem Kopf ausschüttete«, grölte er.

Sie deuteten auf das große Rathaus, das, wie sie Aésha erzählten, auf den Grundmauern des Schlosses aufgebaut worden war, das zuvor auf dem Hügel im Zentrum der Stadt gethront hatte.

»Im Moment tagt dort ein Senat, der beschließen soll, wie es weitergeht, nachdem die Königsfamilie gestürzt wurde. Sie wollen, dass das Volk selbst wählen kann, wer das Sagen hat, aber das klappt noch nicht besonders gut«, erzählte Diego.

»Ist ja auch schwierig, das in jeder Stadt und jedem Dorf durchzusetzen«, meinte Kalef.

Diego nickte nachdenklich.

»Aber ich finde, es ist ein schöner Gedanke«, fügte Naomi hinzu. »Oder was denkst du, Aésha?«

Perplex, dass sie nach ihrer Meinung gefragt wurde, musste sie zunächst über eine Antwort nachdenken. Sie überlegte, welche Auswirkungen der fehlenden Regierung sie selbst bisher zu spüren bekommen hatte und als erstes fielen ihr die Männer ein. Sinan und die anderen, die im großen Wald schließlich ihren Tod gefunden hatten.

Ein König hätte Lehnsmänner, ein Heer und würde vielleicht für mehr Schutz sorgen. Vorausgesetzt natürlich, er scherte sich darum und nicht nur um seine eigenen Belange. Wie oft kam es schon vor, dass Könige dem Wahn verfallen waren oder damit beschäftigt, sich Monumente aufzubauen oder sinnlose Kriege zu führen? Soweit Aésha wusste, kam es genau deshalb zum Sturz der Monarchie. Das hatte sie im Unterricht von Una gelernt.

Wenn es gewählte Vertreter des Volkes waren, die deren Absichten verfolgten, ginge es um das Volk. Darum sollte es auch gehen. Doch sie verstand auch Kalefs Einwand und genau da lag das Problem. Es musste überall gelten.

»Ich glaube, das kommt darauf an, wie oft diese Vertreter gewählt werden und was mit ihnen geschieht, wenn sie stattdessen ihre eigenen Interessen verfolgen. Und an der Umsetzung, wie Kalef schon sagte. Wie macht der Rat der Wächter sowas?«

Diego zog eine Augenbraue hoch. »Da hast du gar nicht mal Unrecht. Im Grunde genommen ist es nichts anderes als unser Rat …«, sagte er nachdenklich.

»Der Wächterrat hat viel weniger Leute zu verwalten. Es gibt in den einzelnen Städten Beobachter und Botschafter, die regelmäßig nach Elandor kommen oder schreiben. Wenn es dringend ist, haben die dann eine gewisse Handlungsfreiheit«, erklärte Kalef.

»Du musst wissen, die Eltern der beiden sind Ratsmitglieder«, erklärte Naomi.

»Das klingt, als würde uns das einen gewissen Vorteil einbringen«, frotzelte Diego.

»Ich würde sogar soweit gehen und das Gegenteil behaupten, denk mal an die Erwartungen, die sie in uns setzen«, sagte Kalef und schnaubte.

Naomi verdrehte die Augen. »Kalef, du bist kein schlechter Magier«, versicherte sie ihm eindringlich.

Scheinbar hatte nicht nur Aésha Versagensängste zu bewältigen.

»Kommt, wir sollten uns langsam auf dem Rückweg machen. Morgen unterrichtet uns Wymiot im Wald.« Diego half Aésha hoch. Noch einmal genoss sie kurz den fantastischen Ausblick.

In der Richtung, aus der sie kamen, fand sie einen größeren dunklen Fleck, der, wie sie mutmaßte, der Platz mit dem Brunnen sein musste, an dem Liljas Haus lag.

Am nächsten Morgen streckte sich Aésha gähnend, bevor sie aus dem Bett kam.

Naomi schielte ebenso verschlafen über ihr Kopfkissen hinweg zu ihr hinüber.

»Es ist so warm«, quengelte sie.

Auch Aésha hatte kaum ein Auge zugekriegt, was allerdings wohl mehr am Glücksgefühl lag, doch Anschluss gefunden zu haben. Sie fühlte sich aufgenommen in die Gruppe und das tat gut.

Naomi bürstete sich ihre hellen, seidigen Haare, deren Farbe in gutem Kontrast zu ihrem Teint stand. Sie zog sich eine geschmeidige Hose an und ein seidiges, leichtes Kleid darüber.

Aésha hingegen entschied sich für eine Tunika, deren Schnürung sie wegen der Wärme lockerließ und eine eng anliegende Hose. Viel Kleidung hatte sie nicht mitgenommen. Ein bisschen wehmütig sah sie in Naomis Kleiderschrank auf die große Auswahl und fragte sich, ob sie es sich leisten konnte, ihre Garderobe aufzustocken.

Java war beim Frühstück nirgends zu sehen. Aésha hielt enttäuscht Ausschau nach ihm, denn sie hätte das Kriegsbeil gern begraben. Es war nicht richtig von ihr gewesen, ihm keine Möglichkeit zu geben, sich zu erklären.

»Aésha, warte mal!« Diego hielt sie auf, als sie aufstehen wollte. »Ich habe noch etwas für dich.« Er reichte ihr etwas, was wie die Scheide eines Dolches aussah.

Ratlos sah sie ihn an.

»Es ist für deinen Stab. So kannst du ihn mit dir führen, ohne dass es auffällt. Jeder denkt, du trägst einen einfachen Dolch.«

Sie nahm das Geschenk an und befestigte es an ihrem Gürtel. »Das ist eine großartige Idee!« Sie war begeistert.

Diego strich sich verlegen durch sein Haar.

»Ja, er hat schon manchmal ganz gute Einfälle.« Kalef hatte noch den Mund voll mit seinem Frühstück. »Na los, kommt!«

Der Wald umgab Elandor nahezu komplett, abgesehen von der Küstenseite. Selbst die Berghänge waren von Bäumen gesäumt.

Sie fanden sich weit abseits der Straße mit Wymiot in einer Senke zusammen, die von großen Felsen umgeben war und somit einen Sichtschutz bot, falls sich dennoch jemand in die Nähe verirrte.

Wymiot erklärte jedoch mit erhobenen Mundwinkeln, dass das noch nie passiert wäre und tippte dabei verschmitzt grinsend auf seine Nase.

Aésha vermutete, dass er magisch nachhalf.

»Heute geht es darum, eure Übung von gestern zu festigen. Naomi, Kalef, Diego, ihr werdet den Lichtball wiederholen und eine Routine schaffen. Ich möchte, dass er entsteht, ohne dass es euch Anstrengung kostet. Als wäre es das Normalste der Welt. Wie in einen Stiefel zu steigen. Ich werde derweil mit Aésha meditieren.«

Aésha wusste nicht genau, was sie davon halten sollte. Gerade als sie anfing, sich in der Gruppe einzufinden, sollte sie allein unterrichtet werden. Doch dann fiel ihr ein, dass auch Kalef solche Einzelstunden gehabt hatte.

Wymiot leitete sie an, zur Ruhe zu kommen.

Es ging im Wesentlichen um Atemübungen. Entspannung, die Magie, das Gleichgewicht und den Fokus, ihren Stab. Aésha saß auf einem bemoosten Baumstumpf und spürte die Sonne auf ihrer Haut, während die Vögel zwitscherten.

Maru hatte sich zu ihr gesellt.

Seit sie in Elandor war, hatte sie sich nicht mehr blicken lassen, doch Aésha genügte zu wissen, dass ihre Freundin sie jederzeit finden könnte. Sie hatte Verständnis dafür, dass es ihr in der Stadt zu laut und zu voll war. Und gerade jetzt tat ihr ihre Anwesenheit einfach gut.

»Atme, nimm erst wahr, was um dich herum geschieht, dann kümmere dich um dein Inneres«, flüsterte Wymiot.

Aésha atmete. Tief, langsam. Sie hatte die Augen geschlossen und lauschte dem Wald, dem Wind und dem Rascheln der Blätter, bis sie begann, ihre Umgebung auszuschalten und sich ihrem Inneren zu widmen. Sie konzentrierte sich auf ihre Atmung, ein, aus, ein … und auf ihren Herzschlag, der gleichmäßig pochte.

»Spürst du die Magie in dir?«

Sie spürte sie. Erst zaghaft, dann deutlich. Wild und kräftig.

Als sie sich sicher war, zu sich gefunden zu haben, begann sie mit der Aufgabe, einen Lichtball zu erzeugen, ohne dass er wie ein Blitz aufloderte.

Sie hatte jegliches Zeitgefühl verloren, doch gefühlt waren es Stunden, in denen sie versuchte, dieser Magie oder Energie, was auch immer es war, das sie in sich spürte, eine Form aufzuzwingen, wie Wymiot es beschrieben hatte. Und dann noch eine weitere Ewigkeit, bis sie die Kugel konstant am Leuchten halten konnte.

Wymiot jedoch, der sich als äußerst geduldiger Lehrer offenbarte, war außer sich vor Freude. »Sehr schön! Na, geht doch!« Er klatschte erfreut in die Hände.

Als Aésha jedoch zu der Gruppe zurückkehrte und bemerkte, wie Diegos haselnussfarbene Augen auf ihr ruhten, flog ihr der nächste Lichtball, den sie nun in der Gruppe beschwören sollte, direkt in sein Gesicht.

Erschrocken schrie sie auf, während es Diego zu Boden schleuderte und Naomi sich vor Lachen krümmte.

Aésha erwartete schlimme Verbrennungen auf seiner Haut, doch als sie zu ihm eilte, sah sie lediglich eine Rötung auf seinem Wangenknochen, den er sich mit schmerzverzerrtem Gesicht rieb.

»Diego, das tut mir so leid!«, stammelte sie beklommen.

»Schon gut, nichts passiert.« Er winkte ab, doch für sie sah es anders aus.

»Keine Sorge«, beruhigte Wymiot sie. »Es ist zwar Licht, aber kein Feuer. Es kann nicht mehr Schaden anrichten als ein Faustschlag.«

»Ich hatte aber auch nicht vor, ihm ins Gesicht zu schlagen!«

»Dann bin ich ja beruhigt«, gab Diego trocken zurück und rang sich selbst ein Lächeln ab.

Aésha wäre vor Scham am liebsten gestorben. Ausgerechnet Diego, der sie angesprochen hatte, der sie eingeladen hatte, mit ihnen zu kommen.

Naomi gluckste noch beim Mittagessen vor sich hin. Immer wieder wischte sie sich kleine Tränen aus den Augenwinkeln. »Wirklich, ich will mich nicht über dich lustig machen, es ist nur so … verdammt lustig!«

Aésha rollte mit den Augen und vermied es, Diego anzusehen.

Sein Wangenknochen war immer noch rötlich und geschwollen, Diego sah aus, als hätte er sich vor kurzem geprügelt.

Sie schob ihr Essen auf dem Teller von der einen auf die

andere Seite, doch es kam kein Appetit auf. Dabei hatte sie gestern schon so wenig gegessen.

Java war noch immer nirgends zu entdecken. Aésha hatte vor, Lilja nach seinem Verbleib zu fragen, doch auch sie war nicht aufzufinden.

Am Nachmittag empfing Rexadnela, eine kleinwüchsige Elbin mit kastanienroten, langen Haaren, die vier in einem Raum neben der Bibliothek. Er beherbergte einen riesigen Tisch, auf dem ein Rahmen angebracht war. In diesen wiederum war eine Karte Isandoras eingespannt.

Die Wände des Kartenraums waren gesäumt mit großen Kartenschränken und Vitrinen, gefüllt mit Gegenständen, die Aésha noch nie in ihrem Leben gesehen hatte. Dazwischen hingen eindrucksvolle Gemälde von Personen, deren Namen Aésha auf kleinen Plaketten unter ihren Abbildern lesen konnte. Sie hatte noch nie von ihnen gehört, doch sie schienen wichtige Persönlichkeiten gewesen zu sein.

Rexadnela bedeutete ihnen, zu ihr an den Tisch zu treten. Sie war etwas rundlicher als für ihre Art üblich, wies ansonsten jedoch keine menschlichen Züge auf. Ihre Ohren waren groß und spitz sowie auch ihre Augen, doch so klein wie sie war, fragte sich Aésha, ob sie auch zum Teil Zwergin war. Ihre Hände mit jeweils sechs Fingern legte sie wartend auf die Tischkante und sah die vier dabei ruhig der Reihe nach an.

»Nun, wer von euch möchte unserer neuen Mitschülerin zeigen, wo wir uns befinden?«

Erneut fühlte sich Aésha unangenehm in den Vordergrund gerückt.

Diego trat näher und deutete auf den Schriftzug, der die Hauptstadt der Silvanei auszeichnete.

»Danke.«

Aésha war geknickt. Rexadnela schien nicht einmal anzunehmen, dass sie selbst die Antwort gewusst hätte. Stattdessen zeigte sie ihnen derweil die verschiedenen Länder. Die Silvanei, deren Grenze von unterschiedlichen natürlichen Hindernissen wie Bergen und Schluchten gesäumt war und nur einen größeren Durchlass zu Nundinn bot: die Hallen der Wächter. Denn wo keine natürliche Barriere die Länder trennte, stand eine riesige Mauer.

Nundinn, südlich von ihnen gelegen, war die Heimat der Elben, aber auch einiger Menschen und, wie Java ihr einst erzählte, auch der Orks. Neben Nundinn lag Landrun, von dem Aésha noch nicht viel wusste, außer, dass es Javas Heimat war. Und nördlich davon oder auch von ihnen gesehen östlich, hinter dem Meer, lag Koangahn. Die verschnörkelte Schrift auf der Karte ließ nicht erahnen, welche Bosheit sich dort eingenistet hatte. Und schließlich, Aésha hätte es beinahe übersehen, ein kleines Land am nordwestlichen Rand Koangahns, Flumentia. Dies war von der Silvanei nur durch die Meerenge getrennt.

Merkwürdigerweise hatte sie noch nie davon gehört. Sie rief sich die Karten und Zeichnungen in den Büchern, die sie bisher über Isandora studiert hatte, in Erinnerung, doch Flumentia war ihr nie aufgefallen.

Sie fragte sich, wer dort lebte. Menschen? Elben? Zwerge? Orks? Gab es womöglich noch mehr? Sie beschloss, später in der Bibliothek nach Antworten zu suchen. Rexadnela mochte sie nicht fragen.

Diese zeigte gerade auf ein Gebirge an der südlichen Grenze der Silvanei.

»Was wisst ihr über die Hallen der Wächter?«

Aésha grübelte. Alenia sagte, sie würden von jenen Wächtern abstammen, die diese Hallen errichtet hatten und das war auch schon alles, was sie hätte sagen können.

»Sie lassen nur Reinheit und Unschuld ins Land, während die Verderbtheit ausgeschlossen bleibt.« Diego beugte sich vor. »Aber ich verstehe noch nicht, wie das gehen soll.«

Rexadnela nickte, ohne aufzusehen.

»Tatsächlich geht die Geschichte hierzu zurück bis hin zu den Orkkriegen. Die Wächter waren zu jener Epoche hoch angesehen und geachtet. Sie waren die magiekundigen Schutzmänner und -frauen der Königsfamilie und des Volks. Nachdem die Schlachten geschlagen, die Kämpfe gefochten und die Missgeburten der Hölle wieder aus dem Lande gejagt waren, errichteten die Wächter eine magische Barriere in den Hallen der Wächter, die zwar Menschen, Elben, Zwerge und Magier passieren lässt, doch Orks auf der Stelle verbrennt.«

»Und wieso sollten sie die Hallen durchqueren wollen?« Kalef studierte die Karte mit gefurchten Augenbrauen.

»Ist die komplette Grenze zu? Können Orks keine Schiffe bauen?«

»In der Tat gibt es einige Ausnahmen, enge Passagen, abgelegene Pfade, die ins Land führen. Es geht vor allem darum, dass kein Heer mehr einmarschieren kann. Darum wurde die Mauer errichtet.«

»Es sind Orkheere einmarschiert?«, wollte nun auch Aésha wissen.

Rexadnela nickte und deutete auf ein Gemälde an der Wand hinter ihr. »Dort ist die Schlacht um die alte Wachstadt zu sehen. Die Orks kamen aus Nundinn und zerstörten den kompletten Hafen Duranstadts, bevor sie sich nach Norden wandten und ins Land marschierten. Das war zur Zeit Renos, der Rodins Vater war. Jener Rodin, der uns das Unglück brachte.« Aésha betrachtete die abgebildete Schlacht. Ein schwarzer Teppich aus finsteren Gestalten, der wie eine wogende Welle auf die Hügel der abgebildeten Stadt zurollte. Es wirkte finster und bedrohlich, dunkle rote Wolken beherrschten den Himmel.

»Duranstadt und der zugehörige Hafen wurden nie wieder aufgebaut. König Reno konzentrierte sich den Rest seiner Lebtage darauf, das Land abzuschotten und Rodin, der nach ihm den Thron bestieg, verfiel, aufgewachsen mit dieser Furcht vor allem Fremden und dem Hass, demselben Wahn. Einem Wahn, in dem er unterging und der ihn alles kostete. Er brachte die Wächter in Ungnade, missachtete die Bedürfnisse des Volkes, verlangte horrende Steuerabgaben, ließ die Bürger hungern, verwehrte ihnen Schutz und Rechte. Alles, um seine Festungen und die Mauer zu bauen. Er zerstörte sogar den Ruf der Wächter, indem er sie für seine Zwecke instrumentalisierte. Das Volk begehrte auf und er ordnete grausame Strafen an, quälte es, bis es ihn schlussendlich stürzte. Jeder, der der Magie fähig war, war von nun an geächtet. Die Wächter flohen oder gingen in den Untergrund, das Land versank im Chaos. Keiner wagte es, ohne Hofstaat und Wachen die Nachfolge anzutreten. Zumal Rodin mit der Macht des einhergehenden Verfolgungswahns jeden ermorden oder verschwinden ließ, der ihm gefährlich werden konnte. Gerüchten zufolge waren es die Wächter, die ihm als Assassinen dienten und Angst und Schrecken verbreiteten, darum agieren wir noch immer im Geheimen.«

»Die Wächter?«, keuchte Aésha. »Was daran ist wahr?« Sie wollte gewiss nicht zu einer Gemeinschaft von Auftragsmördern gehören.

Rexadnela seufzte tief und legte ihren Kopf schief. »Das ist eine gute Frage.«

Auch die anderen waren still und lauschten gebannt. Was

ging Diego und Kalef durch den Kopf, die unter den Wächtern aufgewachsen waren, deren Eltern im Rat saßen? Wieviel wussten sie davon?

Aésha sah die beiden an.

Kalef hielt den Kopf gesenkt, doch Diegos klarer Blick war auf die Geschichtslehrerin gerichtet.

»Es lässt sich nicht bestreiten, dass die Wächter zu jener Zeit im Dienste des Königs standen. Sicherlich gab er ihnen auch Aufträge, die zu seinem Schutz dienten, wie auch Rivalen auszuschalten, die es auf den König abgesehen hatten. Wie weit das genau ging und wie brutal … Nun, das ist verzerrt überliefert. Es gibt nur noch wenige Zeitzeugen. Die Mundpropaganda, die sich wie ein Lauffeuer unter den Menschen verbreitete, verschlimmerte den Ruf und verwischte die Wahrheit. Doch wir müssen zugeben, dass es sicherlich den einen oder anderen Wächter gab, der sich und damit die Gemeinschaft der Wächter nicht mit Ruhm bekleckerte und den Gerüchten Futter gab«, gestand Rexadnela.

»Es gibt noch Zeitzeugen?«, fragte Diego erstaunt.

»Natürlich. Menschen selbst leben nicht lange, doch Magie verlängert ihr Leben. Magiefähige Elben überdauern Jahrhunderte.«

»Gibt es auch magiefähige Zwerge?«, fragte plötzlich Naomi. Sie hatte bisher kein sichtbares Interesse am Unterricht gezeigt. Geografie und Geschichte waren offensichtlich keine Themen, die sie fesselten, anders als Diego. Auch Kalefs Konzentration schwankte.

Rexadnelas Gesichtsausdruck verzog sich, als hätte man ihr eine Schüssel Schweinemist vor die Nase gesetzt.

»Das ist eine Frage, die viel mehr in Wymiots Themenbereich passt«, meinte sie sichtlich zerknirscht.

»Aber ja, die gibt es tatsächlich. Allerdings gibt es bei den Zwergen die wenigsten Magier. Bei den Elben wiederum die meisten. Wer bei ihnen keine Magie wirken kann, gilt schon als Sonderling und muss sich anderweitig behaupten, um dennoch angesehen zu sein.«

Aésha hätte gern gewusst, wie viele Magier es überhaupt gab, doch wieder traute sie sich nicht, zu fragen. Sie würde besser auf die nächste Unterrichtsstunde mit Wymiot warten.

Den anderen ging Aésha an diesem Abend aus dem Weg. Sie hatte keine Lust, mit ihnen rauszugehen. Stattdessen trieb es sie in den Innenhof, der einen kleinen Garten mit verwinkelten Ecken, einen Brunnen und einen schmal gewachsenen, aber tief verzweigten Baum beherbergte. Hier war sie zuvor noch nie gewesen und so wanderte sie verträumt umher, bis sie unter dem Baum eine kleine Holzbank fand, auf der sie abgeschieden von den Blicken anderer sitzen konnte.

Verstohlen holte Aésha ihren Zauberstab hervor und begann mit den Übungen, die Wymiot ihr gezeigt hatte. Im Schneidersitz schloss sie die Augen und atmete langsam und bedächtig, konzentrierte sich in Gedanken auf die Magie, die in ihrem Geist schlummerte.

Sie spürte trotz geschlossener Augen, wie die Spitze des Stabs einen kleinen leuchtenden Ball formte, der größer wurde als ihre bisherigen Versuche.

Ihre Konzentration ließ jedoch mit einem Mal nach, als sie ein leises Fluchen in ihrer Nähe vernahm. Der Lichtball erstarb mit einem kleinen Aufblitzen - immerhin flog er niemandem ins Gesicht - und sie versuchte, trotz des hellen Flecks vor Augen, auszumachen, wer sich ebenfalls im

Garten versteckte.

»Entschuldige, ich hab‘ dich nicht gesehen«, nuschelte Kalef und kratzte sich verlegen am Hinterkopf. Auch er hatte seinen Stab in der Hand. »Ich dachte, ich bin allein …« Aésha biss sich nicht weniger verlegen auf die Unterlippe. Da versuchte sie, heimlich zu üben und natürlich wurde sie sofort entdeckt.

»Was tust du hier? Ich dachte, ihr macht sicher wieder einen Ausflug ins Wächterviertel.« Sie versuchte, ein zwangloses Lächeln aufzusetzen, doch sie bezweifelte, dass es ihr sonderlich gut gelang.

Kalef sah sich unauffällig um, ob noch mehr Personen in der Nähe waren, bevor er antwortete.

»Na ja, um ehrlich zu sein, komme ich öfter hierher.«

Aésha staunte. Kalef wirkte nicht wie jemand, der sich an der Schönheit der Pflanzen erfreute.

»Diego und Naomi sind beide ziemlich talentiert, weißt du, es ist … nicht immer leicht, mit ihnen mitzuhalten.«

»Du wolltest also auch heimlich üben?«

Erneut sah er sich um und nickte.

»Würdest du mir helfen?« Aésha rutschte bis ans Ende der Bank und drehte sich, immer noch im Schneidersitz, zur Seite. Dann nickte sie in Richtung des anderen Endes.

»Meinst du, ich könnte da eine große Hilfe sein?« Er lachte.

»Du hattest schon mehr Unterricht als ich und du weißt, wie es ist, einen Zauber nicht auf Anhieb zu beherrschen«, argumentierte sie.

Eine Weile sagte Kalef nichts. »Solange es unter uns bleibt.«

»Natürlich.« Sie lächelte. Langsam fühlte sie sich angekommen.

KAPITEL 9

Als Java auch am nächsten Tag nicht beim Frühstück erschien, suchte Aésha noch vor dem Unterricht das Haus nach ihm ab. Während ihrer Stunde bei Wymiot konnte sie sich kaum auf den nächsten Zauber konzentrieren, den sie lernen sollten. Dabei saßen sie im Keller nahe der Ratsräume in einem recht schmucklosen Raum, jeder ein Häufchen Zunder vor sich liegend und sollten diesen in Brand setzen, was einiges an Konzentration erforderte.

Sie war sich nicht sicher, ob Wymiot diesen schwer entflammbaren Ort wegen ihr gewählt hatte oder ob es eine übliche Vorsichtsmaßnahme war, aber sie hätte schwören können, dass Diego ängstlich von ihr weggerutscht war, als sie an der Reihe war.

Unnötigerweise. Nicht einmal eine kleine Rauchwolke stieg aus ihrem Häufchen hervor.

Wymiot nickte etwas enttäuscht, bis er sich von ihr abwandte und ihnen den Auftrag gab, sich einzeln weiter ihrer Aufgabe zu widmen, bis sie Fortschritte machten. Am Ende war Aésha die Einzige, die in dieser Stunde keine Flamme zustande gebracht hatte und als ihr Lehrmeister den Unterricht für beendet erklärte, packte sie sofort ihre Sachen zusammen und eilte die Treppenstufen hinauf nach oben zu

Lilja, die am Tresen stand und Notizen in einem dicken Buch machte.

»Aésha, Liebes. Was kann ich für dich tun?«

»Ehrlich gesagt suche ich Java.«

»Oh, hat er dich nicht in Kenntnis gesetzt? Er hat einen Auftrag vom Rat bekommen, um den er sich kümmern soll. Er ist in ein paar Tagen zurück.«

»Er ist nicht mehr in Elandor?« Die Nachricht darüber versetzte Aésha einen Stich in der Magengegend.

»Keine Sorge, er ist nicht weit weg und er kann gut auf sich aufpassen.«

Aésha stutzte, verwundert über diesen Gedanken. »Wieso sollte ich mir Sorgen um ihn machen?«

Lilja lachte, doch es klang künstlich und falsch. »Musst du nicht, das mein ich doch.« Sie winkte ab und widmete sich erneut ihrem Buch. Offensichtlich war für sie das Gespräch beendet.

Stirnrunzelnd verließ Aésha den Gastraum. Liljas Verhalten kam ihr seltsam vor, doch sie hatte nicht vor, weiter zu bohren.

Auf der Treppe nach oben holte Diego sie ein. »He, Aésha, alles in Ordnung mit dir?«, erkundigte er sich.

Sie wurde rot. »Ja … Ja, alles in Ordnung. Ich hatte nur Java gesucht. Lilja meint, er sei für den Rat unterwegs.«

»Du schienst beim Unterricht nicht wirklich bei der Sache gewesen zu sein.«

Unangenehmer konnte es kaum noch werden.

»Ach, weißt du, ich wollte dich nicht auch noch in Brand setzen, wo dein Gesicht jetzt gerade wieder abgeschwollen ist«, scherzte sie, in der Hoffnung, verbergen zu können, wieviel Wahrheit in diesem Witz lag.

Tatsächlich kicherte Diego und legte ihr eine Hand auf

den Rücken. »Komm, lass uns den unterrichtsfreien Nachmittag nutzen und mit den anderen an den Hafen gehen«, schlug er gut gelaunt vor.

»An den Hafen? Ans Wasser?«

Er nickte. »Du sagtest letztens, du hast noch nie das Meer gesehen. Da haben wir beschlossen, dass es dabei nicht bleiben kann.«

Die drückende Hitze war inzwischen weitergezogen. Ein frisches Lüftchen schlich sich durch die Gassen Elandors und brachte eine angenehme Kühle mit sich, was die Gemüter belebte und die vier bestens gelaunt durch die Straßen schlendern ließ.

»He, Kalef, Liebster, wie sieht's mit einem kleinen Wettrennen aus?«, forderte Naomi ihren Freund heraus und deutete eine enge, aber volle Gasse hinunter.

Kalef antwortete mit einem Lachen und lief los, während Naomi auf die nächsten Kisten zusprintete und diese emporkletterte, bis sie sich über eine Stange auf das nächste Dach schwang, auf dem sie freie Bahn hatte und weiterrannte.

Aésha sah den beiden bei ihrer Waghalsigkeit mit offenem Mund zu und dann zweifelnd in Diegos Augen.

»Nein, ich lasse dich nicht hier allein«, beschwichtigte er sie schnell.

»Gut, ich wäre nämlich schnell aufgeschmissen und wüsste nicht, wie es weiter ginge, wenn ich dich erst einmal abgehängt hätte.«

Er streckte ihr die Zunge raus, doch er ließ es nicht darauf ankommen.

Zum Glück, dachte sich Aésha. Sie konnte zwar auch ziemlich gut klettern, war dabei aber nicht ganz so kühn wie

Naomi.

Sie hätte sich niemals vorstellen können, dass es so viel Wasser geben könnte. Sie musste sich zusammenreißen, um nicht mit offenem Mund auf die See zu starren, auf der die Schiffe, von hunderten Möwen umkreist, sanft auf und ab schaukelten. Drei lange Piere ragten vom Ufer ins Meer, abgegrenzt zu beiden Seiten von riesigen Wellenbrechern.

Auf den mit Holzplanken befestigten Stegen tummelten sich Fischhändler, die ihre Fangkörbe feilboten. Die Häuser hier waren klein, gedrungen und oft etwas heruntergekommen. Außerdem fanden sich dunkle Kaschemmen, aus denen Tabakrauch waberte. Hier und da lag ein betrunkener Seemann in einer Ecke und schlief seinen Rausch aus.

Naomi und Kalef turnten auf den Pfählen eines Steges direkt am Wasser herum. Sie hatte das Wettrennen knapp gewonnen, doch Kalef sich erstaunlich schnell seinen Weg durch die Menschenmenge gebahnt und war noch immer nicht von ihrem Sieg überzeugt.

»Sie veranstalten ständig solche Wettkämpfe«, erzählte Diego Aésha. »Das ist etwas, worin sie sich messen können, ohne dass einer dem anderen sichtlich überlegen ist.« Er musste es nicht genauer erklären, Aésha war klar, dass er die Zauberei meinte und Naomis Talent. »Ich glaube aber manchmal, dass sie ihn von Zeit zu Zeit auch mit Absicht gewinnen lässt.« Er schmunzelte.

»He, Aésha! Komm!«, rief Naomi und winkte ihnen zu.

Es kostete sie nicht wenig Überwindung, die wackligen und verwitterten Holzplanken zu betreten, unter denen die Gischt schäumte. Aésha war alles andere als eine geübte Schwimmerin. Trotzdem reizte es sie, bis zum Ende des Steges zu gehen.

»Wenn ich falle, holst du mich aus dem Wasser?«, fragte sie Diego.

Der lachte und nahm sie an die Hand, die sich stark und warm in ihrer anfühlte.

Der nächste Morgen begann mit drückender Stille.

Aésha schlug nach einem eigenartigen Traum die Augen auf und wusste, etwas stimmte nicht. Sie richtete sich mühsam auf, der Schweiß der letzten Nacht klebte ihr Decke und Kleidung auf die Haut.

Naomi schlief noch, Aésha sah nur ihre lange Mähne auf ihrem Kopfkissen.

Sie öffnete das Erkerfenster und blickte hinab in die Stadt, die von einem karmesinroten Sonnenaufgang in ein unnatürlich wirkendes Licht getaucht wurde.

Niemand war zu sehen, keine Seele zu hören, alles schlief, wirkte beinahe friedlich, doch die Erinnerung an die Bilder, die sie im Schlaf gesehen hatte, verfolgte sie. Aésha versuchte, sich an ihren Traum zu erinnern, aber es flammten nur einzelne Sequenzen vor ihren Augen auf. Dunkle Wolken, Rauch, Schreie.

Je mehr sie sich konzentrierte, desto deutlicher kam die Erinnerung zurück, doch lieber hätte sie die Szenen der Nacht sofort wieder vergessen. Es war ein grausiges Ereignis gewesen, von dem sie geträumt hatte.

Ihr Blick fiel auf das Buch, das auf dem Schreibtisch neben dem Fenster lag. Es war das Traumtagebuch, das sie führen sollte. War dies wohl so ein wahrer Traum? Hatte sie eine Vision gehabt?

Sie hatte sich gerade gesetzt und innegehalten, um die richtigen Worte zu finden, als es zaghaft, aber bestimmt an der Tür klopfte. Es war Alenia, die noch im Schlafgewand und mit losgelösten Strähnen im Haar vor ihrem Zimmer stand und um Einlass bat.

»Aésha, du bist also schon wach, wie ich sehe …«, begrüßte sie sie, als wäre sie zufällig an ihrer Tür vorbeigelaufen.

Aésha nickte und trat beiseite, um die Ratsvorsitzende der Wächter hineinzulassen.

»Was führt Euch zu mir?«

Alenias Blick glitt vom offenen Fenster hinüber zu dem aufgeschlagenen Buch, in dem noch immer kein Wort stand.

»Ich denke, das weißt du bereits.«

Aésha nickte. »Ich wollte gerade aufschreiben, was ich geträumt habe, aber es ist schwer in Worte zu fassen.« Sie versuchte, Alenia zu beschreiben, was sie gesehen hatte, während diese ihr aufmerksam lauschte. Sie erzählte ihr von dem Brand, von den Menschen, die davonliefen und dem Schrecken, der ihnen ins Gesicht geschrieben war.

»Waren es Menschen?«, hakte Alenia nach.

Aésha runzelte die Stirn. Sie konnte sich nicht erinnern.

»Es können auch Elben gewesen sein, ich weiß es nicht. Was berichten denn die anderen Seher?«

Alenia wich ihrem Blick weniger unauffällig aus, als sie wohl beabsichtigte. »Nicht mehr als du. Irgendetwas ist geschehen, aber es hat keine Vorwarnung gegeben. Das Ausmaß ist noch nicht abzusehen«, murmelte sie geistesabwesend, während sie die aufgehende Sonne durch das Fenster betrachtete. »Ich muss gehen. Möglicherweise kann ich im Laufe des Tages etwas in Erfahrung bringen.«

»Alenia?«

Die Angesprochene drehte sich noch einmal um und sah Aésha erwartungsvoll an. »Ist noch etwas?«

»Ich … ich weiß nicht, wie ich es sagen soll … Ich war

wütend. In meinem Traum. Ich verspürte eine erschreckende Wut.«

Alenia runzelte die Stirn, als sie stumm nickte.

Aésha musste zugeben, dass sie etwas enttäuscht war, nicht mehr von Alenia zu erfahren, doch die Ratsvorsitzende verließ das Zimmer in eben jenem Moment, als Naomi erwachte und sich verwirrt umsah.

»Wer war das?«, fragte sie erschrocken.

»Alenia war hier.«

»Alenia? Die Vorsitzende des Rates?« Die Halbelbin rieb sich verschlafen die Augen und strich sich ihre Haare aus dem Gesicht.

»Ich kenne nur die eine, aber ja, die Vorsitzende des Rates höchstpersönlich.«

Naomi schnitt eine Grimasse. »Was wollte sie? Und was ist …?« Auch sie hatte nun das seltsame Leuchten draußen entdeckt, stand auf und sah aus dem Fenster. Mit gerunzelter Stirn blickte sie Aésha an, doch dann zuckte sie mit den Schultern und begann sich anzukleiden.

Aésha wusste nicht warum, doch sie mochte nicht mit Naomi darüber sprechen, was sie geträumt hatte.

Java kehrte erst zwei Tage später zurück. Aésha nahm mit den anderen dreien gerade das Abendessen zu sich, als sich die Eingangstür zum Gastraum öffnete und der Waldmann tropfnass hineinstapfte. Er hinkte verdächtig und verzog schmerzverzerrt das Gesicht bei jedem Schritt.

Sofort sprang Aésha auf.

»Java! Was …?«, doch weiter kam sie nicht.

Lilja war ihm bereits zur Hilfe geeilt.

Etliche Gäste waren aufgestanden, um einen Blick auf den Neuankömmling zu erhaschen und versperrten Aésha den Weg.

Sie konnte bloß zusehen, wie er dankbar Liljas Hand ergriff und sich von ihr durch die verborgene Tür bringen ließ, woraufhin die Schaulustigen im Raum sich wieder ihren Unterhaltungen hingaben und nichts darauf hindeutete, dass etwas geschehen war.

Aésha hatte sich noch immer nicht an den Zauber gewöhnen können, der auf dem Übergang zur Welt der Wächter lag.

»Was denkt ihr, ist mit ihm geschehen?«, fragte Diego, der als Magier nicht von dem Zauber betroffen war und wie die anderen an ihrem Tisch genau mitbekommen hatte, was geschehen war.

Aésha hatte sich inzwischen wieder hingesetzt, doch auch sie hielt ihren Blick noch auf die Tür gerichtet.

Kalef zuckte mit den Schultern. »Er sah verletzt aus. Wo er wohl war?«

»Sagtest du nicht, er hätte einen Auftrag vom Rat bekommen?«, erinnerte sich Diego.

Aésha nickte gedankenverloren. »Ja, mehr wollte Lilja allerdings nicht verraten.« Sie war sich unschlüssig, ob sie ihm hätte folgen sollen, entschied sich schließlich jedoch dagegen. Lilja würde ihn versorgen und sicherlich musste er dann dem Rat Bericht erstatten.

»Meint ihr, er wird wieder?«, fragte Naomi besorgt.

Kalef zuckte mit den Schultern. »Der ist zäh.«

»Zur Not holen sie Juna, die kriegt alles hin«, meinte Diego.

Aésha horchte auf. »Juna?«

»Unsere Heilerin. Sie ist eine Kräuterkundige und lebt im Wald südlich von Elandor«, erklärte Diego.

»Ich glaube, sie ist eine Hexe«, flüsterte Naomi mit

vorgehaltener Hand, doch Diego winkte ab.

»Es gibt keine Hexen.«

»Woher willst du das wissen?«

»Es gibt sie. Ich habe eine getroffen«, warf Aésha ein und brachte die Runde zum Schweigen.

»Du hast eine getroffen? Wo?«, brachte Kalef nach einem Moment der Fassungslosigkeit hervor.

»Nicht weit von hier in dem Sumpf beim großen Wald. Wir hatten ihn gerade durchquert, da wurde Java von einer Sumpfwespe gestochen. Sie hat ihn geheilt.«

Die anderen rissen ihre Augen auf.

»Du hast den großen Wald durchquert?«, staunte Diego, während die Übrigen sie erwartungsvoll anstarrten.

Aésha nickte. »Mit Java. Und das muss ich ganz sicher nicht wiederholen.«

Sie beeilte sich nun doch, ihr Mahl zu beenden und verließ die Gruppe, um Java zu suchen, doch sie wusste nicht recht, wo sie anfangen sollte, bis sie auf Lilja traf, die sie am Ende eines Ganges zu sich winkte.

»Ich sollte dich holen, komm nur herein.«

Aésha eilte zu ihr und betrat das kleine, spartanisch eingerichtete Zimmer. Ein paar Bücher lagen auf einer Kommode neben einer Pfeife, die sie Java schon ein paar Mal rauchen gesehen hatte, doch ansonsten wies wenig darauf hin, dass dieser Raum regelmäßig bewohnt wurde.

Java lag in dem schmalen Bett an der Wand. Er war sauber und anscheinend verbunden.

»Aésha, komm, setz dich«, bat er.

Aésha tat wie geheißen, doch sie konnte ihren Schock nicht verbergen.

»Keine Angst, so schlimm ist es nicht.«

Sie sah ihn skeptisch an.

»Wirklich! Ich habe schon weit Schlimmeres überstanden.« Doch er sah nicht so unbekümmert aus, wie er sich gab. »Ich wollte mich bei dir entschuldigen. Ich hätte dir Bescheid geben müssen, dass ich abreise und dir auch früher sagen müssen, dass wir uns nicht zufällig kennengelernt haben.« Er sah niedergeschlagen aus.

Aésha hatte den Waldmann nie so gebrechlich gesehen.

»Ich-«, begann sie, stockte jedoch, weil sie keine Worte fand.

Doch Java winkte schief lächelnd ab. »Weißt du, deine Mutter hat mich damals schwören lassen, ein Auge auf dich zu haben. Der Rat hat mich zwar immer mal wieder gebraucht, aber ich habe diese ehrenvolle Aufgabe so gut es ging immer erfüllt. Dann, als ich gerade erst aus Elandor kam, wo ich für Alenia Bericht erstattet hatte und nach Maurin aufbrach, um nach dir zu sehen, stellte ich plötzlich fest, dass du mir entgegenkamst. Du kannst dir den Schrecken nicht vorstellen. Was wäre gewesen, wenn ich dich verpasst hätte?« Er schwieg eine Weile und sah dabei auf die Bettdecke, unter der sein verletztes Bein lag.

»Das konntest du nicht wissen. Und es war wohl kaum deine Schuld, dass ich beschloss, Maurin zu verlassen.«

»Es sind schlimme Dinge passiert, Aésha. In Rosthal, dem Dorf, in dem ich die letzten Tage war. Einer unserer Beobachtungsposten hatte eine Nachricht geschickt. Die Dorfbewohner beschuldigten einen Elben, sie betrogen zu haben. Es ging um eine Geldschuld, die er einforderte. Die Gemüter erhitzten sich, keiner konnte mehr sagen, wer Recht hatte, es mischten sich Unbeteiligte ein, die sicher nicht unparteiisch waren.«

»Welche, die wie Korún denken?«

Java nickte ernst. »Sie haben das Haus einer Familie

angezündet. Es war nicht einmal das Haus des Elben, der den Streit verursacht hatte, es war nur das Haus einer Familie mit zwei kleinen Kindern, deren Eltern vor über einem Jahrzehnt aus Nundinn kamen. Sie konnten gerade noch fliehen«, erzählte er mit kratziger Stimme.

Aésha schlug sich die Hände vor den Mund. Wie konnte jemand so etwas tun? »Hast du dich dabei verletzt? Als du ihnen geholfen hast?«

Er winkte ab. »Es ist meine Aufgabe, jeder Wächter hätte das getan.«

»Die Menschen in Rosthal auch?«

»Die Welt ist gefährlich geworden. Ein Funke reicht inzwischen, um das Fass in Brand zu setzen. Ich möchte, dass du vorbereitet bist, wenn ich mal nicht da bin.«

»Rede' nicht so.« Sie rutschte auf dem Stuhl hin und her. War er so schlimm verletzt? »Als würdest du bald nicht mehr auf mich aufpassen.«

»Oh, ich bin mir ziemlich sicher, bei dem letzten Ruuvarge wäre ich ohne dich ziemlich verloren gewesen.« Er grinste und versuchte dabei, schelmisch dreinzublicken, doch sie sah ihn nur an und hob ihre rechte Augenbraue.

»Willst du mir das ernsthaft weismachen?«

In diesem Moment öffnete sich die Tür und Lilja führte eine Frau herein, die so unfassbar alt wirkte, dass Aésha unwillkürlich an einen runzligen Baum dachte, als sie in ihr Gesicht sah.

»Juna, hat Lilja dich tatsächlich holen lassen? Ich schwöre dir, sie übertreibt!«, begann Java, doch die alte Frau hob ihre Hand und gebot ihm, zu schweigen.

»Das kann ich wohl selbst entscheiden, Java. Oder bist du seit neuestem Heiler? Als ich dich zuletzt sah, warst du es noch nicht.«

Aésha stand auf, um ihr den Platz anzubieten, doch Juna scheuchte sie wieder zurück.

»Ich bin rüstiger als ich aussehe, Kindchen!« Dann zog sie Javas Bettdecke zurück und begutachtete sein verwundetes Bein. Eine klaffende Wunde verlief schräg über seinem linken Oberschenkel. Aésha wurde schlecht.

»Das wird ein paar Tage dauern, bis das verheilt ist«, prophezeite Juna. »Du wirst einige Zeit eine Krücke brauchen, aber es ist nichts, womit ich nicht fertig werde. Wenigstens hast du dieses eine Mal nicht versucht, dich selbst zu nähen.«

»Das letzte Mal war ich noch im Moor der Schatten, ich wäre verblutet, bevor ich bei dir angekommen wäre«, rechtfertigte sich Java und machte ein beleidigtes Gesicht. »Und so schlimm war es nun auch nicht. Die Narbe ist kaum noch zu sehen.«

»Und sie zwickt nie oder schmerzt, wenn das Wetter umschlägt?«

»Du willst sagen, dass das keinen praktischen Nutzen hat?«

Die alte Frau grinste und machte eine wegwerfende Handbewegung.

»Der Rat lässt fragen, wann du Bericht erstatten kannst«, meldete sich Lilja plötzlich. Sie schien nicht sonderlich angetan von den Wortspielen der beiden.

Aésha hatte das Gefühl, dass sie blasser wirkte als sonst. Dabei schien Java des Öfteren mit Verletzungen dieser Art fertig zu werden.

Juna sah sie schief an. »Der Rat wird sich noch eine Weile in Geduld üben oder sich hier versammeln müssen«, knurrte sie.

Lilja blickte missmutig drein, ließ jedoch schnell davon

ab, sich gegen Juna zu behaupten und schickte Aésha stattdessen hinaus, während sie etwas von »Ruhe jetzt« faselte.

Aésha verstand zwar nicht, was sie damit zu tun hatte, war aber dankbar, dass sie nicht länger zusehen musste, wie Java unter der Behandlung Schmerzen litt.

Doch sie hatte noch nicht ganz das Ende des Ganges erreicht, als sie hörte, wie die Tür sich erneut öffnete und sah, wie Juna ihren Kopf hinausstreckte.

»Kindchen, warte!«, rief sie sie zurück. »Hat dir deine Mutter die Pflanzen gelehrt? Würde mich ja wundern, wenn nicht …« Woher wusste Juna, wessen Tochter Aésha war? Sah sie Sarina tatsächlich so ähnlich?

Aésha nickte zaghaft.

»Kennst du die Hundsrose?«

»Hagebutte? Ja.«

»Ich brauche sie, um die Blutung zu stillen. Soviel wie möglich. Und mein Sternkraut ist zur Neige gegangen.«

»Das könnte eine Weile dauern. Wenn ich in Richtung Moor keines finde, muss ich den Berg hoch. Sternkraut wächst nicht wie Hagebutte in jedem Wald der Silvanei …«

»Ich bin mir sicher, du findest welches. Geh nur nicht zu weit in die Sümpfe, da sind …«

»Schlangen?«

Juna lächelte sie hocherfreut an. »Ja, Kindchen, ja! Sehr gut! Also, pass auf, geh nicht zu weit in den Sumpf, da sind Schlangen, ja?« Mit diesen Worten schlurfte die alte Frau wieder zurück zu Java.

KAPITEL 10

»Wir begleiten dich«, beschloss Diego wenig später, als die drei Aésha erwischt hatten, während sie einen Rucksack mit etwas Proviant packte und sich bereits allein auf den Weg machen wollte. Kalef und Naomi nickten zustimmend und machten mit entschlossener Miene klar, wie sinnlos jeder Versuch war, sie aufzuhalten.

Nur wenig später befanden sie sich zu viert auf dem Weg in Richtung des Berges, der nördlich der Stadt emporragte.

Aésha sollte Recht behalten. Hagebutte oder auch Hundsrose, wie Juna sie nannte, war überall zu finden. Es war ein Leichtes, den Korb zu füllen, den sie mitgenommen hatten. Mit Sternkraut gestaltete es sich deutlich schwieriger. Sarina hatte sie zwar des Öfteren mitgenommen, Kräuter und Pflanzen zu sammeln, doch für dieses Kraut mussten sie hoch in die Berge Maurins. Aésha wusste, dass es auch auf Moorwiesen und Heiden wachsen sollte, doch sie glaubte nicht, dass sie auf Höhe des Meeresspiegels fündig werden würde.

Es dämmerte bereits, als ihnen klar wurde, dass sie an diesem Tag keinen Erfolg mehr haben würden. Das Wetter hatte sich dramatisch verschlechtert. Es regnete in Strömen, hinzu gesellte sich ein starker Wind, der ihnen ins Gesicht peitschte. Innerhalb kürzester Zeit waren sie nass bis auf die Knochen.

»Das wird so nichts!«, hielt Diego Aésha und die anderen an. »Wir können kaum noch etwas sehen, wir müssen einen Unterschlupf finden. Selbst der Heimweg ist zu gefährlich, der Regen wird sämtliches Geröll lösen, es könnte schnell zu einer Steinlawine kommen.«

Kalef und Naomi nickten, doch Aésha schüttelte stur den Kopf. »Es muss hier irgendwo sein!« Sie schirmte ihre Augen mit der Handfläche ab, doch es half nichts. Sie konnte kaum etwas sehen.

»Ich weiß von einer Höhle, nicht weit von hier!«, rief Naomi durch den Sturm und deutete auf eine Stelle weiter den Berg hinauf.

Frustriert biss Aésha sich auf die Unterlippe, sah sich noch ein letztes Mal um und folgte ihr dann widerwillig.

Kalef hatte den Kragen seiner Jacke hochgeschlagen, als würde das noch etwas bringen, und den Kopf eingezogen. Seine steingrauen Augen sahen hochkonzentriert aus.

»Alles in Ordnung?«, fragte Aésha, doch er reagierte zunächst nicht. Stattdessen starrte er über ihre Schulter hinweg den Weg zurück, seine Augenbrauen tief zusammengezogen.

»Das weiß ich noch nicht. Es fühlt sich an … als würde etwas nicht stimmen.« Seine Stimme war unheilverkündend und tief, anders, als sie es von ihm gewohnt war.

Aésha schoss durch den Kopf, dass er viel erwachsener klang als sonst.

»Kommt ihr?», hörten sie Naomi von oben rufen und so gaben sie sich einen Ruck und marschierten hinterher.

Ganz kurz nur fing Aésha Diegos Blick auf. Auch er schien seinen Bruder ernst zu nehmen.

Zu ihrer Erleichterung fand Naomi die Höhle nur wenig später.

Die Wände schützten vor dem Wind und der Felsüberhang hielt den Regen ab. Für ein Tier war sie jedoch nicht tief genug und der Eingang zu groß, um als Heim zu dienen. Es gab keinen Schutz vor den Angriffen von Fressfeinden. So war sie der ideale Unterschlupf sämtlicher Wanderer, die sich den Weg auf den Berg hochkämpften und dabei ihre Spuren hinterließen. Eine Feuerstelle am Eingang war schon vorbereitet und auch zwei Strohmatten lagen aus.

Die in der Magie am meisten geübte Halbelbin entfachte kurzerhand ein Feuer, das Wymiot in Verzückung gebracht hätte und hob die Hände in Richtung der Flammen.

»Sieht so aus, als müssten wir die Nacht hier verbringen.« Naomi seufzte. »Was hat es denn mit diesem Stern-dingskraut auf sich? Lohnt sich der Aufwand?«

»Sternkraut ist eine seltene Pflanze, aber sie ist wirkungsvoll. Sie hilft bei Wunden, Entzündungen und vor allem bei verunreinigtem Blut«, klärte Aésha die anderen auf.

»Wenn Juna uns hier heraufschickt, weil es unbedingt dieses Kraut sein muss, muss es Java wirklich schlecht gehen«, mutmaßte Diego.

Aésha sah ihn nicht an. »Das ist auch meine Befürchtung.« Die Flammen wärmten ihr das Gesicht, aber die Hitze drang nicht durch ihre Kleider hindurch. Sie fröstelte und dachte wehmütig an die hohen Temperaturen der letzten Wochen zurück.

Kalef saß unterdessen am Höhleneingang und hielt still Ausschau. »Ich finde, wir sollten abwechselnd Wache halten«, warf er plötzlich ein.

»Wache halten? Wozu? Wir sind nur einen Steinwurf von

der Stadt entfernt, hier bin ich als Kind hinaufgekommen«, entgegnete Naomi spöttisch.

Aéshas und Diegos Blicke trafen sich.

»Weißt du inzwischen, was dich stört?«, erkundigte sie sich.

Kalef schüttelte den Kopf. »Schön wär's, aber nein. Ich habe nur ständig das Gefühl, etwas kriecht da draußen rum, etwas, das hinter uns her ist.«

Jetzt wirkte auch Naomi beunruhigt und blickte stumm und besorgt nach draußen.

»Hast du gerade *kriecht* gesagt?«, hakte Aésha nach.

Kalefs Augenbrauen zuckten, er öffnete den Mund, doch anscheinend wusste er nicht, was er antworten sollte.

»Hab' ich …?«

»Naomi, wie weit sind wir von den Sümpfen entfernt?«

»Oh, nicht weit. Wieso?«

»Juna sagte, wir sollen nicht zu nah zu den Sümpfen wegen der Schlangen … Aber kann das sein? Kommen sie auch hier herauf?«

Naomi und Diego sahen sie mit einer Mischung aus Entsetzen und Unglauben an, während Kalef weiterhin nach draußen sah.

»Ich habe noch nie von Schlangen in den Sümpfen gehört«, meinte Diego.

»Aésha, du machst mich etwas nervös …«, gab Naomi zu.

»Ich hab' euch doch erzählt, dass Java und ich die Hexe Eetah in den Sümpfen getroffen haben. Auch sie hatte von Schlangen gesprochen, so wie er.«

»Und wie wehrt man sich gegen diese Schlangen?«, wisperte Naomi.

Aésha trat hinaus in den Regen und suchte den Himmel ab.

»Maru! Bist du da?« Doch kein Falke war am Himmel zu finden. Ihre Freundin war nicht in der Nähe.

»Lasst uns Holz für ein Feuer suchen, dann befolgen wir Kalefs Vorschlag«, bestimmte Aésha und begann, Äste unter den nahestehenden Bäumen zusammenzusuchen, um sie aufzustapeln.

Die Dunkelheit der Nacht eroberte den Berg nur wenig später. Einzig und allein der Schein des Feuers erhellte sie, doch er reichte nur wenige Meter weit.

Aésha sorgte sich schon jetzt um die Holzvorräte, viel hatten sie nicht finden können, das meiste war komplett durchnässt, doch Diego versuchte sich an einem Zauber, es zu trocknen und damit brauchbar zu machen, damit sie nicht im Rauch erstickten. Sie zweifelte, dass sie auch nur ein Auge zutun würde.

Sie glitt durch das nasse Gras, während sich der Boden mit dem Regen zu einer schlammigen Masse mischte. Sie schmeckte die feuchte Erde.

Die Feuchtigkeit störte sie nicht, die war sie gewohnt, es war die plötzliche Kälte, die ihr zuwider war. Sie machte sie langsam.

Das Wesen näherte sich der Beute. Dort in der Höhle war sie, sie konnte das Feuer der Menschen sehen und auch die Wärme ihrer Körper.

Rechts und links von ihr spürte sie ihre Artgenossen. Auch sie hatten die Beute in der Höhle entdeckt. Zwei Männchen, zwei Weibchen. Doch sie waren aufmerksam, sie musste warten - sie und ihre Artgenossen waren bemerkt worden.

Geduldig rollten sie sich ein. Sie würden hierbleiben und lauern, bis die Menschen unvorsichtig würden. Dann würden sie zuschlagen. Sie mussten einfach nur abwarten …

Aésha saß an der Höhlenwand. Sie hatte sich so positioniert, dass ein Stein sie unangenehm im Rücken drückte, damit sie nicht einschlief, doch sie spürte, wie ihre Lider schwer wurden. Einen Dolch und ihren Stab hielt sie in je einer Hand, bereit, beide zu nutzen. Ihr Blick suchte immer wieder dasselbe Gebiet ab, denn sie sah nicht mehr, als der Schein des Feuers offenbarte. Dahinter lag eine schwarze Wand aus Regen.

Unangenehme Erinnerungen aus dem großen Wald kamen immer wieder hoch, doch diesmal war es still. Keine Nachtmare, die schrien.

Die jetzige Bedrohung schlich sich geräuschlos heran.

Aésha schreckte hoch, ihr Kopf musste auf ihre Brust gefallen sein, als sie eingenickt war.

»Psst! Diego!« Sie schüttelte ihn sanft an der Schulter. Benommen richtete er sich auf, bis er mit einem Schlag hellwach war und mit seinem Dolch herumfuchtelte.

»Wo sind sie?!«

»Nein, nein, ich hab' nichts gesehen, ich kann mich nur nicht mehr wachhalten.«

Diego nickte beruhigt und gähnte herzhaft. »Ist gut, ich halte weiter Wache«, versprach er und setzte sich neben sie.

Aésha wusste nicht, wie lange die Nacht noch dauern würde, sie hatte jegliches Zeitgefühl verloren. Sie war gerade wieder weggedöst, als plötzlich auch Kalef hochjagte und sich beinahe den Kopf an der Höhlendecke stieß.

»Habt ihr das gehört?« Er nahm einen dicken Ast aus dem schon deutlich kleiner gewordenen Feuer und schwenkte ihn wie eine Fackel vor der Höhle hin und her, während er mit weit aufgerissenen Augen hinausstarrte. Der Regen hatte etwas nachgelassen und auch der Wind war abgeflaut. Dennoch hatte etwas ein paar Steine gelöst, die polternd den Hang herunterkullerten.

Auch Naomi stand neben ihnen.

Aésha hatte nicht bemerkt, dass sie aufgestanden war, sie bewegte sich überraschend lautlos.

»Lasst uns ein paar Lichtbälle fliegen lassen.«

»Meinst du, wir schaffen es weiter, als der Schein des Feuers eh schon reicht?«, fragte Diego skeptisch.

Sie zuckte mit den Schultern. »Versuchen wir es. Das hätten wir längst machen sollen. Aésha und Kalef, haltet die Dolche im Anschlag, wenn wir uns verausgaben, solltet ihr immer noch voll ausgeruht sein.«

Es half nicht. Die Lichtbälle schafften es erstaunlich weit, doch es war nichts zu entdecken, außer Grasbüscheln, Schlammpfützen und Felsen. Aésha überlegte, ob sie es vielleicht auch versuchen sollte, doch vermutlich wären danach nur alle geblendet.

Naomi hatte es wahrscheinlich nicht so ausdrücken sollen, aber sie wusste, dass sie nicht genug Vertrauen in die magischen Fähigkeiten Aéshas und Kalefs hatte, um es darauf ankommen zu lassen.

»Vielleicht sind sie inzwischen weg«, mutmaßte Diego.

Bald. Im Morgengrauen. Dann, wenn sie denken, ihnen droht keine Gefahr mehr, wenn sie sich sicher fühlen. Dann werden wir zuschlagen.

Lange können sie sich nicht mehr wachhalten, dachte die Bestie und spannte ihre Muskeln immer und immer wieder an, um nicht zu versteifen. Sie zwang sich und die anderen, geduldig zu sein, spürte jedoch, wie ihre Nestgeschwister nicht mehr länger warten wollten. Zischend gebot sie ihnen Einhalt. Gerade wollte sie sie davor warnen, einen Fehler zu begehen, indem sie vorschnell angriffen, da durchstach sie ein gleißender Schmerz.

Was geschah hier? Sie hatte keine Witterung vernehmen können! Nein! Sie spürte die Schnäbel, sie hackten auf ihr Fleisch ein, Federn raschelten und Krallen bohrten sich in ihre Haut. Das konnte nicht sein! Die schwarzen Luftgeister müssten bei der alten Frau sein und die wohnte nicht einmal ansatzweise in der Nähe.

Sie bäumte sich auf, versuchte, ihre Fangzähne in die Angreifer zu schlagen, wand sich, doch sie kamen von allen Seiten, wichen blitzschnell aus. Sie hielten sich an ihrem Hinterkopf fest, aussichtslos, sie abzuschütteln.

Ihre einzige Chance war es, den anderen zu helfen, vielleicht konnte so eine von ihnen die Mission fortführen. Doch dann, ein gleißender Schmerz im Gesicht. Ihre Augen! Das Vieh hatte seine Krallen in ihre Augen gebohrt! Geblendet wand sie sich. Sie spürte, wie es feucht an ihrem Gesicht hinunterlief, das Blut quoll ihr aus den Augenhöhlen. Der Schmerz nahm ihr jegliche Fähigkeit zu denken, er betäubte ihren Geruchssinn, raubte ihr den Verstand, bis die Pein sich plötzlich um ein Vielfaches verstärkte und verschwand.

Es war vorbei.

Ein vertrautes Geräusch ließ Aésha hochfahren. Sie konnte sich nicht erinnern, eingeschlafen zu sein und stellte entsetzt fest, dass auch die anderen tief schlummerten.

Das Feuer war ausgegangen und die Sonne schien in die Höhle hinein.

Das Geräusch kam von Maru, es war ihr Flügelschlag, als sie zu ihr flatterte und ihr zaghaft mit dem Schnabel in die Beine kniff. Die Krallen des Falken bohrten sich schmerzhaft in Aésha Arme. Sie hatte weder ihr Schulterpolster an noch den Armschutz dabei.

Sie rappelte sich auf und wankte aus der Höhle hinaus. In der rechten Hand den Dolch, die linke als Schirm über den Augen. Ein gutes Dutzend Raben saß um sie herum und starrte sie an.

»Guten Morgen, Aésha«, grüßte eine alte Bekannte.

»Eetah! Dir auch einen guten Morgen … « Aésha sah sich weiter um.

Etwa zehn Schritte entfernt lag ein großer blutiger Haufen.

»Sind das die … Schlangen?«

»Maru hat mich zu Hilfe gerufen«, erklärte die Sumpfhexe.

Aésha nickte. »Java würde jetzt wahrscheinlich nach dem Preis fragen.«

Eetah lächelte ihr zu und sah an Aésha vorbei den Berg hoch.

»Wie ich ihm schon sagte, ich werde eines Tages seine Hilfe benötigen. Das geht nur nicht, wenn er dann nicht mehr unter uns weilt. Mein Preis für diese Rettung lautet also wie folgt: Erhalte ihn am Leben.«

»Meinst du tatsächlich, dass das in meiner Macht liegt?«

»Ich habe beschlossen, dich nicht zu unterschätzen. Die Biester waren nicht zufällig hier, das solltest du wissen. Jemand hat sie geschickt und ich wüsste zu gern, aus welchem Grund. Pass auf euch auf.« Eetah sah in die Höhle hinein, in der sich nun die anderen regten. Aésha folgte ihren Blick.

»Ich werde mein Bestes geben«, murmelte sie, doch als sie sich wieder umdrehte, war Eetah verschwunden.

An der Stelle, an der sie gestanden hatte, lag ein Bündel Sternkraut.

»Ich fass es nicht, dass ich es verpasst habe, eine Sumpfhexe zu sehen!«, rief Naomi wenig später beim Abstieg. »Sieht sie so aus, wie ich es mir vorstelle?«

»Wie stellst du sie dir denn vor? Sie ist nicht alt und hässlich, falls du das meinst. Na ja, alt vielleicht schon, aber nicht steinalt.«

Diego und Kalef hatten gemeinsam die Kadaver der sogenannten Schlangen untersucht.

Aésha verstand, warum sich Eetah und Juna beide so rätselhaft dabei gaben, sie als solche zu bezeichnen. Schlange war zwar die Bezeichnung, die einem als erstes in den Sinn kam, wenn man die Monster sah. Doch sie hatten eine gigantische Größe und drachenähnliche Stacheln vom Kopf bis zum Schwanz.

Jetzt wusste Aésha auch, warum sie sie trotz der Lichtbälle nicht hatten entdecken können. Sie waren perfekt getarnt, selbst am Tage hätten sie Schwierigkeiten gehabt, sie auszumachen.

Aésha hatte den anderen nichts von Eetahs Warnung erzählt. Sie hatte beschlossen, bloß Java anzuvertrauen, was die Hexe über den Angriff der Tiere behauptet hatte, doch es dauerte eine Weile, bis sie ihn allein erwischte. Ständig waren Lilja oder Juna bei ihm und umsorgten ihn, bis er nach zwei Tagen endlich genesen genug war, dass die Heilerin ihm sogar erlaubte, sich auf eine Krücke gestützt im Haus der Wächter zu bewegen.

Aésha entdeckte ihn im Innenhof im Garten, wo er hinter dem Baum saß und seine Pfeife rauchte. Seine Krücke lag neben ihm im Gras.

»Bei den Göttern, hast du mich erschreckt!«, stieß er laut fluchend aus, als sie zu ihm trat. »Ich dachte schon, Lilja hätte mich entdeckt.«

»Wieso? Hast du keinen Gefallen mehr an ihrer Gesellschaft?«, neckte sie ihn.

Er brummte. »Doch, natürlich. Aber sie versteht nicht, dass ich hier drin noch wahnsinnig werde. Und sie lässt mich nicht rauchen.«

Aésha ließ sich schmunzelnd neben ihm ins Gras sinken. »Das ist tatsächlich keine schöne Angewohnheit.«

Doch er wischte ihre Meinung mit einer Handbewegung fort.

»Ich wollte mich sowieso noch mit dir unterhalten«, setzte sie fort und berichtete ihm endlich, was auf dem Berg passiert war.

Als Aésha geendet hatte, schwieg Java eine Weile und paffte dabei gedankenverloren seine Pfeife.

»Dieses Verhalten ist für die Biester tatsächlich sehr ungewöhnlich«, meinte er dann. »Aber wer sollte sie geschickt haben und warum?«

»Diese Frage hat sie sich auch gestellt. Meinst du, es war

ein Attentat auf die Wächter?«

Java legte den Kopf schief und kniff die Augen zusammen, während er noch einmal nachdachte. Dann schüttelte er den Kopf. »Da wäre ich mir nicht so sicher, Aésha. Bestien zu befehligen, das ist keinem Menschen möglich, wie Koruns Anhänger es sind. Wenn Eetah Recht hat, handelt es sich eher um die Tat eines Magiers oder einer Hexe. Und damit höchstwahrscheinlich um jemanden aus unseren Reihen …«

Aésha schlug sich erschrocken die Hand vor den Mund. »Meinst du? Das kann nicht sein!«

»Weißt du, wer hier alles im Haus einkehrt? Vertraust du ihnen? Kennst du sie alle?«

»Nein, aber du, oder nicht?«

»Kennen, ja. Vertrauen, das ist eine andere Geschichte.«

»Was meinst du damit? Verdächtigst du jemanden?«

Wieder kniff Java die Augen zusammen. »Das weiß ich noch nicht.« Er zog noch einmal tief an seiner Pfeife.

Aésha ahnte, dass er ihr mehr nicht sagen würde.

»Es wird Zeit für eure kämpferische Ausbildung. Wenn ich niemanden finde, der euch unterrichten kann, müssen wir warten, bis ich dazu in der Lage bin. Solange bitte ich dich, nichts Unvernünftiges anzustellen.«

»Was sollte ich schon Unvernünftiges tun?«

»Och, ich weiß nicht, vielleicht nächtliche Ausflüge in die Stadt?« Er knuffte sie spielerisch in die Seite, als sie leicht errötete.

»Ach, davon weißt du, hm?«

»Natürlich.«

»Ich war doch nicht allein!«

»Und das ist auch gut so. Ich möchte dich nicht ohne Gesellschaft irgendwo rumstromern wissen. Versprich mir das bitte.«

»Ich verspreche es.« Sie erhob sich und wischte sich die Grashalme von der Hose. Der Regen war nach dieser Nacht auf dem Berg nicht wiedergekehrt.

Aésha war schon einige Schritte Richtung Eingang gegangen, als sie sich noch einmal zu ihm umdrehte. »Ach, sag, Java, wie viele Magier und Hexen gibt es denn, die nicht zu unseren Reihen gehören?«

Java stutzte. »Das, Aésha, ist eine sehr gute Frage.«

KAPITEL 11

Der Unterricht war weitergegangen, als wäre nichts geschehen.

Die Stunden bei Rexadnela gestalteten sich immer mehr zu einer Fundgrube an interessanten Fakten, die Aésha wissbegierig in sich aufsaugte.

Tatsächlich machte sie auch in der Zauberkunst beträchtliche Fortschritte. Inzwischen war selbst sie recht gut darin, ein Feuer zu entfachen. Und dank der Übung mit Kalef schaffte sie es mühelos, einen Lichtball zu bändigen. Sie waren mittlerweile dazu übergegangen, Schutzschilde aufzubauen. Zweifellos, um Javas Wunsch nach Selbstverteidigungsfähigkeiten nachzukommen.

Doch als sie sich wenige Tage später in dem Unterrichtsraum versammelten, in dem Wymiot seine nächste Stunde angekündigt hatte, war es nicht ihr üblicher Lehrmeister, der sie erwartete. Es war Jael, den Aésha zuvor lediglich bei der Ratssitzung getroffen hatte.

»Wie ich euch leider berichten muss, werde ich die nächste Zeit über für eure weitere Ausbildung zuständig sein.« Seine Stimme verriet jedoch keinerlei Bedauern.

»Wieso das? Wo ist Wymiot?«, wollte Kalef wissen, doch

Jael zog seine Nase kraus und sah ihn abfällig an.

»Ich wüsste nicht, was euch dazu berechtigen würde, dies zu erfragen.« Er schritt den Raum entlang und seufzte dann abschätzig blickend. »Nein, hier ist nicht der geeignete Ort, mir zu zeigen, wie weit ihr es bereits gebracht habt. So wie ich gehört habe, haben einige von euch noch immer Probleme damit, ihre Macht zu kontrollieren.« Er sah dabei auffällig lange zu Kalef und dann zu Aésha, in der ein ungutes Gefühl aufstieg.

»Wir treffen uns in einer Stunde im Wald.«

»Aber was ist -«, setzte Naomi an.

»Mit dem Mittagessen? Nun ich denke, keiner von euch wird verhungern. Ja, es wird sogar gesagt, Hunger fördere die Konzentration«, unterbrach er mitleidslos und kehrte ihnen sogleich den Rücken zu.

Eine Stunde später wartete er bereits an ihrem Übungsplatz auf der Lichtung, als würden sie sich um geraume Zeit verspäten.

»Wir sind doch pünktlich, was hat er denn?«, flüsterte Kalef verärgert, doch die anderen sparten sich ihre Antwort.

»In Zweierpaaren aufstellen, bitte«, intonierte Jael gelangweilt und wandte sich missbilligend von ihnen ab.

Kalef stellte sich zu Aésha, die ihm unendlich dankbar dafür war, obwohl sie erwartet hatte, dass er sich mit Naomi zusammentat, die Diego gegenüberstand.

»Nein, nein, so wird das nichts. Wymiot hat Buch über das Können seiner Schüler geführt, ihr beide zusammen, das kann nicht gut ausgehen.« Jael trat dabei an Kalef heran.

Aésha überkam Zorn auf den neuen Ersatzlehrer.

»Nicht, dass ich ein Buch bräuchte, das mir etwas über deine Fähigkeiten der Magie verrät«, richtete er sich speziell an Kalef, dessen Unterkiefer zu mahlen schien.

Jael stellte Aésha nun selbst zu Diego und den dabei etwas nervös wirkenden Kalef zu seiner Freundin.

»Ich weiß, dass ihr inzwischen Feuer beherrscht. Ich erwarte, dass je einer von euch den anderen mit einem Feuerball attackiert, während der andere sich mit einem Schild davor schützt.«

»Wir beherrschen bisher weder das eine noch das andere ausreichend! Sollte tatsächlich einer von uns einen Feuerball zustande bringen, ist es viel zu gefährlich, wenn der Schutzschild misslingt! Wymiot hätte -«

»Ich bin nicht Wymiot und ich bin mir sicher, dass, sollte einer einen Feuerball schaffen, der andere zumindest genug Reaktionsfähigkeiten besitzt, zur Not zur Seite zu springen.«

»Feuer im Wald ist auch sicher eine hervorragende Idee«, warf Naomi ein. Sie schien sich nicht von Jael beeindrucken zu lassen.

»Ich bin sehr wohl in der Lage, ein Feuer unter Kontrolle zu bringen, sollte es darauf ankommen.«

So standen sich die vier nun kurz darauf in Paaren gegenüber und hielten ihre Stäbe konzentriert erhoben.

Aésha hatte große Mühe, Diego einen Feuerball entgegenzuschleudern, vor allem nach dem Malheur mit dem Lichtball. Die Angst, ihn tatsächlich zu verletzen, hemmte sie und offensichtlich erging es ihm dabei nicht anders.

Bei Kalef und Naomi sah es ähnlich aus.

Beide starrten einander an, doch während sich um Naomi eine Art flackerndes Kraftfeld aufbaute, geschah auf Kalefs Seite nichts.

Jael war drauf und dran, sich erneut Kalef zu widmen, zweifellos, um ihn erneut zu verhöhnen, da machte Diego ihn auf sich aufmerksam.

»Ich glaube, ich habe das mit dem Schutzschild noch nicht ganz verstanden, wie genau funktioniert der Zauber?«

Jael seufzte erhaben, doch lehnte er die Möglichkeit der Darbietung nicht ab und stellte sich vor Aésha auf.

»So, kleine Tochter der großen, mächtigen Sarina. Dann zeig mal, ob auch nur ein Fünkchen von dem Erbe deiner Mutter und der Hallinor in dir steckt, wie Alenia meint.«

Er hob nicht seinen Arm, um den Stab zu nutzen, der kopfgroße Feuerball kam aus dem Nichts auf Aésha zugerast, die nur panisch beiseite sprang. Das Feuer flog an ihr vorbei und verpuffte, noch bevor es auf dem Boden aufkam.

»Dachte ich es mir.«

Aésha rappelte sich auf und stellte sich erneut bereit. Nun gut, dachte sie sich. Wenn er es so haben wollte. Würde er sie tatsächlich in seinem Unterricht verletzen, würde er sich Java gegenüber verantworten müssen und das wäre sicher nicht solch ein Spaß, wie sie hier zu schikanieren.

»Nochmal!«, forderte sie ihn auf.

Er wirkte überrascht, doch machte sich wieder bereit.

Diesmal war Aésha vorbereitet. Sie sammelte ihre Kraft, zapfte sie an und schmetterte sie hervor, einem Kokon gleich, der sie umgab. Tatsächlich prallte der nächste Feuerball heftig daran ab und verkohlte einige Äste in der Umgebung.

Jael taumelte verblüfft zurück. »Na, bitte. Den Grundzauber hast du also verstanden. Mal sehen, wie weit du kommst.« Und ohne jegliche Vorwarnung setzte er zum nächsten Angriff an, der diesmal nicht nur aus einem Feuerball, sondern auch einigen Blitzen bestand.

Aésha zog den Schild gerade noch rechtzeitig hoch und wankte kurzzeitig. Verschwommen nahm sie wahr, wie sich

Diego gegen ihren Lehrer warf und »Aufhören!« rief.

»Das ist doch Wahnsinn!«, rief er aufgebracht. »Sie hat die wenigste Erfahrung von uns!«

»Ist schon gut«, brachte Aésha hervor. Diesen Sieg würde sie ihm nicht gönnen. Schon bei der Ratssitzung hatte er abfällig über sie gesprochen und sogar ihre Vertrauenswürdigkeit in Frage gestellt, obwohl er keinen Grund zum Zweifel hatte und jetzt machte er sie und Kalef den ganzen Tag nieder. Vielleicht hatte sie selbst noch vor Kurzem nicht den Glauben an ihre Kräfte gehabt, aber er hatte kein Recht, sie abzustreiten. Wenn einer wusste, welche Macht in ihr schlummerte, dann war das sicher nicht der kriecherische Vertreter der Ratsvorsitzenden.

Und gleichzeitig gierte Aésha danach, zu erfahren, wie weit sie es noch bringen würde, jetzt, wo sie so viel leichter Zugang dazu fand.

Sie stellte sich ihm aufrecht gegenüber und erhob das Kinn, darauf wartend, dass er die Einladung annahm.

Er ließ nicht lange auf sich warten. Seine Zunge blitzte über seine Lippen, als er sich bereit machte und dabei die Ärmel seiner Robe ausschüttelte.

Noch bevor er einen Angriff hatte aufbauen können, bildete Aésha die Kraft um sich herum. Sie sah noch, wie die anderen drei aus dem Weg traten, dann entstand ein Schleier vor ihrem Sichtfeld.

Sie spürte, wie Jael ein paar Mal versuchte, ihren Schutzschild zu durchbrechen, bevor er sich immer weiter vergrößerte und ihn und die anderen traf, die allesamt mit voller Wucht weggeschleudert wurden.

Erst als sie sah, wie Diego unsanft auf dem Boden landete, brach das Kraftfeld zusammen und auch Aésha sank auf die Erde.

Ihr wurde schwarz vor Augen und sie erwachte erst, als jemand sie an den Schultern rüttelte.

Sie brauchte eine Zeit, bis sie wieder das volle Bewusstsein erlangte.

Es war Naomi, die sich über sie gebeugt hatte.

Benommen richtete Aésha sich auf und erblickte Kalef, der seine Hand an Diegos Kopf hielt und ihn abtastete.

»Diego!«, rief Aésha mit einem Anflug von Panik in der Stimme. Sie rappelte sich auf. Innerhalb von Sekunden war sie an seiner Seite.

Jael, der sich ebenso wieder gefangen hatte, versuchte noch, sie aufzuhalten, doch ihr entfuhr intuitiv ein Schlag Magie, der ihn von ihr fernhielt und er unterließ es augenblicklich.

Diego lag regungslos auf dem Waldboden, umgeben von Moos und kleinen Wildblumen, was seinem Gesicht beinahe einen friedlichen Ausdruck verlieh.

Ängstlich betastete Aésha ihn und atmete erleichtert auf, als sie einen Puls spürte. Er lebte.

Sie legte ihre rechte Hand auf seine Stirn und die linke auf die Brust. Die Punkte, an denen laut Wymiots Lehre die Magie zu finden war.

Was dann geschah, konnte sie weder sich noch dem Rat oder ihren Lehrern erklären. Sie schloss ihre Augen und konzentrierte sich ganz auf ihn, bis ihre Hände begannen zu leuchten und unnatürlich heiß wurden. So heiß, dass sie fast dachte, sie würde verbrennen, während aus ihrer Brust eine eisige Kälte hervorkroch und sich in ihr ausbreitete, bis Diego plötzlich die Augen aufschlug und tief Luft holte.

Nun war es Kalef, der Aésha am Ärmel zog und sie zur Seite schob.

Diesmal ließ sie es geschehen.

Diego richtete sich, umsorgt von seinem Bruder und dessen Freundin, auf. Während die zwei ihm halfen, aufzustehen, versicherte er ihnen, dass er in Ordnung war.

Nun erst sah Aésha die Blessuren, die Kalef und Naomi bei ihren Stürzen davongetragen hatten. Beide hatten Abschürfungen, weil sie auf Felsen oder Ästen und Baumstümpfen gelandet waren.

Sie schalt sich für ihre Dummheit, Jael so weit herausgefordert zu haben. Sie hatte sich dazu hinreißen lassen. Dabei hätte sie aus dem Vorfall mit der Lichtkugel lernen müssen. Schon da hatte sie ihre Magie nicht unter Kontrolle gehabt und genau das hatte Jael ihr nun bewiesen.

Auf dem Weg zurück ins Haus der Wächter ließ sie sich still zurückfallen. Keiner von den anderen beklagte sich über Schmerzen, doch sie sah ihnen an, dass sie die Zähne zusammenbissen.

Auffällig schweigsam war auch ihr Lehrer in Vertretung, der sich tatsächlich für diesen Zwischenfall zu verantworten hatte. Aésha fragte sich kurz, vor wem - und was der Rat, allen voran Alenia, davon halten würde. Vor allem aber, ob Jael ihr die Schuld dafür würde geben können.

KAPITEL 12

Als ihre drei Mitschüler und Jael das Haus der Wächter betraten, stahl sich Aésha davon.

Sie verschwand leise in der treibenden Menge der Menschen auf der Straße, die alle zu geschäftig waren, um das unbekannte Mädchen zu beachten.

Und so ließ sie sich treiben vom Leben in Elandor, dem steten Fluss an Bürgern der Hauptstadt, die allesamt ihren Tätigkeiten und Interessen nachgingen, bis sie plötzlich, es mussten schon mehrere Stunden vergangen sein, so tief wie die Sonne am Himmel stand, von einem Vogelschrei aus ihrem Tagtraum geweckt wurde. Kurz sah Aésha sich nach Maru um, sie hatte ihre Freundin nicht mehr gesehen, seit sie auf dem Berg gewesen war.

Doch es war eine Möwe, die über ihrem Kopf hinwegflog.

Sie war, ohne es zu merken, zum Hafen gelaufen, ungeschickterweise jedoch nicht dorthin, wo sie mit Kalef, Naomi und Diego gewesen war. Diese Gegend erkannte sie nicht wieder. Sie fluchte lautlos in sich hinein.

»Verzeihung«, hörte sie Liljas Stimme hinter sich. »Mir war so, als hättest du Java versprochen, nicht allein umherzustreifen.«

Aésha fühlte sich gleichermaßen erwischt und erleichtert. Wahrscheinlich sah sie schuldbewusst genug aus, denn Lilja nahm sie in den Arm und führte sie aus dem Viertel, ohne viele Fragen zu stellen.

»Wie geht es Diego?«, erkundigte sich Aésha, als sie gerade das Regierungsviertel betraten.

»Ach, darum geht es hier! Diego geht es prächtig, was übrigens dir zu verdanken ist, du hast einen fortgeschrittenen Zauber ausgeübt, als du ihn geheilt hast.« Liljas Stimme klang Aésha eine Spur zu anerkennend.

»Er hätte keine Heilung benötigt, wenn ich nicht mal wieder die Kontrolle verloren hätte.«

»Na und? Das ist deiner Mutter auch passiert damals. Da war übrigens ich die Leidtragende. Nur hat das mit dem Heilen nicht so geklappt, es gibt drei Wochen in meiner Jugend, die ich komplett verpasst habe, weil sie mich mit einem Zauber in einen Schlaf versetzt hat, aus dem mich nichts wecken konnte, ich wäre fast verhungert!«

Aésha blieb entsetzt stehen und starrte Lilja mit offenem Mund an.

Kleine Lachfalten hatten sich um ihre Augen gebildet, sie schien ehrlich amüsiert.

»Ich will trotzdem nicht, dass so etwas noch einmal geschieht. Ich bin eine Gefahr für die anderen«, murmelte Aésha, doch Lilja hielt sie an den Oberarmen fest und sah ihr ernst in die Augen.

»Aésha Hallinor, jetzt hör mir mal zu! Wie sollst du lernen, deine Kraft zu kontrollieren, wenn du aufhörst, sie zu nutzen? Irgendwann würde es reichen, dich nur genug zu reizen und alles würde aus dir herausbersten! Dann bist du eine echte Gefahr.« Als sie jedoch in Aéshas erschrockenes Gesicht blickte, entspannte sie sich schnell wieder. »Und außerdem: Das ist nichts, womit wir nicht fertig werden, Kindchen!« Sie erhob ihren Zeigefinger und äffte dabei Juna nach.

Aésha brachte sie damit wieder zum Lachen, doch es erstarb sofort wieder, als sie am Haus der Wächter ankamen. In der Eingangstür stand Java, gestützt auf seiner Krücke, und sah sie streng und vorwurfsvoll an.

Lilja öffnete den Mund, um etwas zu sagen, ließ es unter seinem strafenden Blick dann allerdings sein und schob sich stumm an ihm vorbei ins Gasthaus.

Aésha hatte eine Strafpredigt erwartet, von der selbst Una noch etwas hätte lernen können, doch Java stand nur da und sah sie an. Aésha überlegte, sich zu rechtfertigen, doch stattdessen brachte sie nur mühsam ein »Es tut mir leid …« hervor und senkte den Blick.

Java sagte immer noch nichts. Schweigend drehte er sich um und ging hinein. Diese Enttäuschung musste sie erst einmal wieder wettmachen.

Ihre Mitschüler fanden Aésha wenig später in der Bibliothek, wo sie vergeblich versucht hatte, sich hinter einem riesigen Wälzer zu verstecken.

»Hier steckst du!« Naomi ließ sich neben sie in einen Sessel fallen und begutachtete den Titel des Buches, das Aésha sich vorgenommen hatte. »Hmpf«, machte sie. »Ziemlich trockener Schinken, oder nicht?«

Aésha schwieg.

»Du hast doch nicht schon wieder ein schlechtes Gewissen, oder?«, hakte sie nach.

»Mir geht es gut, ehrlich«, versicherte Diego ihr. »Auch wenn es schön wäre, wenn die anderen mal an der Reihe wären … nein, he, so hab ich das nicht gemeint, ehrlich nicht!«

Aésha war bei seinen Worten aufgestanden. Sie wollte am liebsten einfach weg von ihnen, doch Diego hielt sie zurück.

»Ihr seid mir echt nicht böse?«

Naomi und Diego schüttelten die Köpfe und bemühten sich, möglichst aufrichtig dreinzublicken.

Nur Kalef räusperte sich. »Ich bin ein wenig verärgert.«

Seine Freundin verpasste ihm einen Schlag gegen die Stirn, doch er zuckte nur mit den Schultern. »Was? Die ganze Zeit dachte ich, wir wären ebenbürtig und nun stellt sie nach wenigen Wochen Übung den stellvertretenden Ratsvorstand und amtierenden Großmeister in den Schatten! Nicht, dass ich ihr nicht dafür dankbar wäre …«

»Kalef und Jael haben eine Vorgeschichte«, erklärte Diego beiläufig.

Interessiert setzte Aésha sich wieder. Vergessen waren die Sorgen, die sie eben noch beschäftigt hatten.

»Das klingt spannend, erzählt.«

Diego sah sich unauffällig in den nächsten Regalen nach ungebetenen Lauschern um, während Kalef zwei weitere Stühle herbeischaffte.

»Wie dir sicher schon aufgefallen ist, ist Kalef zwei Jahre älter als Diego und ich«, begann Naomi.

»Meine Ausbildung hatte eigentlich schon längst angefangen.«

»Aber?«

»Ich bin im selben Alter wie Jaels Sohn und seine Tochter, sie sind Zwillinge. Also begannen wir zu dritt den Unterricht.«

»Melchior und Rixa«, zischte Naomi verächtlich.

»Ich kam allerdings nicht mit ihnen mit. Ich kann …«

»Seine Magie war noch nicht erwacht«, half Diego ihm

aus. »Und ich möchte wetten, dass Jael seine Brut schon vor Beginn der Ausbildung unterrichtet hat, um ihnen einen Vorteil zu verschaffen.« Er sah verschwörerisch in die Runde.

»Und deshalb verachtet er dich so?«, fragte Aésha erstaunt.

»Du meinst, mehr als jeden sonst? Oh nein, das kommt nur hinzu.«

»Es geht um Rixa«, knurrte Naomi.

Aésha ahnte Unheilvolles.

»Sie hat sich in ihn verguckt«, erzählte Diego weiter.

Kalef zog es vor, darüber zu schweigen und peinlich berührt den Blick zu senken.

Diego grinste. »War für ihren lieben Herrn Vater natürlich eine Katastrophe. Sein feines, wohl gehütetes Töchterchen verliebt sich in jemanden, der …«

»Derart untalentiert ist, dass selbst ein Frosch mehr Magie hervorgebracht hat«, setzte Kalef den Satz fort.

»Hör auf, so von dir zu denken, Kalef«, wies Naomi ihn zurecht. »Der Skandal war schließlich perfekt, als Kalef ihre Gefühle nicht erwiderte, sondern einen Halbelbenbastard wie mich vorzog.« Sie schnitt eine Grimasse und er stieß sie zärtlich an.

»Auf jeden Fall ist Jael bis vor den Rat gegangen, um Kalef aus der Ausbildung auszuschließen. Wie du weißt, sind unsere Eltern Mitglieder. Er hat sogar gedroht, sie in Frage zu stellen, als sie Einwände erhoben.«

Aésha konnte kaum glauben, was sie da hörte.

»Als Kalefs Magie vor ein paar Monaten dann doch erwachte, konnte er sich allerdings nicht mehr gegen ihn aussprechen. Alenia höchstpersönlich hat seine magischen Fähigkeiten beurteilt und für völlig ausreichend befunden, was er ganz gern mal vergisst.«

»Wir hassen ihn also«, fasste Aésha den Bericht in aller Kürze zusammen und erntete zustimmendes Gelächter. Selbst Kalef grinste, wenn auch verhaltener als die anderen.

KAPITEL 13

Nun war es Lilja, die den Unterricht fortsetzte und dabei großen Wert auf die Meditationsübungen legte, die sie schon von Wymiot kannten. Auch erfuhren sie, dass ihr Lehrmeister sich von einer Krankheit erholte, die ihn befallen hatte.

»Ich dachte, Juna wäre in letzter Zeit häufiger hier gewesen, wieso hat sie ihn nicht geheilt?«, fragte sich Naomi, doch es sollte ihnen ein Rätsel bleiben.

Aésha lernte außerdem in Einzelstunden bei Alenia höchstpersönlich, sich zu beherrschen. Doch erst als sie Java fragte, ob er sie in den Wald begleiten würde und Juna und Lilja dabei fest versprach, auf ihn aufzupassen, machte sie für sich selbst übend die größten Fortschritte.

»Ich staune. Vor gar nicht allzu langer Zeit hast du jegliches magische Talent in dir bezweifelt und nun sieh an, wie weit du schon gekommen bist.«

Sie streckte ihm keck die Zunge heraus und drehte sich mit dem Rücken zu ihm, um die neueste Übung zu wiederholen - einen Ast schweben zu lassen.

An den Abenden vertiefte Aésha sich gern in ein Buch in der Bibliothek oder zog sich in ihr Zimmer zurück. Am liebsten saß sie auf der Fensterbank im Erker und ließ hin und wieder den Blick nach draußen schweifen. Derweil war sie so in Gedanken versunken, dass sie nicht einmal bemerkte, wie Naomi den Raum betrat.

»Spannend?«, fragte diese lächelnd und beäugte neugierig das Buch.

Aésha nickte grinsend und legte es beiseite. »Wo warst du?« Sie gähnte herzhaft und schielte zu ihrer Zimmergenossin, die sich an der Waschschüssel ein wenig erfrischte und sich dann in einem kleinen Spiegel an der Wand betrachtete.

»Ich war mit Kalef unterwegs.« Sie lächelte kokett und tat geheimnisvoll.

Aésha hob spielerisch eine Augenbraue und lachte. »Ich frag nicht weiter.« Sie hielt sich scherzhaft die Augen zu, woraufhin Naomi sie mit einem Kissen bewarf.

»Es ist nicht so, wie du denkst, hörst du!« Doch sie war sichtlich errötet, so sehr sie das auch zu verbergen versuchte.

»Und wo warst du überhaupt? Diego hat nach dir gefragt.«

»Diego? Wieso das? Ich habe mit Java im Gastraum zu Abend gegessen.«

Doch Naomi zuckte nur mit den Schultern und machte sich fertig, um ins Bett zu gehen.

Jael ließ sich unterdessen nicht erneut dazu herab, einen von ihnen mit seiner Aufmerksamkeit zu beschenken. Sie vermuteten, dass er von Alenia kräftig gerügt worden war, doch sie mussten sich eingestehen, dass dazu auch eine gute Portion Wunschdenken gehörte.

Dann kam schließlich der Tag, an dem Java ihnen Kaia vorstellte.

»Eure Kampfmeisterin.«

»Unsere was?«, fragte Kalef ungläubig.

»Du hast schon richtig gehört«, versicherte Java ihm und setzte sich auf einen Holzstuhl an der Wand des hell beschienenen Raumes.

Kaia war ein Stück kleiner als Aésha. Ihre kurzen, fast schwarzen Haare lugten unter einer ledernen Kappe hervor, doch sie hatte nichts Bubenhaftes an sich. Sie stand gerade und aufrecht, ihre Mimik zeigte keinerlei Unsicherheit und ihre schwarzen, großen Augen schweiften ruhig über ihre neuen Schüler.

»Java ist noch nicht genesen genug, euch in die Kunst des Kampfes einzuweisen«, begann sie und schritt dabei den Raum entlang. »Ich werde das für ihn übernehmen. Wir beginnen mit waffenloser Verteidigung, den wichtigsten Grundregeln, die jeder von euch im Schlaf beherrschen sollte.«

Jetzt kam Kalefs große Zeit. Mit großem Vergnügen brachte er der Reihe nach jeden von ihnen zu Fall und ging breit grinsend stets siegreich aus sämtlichen Kämpfen hervor.

Kaia schien zufrieden mit ihnen zu sein. Doch sie ließ sich auch nach Stunden harten Trainings nicht erweichen, den Unterricht abzukürzen, bis sie nicht allesamt mit schmerzenden Muskeln und mit von blauen Flecken übersäten Gliedmaßen zum Abendessen humpelten.

Ein Wort der Klage brachte trotzdem keiner von ihnen über die Lippen.

Naomi fand ihren Spaß daran, sich mit Kalef zu messen und ihn ständig herauszufordern, so wie auch Diego seinen Ehrgeiz entdeckte, wobei Aésha zwischendurch das Gefühl beschlich, dass er behutsam darauf achtete, seinem Bruder nicht den Triumph zu stehlen.

Die Wochen zogen dahin.

Wieder träumte Aésha.

Es war Nacht, ihre Augen blickten umher, doch sie starrte durch trübe Dunkelheit, unfähig, etwas scharf zu erkennen. Sie sah ihre Arme, ihre Hände vor sich, seltsam blass, gräulich und verschwommen. Sie spürte klirrende Kälte, eisig und stechend schmerzend, doch sie zitterte nicht. Beinahe friedlich trieb sie dahin, bis sie realisierte, dass sie schwebte. Nein, sie sank!

Angst ergriff sie. Mit panisch geweiteten Augen keuchte sie unwillkürlich und riesige Luftblasen barsten aus ihrem Mund und ihrer Nase, die ihr die Sicht raubten. Sie strampelte, streckte die Hände nach oben, wo ein sanftes Licht durch die Wasserdecke drang; für die Sonne zu schwach, es musste der Mond Phelios sein, rund, voll und weiß wie Schnee.

Stumm und reglos stand er am Himmel. Unbeeindruckt von dem schrecklichen Schauspiel, das sich unter ihm abspielte.

Aésha versuchte, einen klaren Kopf zu behalten, doch ihr Herz hämmerte in ihrer Brust, dass es wehtat. Sie konnte keinen ruhigen Gedanken fassen, sie war der Oberfläche kein Stück nähergekommen. Die Ränder ihres Sichtfeldes flackerten bereits, in ihrer Stirn dröhnte Schmerz, der lediglich von dem in ihrer Lunge übertroffen wurde.

Nur einen Moment später verlor sie die Besinnung.

Sie flog, flog hoch über den Wolken. Der Wind pfiff ihr um die Ohren, tränte in ihren Augen und trug sie gleichzeitig über die Weiten, die sich unten am Boden erstreckten. Ein Berg ragte vor ihr empor. Riesig erhob er sich über dem Rest des Gebirges zu seinen Seiten, das sich der Länge nach erstreckte und zu ihrer Linken in ein Moor überging. Zu ihrer Rechten konnte sie das Ende der Berge nicht erblicken. Ein helles Licht leuchtete über dem Gipfel.

Die Sonne konnte es nicht sein, die schien von der anderen Seite.

Es war ein magisches Licht, daran hatte sie keinen Zweifel. Und dann sah sie die schwarze, dunkle Masse, die sich vor dem Berg erstreckte. Ein riesiges, dunkles Heer, das aus dem Gestein marschierte und auf den Wiesen im Tal Stellung bezog.

Ein Schatten schob sich über ihr Gesicht. Aésha öffnete die Augen und wurde sogleich vom Sonnenschein geblendet. Sie saß im Innenhof an den Baum gelehnt und musste eingeschlafen sein. Über ihr stand Diego.

»He, Aésha, schläfst du etwa? Ich hab' dich schon überall gesucht, wir haben gleich Unterricht.« Er beugte sich über sie. »Ist alles in Ordnung?«

Aésha blinzelte benommen und sah ihn an, entdeckte einzelne braune Sommersprossen auf seiner Nase, so nah war er ihr. Sie konnte sich nicht erinnern, hierhergekommen zu sein. Ein Buch rutschte von ihrem Schoß, es waren die Aufzeichnungen Sarinas, das Buch, das sie in Maurin in der Truhe auf dem Dachboden gefunden hatte.

Stimmt, sie hatte darin gelesen und fand Liljas Behauptung bestätigt; scheinbar war es auch Sarina zu Beginn ihrer Ausbildung nicht leichtgefallen, ihre Kräfte zu kontrollieren. Ähnlich wie bei Aésha entwickelten sich ihre Fähigkeiten schnell stärker als bei ihren Mitschülern, die, wie sie nun herausfand, Lilja, Jael, Alenia und ein gewisser Jaron waren. Mit diesem Buch hatte sie Aésha eine Aufzeichnung über ihre magische Lehrzeit hinterlassen.

Träge versuchte Aésha, klare Gedanken zu fassen. »Ich glaube nicht …«

»Was?«

Sie schüttelte den Kopf, unfähig, die richtigen Worte zu finden.

»Ich muss zu Alenia, weißt du, wo sie ist?«

»Was denn, jetzt?« Diego runzelte die Stirn und sah sie ernst an, doch sie beachtete ihn kaum, sondern stand auf. In ihrem Kopf schwirrte es, als hätte sie zu wenig getrunken.

»Ich glaube, sie ist unten in den Ratsräumen …« Er stützte sie vorsichtig.

Dankbar ließ Aésha ihn gewähren, bis sie nach einigen Schritten wieder kräftig genug war.

Unten war der gesamte Rat versammelt und zu ihrer Überraschung stießen sie hier auch auf Naomi und Kalef. Diego warf ihnen einen fragenden Blick zu.

»Wymiot ist nicht aufzufinden«, erklärte sein Bruder mit unsicherem Blick.

Aésha schien es, als wüsste er nicht, ob er sich Sorgen machen sollte oder nicht.

»Aésha?«, hörte sie Alenias Stimme vom Ende des Raumes und bemerkte, dass jeder der Anwesenden sie anstarrte. Offensichtlich waren sie gerade in Naomis und Kalefs Bericht über das Verschwinden ihres Lehrmeisters hineingeplatzt, der sie ab heute wieder unterrichten sollte.

Aésha hörte Stühle über den Boden scharren, Java und Lilja waren aufgestanden und auf halbem Weg zu ihr.

»Ich habe geträumt. Ich weiß, ich soll es aufschreiben, aber es ist wichtig. Glaube ich.«

Alenia sah Aésha während ihres Berichts aufmerksam an und duldete keine Unterbrechung, selbst als Aéshas Stimme versagte oder sie keine Worte fand.

Aésha hatte gerade geendet, als die Tür mit einem Knall aufflog. Ein junger, verschwitzter Mann stürmte herein und lief zu der Ratsvorsitzenden, um ihr etwas ins Ohr zu flüstern.

Alenias Gesichtszüge entglitten ihr. Ihre Augen auf Aésha geheftet, krallte sie ihre Hände in die Rückenlehne des

Stuhls vor ihr. Die Mitglieder des Rates sahen sie gebannt an, wartend auf eine Erklärung.

»Wymiot wurde soeben gefunden«, fand sie ihre Stimme wieder. »Seine Leiche trieb im Hafenbecken.«

»Nein!«, stieß Naomi hervor und schlug sich die Hände vor den Mund. Kalef, der neben ihr stand, war kaum fähig, sie zu halten.

»Wie ist das geschehen?«, wollte Diego wissen.

Aésha glaubte, in seinen Augen ein Glitzern zu entdecken. Es dauerte eine Weile, bis ihr der Gedanke kam, dass die drei mit dem Großmeister der Zauberei aufgewachsen waren. Sie kannten ihn ihr ganzes Leben. Ein Gefühl der Trauer und des Mitgefühls überkam sie.

»Das gilt es jetzt, herauszufinden. Ich werde mich persönlich der Sache annehmen.« Alenia nickte mehreren Leuten zu. Darunter Jael, aber auch Java. Dann bat sie Lilja, Juna zu holen und verließ den Raum.

KAPITEL 14

Wenig später saßen die vier schweigend in der Bibliothek. Es machte sich niemand mehr die Mühe, die Stühle, die Kalef immer wieder herbeischaffte, um ihnen Platz zu bieten, wegzuräumen. Keiner wusste etwas zu sagen, sie starrten lediglich betrübt vor sich hin.

Hin und wieder schniefte Naomi und Aésha steckte ein dicker Kloß im Hals. Die Brüder saßen zwischen ihnen, stumm und grüblerisch.

»Ob sie inzwischen etwas wissen?«, brach Kalef schließlich das Schweigen.

»Ich weiß nicht, ob Juna so schnell zu finden war. Ich möchte wetten, Alenia überwacht genauestens ihre Untersuchung und nötigt sie zur größten Sorgfalt«, meinte Diego mit brüchiger Stimme.

»Denkt ihr, es war Mord?«, hauchte Aésha kaum hörbar.

Naomi schnappte nach Luft, Kalef und Diego warfen sich einen langen Blick zu.

»Ich frage mich zumindest, wie er in den Hafen gekommen ist. Was sollte er dort zu tun haben?«

Naomi nickte. »Meinst du, dein Traum … denkst du, du hast von ihm …?«, sie konnte es nicht direkt aussprechen, doch Aésha wusste, was sie meinte. Irgendwo ganz weit hinten in ihrem Kopf hatte sich dieser Gedanke schon eingenistet, nur hatte sie ihm nicht den Raum gegeben, sich nach vorn zu drängen. Jetzt war er da und ließ sich nicht so leicht wieder wegwischen. Ihr wurde flau im Magen.

Tage vergingen, in denen kaum einer der Erwachsenen ein Wort mit ihnen redete. Sie vertrieben sich die Zeit vorwiegend im Haus und dem Innenhof, denn keiner hatte groß Lust, sich in der Stadt herumzutreiben und gleichzeitig quälte sie die Langeweile, weil sich die Stunden ohne jeglichen Unterricht schier endlos dahinzogen. Was sie einst als kostbare Freizeit schätzten und herbeisehnten, fühlte sich nun an wie ein Fluch der Langeweile, so schnell wie ihnen die Ideen ausgingen, sich die Zeit totzuschlagen, in der sie immer wieder Wogen der Trauer überkamen. Jeglicher Versuch, sich von dem Schmerz abzulenken, scheiterte.

Eines Morgens weckte ein Klopfen Aésha. Es war zaghaft und leise, doch ausdauernd.

»Hallo?«, piepste eine kaum hörbare Stimme durch die geschlossene Tür.

Aésha quälte sich aus dem Bett. Sie fühlte sich steif und matschig im Kopf. Im Flur stand ein kleines Mädchen von vielleicht sieben oder acht Jahren mit glattem, braunem Haar und leuchtend blauen Augen, die sie anstarrten.

»Ja bitte?«

»Ich … ähm … ihr … ich wurde geschickt, euch zu holen. Man erwartet euch im Ratssaal«, stotterte sie, sah ins Zimmer hinein, lief rot an und rannte dann davon.

Verwundert sah Aésha ihr hinterher und blickte dann verständnislos zu der inzwischen ebenfalls erwachten Naomi, die jedoch wenig beeindruckt schien.

»Lass sie, es liegt nicht an dir«, murmelte sie und strich

sich müde die Haare aus dem Gesicht. »Sie hat Angst vor mir. Wahrscheinlich hat ihr Bruder ihr irgendwelche Gruselgeschichten erzählt. Er hat es sich in ihrem Alter zur Aufgabe gemacht, mich zu ärgern. Also habe ich ihm eines Abends aufgelauert und einen schönen Schrecken eingejagt. Er hat geschrien wie am Spieß und nie wieder ein Wort mit mir gesprochen.«

»Was meinst du, was der Rat von uns will?«

Naomi zuckte mit den Schultern. »Lass es uns herausfinden.«

Erneut hatten sich alle Ratsmitglieder zusammengefunden und auch Java saß wieder hinter Lilja an der Wand des Raumes.

Alenia stand wie schon beim letzten Mal hinter ihrem Stuhl. Sie schien zu aufgewühlt, um sich zu setzen. Dennoch wies sie auf vier Plätze ihr gegenüber.

Zögernd setzten sich die vier und sahen allesamt in die große Runde. Zum ersten Mal fiel Aésha ein, dass Diegos und Kalefs Eltern sich ebenfalls hier im Raum befinden mussten. Sie sah sich die Mitglieder des Rates den Tisch entlang an, doch sie hätte nur raten können, wer sie waren.

»Es tut mir leid, euch so früh aus den Betten holen zu müssen«, begrüßte Alenia sie ernst.

»Gibt es inzwischen etwas Neues?«, fragte Diego sogleich und lehnte sich nach vorn. Er saß auf der vordersten Kante des Stuhls.

Alenia schüttelte den Kopf.

Aésha sah kurz zu Jael.

Er blickte stur ins Leere, die Lippen fest aufeinandergepresst. Er würde sicher nicht dulden, dass sie irgendetwas erführen, selbst wenn es etwas zu berichten gäbe.

»Es tut mir leid. Wir konnten bisher nichts Eindeutiges herausfinden«, antwortete die Ratsvorsitzende. »Ich habe Jael damit betraut, Wymiots Tod aufzuklären.« Dabei wies sie auf ihren Vertreter zu ihrer Rechten, der ihnen noch immer keinen Blick schenkte. »Der Grund, euch hier herunterzubitten, betrifft vielmehr eure Ausbildung als solche«, fuhr sie fort. »Es gibt derzeit niemanden, der sich ihrer annehmen kann.« Sie machte eine Pause und sah dabei auf einige Dokumente, die vor ihr ausgebreitet lagen.

»Es gibt ein paar Vorschläge, die im Rat gemacht wurden, wer diesen Posten zukünftig übernehmen könnte, doch es wird dauern, bis die Stelle neu besetzt ist. Das bedeutet, dass ihr eine Weile lang nicht unterrichtet werden könnt«, ergänzte Lilja. »Vermutlich wird eure Ausbildung erst im Frühjahr fortgesetzt.«

Aésha sah von ihr wieder zu Alenia. Die großgewachsene Frau schien etwas zu beschäftigen. Sie holte tief Luft und schien sich überwinden zu müssen, die nächsten Worte zu sprechen.

»Dann zu unserem zweiten Anliegen«, fuhr sie fort. »Java ist, wie er selbst schon lange bekräftigt und mittlerweile auch von Juna bestätigt bekommen hat, inzwischen wieder gesund genug, einen neuen Auftrag für uns zu übernehmen. Er hat sich mit Kaia beraten, die sich für Kalef ausgesprochen hat, ihn zu begleiten. Wir haben lange diskutiert und sind übereingekommen, dieser Bitte nachzugehen, sofern du, Kalef, dich immer noch dazu bereit fühlst.«

»Was?« Diego fiel aus allen Wolken. Entgeistert starrte er seinen Bruder an, der seinem Blick auswich und Alenia ernst zunickte.

»Das bin ich.«

Auch Naomi blinzelte überrascht. Sie sah aus, als würden

in ihrem Kopf die Gedanken rasen.

Aésha unterdessen schielte zu Java hinüber.

»Was ist das für ein Auftrag?«, wollte sie wissen.

Jael legte den Kopf schief und kniff die Augen gefährlich funkelnd zusammen, doch Alenia antwortete, ehe er etwas sagen konnte.

»Über dich, Aésha, waren wir uns nicht einig.«

Überrascht hob sie die Augenbrauen. »Wie bitte?«

»Mehr als eine Stimme des Rats war nicht davon überzeugt, dir anzubieten, dich der Unternehmung anzuschließen. Kalef ist älter als ihr. Unter anderen Umständen wäre er bereits mit seiner Ausbildung fertig und ein vollwertiges Mitglied der Wächter. Du bist erst siebzehn. Java ahnte jedoch bereits, dass du ihn zum einen nicht ohne Protest gehen lassen würdest …« Sie schmunzelte leicht. »Und zum anderen hast du keinen anwesenden Vormund, der es verbieten könnte.«

Lilja öffnete protestierend den Mund, doch Alenia gebot ihr mit einem Blick, zu schweigen. »Außerdem versicherte er mir, dass du durchaus eine fähige Reisebegleitung darstellst. Ich möchte zwar nicht hoffen, dass ein Rudel Ruuvarge oder irgendwelches Gesindel eure Wege kreuzt, doch er machte sein Vertrauen in dich deutlich.«

Aésha wusste vor Erstaunen kein Wort zu sagen. Sie hatte damit gerechnet, dass man ihr sagen würde, es ginge um Ratsangelegenheiten, die sie nichts zu kümmern hätten, aber ganz gewiss nicht damit.

»Und was ist mit uns?«, beschwerte sich Diego.

»Ihr seid noch zu jung«, zischte es von der linken Seite. Eine schlanke Frau mit langen braunen Haaren und ebenso braunen Augen beugte sich aufgebracht nach vorn.

»Aber Mama! Ich bin fast achtzehn!«, wandte Diego

entrüstet ein.

»Und auch ich habe niemanden hier, der es mir verbieten könnte«, meldete sich Naomi trotzig.

»Das stimmt so nicht«, widersprach Alenia scharf. »Ich bin dein Vormund. Man hat dich in meine Obhut gegeben, vergiss das nicht!«

Naomi schürzte wütend die Lippen und schnaubte.

»Das heißt, Aésha und Kalef dürfen gehen und wir sollen hierbleiben?«, grummelte Diego.

»Benimm dich gefälligst!«, raunte ein Mann ihm zu, möglicherweise sein Vater?

»Ist schon gut, Thore, Elea. Ich kann ihn verstehen, doch es bedarf keiner weiteren Diskussion. Die Entscheidung steht fest.« Mit diesen Worten beendete Alenia die Sitzung und die vier wurden aus dem Saal geschickt.

»Ich will immer noch nicht, dass er geht«, hörte sie die Frau flüstern.

»Elea, beruhige dich, es wird schon alles gut gehen.«

»Das sagst du!«

Aésha war verwirrt.

Vor Wut rauchend, stolzierte Naomi an ihr vorbei.

Diego hingegen schien hingenommen zu haben, dass er schlechte Chancen in diesem Kampf hatte. Er schaute ihr grimmig in die Augen und dann zu seinem Bruder hinüber.

»Du wusstest davon, oder? Du hast darauf hingearbeitet, einen Auftrag übernehmen zu können! Sag mir, wie lange hast du Kaia und Java weichgeklopft, he?«

Aésha hatte ihn noch nie so wütend gesehen. Erschrocken wich sie vor ihm zurück, während er seinen älteren Bruder vor sich her bis zur Wand schob.

»Diego!«, Naomi wirbelte zu ihnen herum und zog vergeblich an seiner Schulter.

Es wäre Kalef ein Leichtes gewesen, sich gegen ihn zu wehren, doch er versuchte es nicht einmal.

»Kannst du es mir denn verdenken, Bruder?«, fragte er stattdessen und sah ihm fest ins Gesicht. »Nimmst du es mir ernsthaft übel, dass ich mir etwas erarbeite, das mir liegt?«

Als wäre er von einer Spinne gebissen worden, ließ Diego von ihm ab und sah ihn mit unergründlicher Miene an. Dann senkte er den Kopf. »Nein … das kann ich nicht.«

Erst am Abend fand Aésha Java wieder. Die vier Freunde hatten sich den Tag über zerstreut, sie hatte keinen von ihnen seit dem Morgen gesehen.

»He, was ist los?«, fragte sie ihn.

Er grübelte über seinem Eintopf und umklammerte seinen Bierkrug.

Als er schließlich gedankenverloren an seiner Pfeife zog, obwohl keine Glut in ihr brannte und er seinen Fehler nicht einmal bemerkte, fuchtelte Aésha ihm mit der Hand vor der Nase herum.

»Java?«

»Hm?«

»Was beschäftigt dich?«

Benommen blinzelte er und sah sich dann unauffällig um. »Ach, weißt du … vor einigen Wochen schickte der Rat nach zwei Botschaftern, die angeblich zu zweit seien und Informationen über die Stimmung am Hofe Nundinns hätten«, erklärte er. »Doch sie sind noch immer nicht eingetroffen, dabei steht schon der Winter vor der Tür.«

Aésha löffelte ihre Suppe. Jedes Mal, wenn sie den Löffel zum Mund führte, brannten ihre Oberarmmuskeln wie Feuer. Kaia und nun auch Java hatten vor einiger Zeit damit begonnen, sie alle im Schwertkampf und Bogenschuss zu unterrichten.

»Hat der Bote sie vielleicht einfach nur nicht finden können?«

Java zuckte mit den Schultern. »Wenn wir das wenigstens wüssten. Der Rat hat normalerweise Mittel und Wege, mit Mitgliedern und Botschaftern in der Ferne zu kommunizieren, doch es scheint, als wären sie voneinander abgeschnitten. Und nach dem, was mit Wymiot passiert ist ... Wir fürchten inzwischen um ihr Leben.«

Aésha hielt andächtig inne. Bedeutete das, dass Wymiot tatsächlich ermordet worden war? Doch als sie in Javas Gesicht sah, traute sie sich nicht, zu fragen. Offensichtlich kannte Java diese Botschafter. Er wirkte außergewöhnlich bedrückt und war sichtlich in Sorge.

»Ist das der Auftrag, den wir zu erledigen haben?«

Der Waldmann nickte bedächtig. »Je länger wir warten, desto kälter wird es und desto ungewisser ist ihre Sicherheit. Außerdem könnte sich ihre Spur verlieren. Wir werden also schon morgen aufbrechen. Am besten wäre es, wenn du jetzt hochgehst und deine Sachen packst.«

Aésha brauchte nicht lange, um ihre Habseligkeiten in ihrem Rucksack zu verstauen. Doch ihre Kleidung machte ihr Sorgen. Sie könnte noch einige wärmere Garnituren gebrauchen, denn wie Java schon sagte, war der Sommer vorbei.

Es war schon zu spät, um in der Stadt welche zu besorgen, darum beschloss sie, Lilja zu fragen, ob sich im Haus etwas finden würde, was ihr passen könnte.

Die Herrin des Hauses hielt sich in einer Ecke des Gastraumes auf.

Er hatte sich inzwischen fast völlig geleert, auch Java war

nicht mehr hier. Die Tür zur Stadt war schon verschlossen, die Stimmung unter den wenigen Anwesenden schien gelöst, es waren ausnahmslos Wächter, die zu dieser Zeit kein Geheimnis mehr um ihre Identität machen mussten.

Lilja unterhielt sich mit Alenia in einer Ecke an einem Tisch, als Aésha zu ihr trat.

»Ahh, Aésha, komm setz dich zu uns, ich wollte dich noch auf ein Wort bitten, bevor ihr abreist«, begrüßte Alenia sie und wies dabei auf einen dritten Stuhl, der sich daraufhin magisch zu ihrem Tisch schob.

»Das Zaubern ohne Stab oder Fokus gehört zu der fortgeschrittenen Magie, die am Ende der Ausbildung gelehrt wird«, erklärte Lilja auf Aéshas überraschten Ausdruck hin. »Wenn auch nicht jeder Magier dazu fähig ist«, fügte sie hinzu.

»Ich glaube ja, dass wir dieses Jahr einige Talente unter den Schülern haben«, bemerkte Alenia ungewöhnlich locker. »Ich wünschte, ich selbst hätte die Zeit, den Unterricht fortzusetzen«, seufzte sie. »In meinen Einzelstunden mit ihnen kamen einige Fähigkeiten zum Vorschein, die ich gern weiter vertieft hätte.«

»Ach ja?«, fragte Lilja.

Aésha sagte nichts, sie fürchtete, sie würde die Vertrautheit des Gesprächs stören, wenn sie an ihre Anwesenheit und die Tatsache, dass sie vielleicht nicht berechtigt war, Einzelheiten zu diesem Thema zu erfahren, erinnerte.

Alenia nickte begeistert und trank einen Schluck Wein.

Aésha hatte das Gefühl, es war nicht ihr erstes Glas.

»Ja, weißt du, Naomi etwa. Sie kann Fokusse erspüren. Ich habe mit ihr zusammen in meinen Räumen meditiert und sie hat sie alle wahrgenommen, ist das nicht unglaublich?«

»Tatsächlich? Das ist in der Tat bemerkenswert«, gab Lilja zu.

»Und für Diego seinerseits scheint es eine Leichtigkeit zu sein, mit einem Fokus umzugehen. Ich könnte mir seine Zukunft gut in der Erschaffung solcher vorstellen.«

»Erschaffung?«, rutschte es Aésha ungewollt heraus.

Alenia nickte. »Ein Fokus liegt selten einfach so als solcher herum. Es gibt Gegenstände, die sich mehr zum kanalisieren von Magie eignen als andere, doch um sie dafür zu kreieren, braucht es das richtige Gespür.« Aésha erinnerte sich, davon gelesen zu haben.

»Verstehe. Und wieso wolltet Ihr mit mir sprechen?«

»Ah ja«, die Elbin schnippte mit ihrer rechten Hand. »Es geht um den zweiten Teil deines Traumes.« Sie senkte ihre Stimme und beugte sich leicht zu ihr vor. »Ich glaube, du könntest ein Unheil gesehen haben, das uns droht, wenn wir nichts dagegen unternehmen.«

Auch Lilja hatte ihr Glas abgestellt und war deutlich ruhiger geworden.

»Hast du irgendeinen Anhaltspunkt auf den Zeitpunkt deiner Vision gesehen?«, fragte sie.

Aésha schüttelte den Kopf.

Alenia machte einen bekümmerten Gesichtsausdruck.

»Ich habe einen gesonderten Auftrag für dich, den du in den Hallen der Wächter erfüllen musst und ich bitte dich um absolute Verschwiegenheit diesbezüglich.«

»Verschwiegenheit? Selbst vor Java und Kalef?«, hakte Aésha flüsternd nach.

»Wir vertrauen Java und ich denke, auch Kalef ist nicht zu verdächtigen«, wandte sich die Ratsvorsitzende leise an Lilja.

»Verdächtigen?« Aéshas Stimme machte einen Hüpfer.

»Nicht so laut!«, mahnte Lilja.

»Aber wir sollten lieber auf Nummer sicher gehen, sage es ihnen nur, wenn es sich nicht vermeiden lässt. Hör zu: Wymiots Tod war sicher kein Unfall, soviel hat sich bisher bestätigt.«

Also doch Mord.

»Ich glaub es nicht, dass wir sie darin einweihen …«, murmelte Lilja.

»Sie ist die Einzige, die es machen kann.«

»Wovon, verflucht nochmal, redet ihr?«, stellte Aésha die beiden unwirscher zur Rede, als sie beabsichtigt hatte, sodass die erwachsenen Frauen sie kurz entrüstet anstarrten. »Verzeihung.«

Doch Alenia wischte die Dreistigkeit mit einer Geste beiseite. »Wir haben schon länger die Vermutung, dass jemand in den Reihen der Wächter gegen uns arbeitet«, knurrte sie mit aufeinandergepressten Zähnen und ließ ihren Blick durch den Raum schweifen, doch niemand schien ihnen Beachtung zu schenken.

Aésha atmete tief ein.

»Die Schlangen auf dem Berg.«

Alenia und Lilja nickten gleichzeitig.

»Ja, Java hat uns von Eetahs Warnung erzählt und sie ist nicht der einzige Hinweis darauf.«

»Und was ist meine Rolle dabei? Wie könnte ich dabei behilflich sein?«

»Es geht darum, dass unsere anderen Seher nichts von einem einmarschierenden Heer oder von Wymiots Tod berichten. Die Wahrträume unterscheiden sich stark voneinander.«

»Ein bisschen auffällig«, setzte Lilja hinzu.

»Du bist die Nachfahrin der Hallinor. Die Hallen der

Wächter könnten dir helfen, die Wahrheit herauszufinden und auch jemand, der dort lebt.«

»Wer?«

»Es sind zwei Brüder. Zwei von einst dreien, am selben Tag geboren.«

Aésha stieß einen Laut der Verblüffung aus. Zwillinge waren schon eine Seltenheit.

»Jonte und Jorne sind unsere Posten in den Hallen. Sie wissen, wie man Zugang zu der Magie, die dem Berg innewohnt, erhält und seine Kraft aus ihm ziehen kann. Möglicherweise können sie dir dabei helfen.«

Aésha biss sich auf die Unterlippe. »Und was, wenn ich das doch nicht kann?«

Alenia legte eine Hand auf die ihre. »Dann ist es so. Erzwingen lässt sich das nicht, aber es ist einen Versuch wert.«

Aésha nickte und zwang sich, zu lächeln.

»Du kannst deine Träume nicht erzwingen. Aber solange es auch nur die kleinste Hoffnung gibt, dass du herausfinden könntest, wer hier ein falsches Spiel treibt, lohnt es sich, dass du diese Reise machst. Du musst also in jedem Fall in die Hallen, ob ihr Farin und Antaris nun vorher findet oder nicht.«

Schlagartig wurde Aésha klar, dass dies der eigentliche Grund war, warum sie nicht einmal darum bitten musste, Java zu begleiten.

Lilja suchte ihr einen dicken Mantel, eine gefütterte Hose, einen wollenen Pullover und dicke Stiefel heraus, was ihren Rucksack zusätzlich aufblähte. Und kurz darauf lag Aésha mit offenen Augen im Dunkeln ihres Zimmers auf dem Bett und wartete, dass der Schlaf sie übermannen würde.

Naomi war noch immer nicht aufgetaucht.

Sie fragte sich, wo sie blieb, kam aber schließlich zu dem Schluss, dass sie sich wohl von Kalef verabschiedete, bevor er morgen mit ihr und Java die Reise antreten würde.

In Gedanken ließ sie das Gespräch mit Alenia und Lilja noch einmal Revue passieren. Es kam ihr sonderbar vor, dass die beiden sie so sehr in die Belange der Wächter und des Rates einweihten, doch letztendlich hatten sie ihr nicht viel verraten. Sie hatte nur einen kleinen Teil eines großen Ganzen erfahren und merkte, dass sie ein winziges Rädchen eines gigantischen Uhrwerks war, dessen Ausmaß sie nicht im Mindesten erahnte. Zu gern hätte sie mehr gewusst, mehr über die Tätigkeiten der Gemeinschaft erfahren, der sie inzwischen angehörte.

Sofern sie das wirklich von sich behaupten konnte. Bisher hatte Aésha lediglich einen Teil ihrer Ausbildung von den Wächtern erhalten. Mit welchem Ziel sie in ihren Genuss kam, hatte sie zuvor nicht hinterfragt. Nun überlegte sie, welche Erwartungen Alenia und der Rat in sie setzten, wenn sie eine vollwertige Magierin war und wie weit ihre Zukunft inzwischen über ihren Kopf hinweg geplant worden war.

Aésha überlegte, ob sie möglicherweise schon in die Machenschaften unbekannter Mächte hineingezogen worden war, ohne es zu wollen und als sie schließlich in den frühen Morgenstunden in einen unruhigen Schlaf fiel, träumte sie, eine Schachfigur auf einem riesigen Spielbrett zu sein.

Neben ihr Diego und Naomi, Bauern, so wie sie. Lilja als Turm, Java der Springer. Auf der Position des Läufers Kalef, Alenia die Königin und ihr gegenüber eine schwarze Front aus wilden, grobschlächtigen Menschenkriegern, die ihre Waffen schwangen.

Der schwarze König war eine riesige, bedrohliche Gestalt in einem schwarzen, wehenden Umhang.

Daneben, auf dem Feld des Läufers, ein Mann, der nicht zu erkennen war, doch Aésha bekannt vorkam und auf der anderen Seite des Königs, neben einigen ebenfalls nicht zu erkennenden Figuren, an der Stelle des Springers ein junger Mann mit rabenschwarzem längerem Haar, das er sich auf einer Seite hinter das Ohr gestrichen hatte und einem kurzen Bart, der seine Wangenknochen betonte. Seine dunklen Augen ruhten auf ihr, doch je länger sie ihn ansah, desto verschwommener wurde auch er.

Seine Erscheinung flackerte wie das Licht einer Kerze.

KAPITEL 15

Aésha öffnete die Augen.

Was sie geweckt hatte, konnte sie nicht sagen, doch als sie sich aufrichtete und sich im Raum umsah, fand sie nichts Ungewöhnliches. Ihr Fenster war nach Südosten gerichtet, so schien die Sonne noch nicht direkt hinein, doch es war schon hell.

Naomi war nicht da. Wie es aussah, war sie jedoch über Nacht hier gewesen, ihr Bett war benutzt.

Aésha staunte, dass sie noch früher aufgestanden war als sie und das, obwohl sie nicht gehört hatte, wie sie zu Bett gegangen war. Dabei hatte sie wirklich lange wach gelegen.

Ein wenig enttäuscht, schulterte Aésha ihre Sachen. Sie hätte sich gern von ihr verabschiedet und hoffte, sie und Diego vielleicht noch unten im Gastraum zu sehen, doch auch da ließen sich die beiden nicht blicken.

Java und Kalef warteten hingegen schon und verspeisten gerade ein deftiges Frühstück aus Rührei, Speck und einem dicken Brotlaib mit Käse.

Aésha gesellte sich zu ihnen.

Kalef sah betrübt aus, unter seinen Augen lagen tiefe Ringe. Auch er schien nicht viel Schlaf genossen zu haben. Wortkarg nickte er ihr zu und widmete sich weiter seinem

Teller.

Aésha konnte nicht benennen, was für ein Gefühl sie bei seinem Anblick überkam, doch er schien nervös zu sein.

»Wo sind Naomi und Diego?«, fragte sie ihn, aber er zuckte nur mit den Schultern.

»Nun gut, nehmt den Rest mit, wir können noch im Gehen essen«, meinte Java und stand auf.

»Werden wir laufen?«, fiel Aésha in dem Augenblick ein und sie dachte sehnsüchtig an ihr Pferd zurück.

»Nur ein Stück. Hinter dem Wald befinden sich die Stallungen Elandors. Dort sind auch einige Pferde der Wächter untergebracht.«

Aésha und Kalef griffen sich ihre Rucksäcke und folgten Java hinaus auf den Platz durch die Stadt. Den gleichen Weg, den sie genommen hatten, als Aésha mit ihm in der Hauptstadt angekommen war, über den Markt, auf dem sich bereits erstaunlich viele Menschen tummelten, bis hin zu der Straße hinter dem Stadttor. Obwohl sie in den letzten Monaten so oft hier langgegangen war, um in den Wald zu kommen, schien es nun anders. Wahrscheinlich war es nur, weil sie der Umgebung mehr Aufmerksamkeit schenkte als sonst, doch es fühlte sich eigenartig an. Wieder beobachtete Aésha einen Kaipa, der sich auf dem Markt herumschlich und fragte sich grinsend, ob es derselbe war, den sie auch bei ihrer Ankunft in der Stadt gesehen hatte.

Sie folgten der Straße weiter geradeaus, vorbei an der Abzweigung, die zu dem Berg und in die Sümpfe führte, in denen Eetah lebte, bis sie nach einer ganzen Weile nach links abbogen, Richtung Süden, weiter durch den Wald.

Sie waren schon eine ganze Weile schweigend marschiert, als Aésha plötzlich aus den Augenwinkeln etwas wahrnahm.

»Was war das?«

»Hm?«, fragte Kalef zerstreut, während Java den Kopf herumriss und seinen Bogen gespannt hielt.

Aésha war verblüfft, wie schnell er die Waffe gezogen hatte und nahm sich an seiner Vorsicht ein Beispiel, indem sie ebenfalls ihre Waffen zog. Dort hinten im Dickicht machte sie etwas aus.

Eine Gestalt nahm hinter einem Busch Deckung. Auch wenn Aésha niemanden sehen konnte, war sie sich sicher, dass dort jemand war. Sie spürte, dass dort jemand war.

Mit einem Kopfnicken deutete sie auf die Stelle und sah Java verstehend nicken.

»Zeig dich oder ich schieße!«, warnte er und zielte genauer.

»Nicht schießen! Wir sind es«, hörten sie eine vertraute Stimme und waren nicht wenig erstaunt, als Diego und Naomi hinter dem Gestrüpp und einem Baumstamm hervortraten. Lediglich Kalef schien nicht sonderlich überrascht.

»Das hast du also verheimlichen wollen«, schlussfolgerte Aésha.

»Wie bitte?«

»Jetzt verstehe ich!« Sie lachte, seine Frage ignorierend. »Darum wart ihr gestern auch nicht zu finden. Ihr habt einen Plan ausgeheckt, wie Naomi und Diego uns hinterherschleichen! Ich hab' mich schon gewundert, wieso es dich nicht kümmerte, als sie beim Frühstück nicht anwesend waren. Als würdest du dich nicht einmal von ihnen verabschieden wollen.«

Kalef sah schuldbewusst zu Boden und kratzte sich verlegen am Hinterkopf.

Java sah entgeistert von einem zum nächsten und setzte mehrmals dazu an, etwas zu sagen, bis er schließlich hilflos die Hände hochwarf und theatralisch seufzte.

»Ich brauch' gar nicht versuchen, euch zurückzuschicken, oder?«

Diego und Naomi grinsten schelmisch und schüttelten grinsend die Köpfe. »Elea und Thore werden mir die Köpfe abreißen, von Alenia ganz zu schweigen!« Java hob anklagend den Zeigefinger.

»Dann wirst du eben ganz besonders gut auf uns aufpassen müssen«, flötete Naomi und schritt gut gelaunt voran.

»Ich fass es nicht. Und plötzlich bin ich auf Reisen mit einer ganzen Horde Halbwüchsiger, die sich nichts sagen lassen … und ich soll auf sie alle aufpassen?« Java sah nach oben in den Himmel, während er sprach und rieb sich die Nasenwurzel. »Nun gut … eine Sache jedoch, bevor es weitergeht und he! Ich will, dass ihr mir zuhört oder ich gehe keinen Schritt mit euch weiter.«

Die vier hielten abrupt an und sahen ihn aufmerksam an.

»Na, geht doch … nun, da wir ein paar mehr sind, können wir zumindest einen Nutzen daraus ziehen. Diego, du bist der Beste von euch mit dem Bogen. Wenn es darauf ankommt und wir einen Ernstfall erleben, sicherst du die anderen aus der Ferne. Aésha, du hast den mächtigsten Schutzschild, wie du eindrucksvoll unter Beweis gestellt hast. Das heißt, du wirst vor allem Kalef schützen, der im Nahkampf die besten Qualitäten hat. Naomi, du solltest dich vor allem auf die Magie konzentrieren. Ich möchte, dass ihr Mädchen beide vor allem eure Stäbe zückt und nicht nur Schwert oder Dolch.«

»Und uns damit als Magier zu erkennen geben? Was, wenn es sich als harmlose Situation herausstellt?«, hinterfragte Naomi.

»Du bist eindeutig zumindest zum Teil elbisch«, warf Diego ein. »Dir sieht man die Magie doch schon so an.«

»Euch aber nicht«, entgegnete sie bissig.

»Solange ihr noch nicht ohne Fokus Magie wirken könnt, ist es mir lieber, dass man euch mit einem Stock herumfuchteln sieht, als dass ihr einen möglichen Vorteil nicht nutzt«, wandte Java bestimmt ein.

»Ist gut«, stimmte Aésha zu, vor allem, um ihn zu besänftigen. »Wie weit ist es noch?«

»Noch eine Weile. Ich möchte auf dem Weg bei Juna Halt machen, sie lebt nicht weit von hier.«

Aésha nickte und lief eine Weile an seiner Seite, bis sie sich zurückfallen ließ und Diego neben ihr auftauchte.

Sie sah ihn gespielt vorwurfsvoll an, ehe sie ihm lachend einen kleinen Schubs versetzte.

»Ihr hättet mir ruhig etwas sagen können. Ich dachte schon, ihr wollt nichts mehr von mir wissen!«

»Jaaa, tut mir leid. Aber denk nicht sowas! Wir wussten nur nicht, ob du es hättest für dich behalten können. Wir hatten nicht einmal Kalef eingeweiht, hätte er mich nicht beim Packen erwischt«, gab er schuldbewusst zu.

»Faszinierend, wie sehr du mir traust«, stichelte sie, um dann gut gelaunt weiter hinter Java zu marschieren, den weichen Waldboden unter sich, die Sonne, die durch das Blätterdach strahlte, über sich.

Maru hatte Aésha inzwischen auf ihre Rufe hin gefunden und saß auf ihrer Schulter, die Krallen in ihr Schulterpolster gebohrt, und hielt von diesem Punkt Ausschau. Während sie ein wenig vorwurfsvoll die Nähe Aéshas suchte und ihr dabei provokativ an den Haaren knabberte, musste diese sich ihr schlechtes Gewissen eingestehen, ihre treue Gefährtin so lange vernachlässigt zu haben.

Das Leben in der Stadt hatte ihr gefallen, das konnte sie nicht leugnen. Sie vermisste Maurin und den damit verbundenen öden, tristen und belanglosen Alltag keineswegs, wohl aber fehlte ihr die Weite. Der Horizont in der Ferne, die frische Luft, die Abwechslung, die eine Reise mit sich brachte. Jetzt, gestärkt durch ihre neuen Fähigkeiten in Magie und Verteidigung, schien sie zum ersten Mal wirklich die Reise genießen zu können und stellte fest, dass sie durchaus schön war, wenn man nicht gerade hinter jedem Stein und Gestrüpp eine drohende Bestie, ob aus dem Tierreich oder menschlicher Art, fürchten musste, der man hilflos ausgeliefert wäre.

Jetzt war sie nicht mehr hilflos.

»Was hast du?«, hörte sie Diego von links, doch sie schüttelte nur lächelnd den Kopf und schwieg.

Junas Haus schien aus dem Nichts aufzutauchen, Aésha vermutete, es war mit einem Zauber belegt, denn wenn sie es sich genauer besah, schien es nicht sonderlich gut getarnt. Es war zwar mit Moos bewachsen und von allerlei Sträuchern überwuchert, doch auffällig groß.

Juna selbst kniete gerade in einem Hochbeet, das mit Kräutern bepflanzt war.

»Ahh, ihr seid es!«, rief sie aus, sobald sie die Gruppe erblickte und richtete sich mühsam auf. Ihre Gelenke knackten hörbar.

»Juna, hast du dir immer noch keinen neuen Lehrling genommen? Du wirst langsam ein wenig zu …«

»Alt für diese Arbeit?« Juna sah Java schief an, der tatsächlich zu erröten schien. »Ach, weißt du, mein Lieber, tatsächlich hatte ich gehofft, bald wieder jemanden unterweisen zu können. Ich hatte ja ein Auge auf Aésha geworfen, aber wie es mir scheint, schnappst du sie mir gerade vor der Nase weg.« Juna hob ihren Zeigefinger, lächelte jedoch.

»Auf mich?«

»Sofern es dein Interesse wecken würde, in die Fußstapfen deiner Mutter zu treten, natürlich.«

Aésha war verwirrt. »Ich dachte, meine Mutter war Ratsvorsitzende …«

»Ja, natürlich war sie das. Später. Doch direkt nach ihrem Grundjahr der Ausbildung in Magie ging sie bei mir in die Lehre und lernte die Kräuterkunde und Heilkunst. Für Pflanzen hatte sie ein außergewöhnlich gutes Händchen, musst du wissen, die Heilung selbst lag ihr jedoch nicht so sehr. Wie ich hörte, hast du in dieser Hinsicht schon einige anfängliche Schritte gezeigt.«

Aésha vermutete, sie spielte auf den Zwischenfall mit Diego an. Unangenehm berührt senkte sie ihren Blick.

»Wie dem auch sei, es steht dir frei und du hast noch Zeit, dich zu entscheiden. Fühle dich nicht gedrängt. Hier sieh mal, dieses Beet dort drüben hat Sarina angelegt.« Juna zeigte auf ein zweites Hochbeet neben dem Haus.

Aésha ging, um es sich genauer anzusehen.

Juna teilte Java in der Zwischenzeit mit, dass sie noch etwas für ihn hätte und wies ihn an, ihr ins Haus zu folgen, während sich Diego, Kalef und Naomi ebenso in der Gegend umsahen und sich die Zeit vertrieben.

Das Beet war sorgsam gepflegt. Eine Seite war hochgetürmt, ein kleiner Berg mit wenigen kleinen Terrassen, gestützt aus Wällen aus Ästen, ragte auf der einen Seite hinauf und bildete so eine Treppe, die den verschiedenen Kräutern und Pflanzen die benötigte Portion an Sonnenlicht oder Schatten bot. Dazwischen gab es kunstvoll gelegte Steine, die einzelne Bereiche abtrennten. Ein paar der Pflanzen blühten gerade.

Aésha atmete tief ein und genoss den Duft. Sie kniete sich nieder und berührte die Rundhölzer, aus denen das Beet errichtet war.

»S und J?«, fragte Diego.

Aésha hatte nicht gehört, dass er an sie herangetreten war. »Hm?«

»Dort, es ist ins Holz geritzt.«

Aésha sah nach, worauf er deutete und entdeckte die Buchstaben im Holz. Sie waren schon alt und verwittert.

»Meine Mutter hieß Sarina …«

»Und für wen steht das J?«

Aésha zuckte mit den Schultern. »Könnte jeder sein. Sie lernte wohl gleichzeitig mit Jael und einem Jaron. Vielleicht war auch von ihnen einer bei Juna in der Lehre und hat das Beet mit angebaut? Oder es steht für Juna selbst«, überlegte sie laut.

»Hm. Hast du Hunger? Es ist schon Mittag, ich hab ein paar Äpfel eingepackt.«

Dankbar griff Aésha nach einem der roten Äpfel, die er ihr reichte und biss herzhaft hinein. Er war süß und saftig. Sie hatte zuvor nicht bemerkt, wie hungrig sie sich wirklich fühlte, das Frühstück war schließlich mehr oder minder ausgefallen.

In jenem Augenblick erschien Java wieder und rief zum Aufbruch.

Aésha warf noch einen letzten Blick auf eine der Spuren ihrer Mutter und spürte einen jähen Anflug ihrer Präsenz, bevor sie sich aufmachte, den anderen zu folgen. Juna winkte sie zum Abschied zu.

Die alte Frau stand neben ihrer Tür und lächelte.

»Ich glaube immer noch, dass sie eine Hexe ist«, flüsterte Naomi ehrfürchtig. »Aber eine gute.«

»Oh, sie ist eine«, antwortete Java neben ihr, was Aésha überrascht zusammenzucken ließ.

Sie schwang den Kopf in seine Richtung. »Und dennoch genießt sie dein Vertrauen? Warum Eetah nicht?«

»Sie ist die Einzige des Zirkels, der man trauen kann. Ich kenne Eetah beinahe so lange, wie ich Juna kenne und anders als ihre Schwester verlangt sie für jede Tat eine Gegenleistung, die nicht immer ein angemessener Preis ist«, antwortete er langsam und bedächtig.

»Sie sind Schwestern?«, fragte Aésha.

Java nickte.

»Was bitte ist ein Zirkel?«, wollte Diego wissen.

»Ein Zirkel ist eine Gemeinschaft von Hexen, sie gehören auf eine gewisse Art zusammen, befolgen ihre eigenen Regeln und treffen sich in gewissen Abständen. Was bei diesen Zusammenkünften geschieht, wissen jedoch nur sie selbst. Das meiste, was man darüber hört, sind reine Spekulationen und Gerüchte, an denen wahrscheinlich nicht viel dran ist. Ich kann nur eines sagen: Traut keiner Hexe, der ihr über den Weg lauft und lasst euch vor allen Dingen bloß nicht von ihr helfen!« Er stieß einen verächtlichen Laut aus.

Aésha schwieg, bevor er ihr wieder Vorwürfe machte, weil sie Eetah sein Leben retten ließ oder auch das von ihnen allen, als sie von den Schlangen auf dem Berg belauert worden waren.

Es war bereits später Nachmittag, als sie den Rand des Waldes verließen und damit die Stallungen erreichten. Hufgeklapper und Pferdeschnauben hallten schon seit einiger Zeit durch den Wald, dazu Rufe von Männern, die jüngeren Arbeitern Anweisungen gaben.

»Tjorge! Ich sagte, du solltest beim Rappen des Herrn von Trepolin ausmisten! Beweg dich, Bursche, oder ich mach dir Beine!«, schallte es gerade durch den Gang, als sie durch das große Tor traten.

Java schien sich hier auszukennen. »Largo, schön, dich zu sehen«, begrüßte er den riesigen Mann, der mit einer Trense in der Hand durch den Stall stiefelte. Er trug ein dickes, ledernes Wams über einem schmutzigen Hemd und hatte Stroh in seinem weißen Bart.

Statt höflich zu antworten, grummelte der jedoch bloß und hob eine Augenbraue.

»Wir sind hier, um einige unserer Pferde abzuholen. Ich denke, Alenia hat eine Nachricht hinterlassen?«

Largo sagte noch immer nichts. Er hängte die Trense an einen Haken an die Wand, die übersät war mit Pferdegeschirr, Halftern, Sätteln und Stricken und wandte sich dem Inneren des Gebäudes zu.

»Tjorge!«, bellte er. »Hol' Alenias Pferde, die ich schon reingebracht hab' und dann geh auf die Koppel und fang noch Grom und Jule ein!« Er griff einige Trensen und ging dem Stalljungen entgegen, der bereits zwei Pferde heranführte. »Wusste nich, wann ihr kommt, drum sind'se noch nich gesattelt«, knurrte Largo, offenbar unbeeindruckt ob der Tatsache, dass sie zwei mehr waren, als angekündigt wurde.

Java nickte dem jungen Tjorge grüßend zu, der daraufhin einen braunen Hengst von der Hand ließ. Das Tier wieherte, schüttelte den riesigen Kopf und kam Java entgegengetrabt.

Der klopfte ihm sanft am Hals und tätschelte ihn freudig. »Das ist Fuego. Er begleitet mich schon seit Jahren, wenn ich in den Süden muss. Treue Seele«, sagte er beinahe zärtlich.

Aésha bestaunte das starke Wesen und beobachtete, wie die Muskeln auf der Flanke gespannt zuckten, um die Fliegen zu verscheuchen.

»Da vorne, das ist Anis, sie war eigentlich für Kalef gedacht, aber vielleicht solltest du sie reiten, Diego. Wenn Largo Grom holt, sollte er ihn nehmen, er ist größer. Und da vorn ist Alenias Geschenk für dich, Aésha.«

Aésha traute ihren Augen kaum.

Tjorge führte das prachtvollste Pferd herbei, das sie je gesehen hatte. Schwarz wie die Nacht, groß, schlank, aber dennoch kraftvoll.

»Das«, sagte Java und zeigte dabei auf den Rappen, »ist Safir.« Ehrfurchtsvoll legte er eine Hand auf die Nüstern der Stute und schien sich dabei fast zu verbeugen. »Sie ist ein Edophina, eine der edelsten Rassen meines Heimatlandes. Wenn sie dich erst als ihre Reiterin anerkannt hat, wird sie dich nie im Stich lassen.«

Aésha berührte die kraftvollen Muskeln des majestätischen Tieres, die hin und wieder zuckten, mit offenem Mund. Dieses wunderbare Wesen sollte nun ihres sein?

KAPITEL 16

Zur selben Zeit schlich sich ein Mann durch die engen Gassen des Hafenviertels, nicht weit von der Stelle entfernt, wo vor wenigen Tagen die Leiche jenes Großmeisters gefunden wurde, der die vier Jugendlichen unterrichtet hatte.

Gekonnt wich er zwei breitschultrigen Männern aus, die ihm entgegentorkelten, um die Kaschemme zu betreten, die sie gerade verlassen hatten.

Es stank nach schalem Bier, Erbrochenem, Schweiß und Rattenkot. Daran konnte auch der kümmerlich vertrocknete Blumenstrauß auf der Theke nichts ändern, der die Verwahrlosung der Schenke noch untermalte.

Er fragte sich kurz, wer ihn hier platziert haben mochte und wie lange das her war. Vermutlich ein paar Jahre, dachte er, doch etwas Interessanteres als ein paar tote Blumen in einer Vase zog seine Aufmerksamkeit auf sich.

Es war eine Gestalt, die an einem der Tische in der Mitte saß und einen gräulichen, zerschlissenen Ledermantel trug, der wohl mal braun gewesen war und die einen so durchschnittlichen Eindruck machte, dass man sie leicht übersehen konnte, selbst dann, wenn man nach ihr suchte.

In einer fließenden Bewegung setzte er sich zu dem Mann und genehmigte sich einen Schluck von dessen Bier.

»Was zum-?«, empörte sich der Gast, hielt dann inne und rollte die Augen als er erkannte, wer sich da zu ihm gesetzt hatte. »Kann ich was für dich tun?«, knurrte er unwirsch und spuckte verächtlich auf den Boden.

»Ja, tatsächlich. Ich habe einen Auftrag für dich.« Der Mann grunzte und fuhr sich durch die Haare.

»Hat ja beim letzten Mal kein so wirklich gutes Ende für mich gehabt, he?« Beherzt griff er nach seinem Bierhumpen, doch der Neue hielt ihn fest umklammert.

»Ich kann nichts dafür, dass du den Falschen erwischt hast und besonders begeistert war ich auch nicht.«

»Begeistert? Begeistert! Ich bin aus der Zunft verstoßen worden für diesen Schlamassel!«, zischte er.

»Bei diesem Schlamassel, wie du es nennst, ist mein Bruder ums Leben gekommen, falls du dich erinnerst.«

Der Mann ihm gegenüber verstummte und fuhr sich erneut durch die Haare. Sie waren mattbraun und leicht fettig. »Jaja, schon gut«, beschwichtigte er ihn und betrachtete sehnsüchtig sein Bier.

»Jetzt erhältst du die einmalige Chance, deinen Fehler von damals wieder gutzumachen und deine Ehre, wenn man das so nennen kann, reinzuwaschen. Ich möchte, dass du es jetzt zu Ende bringst. Aber diesmal erwischt das Gift gefälligst auch die richtige Zielperson!«, drohte der Auftraggeber.

»Ich-ich muss ja gar kein Gift verwenden …«, stotterte der Mörder leise.

»Doch. Du darfst auf keinen Fall einen frontalen Angriff wagen. Glaube mir, das wirst du nicht überleben. Es sei denn natürlich, du kannst dich inzwischen vor Magie schützen, womit du mich dann doch sehr beeindrucken würdest.«

Der Mann ihm gegenüber schürzte die Lippen und

schüttelte dann stumm den Kopf.

»Wer ist das Ziel und wo finde ich es?«

»Du findest sie in Tradenstadt und du solltest dich beeilen, um sie noch einzuholen.«

Naomi sah die Stadt mit ihren Elbenaugen als Erste, doch es dauerte nicht lange, da entdeckte auch Aésha die hellen Türme, Zinnen und Dächer der größten noch verbliebenen Handelsmetropole des Landes mit seinen vielen Kornspeichern, Lagerräumen und dazugehörigen Kontoren, den Schreibstuben, in denen die Händler saßen, um ihre Geschäfte zu tätigen und schriftlich festzuhalten.

Tradenstadt war durch seine Lage zwischen den Hallen der Wächter und der Hauptstadt eine der reichsten Städte des Landes, aber auch ein Angelpunkt für Wanderer und Reisende, die sich auf dem Weg in oder aus der Silvanei befanden.

Das erklärte auch die vielen Gasthöfe, Herbergen und vereinzelt in Anliegerwohnungen angebotenen Unterkünfte. So wie es auch einzelne Zimmer in Wohnungen von Anwohnern gab, die hin und wieder ein Bett räumten, um sich ein paar Kupferstücke im Monat dazuzuverdienen. Das jeweilige Angebot machten sie mit einem Schild an der Tür kenntlich, auf dem ein Bett und gelegentlich auch ein Teller samt Besteck oder sogar eine Badewanne abgebildet war.

Aésha bemerkte außerdem ein kompliziert angelegtes Schienensystem in den Straßen, auf dem Loren Waren beförderten, die mit Flaschenzügen und Kränen aus den jeweiligen Speichern befüllt wurden und abhängig vom Gewicht, mal mit rauschender Geschwindigkeit oder quälender Langsamkeit zu ihren Bestimmungsorten ratterten.

Java führte die vier zielsicher durch die vollen Straßen, auf denen sich Karawanen mit langen Wagenreihen und fahrende Händler tummelten. Die Straße vor Elandor war kaum mit dem Gedränge zu vergleichen, durch das sie sich jetzt wühlen mussten, doch Java schien sich bestens in dieser Stadt auszukennen und wies sie schnell in kleinere Nebenstraßen, in denen es deutlich ruhiger zuging.

»Meinst du, die Botschafter haben es möglicherweise bis hierhin geschafft?«, fragte Aésha ihn.

Er zuckte mit den Schultern und zog an Fuegos Zügeln. »Wenn, dann finden wir sie hier«, antwortete er und deutete auf das Gebäude, vor dem sie soeben angekommen waren. Das Gasthaus war das größte Gebäude der Straße, es besaß sogar einen Pferdestall, der an einer Seite zu einer kleinen Wiese hin offenstand und den Tieren etwas Bewegungsfreiheit gönnte.

»Das ist ein Gebäude der Wächter, nicht wahr?« Diego deutete auf einen Schriftzug in dem oberen Teil des Türrahmens.

»Freund der Wächter, sei hier willkommen«, war dort in das Holz geritzt.

»Ich wette, du kannst es nicht lesen, oder?«

»Diese Wette gewinnst du.«

Ein Junge trat aus der Tür des Stalls und kam zu ihnen, sobald er sie erblickt hatte. »Java!« Freudestrahlend ergriff der Junge Fuegos Zügel und machte sich sogleich daran, Java seines Gepäckes zu entledigen.

»Hallo, Kasim!«

Der Junge zeigte eine Reihe strahlend weißer Zähne, die wegen seiner gebräunten Haut noch deutlicher hervorstachen. Schwarze, strubbelige Haare ragten unter seiner schiefen Mütze hervor.

»Fünf Pferde?« Kasim sah die anderen nacheinander an. »Das wird ein bisschen eng, aber es müsste passen.«

In der Gaststube des tradenstädtischen Hauses der Wächter herrschte geschäftiges Treiben. Sie setzten sich auf den einzig verbliebenen freien Tisch, der am weitesten vom wärmenden Kamin entfernt war.

»Und jetzt?« Naomi rieb sich zitternd die Arme. Sie hatte ihren Mantel fürs Erste abgelegt, schien jedoch versucht, ihn wieder anzuziehen.

Java sah sich um.

»Bisher habe ich sie nicht entdecken können. Morgen werden wir ein paar Leute aufsuchen, die sie vielleicht gesehen haben könnten.«

»Die Stadt scheint riesig zu sein …«, meinte Kalef, doch Java schüttelte sogleich den Kopf.

»Das ist sie zwar, aber wenn sie in Tradenstadt sind oder waren, sind sie hier abgestiegen oder haben zumindest bei dem einen oder anderen Händler ihre Vorräte aufgestockt. Die Welt da draußen ist riesig groß, die der Wächter jedoch winzig.«

Noch am selben Abend kam er in der Stadt an. Ruhig, um keinen Verdacht zu schöpfen, stieg er vor den Stadttoren von seinem schweißnassen Pferd, das er bis zur Erschöpfung getrieben hatte und passte seine Geschwindigkeit dem Strom der Masse an, die sich fast ausschließlich stadteinwärts bewegte. Den Kopf nicht komplett gesenkt und doch jeglichen Blickkontakt ausweichend, folgte er der Straße, bis es um ihn herum ruhiger wurde.

Er hatte die Stadtwachen passiert, ohne trotz der späten Stunde aufgehalten worden zu sein.

Das Talent zur Unauffälligkeit hatte er schon immer besessen, seine Unscheinbarkeit war keinesfalls Zufall, sondern sorgsam antrainiert. Jahre hatte er damit verbracht, zu studieren, wie er die geringste Beachtung erlangte und diese Fähigkeit mehr als jeder andere in der Zunft perfektioniert. Die Zunft.

Mit Groll dachte er an seine Kollegen, die ihn vor so langer Zeit ausgeschlossen hatten. Er hatte so viel mehr draufgehabt als alle Anwärter neben ihm und war schnell aufgestiegen, doch dieser eine Fehler hatte gereicht, ihm die Türen zur Gilde von einem Tag auf den anderen zu verschließen. Er knurrte und spuckte auf den Boden.

Sein Auftraggeber hatte ihm gesagt, zu welchem Gasthaus er gehen musste und wie er es finden könnte. Zu seinem Glück bekam er das letzte freie Zimmer, in dem er sich bereit machen konnte, einen Plan zurechtlegte und unauffällig begann, sein Ziel und ihre Gewohnheiten auszuspähen, bevor er kurz und schnell wie eine Kobra zuschlagen würde. Zumindest war das sein Plan.

Er würde sein Ansehen zurückerlangen, wenn er diesmal tatsächlich jemand Magiebegabtes erledigte. Dann wäre auch egal, dass er damals den Falschen erwischt hatte, auch wenn es die größte Schande war, die einem Auftragsmörder passieren konnte. Er würde sich wieder in der Zunft blicken lassen können und endlich den Eintritt im »letzten Henker« gewährt bekommen.

Seine Hände zitterten vor freudiger Erregung. Wie lange hatte er sich nirgendwo blicken lassen können, ohne Hohn und Spott zu ernten, Verachtung zu erfahren und Beleidigungen über sich ergehen lassen zu müssen. Bald würde all dies ein Ende haben.

Aésha hatte beinahe ein schlechtes Gewissen. So sehr genoss sie die Reise und das Erkunden der neuen Stadt, dass sie kaum darüber nachdachte, warum sie eigentlich hier waren. Erst als Javas Miene sich im Laufe des nächsten Tages immer mehr verfinsterte und er sie frustriert wieder in das Haus der Wächter führte, begriff sie den Ernst der Lage.

»Morgen nach dem Frühstück werden wir noch weitere Händler aufsuchen, die vielleicht etwas von ihnen gehört haben. Möglicherweise können sie uns sagen, wo wir die beiden finden. In diesem Falle brechen wir direkt morgen nach dem Mittag auf. Ansonsten kenne ich vielleicht ein paar andere Orte, wo wir Glück haben könnten.«

Der Mann am Tisch neben ihnen horchte kaum merkbar auf.

Er hatte nicht mehr viel Zeit.

Kurze Zeit später erhob sich die Gruppe und wünschte sich eine gute Nacht.

Aésha und Naomi bezogen gemeinsam ihr Zimmer im ersten Stock neben dem von Java. Diego und Kalef stiegen ein Stockwerk höher.

»Was meinst du, ob wir sie hier finden werden?«

Aésha antwortete nicht sofort, sondern strich den Bezug ihres Kissens glatt.

»Ich hoffe es«, flüsterte sie dann. Sie hatte ein mulmiges Gefühl in ihrem Magen.

Sie und Java waren am nächsten Morgen als Erste auf den Beinen. Aésha traf unten im Gastraum auf ihn, wo er mit blutunterlaufenen Augen und einem Tee in der Hand wartete und ihr stumm zunickte, als sie sich zu ihm setzte.

»Guten Morgen …«, murmelte sie und gähnte. »Hast du wenigstens ein wenig schlafen können?«

»Seh' ich wirklich so schlimm aus?« Er zog einen Mundwinkel leicht nach oben und versuchte vergeblich, sich die Augenringe mit der einen Hand straff zu ziehen. Es half nichts.

Sie setzte zu einer Antwort an, doch fiel ihr nichts wirklich Schmeichelhaftes ein.

»Was darf's denn sein?«, rettete sie die forsche, aber doch freundliche Stimme einer rundlichen Frau mit dunklen Haaren und pausbäckigem Gesicht.

Java bestellte für alle ein kleines Frühstück.

Die anderen betraten soeben den Gastraum.

»Ich habe mir überlegt, wie wir die heutige Suche am besten angehen und am effektivsten arbeiten. Noch bevor ihr aufgestanden seid, habe ich mit Laslo gesprochen, dem Besitzer dieses Hauses. Er kennt die beiden und hält ebenfalls nach ihnen Ausschau, doch gesehen hat er sie in diesem Jahr noch nicht, was nichts Gutes verheißt.« Er stockte, verlor für den Bruchteil einer Sekunde die Fassung und senkte betrübt den Blick.

»Was schlägst du vor? Sollten wir uns vielleicht aufteilen?«, ergriff Kalef das Wort.

Java blinzelte ein paar Mal, dann nickte er. »J-ja. Kalef, dich werde ich mit Naomi zu den Händlern schicken, von denen ich gestern erzählt habe. Sie sind oft für ihre Waren zwischen Tradenstadt und den Hallen der Wächter unterwegs. Vielleicht hat einer von ihnen etwas gehört. Fragt auch andere Händler, wenn ihr welche trefft, doch seid vorsichtig. Es ist nicht immer gut, wenn sich herumspricht, dass jemand gesucht wird.« Er beschrieb den vieren die Botschafter, damit sie eine größere Chance hatten, dass jemand erkannte, nach wem sie Ausschau hielten. Farin, einem Zwerg, der als solcher nur zu erkennen war, weil er von breiter Statur war, typische Tätowierungen im Gesicht hatte und einen gut gepflegten, sehr üppigen Bart zu seinen langen Haaren trug. Herausragend war jedoch die für sein Volk sehr untypische, große Körperstatur. Unter den Zwergen war er ein Riese, so sagte es Java. Darum wurde er auch des Öfteren für einen Menschen gehalten.

Antaris dagegen war Javas Worten nach ein Elb, wie er im Buche stand. Fast rabenschwarz sollte das Haar des hochgewachsenen Mannes sein, dessen schmales Gesicht oft kriegerische Zeichen schmückten. Java beschrieb ihn außerdem als schlank und stets mit zwei Schwertern bewaffnet.

»Ich wünschte, ich hätte Zeichnungen, die ich euch zeigen könnte. Das würde die Sache um ein Vielfaches erleichtern.« Er seufzte.

»Und wohin gehen wir?«, erkundigte sich Diego auffällig enthusiastisch. Offenbar versuchte er kläglich, die Stimmung zu lösen.

»Wir drei werden die Spielstätten absuchen.«

»Die bitte was?«

»Na ja, wie soll ich sagen … Antaris …« Java begann, ein wenig herumzudrucksen.

»… hegt eine Schwäche für Glücksspiel?«, vollendete Aésha seinen Satz, als sie sich an ein gewisses Gespräch an einem Lagerfeuer erinnerte, das gefühlt schon Ewigkeiten her war. Sie konnte sich ein kurzes Lächeln nicht verkneifen.

»So könnte man es ausdrücken, ja.« Sie könnte schwören, gesehen zu haben, wie sein rechter Mundwinkel sich leicht nach oben verzog.

»Das klingt doch nach einem Plan. Dann lasst uns keine Zeit verschwenden, wir sollten direkt aufbrechen!« Aésha klopfte auf ihre Oberschenkel und stand schwungvoll auf, um sich direkt ihren Mantel zu schnappen, da kämpfte sich auch schon die rundliche Dame, ein Tablett mit dampfenden Schüsseln auf ihren Händen, durch den Wirrwarr an Tischen und Stühlen. Es duftete nach Haferbrei.

»Aaaaber … mit leerem Magen lässt es sich nicht gut arbeiten.« Diego zog sie am Ärmel wieder hinunter auf ihren Stuhl.

Das Frühstück. Aésha hatte die Bestellung schon längst wieder vergessen.

»Na schön, aber schnell.«

Verstimmt grummelte er in sich hinein. Nicht nur, dass er schlecht geschlafen hatte, er war noch immer kein Stück weitergekommen. Nun nahm sie endlich etwas zu Essen zu sich und er konnte in der Bestellung dennoch nicht ausmachen, welche Schüssel für sie bestimmt sein würde.

Kurz hatte er überlegt, das Schankmädchen zu bestechen, doch er konnte nicht riskieren, an der Aufrichtigkeit dieser Gemeinschaft untereinander zu scheitern. Er war hier nicht in einer alten Hafenspelunke, wo ein jeder seine Großmama für ein paar Goldtaler oder den nächsten Schnaps verkaufen würde.

Vielleicht hätte er am Mittag mehr Erfolg. Ansonsten würde er sich was überlegen müssen.

Auf keinen Fall durfte er zulassen, dass die Gruppe die Stadt verließ. Es würde auffallen, wenn er ihnen weiter folgte. Er durfte nicht versagen.

Aéshas Füße waren mittlerweile wundgelaufen und auch Diego ließ sich erschöpft an der Außenwand eines Hauses hinuntergleiten, wo er auf dem Bürgersteig einfach sitzen blieb und sich einen großzügigen Schluck aus seiner ledernen Wasserflasche gönnte.

»Wir waren jetzt in vier Spiellokalen. In jeder will jemand Geld von unserem elbischen Freund, weil er entweder eine Wette verloren oder seine Spielschulden noch nicht beglichen hat. Zwei Männer wollten uns schon aufknüpfen, nur weil wir ihn kennen, einer überlegte, uns als Geiseln zu nehmen, um diesen Antaris so zum Zahlen zu bewegen und drei Männer behaupten steif und fest, er hätte sie übers Ohr gehauen und sinnen auf Rache. Die beiden haben einen gewissen Hang dazu, sich in Schwierigkeiten zu bringen, oder? Sollten Wächter nicht eigentlich etwas unauffälliger agieren? Ich glaube jedenfalls nicht, dass wir so weiterkommen, Java.«

»Diego hat Recht. Wir sollten zurückgehen. Vielleicht sind die anderen ja erfolgreich gewesen«, stimmte Aésha ihm zu und knetete dabei ihre Finger. Es war deutlich kälter geworden in der letzten Nacht.

Java kratzte sich grüblerisch am Kinn und sah dabei die Straße hinunter. »Ja, das ist nicht von der Hand zu weisen, die beiden haben sich schon aus so manch misslicher Lage befreit. Keine Ahnung, warum ich mir so einen Kopf um sie mache. Immerhin ist Antaris offensichtlich bisher auch schon so manchem Schuldeneintreiber entwischt. Hierher kommt er jedenfalls erst wieder, wenn er flüssig genug ist.«

Doch sie konnten schon an den trübsinnigen Mienen der anderen sehen, dass auch sie keinen Erfolg vorzuweisen hatten.

Während Java und Diego zu ihnen schlurften, bat Aésha am Tresen um etwas zu trinken und ergänzte Kalefs und Naomis Mittagsbestellung.

»Wir hätten gern noch zweimal den Möhreneintopf und eine Kartoffelsuppe, bitte.«

»Natürlich, Schätzchen, die Suppe kann ich sehr empfehlen, die Kartoffeln sind frisch von der Ernte und der Speck darin erst …«

»Das hört sich lecker an, danke.«

»Ein Mann meint, tatsächlich den Zwerg gesehen zu haben, aber ohne einen Elben in Begleitung«, erzählte Naomi gerade, als sie sich zu ihnen an den Tisch setzte.

»Das ist ungewöhnlich. Wo soll das gewesen sein?«, erkundigte sich Java und runzelte die Stirn.

»In den Hallen. Vor zwei Wochen ist er hindurchgekommen.«

»Hm. Vergesst das Essen. Bringt mich zu diesem Mann, ich möchte selbst mit ihm sprechen. Wenn es tatsächlich wahr ist, sollten wir keine Zeit verlieren und so schnell es geht aufbrechen.«

»Diego, schau doch mal nach, ob sich nicht wer anders über das Essen freuen würde«, wies Aésha ihn an und sah, wie er sich wehmütig den Schüsseln hinterherguckend den Bauch rieb.

Nein! Das durfte nicht noch einmal passieren! Hastig sprang er auf und rempelte den Jungen an, der gerade drauf und dran war, die tödliche Mahlzeit zu verschenken und stieß sie ihm dabei aus der Hand.

»Oh nein, wie ungeschickt von mir, bitte entschuldigt vielmals!«, rief er gekünstelt aus. Schauspielerei war noch nie seine Stärke gewesen, aber immerhin hatte es diesmal nicht wieder die falsche Person erwischt.

Nicht auszudenken, wenn ihm diese Schmach ein zweites Mal passiert wäre. Da hätte er die Suppe auch gleich selbst essen können.

Er brauchte dringend einen neuen Plan. Mit dem vergifteten Essen kam er eindeutig nicht voran.

Unter dem Vorwand, seine Kleider wechseln zu müssen, ging er auf sein Zimmer und kramte dort in seinen Taschen herum. Das tödliche Elixier drohte ihm auszugehen. Natürlich hatte er eine zusätzliche Ration eingepackt, doch viel mehr Versuche durften nicht fehlschlagen.

Fünfzehn Jahre. Fünfzehn Jahre war es her, dass er seinen Auftrag so vermasselt hatte. Vor eineinhalb Jahrzehnten war er noch angesehen in der Zunft. Einer der besten. Geachtet für seine Kunst. Bis dieser Mann aufgetaucht war und ihn angeheuert hatte. Ein halbes Vermögen hatte er ihm versprochen, wenn er nur dieses Weibsbild erledigte!

Er hatte keine Ahnung, warum er ihn jetzt ausgerechnet wieder auf einen Mord ansetzte, doch es war eine zweite Chance. Eine weitere würde er sicher nicht kriegen.

Er wollte zurück zu diesem Ansehen, zurück in die Zunft und nicht mehr in dreckigen Hafenspelunken herumlungern und als Tagelöhner von der Hand in den Mund leben.

Unruhig schritt er im Zimmer auf und ab und ging seine Möglichkeiten durch. Sein Auftraggeber hatte ihm gesagt, er solle sie unbedingt mit Gift töten, aber wie er ihr das Gift verabreichen sollte, hatte er ihm nicht gesagt.

Langsam zog er seinen spitzen Dolch.

Sicher. Er sollte sie nicht angreifen und einen Kampf riskieren, aber das hatte er auch gar nicht vor. Es reichte, sie nur mit der mit dem Gift benetzten Spitze zu streifen. Möglicherweise würde sie es gar nicht richtig mitbekommen. Erst einmal musste er sich jedoch mehr Zeit verschaffen.

»Der Zwerg? Der Zwerg, ach ja! Ja, ich kenne ihn! Er ist Sattler in den Hallen der Wächter, hat mir meine Steigbügel repariert, leistet 'ne gute Arbeit für'n angemessenen Preis.« Der Mann, zu dem Naomi sie geführt hatte, strich sich über den weißen Bart, der bis zur Brust ging, während er sprach.

»Sattler in den Hallen? Sicher, dass wir denselben Zwerg meinen?«, zweifelte Java.

»Also, dieser hier war der größte, den ich je gesehen hab. Hab ihn gefragt, ob er Halbmensch ist oder Elb, aber nee, reiner Zwerg, hat er gesagt.«

»Und er hat als Sattler dort gearbeitet? Wie lange schon?«

»Das kann ich nicht sagen, mein Herr, danach hab' ich nicht gefragt.« Der Händler strich sich weiterhin unentwegt über die Barthaare und wippte in seinem Stuhl vor und zurück. »Ich hab' ihn jedenfalls zuvor noch nie dort gesehen. Und ich war oft in den Hallen. Sollte eigentlich meine letzte Reise gewesen sein, aber so wie es aussieht, muss ich mich nächstes Jahr wohl doch nochmal auf den Weg machen. Das liebe Geld, wisst Ihr …« Beinahe beiläufig hielt er ihnen die geöffnete Hand hin, in die Java ein paar Münzen fallen ließ. »Ich danke Euch für diese Auskunft.«

»Und? Meinst du, es ist Farin?«, hakte Naomi nach.

»Ich weiß es nicht. Aber wir sollten nachsehen. Hier haben wir jedenfalls keine Spur von ihnen gefunden und wenn er tatsächlich eine Anstellung in den Hallen angenommen hat, scheint er schon länger dort zu verweilen. Das erklärt auch, warum ihn hier so lange niemand gesehen hat. Aber nicht, warum wir keinen Kontakt zu ihm bekommen. Alenia hat normalerweise Methoden, die Wächter in den Hallen zu erreichen.«

»Also brechen wir auf?«, fragte Aésha.

Java nickte.

KAPITEL 17

»Herr Java, Herr Java! Ihr werdet es nicht glauben, aber eure Sättel, sie sind weg!«, rief Kasim, während er zu ihnen lief.

»Was redest du da, Bursche?«, grollte Laslo, der just in diesem Moment aus der Tür getreten kam.

»Ich wollte gerade die Pferde fertig machen, so wie aufgetragen, doch die Sättel, sie fehlen! Heute Morgen waren sie noch da, das weiß ich genau!«, stammelte der Stallbursche.

Java legte ihm beruhigend eine Hand auf die Schulter. »Sag Kasim, ist der Vogel noch im Stall?«, wollte er wissen.

Der schwarzhaarige Junge schüttelte den Kopf.

»Ich glaube nicht, mein Herr, ich hab' ihn nicht gesehen …«

Aéshas Augen weiteten sich und sie stürmte zur Tür hinaus, um raschen Schrittes in den Stall zu marschieren. »Maru!«, rief sie sorgenvoll und hielt nach ihrem Falken Ausschau. Sie war nicht in den Balken zu entdecken, in denen sie sich für gewöhnlich gern niederließ. Stattdessen fand Aésha einige Federn auf dem mit Heu bedeckten Boden und auch etwas Blut. Hier war tatsächlich etwas passiert.

Erst als sie wieder draußen war, hörte sie den Vogel rufen. Aufgebracht und zerzaust kam Maru zu Aésha geflogen und beklagte sich krächzend und fiepend.

Erleichtert nahm sie ihre tierische Begleiterin in die Arme und untersuchte sie eingehend.

»Scheinbar ist ihr nichts geschehen.«

»Zum Glück. Meinst du, jemand hat die Sättel gestohlen?«, fragte Naomi, die wie die anderen hinter Aésha hergelaufen war.

»Das macht doch nicht viel Sinn. Wer stiehlt denn Sättel, aber nicht die Pferde? Safir allein ist etliche Male kostbarer«, entgegnete Diego und sah dabei zu Kalef. »Oder meinst du, Sättel lassen sich leichter veräußern?«

Sein älterer Bruder zuckte mit den Schultern. »Das kann gut sein, aber es klingt dennoch sehr sonderbar. Was machen wir nun? Wenn wir das dem Schutzmann melden und dem Ganzen auf den Grund gehen lassen, dauert es womöglich Tage, bis wir von hier loskommen.«

»Das stimmt. Neue Sättel können wir uns allerdings nicht leisten«, warf Java ein.

Aésha sah schon, wie es hinter seiner Stirn arbeitete und er die Möglichkeiten durchging.

»Laufen können wir aber auch nicht, das würde uns ebenso aufhalten«, wandte Naomi ein.

»Dann müssen wir uns selbst auf die Suche nach dem Diebesgut machen. Fünf Sättel lassen sich nicht so einfach verkaufen. Möglich, dass sie sich noch auf dem Anwesen befinden und erst einmal versteckt worden sind, um sie im Schutze der Nacht heimlich fortzuschaffen. Es wäre doch wohl sehr auffällig, sie am helllichten Tag durch die Stadt zu schleppen«, sagte Aésha, strich Maru zärtlich über die Federn und wandte sich zum Haus, vor dem Laslo auftauchte. Er zog Kasim an dessen Ohr mit sich.

»Ich schwöre euch, der Bengel wird seine Strafe erhalten!«, tobte er wutentbrannt.

»Beruhige dich, Laslo. Ich vertraue Kasim, er hat gewiss nichts damit zu tun!«, versuchte Java, ihn zu beschwichtigen.

»Na und? Aufgepasst hat er trotzdem nicht! Jämmerlicher Taugenichts! In all den Jahren hier ist mir das noch nicht untergekommen. Diebstahl unter meinem eigenen Dach! Pah!« Bei den letzten Worten spuckte er sauer auf den Boden.

»Lass ihn los, Laslo. Keiner von uns macht ihn verantwortlich! Er hätte es niemals zugelassen, wenn er etwas mitbekommen hätte! Und wir können froh darüber sein. Überleg mal, wie stark jemand sein muss, der in kurzer Zeit fünf Sättel aus dem Stall schleppt. Wenn es denn überhaupt nur einer allein war! Wer weiß, was mit ihm geschehen wäre, wäre er in den Diebstahl geplatzt? Dann hättest du womöglich gar keinen Stalljungen mehr!«, beschwörte Aésha ihn.

Laslo stand eine gefühlte Ewigkeit stumm da, bis er sich schlussendlich, vielleicht durch das von Aésha mit Nachdruck geknurrte »Loslassen« bekräftigt, dazu durchrang, den Jungen freizugeben.

Kasim stolperte in ihre Arme.

Sie spürte, wie er zitterte.

Ohne ein weiteres Wort zu sagen, drehte Laslo sich um und stapfte zurück ins Wirtshaus.

Kalef pfiff durch die Zähne.

»Mensch, Aésha. Wer hätte gedacht, dass du so … überzeugend sein kannst?«

»Ja, ich mein, nicht einmal Java konnte ihn dazu bringen, ihn loszulassen«, machte Naomi ihre Anerkennung deutlich.

»Angsteinflößend meint ihr wohl. Also wenn das später in Balladen besungen wird, dichte ich noch brennende Pfeile hinzu, die aus deinen Augen geschossen kamen, ja?« Diego grinste sie schelmisch an.

»Wenn es euch nichts ausmacht«, murrte Aésha, »sollten wir uns jetzt auf die Suche machen.«

Sofort eilte Kasim los Richtung Stall, während die anderen sich auf dem Gelände zerstreuten.

Naomi und Aésha durchsuchten eine Abstellkammer, die zwischen Gasthaus und Stall angebaut wurde, während Kalef und Diego mit Java den Müll und die ausgedienten Möbel hinter dem Haus in Augenschein nahmen.

Sie wollten sich gerade auf zum Warenlager im Keller machen, als der Stalljunge zu ihnen gelaufen kam.

»Ich hab‘ sie gefunden!«, rief er aufgeregt keuchend und wischte sich nachlässig einige Strohhalme aus dem Gesicht, die an seiner Mütze hängen blieben.

»Wo?«

»Ich hab’ mich daran gehalten, was Ihr vermutet habt, mein Herr. Dass die Sättel schwer wären und noch nicht weit getragen wurden. Da dacht’ ich, dass sie vielleicht gar nicht erst den Stall verlassen hatten und Ihr hattet recht. Sie sind im Heu versteckt!«

»Was?«, rief Aésha aus und folgte ihm schnellen Schrittes zu dem riesigen aufgetürmten Heuhaufen am Ende des Stalles hinter den Boxen, in denen ihre Pferde unruhig schnaubend die Köpfe schüttelten ob der ganzen Aufregung. Tatsächlich, dort hinten an der Wand ragten ihre Sättel aus den Halmen, die vorhin noch zusammengebunden gestapelt die gesamte Wand gefüllt hatten. Ungläubig wischte sie die Heubüschel vom Leder und zog sie aus ihrem Versteck.

»Kasim, du bist ein verdammt schlauer Bursche«, lobte Java und tätschelte dem Jungen die Schulter.

Der schien dadurch um mehrere fingerbreit größer zu sein.

»Das Ganze macht dennoch keinen Sinn. Draußen hätte ich es noch verstanden, aber hier?«, grübelte Diego laut vor sich hin. »Der Dieb hätte sie auch heute Nacht nicht unauffälliger von hier wegschaffen können, wenn er befürchten musste, dass fortan der Stall am Abend verschlossen wird.«

Aésha nickte zur Bestätigung, doch Kalef wischte die Bedenken beiseite. »Ist doch egal. Sie sind wieder da und wir können los.«

»Dann geh ich mal zu Laslo, um unsere Rechnung zu begleichen. Holt ihr schonmal das Gepäck aus den Zimmern.« Java wirkte ebenfalls nachdenklich. Aésha sah ihm an, dass dieser eigenartige Zwischenfall ihm zu denken gab.

Doch kurze Zeit später schon kamen Kalef und Diego ihr mit wütendem Gesichtsausdruck auf der Treppe entgegen.

»Das wirst du nicht glauben! Jetzt ist unser Gepäck verschwunden!«, rief Kalef aufgebracht.

»Wie bitte?« Aésha stieß die Tür zu ihrem und Naomis Zimmer auf und fand es leer vor. Noch vor kurzem hatten sie hier ihre Taschen gepackt und vor den Betten stehen gelassen. Nun war keine Spur mehr von ihnen zu sehen.

»Das ist doch ein schlechter Scherz.« Naomi öffnete die Schränke und kniete sich auf den Boden, um unter die Betten zu sehen. »Ich fass es nicht.«

Aésha sah unterdessen in Javas Zimmer. Es war ebenfalls geleert.

»Lass uns runtergehen und hoffen, dass eines der Zimmermädchen uns lediglich einen Gefallen tun wollte«, schlug sie vor.

Naomi nickte und folgte ihr zusammen mit Kalef und

Diego in Laslos Schreibstube, wo sie Java von diesem Zwischenfall berichteten.

Stöhnend schloss er die Augen und rieb sich die Nasenwurzel mit Daumen und Zeigefinger.

»Was bitte wird hier gespielt?«

»Ich schwöre, ich habe damit nichts zu tun!«, stammelte Laslo und rief seine Zimmermädchen zusammen, um das Verschwinden des Gepäcks zu klären.

»Also schön. Begeben wir uns erneut auf die Suche.« Aésha seufzte und teilte das Haus und den Hof in Bereiche auf, die sie sich untereinander zuwiesen.

Sie nahm sich den geräumigen Keller vor, in dem Laslo seine Vorräte aufbewahrte und hatte schon etliche Regale durchforstet, als Diego zu ihr herunterkam.

»Im Gastraum und Laslos Stube war nichts und auch in der Küche ist keine Spur von unseren Sachen. Die hätte dort aber auch kaum jemand unbemerkt verstecken können. Komm, ich helf dir, die Kisten zu öffnen.«

»Ich denke auch nicht, dass wir hier fündig werden, aber wir sollten alles überprüfen.«

»Wie kommst du darauf?« Aésha zuckte mit den Achseln.

»Nenn es Intuition, aber ich glaube nicht, dass jemand ungesehen alles hier heruntergeschafft hat. Zu blöd, dass wir noch keinen Suchzauber gelernt haben. Falls es sowas überhaupt gibt.«

»Gibt es, ich hab' mal darüber gelesen, soll aber sehr kompliziert sein … uff!« Diego stöhnte, als er den Deckel einer alten, riesigen Kiste hochwuchtete.

Aésha öffnete derweil ein Fass unweit daneben und hielt sich sofort die Nase zu.

»Igitt! Eingelegte Gurken!« Schnell schob sie den Deckel wieder über das Fass. »Moment mal. Wenn wir beide Recht haben und derjenige die Sachen unbeobachtet weggeschafft hat, dann geht das nur durch ein Fenster oder -«

»... nach oben auf den Dachboden!«, vollendete Diego ihren Satz.

Grinsend sahen sie sich an und erklommen, je zwei Stufen auf einmal nehmend, die Treppen, vorbei an den anderen, die gerade an alle Zimmertüren klopften und darum baten, sich die Räume der anderen Gäste anzusehen, was nicht immer auf Verständnis stieß.

»Unerhört! Ich verbitte mir jegliche Unterstellungen!«, raunte eine ältere Frau, als Kalef versuchte, ihr die Lage verständlich zu machen.

»Versteht doch, ich möchte Euch ja gar nicht beschuldigen«, setzte er an, doch da wurde ihm die Tür schon vor der Nase zugeschlagen.

»He, Aésha, Diego, wo wollt ihr -«

»Komm mit! Wir glauben zu wissen, wo wir unsere Sachen finden können!« Diego war schon ein Stockwerk über ihm, direkt hinter Aésha, die nun hörte, wie sein Bruder ebenfalls heraufgetrottet kam.

Im obersten Stockwerk angekommen, fand sich eine Luke in der Decke, deren Zugband auffällig weit oben endete. Unerreichbar weit oben.

»Das wurde abgeschnitten«, erkannte Aésha sofort.

»Und ich möchte wetten, erst heute«, meinte Diego.

»Räuberleiter?«

Er nickte und hielt ihr seine verschränkten Hände hin, damit sie hinaufsteigen konnte, um das kurze Seil zu erreichen.

»Ihr wisst, dass wir auch einfach eine Leiter oder einen Stuhl hätten holen können, oder?« Kalef war zu ihnen gestoßen und beäugte kritisch ihre akrobatische Einlage.

»Wozu die Mühe machen und eine Leiter hier heraufschleppen, wenn wir doch so ein gutes Team sind?« Aésha grinste zu den beiden herunter. »Bei Skander! Die Luke klemmt!«

»Ich mag Frauen, die sich nicht scheuen, zu fluchen!«, Der ältere der beiden Brüder lachte und packte Aésha an den Beinen.

Warnend hob sie eine Augenbraue und war drauf und dran, ihm die Ohren für diesen Spruch langzuziehen, da bedeutete er schon seinem jüngeren Bruder, ihm zu helfen.

»Halt das Seil gut fest«, wies er sie an und sogleich zogen die beiden sie mit aller Kraft hinunter.

Das Seil war kurz und dünn, Aésha hatte es kaum zu fassen gekriegt und nun drohte sie abzurutschen. Da hörten sie ein Knarzen und mit einem Ruck rutschte die Luke ein Stück weit herunter, bevor Aésha den Halt verlor und auf die beiden Jungs purzelte.

»Au!« Diego hatte sie gerade noch rechtzeitig gefangen, doch Kalef war unsanft auf seinem Hintern gelandet. Sie konnte sich ein Lächeln kaum verkneifen. Da hatte sich die Frechheit von selbst gerächt.

»Schaut! Sie ist einen Spalt offen, Aésha, wenn du nochmal hochkommst, könntest du da rankommen!«

Mit einem lauten Quietschen zog sie, wieder auf Diegos Händen stehend, den Zugang zum Dachboden herunter und erreichte die eingebaute Leiter, um sie auszuklappen.

»Geht doch!«, jubelte Kalef, der inzwischen aufgehört hatte, sein Hinterteil zu reiben. Stattdessen erklomm er als Erster die Sprossen und spähte in die Dunkelheit.

»Warte.« Diego zog seinen Stab und ließ einen kleinen leuchtenden Ball erscheinen.

Kalef zögerte, doch auf Aéshas Zunicken hin holte er

ebenfalls seinen Stab hervor und erzeugte nach einem fehlgeschlagenen Versuch die kleine Lichtkugel, die den Raum erhellte.

Aésha tat es den beiden nach.

»Leute? Seid ihr da oben?«, schallte Naomis Stimme vom Fuß der Leiter.

»Ja, komm herauf, ich glaub', ich habe die Taschen gefunden!«

Sofort bahnten sich Kalef und Aésha den Weg durch das Gerümpel zu der Stelle, an der nun Diego stand und hinter einem zersprungenen Spiegel die ersten Gepäckstücke hervorzog.

Naomi stolperte mit Java im Rücken zu ihnen, der ihr dabei unauffällig ein paar Spinnenweben aus den Haaren pflückte.

»Gut, das reicht mir jetzt. Hört zu. Ich denke, hier will uns jemand aufhalten. Erst die Sättel, nun unsere Sachen, das ist kein Zufall«, schlussfolgerte er ernst und sah sie der Reihe nach an.

Aésha nickte. »Das ging mir auch schon durch den Kopf.«

»Wir sollten zusehen, dass wir hier verschwinden«, meinte Naomi leise und wollte schon eine Tasche schultern, da griff er sie am Arm.

»Warte noch kurz.«

Naomi hielt inne und wandte sich wieder zu ihm.

»Also. Wenn wir tatsächlich aufgehalten werden sollen, hat es wahrscheinlich mit dem Verschwinden von Antaris und Farin zu tun. Möglicherweise ist derjenige, der unsere Sachen versteckt, auch für ihr Verschwinden verantwortlich. Wenn wir ihn finden, finden wir auch die beiden«, mutmaßte Java.

»Du meinst, er ist also doch nicht der Zwerg in den Hallen?«, wollte Diego wissen.

»Die Geschichte könnte eine Ablenkung sein, um uns von hier wegzulotsen. Oder ein Irrtum«, überlegte Aésha laut.

Java nickte ihr zu. »Das denke ich auch.«

»Und wie sollen wir ihn ausfindig machen?« Kalef sah skeptisch zu ihm.

»Es muss ein Gast sein, wir sollten Laslo befragen«, schlug Aésha vor.

Java zögerte noch einen Augenblick, dann nickte er.

KAPITEL 18

Unten angekommen, fanden sie Laslo jedoch weder im Gastraum am Tresen noch in seiner Schreibstube. Auch von den Schankmädchen wollte ihn keines gesehen haben.

»Wo liegen denn seine Privatgemächer?«, erkundigte sich Diego, doch das Mädchen schüttelte den Kopf.

»Er kann noch nicht dort sein. Er verlässt das Lokal nie so früh, wenn noch Gäste im Saal sind, die nicht zu den Wächtern gehören.«

»Das ist doch zum Verrücktwerden!«, fluchte er und drehte sich zu Aésha um.

»Meinst du, er ist auch verschwunden?«

»Es hat ihn zumindest niemand mehr gesehen, seit wir angefangen haben, unsere Taschen zu suchen«, meldete Kalef, der sich gerade in der Küche umgeschaut hatte und eine Hähnchenkeule in der Hand hielt, in die er herzhaft biss. »Was denn? Ich hab' Hunger! Das Mittagessen ist ausgefallen und jetzt ist es schon fast Abend!«, verteidigte er sich auf Naomis strafenden Blick hin.

»Nun gut, lasst uns alle etwas essen. Vielleicht taucht Laslo ja bald wieder auf und ging die ganze Zeit einem dringenden Bedürfnis nach …«

»Einem … was? Java, was bitte meinst … Oh. Du meinst

seine Notdurft ver… nun gut, das ist natürlich möglich.« Naomi errötete etwas.

Die Stunden verstrichen, doch der Herr des Wächterhauses in Tradenstadt tauchte nicht auf. Die Nacht brach herein und Laslos Frau erschien, um sich nach ihrem Mann zu erkundigen, der nicht heimgekommen war.

Javas Kiefer mahlten aufeinander, das gefiel ihm ganz und gar nicht.

»Meinst du, er ist ebenfalls entführt worden, um uns aufzuhalten?«, flüsterte Aésha neben ihm, sorgsam darauf bedacht, dass niemand an den anderen Tischen ihre Unterhaltung mitbekam, doch die meisten von ihnen waren bereits leer.

Der Waldmann legte nachdenklich den Kopf schief. »Das ist nicht auszuschließen.«

»Denkt ihr, er ist auch irgendwo im Haus versteckt, genau wie unsere Sachen?« Diego klang skeptisch. »Dann hätten wir ihn doch bereits gefunden.«

»Sehe ich auch so. Wenn ihm nicht bereits etwas Schlimmeres widerfahren ist.«

»Meinst du etwa …?«, stieß Naomi aus, woraufhin Java sie mit einem »Psst!« maßregelte. Erschrocken schlug sie sich die Hände vor den Mund und sah sich auffälliger, als sie wohl beabsichtigt hatte, um. Zu ihrem Glück jedoch interessierte sich niemand weiter für die Reisegruppe aus Elandor.

»Diego, weißt du noch, in welchem Buch du von diesem Suchzauber gelesen hast?«, fragte Aésha flüsternd.

»Hm? Welches Buch das war? Ich weiß nicht, ich denke, ich würde es wiederfinden, meinst du wir sollten … ich habe im zweiten Stock eine kleine Bibliothek gesehen.«

Die Stühle nach hinten rückend, erhoben sie sich.

»Und ich würde sagen, wir sehen uns in den umliegenden

Straßen um und fragen die Leute, ob ihn jemand gesehen hat«, sagte Kalef an Naomi und Java gerichtet, die beide nickten.

Wenig später standen Diego und sie gefühlt bis zu den Knien in aufgeschlagenen und beiseitegelegten Büchern, die allesamt nicht das beinhalteten, was sie suchten.

»Laslo hat es nicht, aber vielleicht findet sich der Zauber dennoch in einem dieser Wälzer.«

»Er scheint mir auch nicht die größte Leseratte zu sein.« Diego schnaubte amüsiert.

»Nein, so würde ich ihn auch nicht einschätzen.«

»Was ist denn mit den Wächterschülern hier? Haben sie keinen Lehrer, der uns weiterhelfen könnte?«

Er schüttelte den Kopf. »Es gibt nur eine Hand voll Wächter in Tradenstadt und im Moment niemanden in unserem Alter. Wenn die Kinder hier irgendwann das Alter erreichen, in dem ihre Magie erwacht, leben sie normalerweise für die Dauer der Ausbildung in Elandor oder den Hallen.«

»Und was ist mit den anderen hier lebenden Wächtern?«

Er zuckte mit den Schultern, die Nase in ein Buch versunken.

»Ich kenne sie nicht, aber he! Hier ist es!« Aufgeregt hielt er Aésha die Seiten eines alten, verschlissenen Buches hin.

Sie warf einen Blick auf die vergilbten Blätter. »Kannst du das lesen?«

Missmutig beäugte er die Schrift. »Nicht besonders gut. Ich hab' mich zwar schon etwas in Alt-Silva versucht, weil ich nicht abwarten konnte, bis Rexadnela anfängt, es uns zu unterrichten, aber ich bin noch nicht wirklich weit damit gekommen. Wenn wir Glück haben, finden wir ein Übersetzungsbuch. Du hast nicht zufällig schon etwas in der

Art gesehen?«

Aésha schüttelte seufzend den Kopf und ließ den Blick wieder über das Regal wandern.

»Wenn die Bücher hier wenigstens grob sortiert wären. Es ist, als hätte sie jemand einfach achtlos abgestellt, ohne sich weiter damit zu beschäftigen.«

Diego nahm sich die Kerze vom Leuchter und beleuchtete damit die einzelnen Buchrücken. »Eigentlich dürfte es nicht allzu schwer zu finden sein.«

Da fiel Aésha schon eines der vielen Exemplare ins Auge. »Könnte es das sein?«

»Ja!« Er zog das lederne Buch heraus. »Sehr gut!«

Zusammen nahmen sie in der lieblos hingestellten Sitzecke Platz, die aus zwei harten Stühlen und einem alten abgenutzten Tisch mit einer schiefen Lampe darauf bestand. In einer Schublade fand Aésha Papier, Feder und Tinte, woraufhin sie sich gemeinsam an die Übersetzung des komplizierten Zaubers machten.

Nach einer geschlagenen Stunde mühevoller Arbeit stöhnte Diego.

»Ich werde hier gleich wahnsinnig, bisher steht da nur, was wir schon wissen, wie wir zu unserer Magie finden, sie einsetzen, dass ein Fokus die Magie unterstützt und woraus dieser Fokus bestehen könnte und dass *magisch beeinflusste Örtlichkeiten die Reichweite sowie Genauigkeit des Auffindzaubers maßgeblich beeinflussen.* Das bringt uns alles nicht weiter.«

Auch Aésha atmete kontrolliert durch und rieb sich die müden Augen. Die Schrift war schwer leserlich und teilweise stark verblichen, sie hatten schon Mühe, die Worte selbst zu entziffern.

»Lass uns trotzdem weitermachen, irgendetwas Nützliches muss da doch stehen. Sieh mal, da steht … was heißt das? Persönlicher Gegenstand … das macht Sinn. Ich schätze, wir brauchen etwas von Laslo, das wir mit unseren Stäben zusammen irgendwie nutzen können, um ihn zu finden«, sagte sie.

Wieder beugten sie ihre Köpfe über die verschnörkelten Worte, bis sie endlich, die Nacht war vermutlich nahezu vorüber, die komplette Seite übersetzt hatten.

Erleichtert klappte Diego das Buch zu und hielt ihre Übersetzung in die Höhe.

»Also brauchen wir lediglich einen Gegenstand, der Laslo etwas bedeutet, gereinigtes Wasser, ein paar Kräuter und sonst bloß unsere fortgeschrittene Magie und die Erfahrenheit, auf unser Gespür zu achten. Kann ja nicht so schwer sein!« Aésha legte eine Spur Sarkasmus in ihre Tonlage.

»Ich weiß gar nicht, was du hast. Wir sind doch unglaublich weit fortgeschrittene Magier!« Diego verzog kritisch den Mund.

»Wir sollten es dennoch versuchen. Ich besorg die Kräuter, du das Wasser und den persönlichen Gegenstand und dann treffen wir uns wieder hier, einverstanden?«

Er nickte.

»Gut, also los.«

Aésha überflog die Zutatenliste, die sie sich notiert hatte. Ein Kraut machte ihr Sorgen: Die Traumglocke, eine Blume, deren Blüten der Anweisung nach bei der Suche des Geistes nach der vermissten Person mit verbrannt werden sollten. Die Dämpfe der Pflanze konnten das Bewusstsein erweitern, während die anderen Kräuter einen in der Welt des Diesseits hielten. So stand es im Buch.

Beunruhigt fragte sich Aésha, was dieser Satz zu bedeuten hatte, während sie überlegte, wo die Blume mitten in Tradenstadt aufzutreiben war.

Sie kannte die Traumglocke. Ihre Mutter hatte sie davor gewarnt, sie zu essen, da sie äußerst giftig war. Damals wuchs sie wild in ihrem Garten nahe dem Walde unter einem Baum, und sie wusste auch, dass sie normalerweise nicht sehr selten war, sogar fast überall wuchs, wenn nicht regelmäßig Unkraut gejätet wurde. Aésha musste nur hoffen, dass das so weit südlich von Maurin und auf Höhe des Meeresspiegels genauso war.

Tief durchatmend schlenderte sie die Treppen hinab und betrat den Hof, durchquerte die schlammige Pfütze vor dem Pferdestall und suchte das menschenleere Grundstück ab. In panischer Hektik fand man ja doch nie, was man suchte.

Verflucht, dachte Aésha. Sie hätte eine Lampe oder etwas in der Art mitnehmen sollen. Verstohlen sah sie sich um. Die Straßen waren um diese Zeit wie ausgestorben. Langsam zog sie ihren Stab aus der Scheide, die Diego ihr geschenkt hatte und entfachte eine an der nächsten Wand steckende Fackel mit einem Feuerzauber.

Dort, ganz am Rande des nun entstandenen Lichtkegels, fand sie nach einigem Suchen die kleine weiße Blüte hinter einem Wagenrad. Glücklicherweise war Laslo kein besonders sorgfältiger Gärtner.

Zwei weitere nötige Kräuter entdeckte Aésha in der Küche.

Als sie zurück in die Bibliothek kam, fand sie Diego schon auf dem Boden sitzend, eine Schale mit Wasser vor sich und mit einer Zeichnung in der Hand. Das Abbild zeigte Laslos Frau und zwei Mädchen, die vermutlich seine Töchter waren.

»Das hab' ich in seinem Schreibtisch gefunden«, verkündete Diego stolz.

»Sehr gut, ich bin ebenfalls fündig geworden.« Sie setzte sich im Schneidersitz zu ihm und breitete die Kräuter auf einem Teller aus, den er neben der Schale positioniert hatte.

»Gut, also den Stab in die eine Hand und die andere Hand in das Wasser, während die Kräuter verbrennen und der Dampf den persönlichen Gegenstand berührt«, wies Diego sie an.

Aésha tat wie geheißen und entzündete die Kräutermischung mit ihrem Stab, während Diego die Zeichnung in den aufsteigenden feinen Dunst hielt. Jeweils eine Hand in die Schüssel haltend, hielten sie ihre Fokusse in den Händen und schlossen tief einatmend die Augen, um sich zu konzentrieren, was Aésha mit einem Schlag schwerfiel.

Nicht nur die Erschöpfung übermannte sie, sie bemerkte auch die starke Präsenz Diegos, der mit ebenfalls geschlossenen Augen nur eine Handbreit neben ihr saß. Sie konnte seinen Atem hören und würde sie ihre Knie nur ein kleines bisschen bewegen, würden sie sich berühren.

Sie konnte es in ihrem Bauch kribbeln spüren. Dann fühlte sie die benebelnde Wirkung der verbrennenden Blätter und wie ihr schwindelig wurde. Sie spürte den Schweiß auf ihrer Stirn, fühlte sich fiebrig. Unbewusst schüttelte sie den Kopf und besann sich auf ihre Aufgabe.

Sie mussten Laslo finden. Aésha tastete in ihrem immer träger werdenden Geist nach der Magie, so sorgfältig, wie sie es zu Beginn ihrer Zaubereiausbildung bei den Wächtern getan hatte, als sie noch nicht so routiniert gewesen war.

Laslo.

Sie dachte an den großen Mann mit dem Schnauzbart und dem schütteren Haar. Dem Wohlstandsbauch und den roten Äderchen auf den Wangen. An die nicht sehr teure, doch stets gepflegte Kleidung, die er trug und die Antipathie, die sie für ihn empfand, weil ihr nicht gefiel, wie er mit anderen, insbesondere seinen Angestellten, umging.

Plötzlich begann Aésha trotz der geschlossenen Augen zu sehen. Die Schwärze verwandelte sich in eine Nebelwelt, in der sie schemenhafte Umrisse wahrnahm. Blaue Gestalten, die aus Rauch zu bestehen schienen. Ohne sich zu rühren, standen sie da, als hätten sie nie etwas anderes getan.

Aésha musste sich beherrschen, nicht erschrocken vor ihnen zurückzuweichen. Intuitiv öffnete sie die Augen, doch da war niemand.

Sie sah zu Diego, dem nichts anzumerken war und schloss wieder die Augen. Nachdem sie ihre Konzentration wiedergefunden hatte, trat sie erneut ein in die Geisterwelt der Nebelgestalten, die hier ihr Dasein fristeten. Waren es Verstorbene? War das der Grund, warum die Kräuter einen im Diesseits verankern sollten? Das Jenseits?

Ihr wurde mulmig zumute, bei dem Gedanken daran, wie lange sie sich gefahrlos hier würde aufhalten können und ob es nach einer Zeitspanne nicht mehr möglich wäre, zurückzukehren.

Sie musste Laslo finden. Aésha sah sich um, ob sie einen Anhaltspunkt auf den verschwundenen Besitzer des Hauses finden konnte.

Sie sah kleine Spuren, die begannen, golden zu leuchten, je näher sie hinsah. Sie waren auf dem Stuhl und dem Tisch sowie an der Schreibfeder darauf. Er musste öfter hier sitzen.

Es überraschte Aésha nicht, dass sie auf den Büchern keine dieser goldenen Ablagerungen fand. Sie sah sich weiter um und blickte zur Tür. Ein ebenso goldener Schein schwebte einer Spur gleich in der Luft. An ihm haftete die

Präsenz des Verschwundenen.

Wieder öffnete Aésha die Augen, diesmal deutlich schwerfälliger als eben. Ihre Lider fühlten sich an wie aus Blei, doch sie zwang sich, dagegen anzukämpfen. Sie griff Diegos Arm, um sich an ihm festzuhalten und ihren Weg zurück in ihre Welt zu finden.

Das Leuchten verschwand, doch die Präsenz blieb.

»Ich spüre ihn!«, rief sie aus und sah, wie Diego sich plötzlich aus einer Art Trance löste, als sie ihre Augen wieder öffnete. Beinahe hätte sie ihn vor Erleichterung umarmt.

»W-was? Echt?« Benommen strich er sich die Haare aus der Stirn und gähnte. »Ich bin mir nicht sicher, ob ich nicht eingeschlafen bin …«, murmelte er, doch Aésha war schon aufgesprungen.

»Komm mit!«, rief sie und ging, ihrem Gefühl vertrauend, die Treppe hinunter.

Die Magie führte sie vorbei an den gerade eintrudelnden anderen, die sie mit einem »Ihr glaubt nicht, was wir erlebt haben!«, begrüßten, doch Diego wies Aésha folgend seinen Bruder schnell zur Ruhe an.

»Was zum-?« Doch da war sie schon aus der Tür hinausgetreten und steuerte an dem Pferdestall vorbei zu einer Ecke zweier Häuser. Vor dem Brunnen blieb sie stehen.

»Er ist hier.«

»Hier? Bist du dir sicher?« Java sah sie skeptisch an. »Wie kommst du … ach, egal. Schön, lasst uns nachschauen.«

Diego und Naomi ließen beide Lichtkugeln entstehen, die sie den dunklen Schacht hinunterschweben ließen.

»Ja! Ich sehe ihn!«, rief die Halbelbin.

»Lebt er?«, erkundigte sich Java und sah überrascht zu Aésha, als diese nickte, ohne den Mann gesehen zu haben.

Sie konnte es spüren.

»Ja, ich kann ihn atmen sehen, aber ich glaube, er ist bewusstlos und geknebelt«, bestätigte Naomi.

Kalef und Diego machten sich sogleich an der Eimerkette zu schaffen.

»Die wurde ebenfalls durchtrennt. Ich glaube, im Stall sind Seile, ich lasse dich herunter und du holst ihn heraus, einverstanden?«, schlug Kalef vor.

Aésha lief derweil los und holte das erstbeste Seil, das sie finden konnte. Sie reichte es Kalef, der es den Brunnen hinunterließ und festhielt, während sein Bruder es hinabkletterte.

Kalef, Java, Naomi und Aésha zogen allesamt, um die beiden aus dem tiefen Loch herauszuziehen.

Laut schnaufend hob Diego mit der Hilfe der anderen den bewusstlosen Mann über die niedrige Mauer des Brunnens und sie begannen, ihn von seinen Fesseln zu befreien.

»Laslo, um Himmels willen!«, schrie die Ehefrau des Wirts. Die Gruppe hatte anscheinend mit ihrer Tat vor dem Fenster für Aufmerksamkeit gesorgt. Besorgt eilte die Frau an die Seite ihres Mannes und befühlte Puls und Stirn des Gastwirts.

»Wie ist er dort hineingekommen?«, fragte sie aufgebracht. »Ist er gefallen? Wieso hat er nicht nach Hilfe gerufen?« Tränen liefen ihr über die Wangen.

Aésha setzte sich neben sie auf den Boden und legte ihre Hände auf die Brust Laslos.

»Unwahrscheinlich. Er war geknebelt«, gab Java ihr zur Antwort.

»Ihr meint … was? Was tut sie da?«

Aéshas Hände hatten zu leuchten begonnen. Sie

bemerkte, wie die Frau sie aufhalten wollte, doch jemand hielt sie zurück.

»Sie heilt ihn«, sagte Diego.

Einen Moment später schlug Laslo die Augen auf und hustete.

»Liebling! Oh, ich hatte solche Angst um dich!«

Erschöpft sah er sich um, erkannte erst seine Frau und schließlich die anderen.

»Ihr … das ist alles eure Schuld. Geht. Verschwindet von meinem Grund und Boden!«, keuchte er verächtlich.

»Wie bitte? Wir haben dir gerade das Leben gerettet!«, protestierte Naomi, doch Aésha hielt sie zurück.

»Das ist mir egal! Erst verschwinden Sachen auf meinem Hof, dann werde ich überfallen und harre die ganze Nacht am Boden meines Brunnens aus, das hat doch alles mit euch zu tun! Ich will euch hier nicht wiedersehen! Vergesst die Rechnung, verlasst einfach mein Heim!«, wetterte er aufgeregt.

»Beruhige dich, mein Liebling. Ich werde dafür sorgen, dass sie gehen«, besänftigte seine Frau ihn. »Ihr habt ihn gehört. Ich möchte, dass Ihr uns unverzüglich verlasst.«

»Aber …!«, wollte Diego einwenden, doch diesmal schnitt ihm Java das Wort ab.

»Einverstanden, wir gehen.«

»Java! Das kann doch nicht dein Ernst sein!«

»Wir können die Drahtzieher dahinter nicht ohne Laslos Hilfe finden. Wenn er uns also nicht mehr sehen will, kommen wir hier sowieso nicht weiter«, befand Aésha. »Wir wollten längst aufgebrochen sein. Zeit, das jetzt zu tun.«

Sie sah zum Himmel hinauf.

Die Sonne war aufgegangen und der Tau begann bereits, von den Bäumen zu tropfen.

Zusammen schulterten sie ihre Taschen, holten die Pferde und machten sich schweigend auf den Weg auf die andere Seite der Stadt, zu den südlichen Toren, die zu den sagenumwobenen Hallen der Wächter führten.

»Durch die Stadtmitte müssen wir die Pferde führen, das Reiten ist dort nicht gestattet«, erklärte Java.

»Ohh« Diego gähnte. »Ich hatte eigentlich gehofft, ein wenig Schlaf nachholen zu können beim Reiten.«

»Daraus wird erstmal nichts. Aber wir erreichen heute Abend ein Dorf mit einer kleinen Herberge, in der wir wieder zur Ruhe kommen können. Wie ihr nun aber auf das Versteck im Brunnen gekommen seid, würde ich ja zu gern erfahren. Erzählt!«

»Aber dann erzählen wir! Wir haben nämlich ein paar neue Bekannte gefunden! Du wirst es nicht glauben, aber wir waren bei der Diebesgilde!«, unterbrach ihn Naomi.

»Wartet, wartet, bei der Diebesgilde Tradenstadts?« Diego war mit einem Schlag hellwach.

Kalef lachte. Der Stress der letzten Nacht schien verschwunden. »Du hast richtig gehört, Brüderchen! Da hat tatsächlich ein kleiner Bub versucht, mich um meine Geldbörse zu erleichtern. Die Verfolgungsjagd hättest du erleben sollen!«

»Er ist in eine leere Lore gesprungen und hat sie mit einem langen Stab angeschoben, bis es plötzlich bergab ging und er rasend schnell durch die Straßen geschossen ist!« Naomi lachte.

Java hob interessiert die Augenbrauen. »Wieso weiß ich noch nichts davon?« Anscheinend hatte sich die Gruppe erneut getrennt, als sie auf der Suche nach Zeugen war.

Kalef machte inzwischen Fahrtgeräusche und zeigte eindrucksvoll mit den Armen rudernd, wie er mit dem

Gefährt durch die Stadt gerollt war.

»Auf jeden Fall hab' ich den Schelm gerade noch so erwischt, als er in einen versteckten Zugang zu einer unterirdischen Anlage schlüpfen wollte. Natürlich hab' ich ihm mein Hab und Gut direkt abgenommen und er tat auf einmal so, als wäre er rein zufällig in diese Gasse gegangen. Also sind wir selbstverständlich in diesen Gang hinein und was finden wir? Das Versteck der Diebeszunft! Das hättet ihr sehen sollen! Als sie uns erwischt haben, waren sie natürlich drauf und dran, uns aufzuknüpfen, aber ob ihr es glaubt oder nicht, die haben da unten einen Wahrseher! Der kann erkennen, ob man lügt oder die Wahrheit sagt, damit sie untereinander Diebstahlvorwürfe aufklären können. Das ist natürlich ein absolutes Tabu, aber es kommt vor, versteht ihr? Sind halt nicht die ehrvollsten Gestalten da unten. Also haben wir unsere Geschichte erzählt und anscheinend haben wir da irgendjemanden beeindruckt, weil wir den kleinen Knirps einholen konnten. Darum haben sie uns Informationen gegeben, die uns weiterhelfen könnten. Von ihnen hat auf jeden Fall niemand mit dem Verschwinden von Farin und Antaris zu tun und auch kein Mitglied der anderen Zünfte«, erzählte Kalef aufgeregt.

»Wie es aussieht, sind sie tatsächlich nicht in der Stadt«, ergänzte seine Freundin.

»Da war ein Kerl aus der Wüste Maranur, Darrian heißt er. Stell dir vor, seine Haut war dunkler als Naomis! Apropos, wo warst du eigentlich zwischendurch? Ich hab' dich bestimmt eine Stunde nicht gesehen, als ich mit ihm sprach … ach egal, er hat jedenfalls für uns gebürgt, dass wir keine Absichten hegen, der Gilde zu schaden und dann durften wir einfach wieder gehen!« Kalefs Augen leuchteten bei seiner Erzählung vor Begeisterung.

Diego wirkte neidisch. »Das hätte ich zu gern gesehen«, gab er zu.

»Nun seid aber ihr dran«, erinnerte Java sie.

Aésha und Diego berichteten in gekürzter Fassung, wie sie auf die Idee mit dem Suchzauber gekommen waren und ihn umgesetzt hatten.

Java sah beeindruckt von einem zum anderen. »Keine schlechte Leistung.«

»Wir sind halt ein verdammt gutes Gespann!« Diego grinste Aésha stolz an und stupste sie dabei in die Seite, während er einen Arm um sie legte.

Überrascht von dieser intimen Geste errötete Aésha, lächelte gezwungen und sah schnell weg, bevor jemand etwas merken konnte. In ihrem Magen bereitete sich ein komisches Gefühl aus.

Noch nie war ihr ein Junge oder Mann derart nahegekommen. Ob sich das immer so anfühlte?

Die Straßen fingen derweil an, sich mit Leben zu füllen. Der Alltag der Handelsstadt fuhr fort, als wäre nie etwas Außerordentliches geschehen. Erneut wurden Waren von einem Ort zum anderen gebracht.

Die Reisegruppe bildete inzwischen eine Reihe, um hintereinander einfacher durch das Getümmel zu kommen, als sich plötzlich ein mit Lasten beladener Kutschwagen zwischen Aésha und die anderen drängte und sie vom Rest ihrer Leute abschnitt.

Überrascht stoppte sie, sodass sie von hinten angestoßen wurde. Aésha drehte sich um.

Hinter ihr stand ein Mann, der auf Grund des plötzlichen Halts in sie hineingelaufen war.

»Verzeiht, ich habe den Wagen nicht kommen sehen. Habt Ihr Euch etwas getan?«, entschuldigte sie sich bei dem blässlichen Herrn in dem braunen Mantel, dem ein paar ungewaschene Haarsträhnen in die Stirn fielen.

Stumm schüttelte er den Kopf und hob die Hand zu einer Geste, dass alles in Ordnung sei. Da war der Wagen schon vorbeigefahren und ermöglichte ihr, wieder Anschluss an die anderen zu finden.

»Aésha, was ist? Kommst du?«, rief Naomi, die sich zu ihr umgedreht hatte.

Aésha winkte ihr und beeilte sich, die anderen nicht warten zu lassen. So schön sie diese Stadt anfangs auch gefunden hatte, so langsam wurde sie neugierig auf die Hallen der Wächter. Sie konnte es kaum erwarten, zu sehen, was es mit diesem monumentalen Bauwerk auf sich hatte, von dem sie schon so viel gehört hatte. Und sie hoffte, dort tatsächlich mit den anderen auf Farin zu stoßen, der ihnen im besten Fall erklären konnte, wo sein treuer Gefährte abgeblieben war.

Und dann war da immer noch ihr eigener Auftrag, den Alenia und Lilja ihr zugewiesen hatten.

Aésha wusste nicht, warum sie den anderen noch nichts davon erzählt hatte. Irgendwie hatte es sich noch nicht ergeben.

Gehe keine direkte Konfrontation ein, hörte er die Worte seines Auftraggebers in seinem Kopf. *Verflucht. Das ist mal gehörig schiefgegangen.*

Er sah hinunter zu der Klinge, die neben seinem Fuß im Matsch lag und dann auf den Riss in seiner Hose. Noch nie war ihm ein Dolch aus der Hand gefallen. Und nun hatte sich das Mädchen einfach nur umgedreht, ihm in die Augen geblickt und ihn so direkt angesehen, dass er einen Moment die Beherrschung über seinen Körper verloren hatte, gerade, als ihn jemand von der Seite anrempelte.

Mit tödlichen Folgen. Der Dolch hatte sich im Fallen gedreht - der schwere Griff hatte dafür gesorgt - und ihm dabei in die Haut geritzt. Eine winzige Wunde, doch sie reichte aus.

Er ließ die Klinge liegen, wo sie war, stolperte zu der nächsten Hauswand und schleppte sich daran gestützt zur nächsten Häuserecke, die zu einer kleinen Seitengasse führte. Sein Herz raste. Er spürte den Schweiß auf seiner Stirn. Das Gift verbreitete sich rasend schnell in seinem Körper.

Sein linkes Bein konnte er schon nicht mehr spüren, es funktionierte lediglich noch, weil er es nach dem Aufsetzen des rechten Fußes routiniert mit sich zog. Ein paar Schritte später knickte der Knöchel weg, doch da war er schon an dem Stapel Kisten und Säcken angekommen, an denen er sich herabgleiten ließ, ehe er sich auf den kalten, harten Boden setzte. So ging es also mit ihm zu Ende.

Was war nur los mit dieser Familie? Sie sah genauso aus wie sie. Wieso hatte er weder die Mutter noch die Tochter töten können?

Er grinste in sich hinein.

»Und schon wieder hat es den Falschen erwischt. Dumm nur, dass das diesmal ich bin.«

Später an diesem Tag würde ihn jemand finden. Ein junges Pärchen, auf der Suche nach ein wenig Abgeschiedenheit …

KAPITEL 19

»Alles in Ordnung?«, erkundigte sich Naomi.

»Ja, ich bin nur kurz aufgehalten worden. Schau mal, ist das da vorn schon die Stadtgrenze?« Aésha wies mit dem Finger voraus, wo sich ein mit Wachen besetzter Torbogen über der Menschenmenge erhob, die sich auf dem Platz herumtrieb. Der Markt war in vollem Gange und es duftete verführerisch nach frisch gebackenen Broten und aufgesetzten Eintöpfen. Ihr Magen knurrte unüberhörbar.

»Ja, ist es. Ich würde vorschlagen, wir stocken unseren Reiseproviant auf, bevor wir Tradenstadt verlassen«, meinte Java.

»Das klingt nach einem guten Plan!«, jubelte Kalef und zog Naomi an einem Ärmel hinter sich her, um von Stand zu Stand ziehend die Köstlichkeiten des Marktes zu erkunden.

Aésha bemerkte deutlich, wie die Heilung Laslos sie schlauchte. Hatte sie sich auch so gefühlt, als sie Diego geheilt hatte? Sie wusste es nicht mehr. Sie hatte jedoch auch die ganze Nacht nicht geschlafen.

Das Wetter verschlechterte sich zunehmend. Kalter Regen setzte ein und tropfte von ihren Nasenspitzen auf die durchnässten Kleider.

Maru hatte sie dennoch finden können. Sie war seit dem Aufruhr im Stall am vorigen Tag davongeflogen und vermutlich jagen gewesen.

Aésha konnte es ihr nicht verdenken.

Nun saß der Falke mit eingezogenem Kopf auf ihrem Sattelknauf und schüttelte sich hin und wieder den Regen aus dem Gefieder.

»Gibt es auch einen Zauber gegen dieses elende Wetter?« Kalef sah mit zusammengekniffenen Augen hinauf zu den dunklen Wolken, die sich am Himmel zusammengebraut hatten.

Diego zuckte mit den Schultern. »Hast du Wymiot nicht zugehört? Ein solcher Akt stört das Gefüge der Welt. Die Natur weiß, warum sie es regnen lässt«, ahmte Naomi die alte gebrechliche Stimme ihres früheren Lehrers nach.

Aésha sah, wie Kalef lachen wollte, sich dann jedoch schüttelte und das Wasser aus seinem Nacken wischte.

»Mir wär' es trotzdem lieber, wenn wir im Trockenen reisen könnten«, befand er schlecht gelaunt.

Wie Java versprochen hatte, erreichten sie am frühen Abend einen von einem lichten Wald umgebenen Gasthof. Am Tresen stand ein großer, fülliger Mann mit einem dicken Leberfleck über der Oberlippe, aus dem ein einzelnes langes Haar spross. Er hatte dunkle, buschige Augenbrauen, wohingegen die Haarpracht auf seinem Haupt schon deutlich zurückging.

»Ich hab' kein Zimmer mehr für euch«, knurrte er, bevor Java den Mund aufmachen konnte.

Aésha ließ den Blick durch den Raum wandern. Lediglich zwei Gäste saßen zusammen an einem der Tische in dem ansonsten leeren Speisesaal. Draußen standen außer ihren ebenfalls nur zwei Pferde.

»Wie bitte? Ihr seht nicht gerade überfüllt aus«, merkte Aésha skeptisch an.

»Die … anderen Gäste sind alle auf ihren Zimmern.«

Das war offensichtlich gelogen.

»Wir würden auch mit dem Stall vorliebnehmen, wenn es sein muss«, schlug Diego müde vor. Seine Augen waren schon zur Hälfte geschlossen.

Der Mann schüttelte den Kopf. Sein Blick blieb kurz auf Naomi ruhen, wobei er den Mund verzog. »Nein. Tut mir leid«, sagte er knapp.

»Aber es schüttet da draußen!« Diego schüttelte demonstrativ seine nassen Haare.

»Wir sind bereit, gut zu zahlen«, wandte Java ein.

»Ihr versteht nicht. Ihr seid hier unerwünscht. Ich hab' keinen Platz für Gesindel mit ihrem Stammbaum da. Keine Ahnung, warum sie euch Elbenabschaum durch die Hallen lassen, aber das heißt noch lange nicht, dass ich mir das gefallen lassen muss!«, wütete er plötzlich und spie dabei Spucketropfen in ihre Gesichter.

Erschrocken wichen sie zurück.

Kalef zog sein Schwert und stellte sich schützend vor seine Freundin. »Sag das nochmal!«, drohte er.

»Ich hab' mich wohl verhört!« Aéshas Kinnlade klappte herunter.

Der Mann verschränkte die Arme vor der Brust, nicht bereit, auch nur einen Zentimeter zurückzuweichen, obwohl ihm eine deutliche Übermacht gegenüberstand.

»Raus hier«, grollte er entschlossen.

Aésha sah sich nach den übrigen Gästen um.

Sie ignorierten ihren Disput mit dem Gasthofbetreiber und saßen gesenkten Hauptes über ihren Mahlzeiten.

»Kommt«, sagte sie. »Ich glaube nicht, dass ich hier ein Auge zubekäme.«

»Mögen eure Matratzen lausverseucht sein und die Küche von Kakerlaken heimgesucht werden«, verwünschte Naomi den Mann, der sie so vor den Kopf gestoßen hatte mit einem stolzen, aber zuckersüßen Ton. Dabei deutete sie lächelnd einen Knicks an.

Aésha grinste und nahm die Halbelbin bei der Hand, um mit ihr und den anderen in den bitterkalten strömenden Regen hinauszumarschieren.

»Ist das zu fassen?«, schimpfte Aésha aufgebracht, doch da bemerkte sie Naomis verhaltenen Blick.

»Das kommt immer wieder mal vor, weißt du …«

»Ich hab' dir doch von den Geschehen in Rosthal erzählt.« Javas Stimme klang bitter bei der Erinnerung.

»Ja, aber -« Schlagartig wurde Aésha bewusst, dass Naomi von diesem Hass auf die anderen Rassen nicht ausgeschlossen war.

»Wir haben uns bisher nur unter den Wächtern bewegt. Elandor ist relativ aufgeschlossen, aber ich begab mich dennoch selten aus dem Wächterviertel«, erklärte ihre Freundin.

»In Tradenstadt warst du mit Diego und Java unterwegs, aber da gab es immer wieder Blicke oder Sprüche«, fügte Kalef hinzu.

Aésha fühlte sich, als hätte man ihr einen Eimer Eiswasser ins Gesicht geschüttet. »Aber du hast doch niemandem etwas getan!«

Naomi lächelte. »Das ist den Leuten nicht wichtig, Aésha. Ihnen wird immer wieder vom undankbaren und mürrischen Zwerg und dem arroganten, betrügerischen Elben erzählt. Irgendwann glauben sie alles und sind fest davon überzeugt, dass das für alle Elben gilt. Selbst für die Halbelben, die von Menschen großgezogen worden sind.«

Java hielt sich die Hand über die Stirn, um in dem Regen mehr sehen zu können.

»Ich denke, da drüben können wir uns einen Unterschlupf bauen.«

Sie luden ihre Sachen unter einer breiten Eiche ab, die mit ihren unteren Ästen einen leichten Schutz vor dem Regen bot.

»Hätten wir wenigstens eine wasserdichte Plane oder etwas in der Art …« Diego seufzte.

»Wartet hier«, wies Naomi die Gruppe an und schlüpfte durch das Gestrüpp in die inzwischen eingesetzte Dunkelheit. Bloß ihre hellen Haare waren noch kurz zu sehen.

»Was hat sie vor?«, wollte Java wissen, der versuchte, mit Tannenzweigen eine Art Dach zu bauen, doch Kalef zuckte mit gehobenen Augenbrauen und verdächtigem Grinsen die Schultern.

»Keine Ahnung, aber ich hab' da so'ne Vermutung.« Er schmunzelte.

Wenig später tauchte Naomi zwischen den Zweigen wieder auf. In den Händen ein geschnürtes Paket, das sich entrollt als große lederne Plane entpuppte, aus der ein paar Wachsriegel und Schnüre purzelten.

»Mit freundlichem Gruß von der Diebesgilde Tradenstadts!«, Sie verbeugte sich höfisch und machte sich lachend daran, mit Kalef die Plane mit dem Wachs wasserabweisend zu präparieren.

Selbst der sonst so rechtschaffene Diego kicherte und half und Aésha hätte schwören können, dass selbst Java amüsiert schmunzelte.

»Das hast du also dort gemacht, als wir voneinander getrennt waren«, kam Kalef in diesem Moment die Erleuchtung. »Du hast dir ein paar neue Tricks zeigen lassen!«

Kokett lächelnd zwinkerte Naomi ihm zu. »So bleiben wir wenigstens trocken heute Nacht.«

Mit Hilfe von Magie schafften sie es, ein wenig Brennholz soweit zu trocknen, dass sie ein vernünftiges Lagerfeuer entzünden konnten, um sich wieder aufzuwärmen.

Naomi und Diego versuchten sich sogar an einem Zauber, um Nässe aus den Kleidern zu ziehen, doch Aésha war schon eingeschlafen, bevor sie einen Erfolg verbuchen konnten. Nicht einmal der harte unbequeme Boden störte sie dabei.

Am nächsten Morgen wurde sie von Maru geweckt, die sich direkt vor ihrem Gesicht daran machte, ihr Frühstück zu verspeisen.

»Urgh! Maru, kannst du das nicht woanders zerteilen?«, grummelte Aésha angewidert und überlegte, ob sie sich umdrehen sollte, um noch weiter schlafen zu können, doch mit dem lauten Zwitschern der Vögel in den Bäumen um sie herum und dem Scharren und Schnauben der Pferde bekam sie kein Auge mehr zu.

Umständlich richtete sie sich auf und wischte sich ein paar verzottelte Haarsträhnen aus dem Gesicht.

»Guten Morgen«, grüßte sie Javas warme Stimme. Er saß am wieder entfachten Feuer und hatte eine Art Gerüst darüber gebaut, um Wasser abkochen zu können.

»Hast du Hunger? Du sahst ein bisschen bleich aus seit gestern Abend. Geht's dir gut?«

»Ja, es geht schon. Ich war nur erschöpft, danke, gern.« Sie nahm einen Kanten von dem Brot, das er ihr hinhielt und das Stück Käse dazu.

»Bist du das immer nach dem Heilen?«

Aésha zuckte mit den Schultern. »Diesmal war es jedenfalls so. Ob ich es auch war, als ich Diego damals geheilt habe, weiß ich nicht mehr.«

Java sah nachdenklich aus.

Aésha fragte sich kurz, ob sie ihn jemals ohne diese Furche in der Stirn gesehen hatte, bis ihr die wenigen Male einfielen, bei denen sie ihm beim Lächeln erwischt hatte.

»Darüber sollten wir einmal mit Juna reden, wenn wir wieder zurück sind. Bis dahin möchte ich, dass du nur in absoluten Notfällen heilst. Ich möchte nicht riskieren, dass du auf dieser Mission nicht auf der Höhe bist.«

Aésha schluckte, aber dann nickte sie. »Ist gut.«

Das lichte Wäldchen endete schon eine halbe Stunde nach ihrem Aufbruch und gab die Sicht auf satte Wiesen und fruchtbare Felder frei, in denen hier und da Bauernhöfe ihren Platz fanden. Eine Windmühle drehte sich in dem aufkommenden Wind zu ihrer Rechten, während links von ihnen die Landschaft zu einem düsteren Moor wurde.

»Das ist das Moor der Schatten. Dahinter liegt der alte Pass durch die Berge, durch den man, ohne die Hallen zu durchqueren, über die Grenze kommt, aber es wäre Wahnsinn, sich durch dieses tückische Gewässer begeben zu wollen«, erklärte Java.

»Warst du nicht einmal dort? Juna und du, ihr hattet euch darüber unterhalten.«

Er winkte lachend ab. »Nicht nur einmal. Aber ich vermeide es, so gut ich kann. Beim letzten Mal hab' ich einen Spitzel Koruns verfolgt, der seinem Herrn Bericht erstatten wollte. Dreckiger kleiner Mistkerl. Hat mich in eine Falle gelockt und mir einen Lurch auf den Hals gehetzt, als ich in einem gut von ihm getarnten Tümpelloch feststeckte. Die Narbe zwickt immer noch. Aber verratet es Juna nicht.«

Inzwischen kamen ihnen immer öfter Karawanen von Händlern entgegen, die gerade durch die Hallen in das Land gekommen waren, um ihre Waren nach Tradenstadt, Elandor oder noch tiefer in das Land zu bringen.

Der Regen hatte zwar aufgehört, doch eine graue Wolkendecke hing schwer über ihnen.

»Und, seht ihr das dort? Wo die Straße in den großen Berg führt?«

Aésha sah in die Ferne, wo sich eine Reihe von Bergen vor ihnen erhob, aus denen einer besonders groß herausragte. Eine vage Erinnerung überkam sie, wie sie im Traum über diese Landschaft geflogen war. »Das sind die Tore der Hallen der Wächter.«

KAPITEL 20

Pünktlich zu ihrer Ankunft am Berg der Hallen begann es zu schneien.

Aésha knetete die eisigen, geröteten Finger durch, die durch das Halten der Zügel steif gefroren waren und hauchte ihren Atem in die Handinnenflächen.

»Ich hoffe, da drin ist es wenigstens warm«, seufzte sie in den Kragen ihres Mantels hinein, um sich zumindest ein bisschen vor dem pfeifenden Wind zu schützen. Kaum vorzustellen, dass sie die letzte Nacht noch draußen verbracht hatten.

»Ist es. Den Gedanken habe ich auch jedes Mal, wenn ich hierherkomme. Durch die Höhe ist es hier deutlich kälter als unten im Tal«, antwortete Java durch einen dicken Schal hindurch.

Nach dem langen und unbequemen Aufstieg sehnte sich Aésha nach einem prasselnden Feuer und einem warmen Bett. Wobei, wenn sie es sich recht überlegte, würde sie auch zu einem Haufen Stroh im Pferdestall nicht nein sagen, doch das verriet sie den anderen nicht. Zumal ihnen gerade wegen Naomis Herkunft sogar dies in der letzten Nacht verwehrt geblieben war.

Die Wut darüber kochte noch immer in ihrem Bauch.

Weil Naomi zur Hälfte eine Elbin war, wurde ihr Gesuch nach einer Unterkunft für die Nacht abgelehnt. Als wäre sie damit etwas Schlechteres.

Aésha sah zu ihrer Freundin herüber, die etwas weiter vor ihr auf der sorgfältig begradigten Straße ritt, in die sich schon Rillen eingegraben hatten durch die vielen Wagen, die hier täglich verkehrten. Bisher hatte Aésha die junge Frau stets stolz und aufrecht vor Augen, doch jetzt sah sie, dass Naomi leicht geknickt saß, ihr geliebter Kalef stumm an ihrer Seite.

Diego tauchte neben Aésha auf, nachdem er zuvor das Schlusslicht der Reihe gebildet hatte.

»Ich kann kaum noch die Zügel halten«, hörte sie ihn leise murmeln. »Meinst du, es ist noch weit? Uns kam schon länger niemand mehr entgegen.«

Aésha legte den Kopf schief und sah den geschwungenen Weg hinauf. Eine Art Eingang oder Tor war durch die vielen Schluchten und Felsenwände nicht zu erkennen.

»Es ist schon ziemlich spät, ich vermute, es wird zu dieser Stunde niemand mehr die Hallen verlassen, um dann auf der Straße übernachten zu müssen«, mutmaßte sie. Eine besonders unangenehme, kalte Böe fegte über sie hinweg.

»Wir sind fast da, nur noch ein paar Biegungen und wir können die Ställe sehen!«, verkündete Java in diesem Moment.

Aésha zwinkerte Diego aufmunternd zu. »Siehst du? Gleich ist es geschafft!«

Er lächelte.

»War von euch schon einmal jemand in den Hallen?«

Naomi hob ihren Kopf und sah geistesabwesend an Aésha vorbei, ehe sie antwortete.

»Ich war noch zu klein, um mich wirklich daran zu erinnern.«

Eine kurze, etwas unangenehme Pause entstand, bis Diego die Aufmerksamkeit auf sich lenkte. »Ich habe einiges darüber gelesen und in einigen Büchern Zeichnungen gefunden«, meinte der Magierschüler, der sich in Bibliotheken schon immer am wohlsten gefühlt hatte. Eine Eigenschaft, die Aésha mit ihm teilte.

Der Geruch von Stroh und Pferdemist kündigte die Ställe, von denen Java sprach, schon an, bevor sie zu sehen waren.

Sie bogen um eine Ecke, die flankiert war von hoch aufgetürmten Felsbrocken, auf denen eine dichte Decke Schnee lag und erblickten riesige Gebäude, aus denen ein warmer Schein und das vertraute Wiehern etlicher Pferde drang. Ihre eigenen Reittiere schnaubten zur Begrüßung ihrer Artgenossen, während sie ihre letzten Kraftreserven sammelten und noch einmal an Tempo gewannen.

Java führte sie zum dritten Stall, vor dem er mit einer groß gewachsenen Frau sprach, die ihre Pferde in ihre Obhut nahm.

»Das ist Lian«, stellte er die Stallmeisterin vor.

Die dunklen Haare der Frau, in denen einige graue Strähnen glitzerten, waren lieblos, aber praktisch zusammengebunden. Ihre Miene verriet wenig Regung, doch ihr Gang zeugte von viel körperlicher Arbeit. Lian war keine elegante Person, sie hatte muskulöse Arme, die Kalef beeindruckt musterte und große Hände mit dicken Schwielen in den Innenflächen von den Zügeln und den vielen Heuballen, die sie umherschleppte.

»Sie ist eine von uns und kümmert sich um die Tiere, während wir in den Hallen sind.«

Lian nickte ihnen knapp zu und widmete sich dann den Pferden, zu denen sie anscheinend deutlich leichter Zugang fand als zu Menschen, Zwergen oder Elben.

»Können wir nun hinein?«, drängte Naomi zitternd und nickte Lian dankend zu, als diese ihre Stute Jule am Zügel nahm und auf dem Stallgang anband, um sie abzusatteln.

Java nickte und machte sich daran, seinem Hengst Fuego die Satteltaschen abzunehmen und sie sich geübt über die Schulter zu werfen.

Sie folgten seinem Beispiel und stiefelten ihm kurz darauf durch den Schnee hinterher.

Das gewaltige Tor, das in die Hallen der Wächter führte, war verschlossen. Riesig, imposant und reichlich verziert stand dieses Bollwerk der Baukunst aus dem Stein gehauen da.

Java stapfte gezielt auf eine mannshohe Tür im rechten Torflügel zu, in dem Aésha einen Türklopfer entdeckte.

Auf sein Klopfen hin öffnete sie sich nach wenigen Augenblicken und eine Laterne an einem zu einer Wache gehörenden Arm kam zum Vorschein.

»Kommt herein, aber lasst um der Götter Willen die Kälte draußen!«, wies der Mann sie an und öffnete die Tür ein Stück weiter, um sie hindurchzulassen. »Ihr kommt sehr spät, ich denke nicht, dass Ihr noch eine Unterkunft finden werdet zu dieser Stunde.«, prophezeite er, während er sich die Neuankömmlinge besah.

»Das wird kein Problem sein«, entgegnete Java. »Wir haben eine Höhle.«

Überrascht blickte Aésha zu ihm. »Haben wir?«

»Es sind die Hallen der Wächter.«

Stimmt, das hätte sie sich auch denken können.

»Die Höhle ist hoffentlich nicht weit von hier«, meinte Kalef und watschelte breitbeinig an ihnen vorbei.

Javas Mundwinkel zogen sich leicht nach oben.

»Da muss ich dich leider enttäuschen, wir müssen in die Mitte des Berges und dann noch einige Stockwerke in die Höhe, aber wir haben dafür ein Fenster.« Bei den letzten Worten wandte er sich an Aésha. »Maru kann also mitkommen und dennoch jagen.«

Aéshas Augen weiteten sich vor Erstaunen. Sie hatte schon gefürchtet, dem Falken selbst ein paar Mäuse fangen zu müssen.

Im Inneren bot sich der Gruppe ein gewaltiger Anblick.

Niemals hätte Aésha mit einem derart riesigen Gang gerechnet, bis ihr durch den Kopf schoss, dass die Wagen mit ihren Ladungen irgendwie hier passieren mussten.

»Sag mal«, Diego trat wenig später an ihre Seite, während Naomi und Java damit beschäftigt waren, Taschen umzupacken, damit sie besser zu tragen waren. »Was ist Maru eigentlich für ein Falke? Sie verhält sich nicht wie ein gewöhnlicher Raubvogel, findest du nicht auch?«

Nachdenklich sah Aésha zu ihrer Freundin, die sich in den Riemen ihres Rucksacks gekrallt hatte und die Augen geschlossen hielt.

»Das wüsste ich manchmal auch gern. Bis vor einer Weile habe ich mir nichts weiter dabei gedacht, hielt ihre Loyalität für Dankbarkeit und Zutrauen, aber dann …«

Diego sah sie aufmerksam an.

»Was dann?«

»Erinnerst du dich an Eetah?«

Die leicht geschwungenen Brauen über Diegos Augen zogen sich kurz zusammen. »Die Hexe aus dem Sumpf?«

»Ja, die Sumpfhexe. Sie erwähnte einst ebenfalls etwas in der Art.« In Gedanken sah Aésha die alte, aber schöne Frau mit den langen Haaren, dem hervorstehenden Zahn und den vielen Raben um sich herum vor sich.

»Dein Vogel, Maru. Sie ist etwas ganz Besonderes, musst du wissen.« Die Abschiedsworte der an sich schon mysteriösen Frau hatten ihr schon damals Rätsel aufgegeben.

»So, wollen wir?« Java und Naomi waren bereit und machten sich mit ihnen auf dem Weg ins Berginnere.

Sanft leuchtende, milchig gläserne Globen an den Wänden beleuchteten den breiten Gang, in dem nach einiger Zeit nach und nach die ersten bewohnten Höhlen auftauchten. Neben den nummerierten Türen der Wohnhöhlen glänzten messingfarbene Plaketten.

Zu Aéshas Überraschung entdeckte sie kurz darauf Bauten mit Fenstern, die zu dieser Zeit mit Vorhängen bedeckt waren und sogar vorgartenähnliche Umzäunungen vor den Türen mit Sitzgelegenheiten oder kunstvollen Statuen.

In einem davon war ein kurioses Geschöpf angebunden. Eine kniehohe, nackte Kreatur mit langen Armen, die in tellergroßen, schaufelartigen Händen endeten. Um die Hüften hatte sie einen schmutzigen Lendenschurz gebunden, aus dem ein langer, schwarzer Schwanz ragte. Die riesigen, gelben Augen starrten aufmerksam umher, bis sie die Gruppe erblickten und misstrauisch beobachteten.

»Was in aller Götter Namen ist das?«, stellte Kalef die Frage, die Aésha schon auf der Zunge brannte.

»Ein Tunnelgräber. Kommt ihm nicht zu nahe. Die großen Augen mögen unschuldig aussehen, aber die Viecher haben es faustdick hinter den Ohren«, warnte Java.

»Unschuldig? Da würden mir andere Umschreibungen einfallen«, entgegnete Naomi mit Abscheu in der Stimme und wich dem Tier um einige Schritte aus.

Der Tunnelgräber unterdessen beließ es dabei, Naomi zu

fixieren, bis sie an ihm vorbeigegangen war.

Aéshas Blick wanderte indes weiter in den Gang hinein, der laut Javas Erklärung der Zeit entsprechend so dunkel gehalten war, dass die Anwohner zur nächtlichen Ruhe übergehen konnten, sich aber Reisende in den Tunneln noch zurechtfanden. Schemenhaft konnte sie Verzierungen und Schnörkel an Balken und im Stein erkennen.

»Ich habe gehört, die Menschen, die hier leben, haben die Pflanzen und Bäume vermisst. Also haben sich Künstler zusammengefunden, die ein wenig Schmuck in die kahlen Wände gebracht haben«, erzählte Diego.

»Gehört oder gelesen?«

Als er nicht antwortete, knuffte Naomi ihn in die Seite.

»Aber brauchen die Menschen nicht auch die Sonne?«, überging Aésha den Scherz.

»Eigentlich schon«, beantwortete Java die Frage, auf die Diego anscheinend keine Antwort wusste. »Es gibt einen Pilz, der in den tieferen Tunneln wächst. Weiter unten, wo das Gestein von der Feuchtigkeit des Grundwassers durchzogen ist. Der Verzehr dieses Pilzes gleicht das fehlende Sonnenlicht aus. Kinder bekommen außerdem einen Trank, den die Heiler brauen, damit sie nicht zu anfällig werden und es wird geraten, sie über den Sommer draußen unterzubringen, wenn man keine Höhle mit Fenster hat. Die hier lebenden Zwerge haben natürlich keine Probleme damit, sie brauchen die Sonne nicht.«

»Wie oft warst du schon hier?«, erkundigte sich Kalef bei Java.

»Oh, das habe ich nie gezählt.« Er lachte.

Der Tunnel zog sich schier endlos dahin. Immer wieder zweigten Gänge von ihm ab, die in weitere Nebenstraßen führten. Ein verworrenes Netzwerk erstreckte sich zu beiden

Seiten des Haupttunnels, dem sie folgten, bis er nach einiger Zeit in eine Steigung überging.

»Hier möchte ich keine Lasten hochschleppen«, schnaufte Naomi, als sie eine kurze Rast machten. Die Wohnhöhlen reihten sich nun nicht mehr direkt aneinander, sondern waren leicht versetzt übereinander gebaut.

»Es ist nicht mehr weit bis zur nördlichen Halle.« Java schien die Anstrengung nicht viel auszumachen. Er reichte der Halbelbin eine Wasserflasche und schnallte sich den Riemen seines Rucksacks etwas enger, um dann wieder vorauszugehen.

Tatsächlich tat sich schon bald der Gang zu einer atemberaubenden Halle auf, mit deren Ausmaß Aésha nie im Leben gerechnet hätte. Staunend zählte sie die Stockwerke, die sich vor ihnen auftürmten. Reihum mit einer breiten Brüstung ausgestattet, erkannte sie acht. Wobei die obersten nicht mehr der rechteckigen Form des Hallengrundrisses folgten, sondern ab einer gewissen Höhe einen Überhang bildeten.

Auch Diego, Kalef und Naomi reckten ihre Köpfe nach oben und betrachteten den ungewöhnlichen Bau.

»Dort oben, ab dem vierten Stock, neigt sich die Halle, da sie dort auf die Außenwand des Berges stößt. Auf dieser Seite finden sich die ersten Wohnhöhlen, die Fenster haben. Auf der anderen Seite geht es im dritten Stock weiter zur großen Halle, die unser Ziel ist. Passt auf, wenn wir durch die Halle gehen. Hier unten ist der ärmere Teil der Hallenbewohner zu Hause. Das bedeutet leider auch, dass es ein kleines Problem mit Taschendieben gibt«, warnte Java im Anschluss an seine Einführung.

Sie durchquerten verlassene Marktstände am Grund der Halle, kamen an öffentlichen Brunnen vorbei und umgingen die kläglichen Schlafstätten derer, die nicht das Glück hatten, eine Unterkunft zu besitzen. Hier und da huschten Schatten einige Stände weiter vorbei, die Aésha nervös machten. Schatten bereiteten ihr seit dem Traum, den sie gehabt hatte, als ihre Magie erwacht war, ein deutliches Unbehagen.

In den Gängen zwischen den Buden patrouillierten Wachen, je zu zweit, von denen jeweils einer eine Fackel bei sich hatte.

»So spät noch unterwegs?«, grüßte einer von ihnen die Gruppe unwirsch.

»Guten Abend, die Herren.« Java hob eine Hand zum Gruß an den Kopf. »Wir haben unser Ziel leider noch nicht erreicht, aber keinen weiten Weg mehr vor uns.«

»Und was wäre das für ein Ziel?« Die zweite Wache kam ihnen mit der Fackel unangenehm nah, um ihre Gesichter zu beleuchten. Der Mann beäugte die Gruppe misstrauisch, um jeden von ihnen ausführlich zu studieren. Sie waren schon versucht, einen Schritt zurückzutreten, doch als Naomi sich, besonders lange ins Visier genommen, mit geradem Rücken aufbaute, standen sie unwillkürlich aufrecht an ihrer Seite.

»Unsere Höhle ist in der großen Halle, elfter Stock, Nordseite«, gab Java wenig eingeschüchtert Antwort.

Aésha erkannte im bärtigen Gesicht des Wachmanns, wie seine Brauen sich nachdenklich zusammenzogen. Dann schien er verstanden zu haben, schwenkte die Fackel außer Reichweite und trat einen Schritt zurück. Offensichtlich war dies eine angesehene Adresse.

»Verzeiht, die Herrschaften! Wir müssen -«

Doch da hob Java schon beschwichtigend die Hand. »Ich weiß«, unterbrach er die entschuldigenden Beteuerungen. Er schenkte dem Schutzmann mit der Fackel einen bedeutsamen Blick.

Dessen Augen wanderten immer wieder zu Naomi, die unverhohlen zurückstarrte.

»Kann ich etwas für Euch tun?« Sie hob herausfordernd ihre rechte Augenbraue.

Der Wachmann zuckte unmerklich, dann schüttelte er den Kopf. »N-nein, nichts. Ihr könnt passieren.«

Ohne ein weiteres Wort stolzierte Naomi mit Aésha und Kalef zu ihren Seiten an ihm vorbei. Sie konnte hören, wie Kalef etwas vor sich hin grummelte, doch Naomi schwieg.

Aésha indes verspürte wieder diese Wut im Bauch. Ob sie auch angesprochen worden wären, wenn Naomi nicht dabei gewesen wäre? Und wie lange wären sie wohl aufgehalten worden, wenn sie in einer weniger exklusiven Gegend unterkommen würden? Sie wusste, sie kannte die Antwort. Und sie war sich nicht mehr so sicher, ob sie immer noch so begeistert von den Hallen der Wächter war.

Java führte sie auf der anderen Seite zu einer großen, breiten Treppe.

»Tagsüber gibt es für ein paar Diral die Möglichkeit, den Lastenaufzug zu benutzen, doch heute müssen wir leider in den sauren Apfel beißen.«

»Lastenaufzug? Wie funktioniert das?«, wollte Diego wissen, doch Kalef schien mit seinen Gedanken schon etwas weiter zu sein.

»Sagtest du nicht eben noch zu den Wachen, wir wohnen im elften Stock?«, platzte es aus ihm heraus.

Java grinste ihn schadenfroh an und klopfte ihm auf die Schulter. »Sieh es als Trainingseinheit«, tröstete er ihn und fing daraufhin an, Diego die Aufzüge zu erklären.

Aésha hörte nur mit halbem Ohr hin und schaltete endgültig ab, als Java etwas vom »Prinzip des

Flaschenaufzuges« und bezahnten Rädern erzählte. Ihr Geist war schon zu müde, um noch mehr zu erfassen.

Im dritten Stock erreichten sie, wie von Java angekündigt, den Durchgang, der zur großen Halle führte. Wieder ging es aufwärts, doch diesmal nur einige Meter weit.

»Und wie befördern die Händler mit den Wagen ihre Waren hier durch? Auch über die Lastenaufzüge?« Diegos Wissbegier war noch immer nicht gestillt.

Java schüttelte den Kopf.

»Nicht, wenn sie nur auf Durchreise sind. Dann nehmen sie einen Tunnel, der unter der großen Halle hindurchführt.«

Wieder tat sich der Gang auf und mündete in einem großen, weiträumigen Saal. Diesmal wurden die oberen Stockwerke breiter. Diese Halle hatte eine fast trichterartige Form.

»Wenn wir im elften Stock wohnen und der Markt hier unten ist, müssen wir dann jeden Tag …?«, Aéshas Blick richtete sich nach oben, während sie an Java herantrat.

»Nein, nein«, unterbrach er sie, bevor sie geendet hatte. »Siehst du, wo die Brüstung sich weitet? Dort im achten Stock gibt es einen zweiten Markt, für jene, die weiter oben wohnen.«

Aésha nickte. Ihr Rucksack wog schwer auf ihrem Rücken und die Riemen schnürten schmerzhaft in ihre Schultern. Jetzt also noch die Treppen.

»Also los«, versuchte sie weniger die anderen, sondern mehr sich selbst zu motivieren. Kurz sah sie in Diegos Gesicht, es wirkte entschlossen, doch ebenso müde und abgekämpft.

Kalef hingegen versuchte sich seine Erschöpfung nicht anmerken zu lassen, was ihm nicht sonderlich gelang.

Nur Naomi schien als Einzige neue Kraft geschöpft zu

haben. »Na, kommt schon!« Sie tänzelte einige Stufen über ihnen herum.

Aésha winkte ächzend ab, doch dann sah sie Kalefs grinsendes Gesicht. Offensichtlich war er doch bereit, die Herausforderung anzunehmen. Tatsächlich beschleunigte er seine Schritte und fiel in ein gleichmäßiges, schnelleres Tempo, nur ein kleines Stückchen hinter Naomi.

»Scheint nicht so, als hätte sie sich vorhin die Laune verderben lassen«, merkte Aésha keuchend an.

Diego murrte.

»Wie sie schon sagte, es kommt öfter vor. Sie hat beschlossen, sich davon nicht mehr das Leben bestimmen zu lassen.«

Aésha hatte nur am Rande mitbekommen, dass Naomi das Rennen gewonnen hatte. Kalef beharrte zwar darauf, es habe lediglich an ihrem Vorsprung gelegen, den sie beim Start schon ausgebaut hatte, doch gab er diese Beteuerungen schon wenig später auf.

Die junge Magierin war nur froh darüber, angekommen zu sein, sodass sie der Ausstattung der Höhle kaum Beachtung schenkte.

Was Aésha jedoch eindrucksvoll in Erinnerung geblieben war, war die Tatsache, dass die Treppen, die zu den Brüstungen gehörten, nicht jeweils nur ein Stockwerk weit reichten. Ihre Höhle hatte ihre eigene kleine, geschwungene Wendeltreppe, die zu einem privaten Balkon vor der Tür führte und gleich zwei Stockwerke.

Unter ihr lag eine kleine Schneiderei, deren Fensterladen derzeit von einem Holzverschlag verschlossen war. Hatte man nun über die geschwungene Treppe den Balkon überquert und trat durch die Eingangstür, stand man direkt in einem offenen Wohnbereich.

Zur linken Seite führte eine Treppe zu den drei Schlafzimmern, während rechts ein kleines Bad eingerichtet worden war, in dem es sogar eine Holzwanne und eine Wasserpumpe gab. Weiter hinten ging der Wohnraum rechts in eine Küche über. Der gemütliche Einrichtungsstil erinnerte Aésha ein wenig an Liljas Haus der Wächter und eine Woge von Heimweh überkam sie unerwarteterweise, war sie doch in Maurin geboren.

»Alles in Ordnung?« Javas Miene wirkte fast sorgenvoll, als er sie musterte.

»Ich bin einfach nur müde.«

Er nickte verständnisvoll und deutete nach oben. »Ich zeige euch, wo ihr schlaft.«

Java hatte nicht zu viel versprochen. Naomi und Aésha hatten tatsächlich ein Fenster in ihrem überraschend geräumigen Zimmer, durch das sie am Morgen des nächsten Tages verschwommen den von Schnee bedeckten Berg hinunterblicken konnten.

»Wieso frieren wir nicht?« Aésha war an die Scheibe getreten und hatte eine Hand auf das Glas gelegt.

Naomi ging neugierig zu ihr.

»Hm, vielleicht ein Zauber?«, überlegte sie.

Obwohl sie sich nun schon monatelang mit Magie beschäftigte und ihre Kontrolle zumindest in Maßen erlernt hatte, war sie für Aésha noch immer ungewöhnlich.

»Ja, vermutlich«, murmelte sie gedankenverloren. Maru erregte ihre Aufmerksamkeit.

»Ich glaube, sie möchte raus.« Naomi machte sich an dem Fensterverschluss zu schaffen. Eine eiskalte Brise wehte durch den Raum, als sie es erfolgreich geöffnet hatte. Mit einem kurzen Aufschrei als Abschiedsgruß schwang der Falke seine Flügel, erhob sich und glitt hinaus in die Berglandschaft.

»Bis bald!«, rief Aésha ihrer Freundin zum Abschied zu und schloss das Fenster gemeinsam mit Naomi wieder. Sofort verebbte der Wind.

»Komm. Wir schauen nach den anderen.«

Aésha nickte und folgte Naomi hinaus in den Flur. Die Tür zu Diegos und Kalefs Schlafzimmer war noch verschlossen, doch sie fanden Java unten vor dem Kamin.

»Guten Morgen, ihr zwei«, grüßte er sie. »Ich hoffe, ihr habt euch durch die Nacht in bequemen Betten wieder einigermaßen erholen können.« Er zwinkerte Aésha zu. »Gewöhnt euch besser nicht dran. Wenn die Jungs endlich erwacht sind, suchen wir die Wächter auf. Wenn Farin hier ist, wird er sich bei ihnen gemeldet haben.«

»Das habe ich schon einmal gehört«, schallte es von der Treppe, die Diego und Kalef gerade herunterkamen.

Der ältere der beiden Brüder lächelte ironisch.

Diego schob sich an ihm vorbei und strich sich herzhaft gähnend durch sein zerzaustes Haar.

»Da ist er nicht im Unrecht. Du sagtest, wenn er hier wäre, hätte er sich gemeldet und dass es Möglichkeiten außer den Boten gäbe, mit den Wächtern Kontakt zu halten. Was tun wir, wenn er sich doch nicht in den Hallen aufhält?«, pflichtete Aésha ihm bei.

»Dann fragen wir bei den Sattlern im Berg. Wenn er sich tatsächlich nicht bei den Wächtern gemeldet hat, dann sicher nicht unbegründet. Das bedeutet noch nicht, dass wir aufgeben. Eine andere Spur haben wir nicht.«

Aésha spürte, dass ihn der Gedanke an eine Erfolglosigkeit ihrer Suche bedrückte.

»Dann lasst uns aufbrechen. Wo müssen wir hin?«

Java grunzte. »Nach oben natürlich.«

Schon mit den ersten Stufen spürte Aésha ihre brennenden Wadenmuskeln. Trotz des bisherigen Krafttrainings im Kampfunterricht beschwerten sich ihre Beine angesichts der Strapazen.

Java führte sie die letzten Stockwerke hinauf, bis zu einem Bereich, in dem sie von zwei Männern begrüßt wurden, die Java zu kennen schienen.

»Hierhin dürfen nur die Wächter«, erklärte der Waldmann.

Aésha nickte und zog es vor, nicht zu antworten. Auch jegliche Fragen verkniff sie sich, mit brennender Lunge nach Atem ringend.

Diego wagte unterdessen einen kurzen Blick in die schwindelerregende Tiefe, als er sich über die Brüstung des Geländers beugte, um dann schnell zurückzuweichen.

Sein Bruder trat sogleich grinsend an seine Seite und bewies mehr Mut mit einem deutlich längeren Blick, woraufhin Naomi beiden einen Klaps auf den Hinterkopf gab und mit einer ruckartigen Handbewegung auf den Durchgang deutete, an dem die Wachen standen.

Sie folgten Java durch verschiedene Gänge, bis eine Tür sie in einen eigentümlichen Raum führte, der für die übliche Ausstattung der Wächter ungewöhnlich spärlich eingerichtet war. Einzig und allein ein Objekt fand sich an der gegenüberliegenden Wand.

»Ist das … ein Fenster?« Diegos fassungsloser Ausdruck auf dem Gesicht verwirrte Aésha, bis sie die Glasfläche genauer betrachtete.

Die Scheibe gab nicht den Blick nach draußen frei,

sondern zeigte einen weiteren Raum. Ebenso schmucklos und leer. Lediglich eine Tür war auf der gegenüberliegenden Seite zu sehen.

»Ein Fenster nach Elandor«, schmunzelte Java, sichtlich stolz, die Gruppe verblüffen zu können.

»Ich verstehe nicht recht«, murmelte Naomi und sah abwechselnd zwischen dem Fenster, Java und den anderen hin und her.

»Das ist eine der bemerkenswertesten Kommunikationsmöglichkeiten der Wächter«, schwärmte Diego begeistert und besah sich das Artefakt genauer.

»Du meinst, das, was dort zu sehen ist, ist nicht wirklich hier? Also da?« Kalef deutete mit einer großzügigen Geste auf die ganze Wand.

»Der Raum, den du dort siehst, ist zu Hause.«

»So erscheint es einem gar nicht mehr weit weg, nicht wahr?« Die Stimme ließ alle vier umfahren.

Eine rothaarige, schlanke, junge Frau stand an dem Türrahmen gelehnt. Niemand hatte sie kommen hören. Hinter ihr erschien ein hagerer, dunkelhaariger Mann mit blassem Hautton und dunklen Schatten unter den Augen.

»Rixa. Melchior.« Kalef presste den Gruß mit zerknirschten Zähnen hervor und wirkte angespannt.

»Kalef, mein Bester. So bist du also doch noch zu etwas nützlich und machst nun die Laufarbeit?« Melchiors Stimme klang nasal und arrogant.

Naomi setzte zu einer Erwiderung an, entschied sich schließlich jedoch für einen giftigen Blick, während sie sich auffällig neben ihrem Geliebten postierte, um ihre Verbundenheit zur Schau zu stellen.

»Euch habe ich gesucht.« Java überging die Peinlichkeit des Zusammentreffens der sich bekannten Magier und wandte sich den beiden Geschwistern zu. »Wir sind auf der Suche nach Farin, dem Wächterbotschafter der Zwerge. Wisst ihr etwas über seinen Verbleib?«

»Farin … Farin, Farin, Farin …«, murmelte Rixa, als würde sie in ihrem Kopf nach einer Erinnerung zu diesem Namen suchen. »Ja, er war hier und hat mit Elea gesprochen.«

»Unserer Mutter?« Die Zwillinge übergingen Diegos Frage und warfen sich stattdessen einen langen Blick zu.

»Gut. Dann möchte ich jetzt mit Elandor sprechen«, räusperte sich Java.

»Das Fenster ist erst heute Abend wieder besetzt. Solange müsst ihr euch gedulden.« Rixas honigsüße Stimme war Aésha unangenehm. Ihre Mundwinkel umspielte ein hauchzartes falsches Lächeln, während sie sprach.

»Wann war Farin hier?«, wollte Java wissen.

»Wann?«

»Ja, wann?«

»Oh das … das ist noch gar nicht so lange her. Ein paar Tage vielleicht?« Rixa suchte den Blick ihres Bruders zur Bestätigung ihrer Worte.

»Ja, in etwa.«

»Und hat er gesagt, wo er zurzeit zu finden ist?«

Rixa kratzte sich nachdenklich am Kinn. »Hmm, ich erinnere mich nicht, nein. Du?«

Melchior schüttelte den Kopf. »Nein.«

KAPITEL 21

»Was nun? Klappern wir die Sattler ab?« Kalef massierte sich unauffällig den Unterschenkel, den er in Aéshas Wohnhöhle lässig über das andere Bein geschlagen hatte.

»Nein. Wir alle haben uns eine Pause verdient.«

Aésha sah Java überrascht an.

»Wir warten ab. Wenn Farin tatsächlich mit Elandor gesprochen hat, dann hat er vielleicht auch mitgeteilt, wo er sich aufhält und dass er auf weitere Nachrichten wartet. Wieso sollen wir den Tag mit der Suche verbringen, wenn wir es heute Abend vielleicht sowieso erfahren?«

»Das bedeutet, wir können uns ausruhen?« Kalef sah hoffnungsvoll auf, während Naomi schon fast bei der Tür war.

»Oder die Hallen erkunden?«

Java lachte. »Tut, was ihr wollt. Aber um eines kommen wir nicht herum.« Er hob einen Zeigefinger und machte eine Pause, um die Spannung zu erhöhen. »Wir müssen etwas zu essen kaufen. Ich kriege den Proviant aus Tradenstadt beim besten Willen nicht mehr herunter!«

»Ist gut!« Aésha lachte. »Legt die Reste in die Küche, wir können nachher einen Eintopf daraus kochen.«

Jetzt am Tage, als die Bewohner erwacht waren, gefrühstückt hatten und ihren geschäftigen Tätigkeiten nachgingen, zeigten sich die Hallen der Wächter von einer komplett anderen Seite.

Sie besuchten den Markt im achten Stockwerk der Haupthalle, von dem Java ihnen erzählt hatte und fanden die schönsten Dinge vor. Riesige Stoffballen aus Seide, mit Mustern, so schön, dass Aésha von Kleidern zu träumen begann, obwohl sie sie unpraktisch fand. Nur leider hin und wieder auch so farbenfroh, dass sie sich damit niemals auf die Straße getraut hätte. Ihr schoss eine aberwitzige Vorstellung durch den Kopf, wie sie in einem Gewand in leuchtendem Burgunder mit goldenen Stickereien durch den Wald ging. Lachhaft.

Dann sah sie, wie Naomis Finger über die edlen Stoffe glitten.

»Die sind aus meiner Heimat«, seufzte sie mit einem wehmütigen Ausdruck auf dem Gesicht.

»Dann sind die Frauen dort alle so schön gekleidet?«, fragte Aésha.

»Ich glaube, nur die wohlhabenden von ihnen. Ich erinnere mich nicht mehr an vieles. Das meiste weiß ich nur aus Büchern und Erzählungen«, gestand sie.

»Ja, das kann ich mir vorstellen. Wir sind sehr weit oben und wenn ich das richtig verstanden habe, ist das schon das Reichenviertel.« Aésha deutete auf die höhergelegenen Stockwerke, in denen sich auch ihre Höhle befand. Die Wächter hatten die Höhlen in ihrem Besitz wahrscheinlich ihrem Status als Erbauer und dem Stand gegenüber dem ehemaligen Königshaus zu verdanken.

»Urgh, was ist das denn?« Diego befühlte eine stachelige Frucht in Purpur und einem knalligen Grün.

»Was denn? Noch nie eine Igelfrucht gesehen? Ihr seid noch nicht weit herumgekommen, was?«, meldete sich ein kleiner, schmächtiger Mann mit dunklem Bart zu Wort. »Das ist nicht weiter schlimm, hört Ihr? Nicht jeder kann ein weit gereister Geschäftsmann sein.« Seine Gestik hingegen sollte Diego sehr wohl das Gefühl geben, sich dafür schämen zu müssen. »Pass auf, diese Frucht hier, mein Herr, sie stammt aus einem Land, so weit entfernt, dass Ihr es euch nicht einmal vorstellen könnt. Dort wächst sie auf Bäumen, die bis in den Himmel reichen. Die Ernte dieser Köstlichkeit ist also ein schwieriges Unterfangen, mein Freund. Die Arbeiter müssen nicht nur die schier unmögliche Aufgabe überwinden, an der glatten Oberfläche dieser Bäume hochzuklettern, nein, oben erwarten sie die längsten und giftigsten Stacheln, während unten wilde Tiere nur darauf lauern, dass ihnen ihr Mahl direkt vor die Füße fällt! Ihr könnt euch also denken, dass sich die Igelfrucht praktisch mit Gold aufwiegen lässt. Aber ich mach Euch ein unglaubliches Angebot, nur verratet es bitte niemandem, nachher wollen sie alle so einen guten Preis und wisst Ihr das kann ich nicht tun …« Er war Diego inzwischen sehr nahegetreten und hatte seinen Kopf verschwörerisch zu ihm gebeugt, während er mit leiser Stimme sprach. »Für nur sechs Heller ist sie die Eure. Ich glaube selbst nicht, dass ich das tue, das ist mehr als nur geschenkt!« Er legte eine Hand auf die Stirn und bedeckte seine Augen. »Aber mein Lieber, ich kann Euch doch nicht in die Welt ziehen lassen, ohne einmal diesen einzigartigen Geschmack auf der Zunge gespürt zu haben. Was wäre ich für ein Mensch?«

»Ah. Eine Igelfrucht, ja davon hab‘ ich gehört.« Diego nickte. »Wächst an den Kakteen in der Wüste Maranur in Nundinn. Zuhauf.«

»He, Aésha, Diego, Naomi, schaut mal!«, rief Kalef sie von ein paar Ständen weiter und sie ließen den sprachlosen Igelfruchtverkäufer stehen. Hier wurden sogenannte magische Artefakte dargeboten. Stäbe, Amulette, Ringe, Kräuter, Tränke und Bücher.

»Ich dachte immer, die Menschen hätten etwas gegen Magie?«, flüsterte Aésha Diego zu.

»Na ja, vielmehr haben sie was gegen mächtige Zauber und die Wächter.«

»Hier werden Sachen angeboten wie Liebeszauber und Alltagsmagie. Vorbeugungen zur Grippe in diesem Winter, Talismane, die Erfolg bringen sollen …« Kalef las sich die einzelnen Schilder durch, während die Frau, der der Stand gehörte, unterdessen mit einer Kundin sprach.

»Ist irgendetwas davon echt?« Aésha besah sich die Gegenstände genauer.

Naomi schüttelte den Kopf. »Nein, ich spüre keine echte Magie, außer von unseren eigenen Stäben.«

Ein Gesprächsfetzen tauchte in Aéshas Erinnerung auf: Alenia und Lilja im Gastraum in Elandor, als sie sich über die Schüler unterhalten hatten. Die Ratsvorsitzende hatte bewundert angemerkt, dass Naomi ein Talent dafür besaß, Fokusse zu erkennen. Das war auch das Gespräch, in dem sie Aésha den Auftrag gegeben hatten, hier in den Hallen nach einem Verräter unter den Wächtern zu suchen. Schnell schob Aésha den unangenehmen Gedanken beiseite.

Die Gruppe kaufte schließlich an einem Stand mit Lebensmitteln ein, die für die Silvanei landestypisch waren. Naomi regte sich zwar noch eine Weile auf, doch der Händler ließ sich auf keinen geringeren Preis ein als auf die laut ihrer Meinung horrende Summe, die er verlangte. Rauchend vor Zorn stapfte sie ihnen voran zu ihrer Höhle und stieß dabei jeden Passanten mit ihrem Einkauf aus dem Weg, der es nicht schaffte, ihr auszuweichen.

»Ernsthaft, ich hätte ihr fast zugetraut, dass sie die acht Stockwerke runterläuft und dann elf wieder hoch, um es ihm zu zeigen«, murmelte Kalef seinem Bruder zu, während sie hinter ihr hereilten.

»Da hätte ich eher dich geschickt. Du willst doch auch was zu essen, oder?« Naomi hatte ihn offensichtlich gehört.

Als es Abend wurde, fanden sie den Raum mit dem Fenster nach Elandor geschlossen vor. Erst als Java laut und eindringlich klopfte, öffneten Melchior und Rixa die Tür.

»Java! Wie schön. Kommt nur herein, Elea wartet bereits auf euch.«

Aésha entging nicht, dass sich Naomi und vor allem Diego im Hintergrund hielten, als sie dies hörten. Waren die beiden doch in Elandor ihnen heimlich nachgeschlichen.

»Kalef, Diego, es geht euch gut, den Göttern sei Dank!«, hörten sie Eleas Stimme gedämpft durch das Glas. »Hallo, Java, Aésha … Naomi.«

»Wieso sollte es uns auch nicht gut gehen?«, wollte Kalef irritiert wissen.

Die schlanke Frau hinter dem Glas stockte kurz und wischte sich eine lange, braune Strähne aus dem Gesicht.

»Es ist eine gefährliche Reise. Aber sie ist ja geschafft. Farin hat mich vor einiger Zeit erreicht, da wart ihr gerade aufgebrochen. Wir schickten euch einen Boten hinterher, doch er hat sein Ziel in Tradenstadt anscheinend nicht rechtzeitig erreicht. Ihr beiden könnt euch ruhigen Gewissens wieder auf dem Heimweg machen. Wir sind dir auch nicht böse, Diego …«

»Elea, kannst du mir sagen, wo sich Farin zurzeit aufhält?«, schaltete sich Java ein.

Elea schüttelte den Kopf. »Er wollte in den Hallen auf Antaris warten. Ich bot ihm eine Höhle an, doch er lehnte ab. Ihr werdet ihn suchen müssen. Alenia ist natürlich in Kenntnis gesetzt, sie hat angeordnet, dass ihr euch ihm anschließt und den elbischen Botschafter erwartet, um wichtige Informationen an uns weiterzuleiten.«

»Und wo ist Antaris?«

»Er wurde aus bisher unbekannten Gründen in Altstadt aufgehalten.«

»Und wir kommen ihm nicht zu Hilfe?«

»Nein, das ist laut unseren Informationen nicht erforderlich.«

»Wir werden hierbleiben und auch auf Antaris warten, Mutter«, verkündete Kalef plötzlich mit fester Stimme.

»Was? Nein, nein, ihr beiden kommt zurück, ihr seid mehr als genug Leute für diesen Auftrag. Und du, Diego, solltest gar nicht dort sein.« Aésha sah, wie sie in der Rolle zwischen Ratsmitglied und Mutter wechselte.

»Ich würde gern mit ihr sprechen«, warf Java ein und trat vor Kalef und Diego. »Mit Alenia.«

»Sie ist zurzeit nicht im Hause, ich glaube, sie ist auf dem Weg zu Juna. Ich richte ihr aus, dass sie sich bei dir melden soll und du sie morgen Abend am Fenster erwartest.« Die Magierin war offensichtlich ein wenig verärgert darüber, stets im Gespräch unterbrochen und nicht mit gebührendem Respekt behandelt zu werden. Weder von ihren Söhnen noch von Java.

Aésha zog es vor, sich nicht einzumischen. Sie wusste, Elea hatte keine niedrige Stellung im Rat.

»Dann kehren wir morgen Abend zurück. Vielleicht haben wir Farin ja bis dahin sogar gefunden.«

Elea verließ den Raum mit dem Fenster aufgebracht und in Eile. Dementsprechend war sie überrascht, als ein Mann hinter der Tür im Gang auftauchte und sie erwartete.

»Jael!«, stieß sie keuchend aus.

»Sie sind also in den Hallen angekommen, ja?« Er sah sie mit verengten Augen an und musterte sie.

Elea stand aufrecht und wich keinen Zentimeter zurück. »Ja, alles läuft nach Plan«, antwortete sie kühl.

»Ausgezeichnet. Hast du Melchior und Rixa schon den Befehl gegeben, fortzufahren?«

Sie schüttelte den Kopf. »Erst wenn meine Söhne die Hallen verlassen haben.«

»Deine-?« Jael brach ab und rieb sich aufgebracht die Nasenwurzel.

»Ich werde meine Kinder nicht umbringen lassen! Sie müssen sich etwas anderes überlegen. Hätte dein Mann in Tradenstadt nicht versagt, wäre es gar nicht erst so weit gekommen!« Sie bohrte ihm einen Finger in die Brust.

»Dann sähe es aber nicht nach einem Unfall aus.«

»Das ist mir egal. Sie warten, bis ich sie überzeugt habe, zurückzukommen.«

»Und wie willst du das anstellen?«

Sie schluckte, doch ihre Stimme blieb fest. »Ich habe schon einen Plan.«

Java ließ sie nicht lange schlafen. Gleich nach Anbruch des

Morgengrauens war die Schonzeit für die vier beendet und sie setzten ihre Suche nach Farin fort, wie schon zuvor in Tradenstadt.

Es dauerte fast den ganzen nächsten Tag, bis sie fündig wurden. Der Zwerg hatte in einer Sattlerei in der südlichen Halle eine Anstellung gefunden. Hier dominierten die elbischen und zwergischen Bewohner.

Aésha und Java traten gemeinsam in die kleine Werkstatt, in der ein langhaariger Mann mit symmetrischen Tattoos im Gesicht und auf den Armen an einer Tasche arbeitete. Seine buschigen Brauen waren konzentriert zusammengezogen und die kleinen Perlen, die in seinen Bart eingeflochten waren, schwangen mit seinen Armbewegungen mit, als er die Nadel in das Leder stach und ruckartig durchzog.

»Farin!«, stieß Java erleichtert aus und fiel dem überraschten Zwerg in die Arme.

Jetzt bemerkte auch Aésha die erstaunliche Größe Farins. Er überragte sie fast um eine Handbreit.

»Java, wie schön, dich zu sehen! Doch was treibt dich in die Hallen?«, dröhnte die tiefe Stimme Farins durch den Raum. Er klopfte seinem Freund schwungvoll auf den Rücken, sodass dieser unter der Wucht der breiten Pranke fast einknickte.

»Du selbstverständlich! Sag, was treibst du hier?«

Farin sah ihn verwirrt an. »Ich? Ich verstehe nicht … Der Rat weiß doch, dass ich hier auf Antaris warte …«

Java nickte. »Das haben wir nun auch erfahren. Als man uns schickte, hatte jedoch noch niemand etwas von dir gehört. Wir haben uns große Sorgen gemacht.«

Farin runzelte die Stirn. »Na ja, nun, das tut mir leid, aber nun habt ihr mich ja gefunden!« Er lächelte, ehrlich erfreut, seinen Freund Java nach langer Zeit wieder zusehen.

»Elea meinte, du möchtest nicht in die Höhle, die die Wächter dir bereitstellen wollten.«

Farin winkte ab. »Ach, weißt du, Java, die ist nichts für mich. Hier kann mich Antaris viel schneller finden und ich bin dichter an Nundinn. Außerdem musste ich mir irgendwie die Zeit vertreiben, ich kann doch nicht einfach nur in der Höhle herumsitzen. Aber in der großen Halle findet man als Zwerg nur schwer eine Anstellung. Egal, wie gut man ist.« Dabei strich er beinahe zärtlich über die kunstvollen Ziernähte der Tasche. »Was sagst du, treffen wir uns heute Abend auf ein Bier? Ich kenne eine Schenke nur ein paar Ecken von hier, die sehr gemütlich ist.«

»Gern.« Java schüttelte dem Zwerg die Hand und verabschiedete sich mit einem Kopfnicken von dessen Arbeitskollegen, der gerade durch eine Tür aus einem Hinterzimmer eintrat. Farins Augen verrieten deutlich: Er konnte hier nicht frei reden.

Zurück in der Höhle warteten Melchior und Rixa im Wohnraum sitzend auf sie. Die Stimmung hätte kaum angespannter sein können.

Kalef verschränkte seine Arme und vermied es, zu den beiden zu sehen.

Auch Naomi würdigte vor allem ihre Rivalin Rixa keines Blickes.

»Java.« Wieder hatte Rixa dieses unehrliche Lächeln aufgesetzt. »Wir haben eine Nachricht von Alenia.« Sie sah sich im Raum um. Offensichtlich war sie nicht der Meinung, dass die übrigen Anwesenden die Berechtigung hatten, an solch wichtigen Angelegenheiten beteiligt zu werden, doch niemand machte Anstalten, sich zu bewegen.

Java wies sie mit einer Geste an, fortzufahren.

»Also schön«, seufzte sie leise. »Leider ist es ihr nicht möglich, in den nächsten Tagen persönlich Kontakt zu dir aufzunehmen. Sie sagt, ihr sollt warten und hofft, dass Antaris sich bald zu euch gesellt.«

»Und wir sollen ganz sicher nicht zu ihm reisen?«, hakte Java nach.

Rixa schüttelte den Kopf. »Die Anweisungen waren eindeutig. Ich gebe nur weiter, was mir gesagt wurde.«

Java ging allein zu dem Treffen mit Farin. Die anderen wären zu jung, um sich zu solch später Stunde noch in einer Schenke herumzutreiben und selbst Kalefs Einwand, älter als die anderen zu sein, wies er ab.

Enttäuscht ließ sich die Gruppe vor dem Kamin nieder.

»Was meint ihr, wie lange werden wir hierbleiben?«, fragte Naomi beiläufig und stocherte im brennenden Feuerholz, um einem weiteren Scheit Platz zu machen.

»Wenn's nach unserer Mutter geht, nur noch bis morgen, aber ich würde mich freuen, wenn wir noch bleiben könnten. Oder sogar weiterreisen!«, meinte Diego und legte das Buch beiseite, das er zuvor hervorgeholt hatte.

»Ein längerer Aufenthalt würde aber bedeuten, dass Antaris weiterhin in Altstadt aufgehalten wird. Meint ihr, es geht ihm gut?«, gab Aésha zu bedenken.

»Ich hoffe es, aber wenn nicht, wäre Farin kaum hierhergekommen, sondern dortgeblieben, oder?«, argumentierte Kalef und schien die anderen damit beruhigen zu können.

»Ich würde gern mal Nundinn sehen«, meinte Naomi leise.

Kalefs sanfter Blick ruhte auf ihr. »Ich auch.«

Java hatte es in der Nacht nicht mehr in sein Bett geschafft. Aésha fand ihn am nächsten Morgen auf dem Sofa schlafend und nach Alkohol riechend vor.

»Java!«, schalt sie ihn und gab ihm einen leichten Klaps auf die Wange. »Uah, du stinkst! Was machst du denn hier?«

Grunzend hob er ein Augenlid und murmelte Unverständliches.

»Los, komm, du brauchst ein Bad!« Sie lachte und machte sich daran, ihm hochzuhelfen.

Kurz wehrte er sich, dann gab er nach und stand auf, um ins Bad zu wanken, als Diego gerade die Treppe herunterkam.

»Ist er …?«

»Noch immer betrunken, ja. Jetzt wissen wir auch, warum er uns nicht dabeihaben wollte!«

Diego kicherte.

»So betrunken bin ich auch nicht! Verdammter Branntwein!«, schallte es durch die offene Tür. Java trat zurück in den Raum. Feine Wassertropfen hatten sich in seinem Bart verfangen und dicke Tränensäcke untermalten seine Augen.

»Ich glaube, ich werde niemals einen Tropfen davon trinken, wenn man sich danach auch nur ansatzweise so fühlt, wie du aussiehst.« Aésha grinste Java an und erntete einen bösen Blick.

»Hat Farin dir etwas darüber erzählt, was die beiden in Altstadt aufhielt?«, erkundigte sich Diego.

»Hat er.« Java setzte sich auf einen Stuhl in der Küche und nahm dankend den Krug Wasser an, den Aésha ihm reichte. Er leerte ihn in einem Zug, ehe er fortfuhr.

»Es sind gewissermaßen familiäre, wie auch politische

Probleme. Aber soweit er das sagen konnte, geht es ihm wirklich gut und er kann sie tatsächlich nur allein lösen. Wir werden also tun, was Alenia uns aufgetragen hat.«

»Hat er abschätzen können, wie lange es dauern wird?«

Java schüttelte den Kopf.

Aésha stellte einen Laib Brot und Käse auf den Tisch und zupfte sich etwas davon ab. Im Kauen dachte sie nach. »Was tun wir in der Zeit hier?«

Java zuckte mit den Schultern. Ein wenig angewidert sah er auf das Essen, sein Magen war offensichtlich noch nicht bereit für ein Frühstück.

»Wir könnten es Farin gleichtun und uns ebenfalls Beschäftigungen suchen. Das könnte euch sogar helfen, neben der magischen Ausbildung auch Erfahrungen in einem üblicheren Beruf zu sammeln«, schlug er vor.

»Wir bleiben also?« Kalef und Naomi gesellten sich frisch und ausgeschlafen zu den dreien.

Kalef hob eine Augenbraue, als er Java sah, schwieg jedoch.

»Sieht ganz so aus.«

»Mutter wird erfreut sein.« Kalef grinste. »Wie gut, dass wir es ihr durch's Fenster mitteilen. Obwohl ich mir glatt vorstellen könnte, dass sie herkommt und uns an den Ohren hier herauszieht.«

Plötzlich legte Diego den Kopf schief und zog nachdenklich die Augenbrauen zusammen. »Ich verstehe sie manchmal wirklich nicht. Sie gibt an, wie froh sie wäre, dass wir heil angekommen sind und dann fordert sie, wir sollen uns ohne Java auf den Rückweg machen? Das wäre doch noch gefährlicher.« Er sah dabei von Kalef zu Naomi, die ihre Schultern straffte und dann auffällig wegschaute. Als er ihren Blick auffing, schluckte sie.

»Ich war nicht gemeint.« Kalefs Kopf ging ruckartig in ihre Richtung.

»Was meinst du damit?« Naomi biss sich auf die Lippe.

»Sie sprach nur von euch beiden.«

»Das … Was, wirklich? Darüber hat sie wahrscheinlich nur nicht nachgedacht«, beschwichtigte Diego sie, doch es schien sie nicht zu beruhigen.

Trotzdem nickte sie und nahm sich etwas Käse. »Und in welchen Berufen wollt ihr euch versuchen?«, lenkte sie mit leicht erstickter Stimme vom Thema ab.

»Bibliothekar natürlich«, antwortete Diego prompt und kassierte einen spielerischen Schlag auf die Schulter von ihr.

Kalef wog den Kopf hin und her und überlegte. »Ich könnte mir etwas Handwerkliches vorstellen. Oder nein, Wache!«

»Java?«

»Oh, ich? Ob ihr es glaubt oder nicht, aber ich bin Tischler. Hast du eine Idee, Naomi?«

Sie hob ihre Hände und bewegte ihre zwölf Finger.

»Ich bin eine ganz passable Schneiderin«, überlegte sie laut.

»Ach so, damit kannst du nicht nur Schlösser knacken?« Wieder bekam Diego einen diesmal nicht ganz so sanften Schlag ab. Er wandte sich an Aésha, die fieberhaft nachdachte.

»Und du, Aésha?« Ratlos sah sie ihn an und zuckte mit den Schultern.

»Ich weiß es nicht«, gab sie ehrlich zur Antwort.

»Du liest doch auch gern.«

»Schon, aber Bibliothekarin ist nicht mein Traumberuf.«

»Du kannst gut kochen!«, warf Naomi ein, doch Aésha verzog das Gesicht. Ja, das konnte sie. Es erinnerte sie jedoch auch jedes Mal an ihr Leben in Maurin, als der Hauptbestandteil ihrer Existenz darin bestanden hatte, Haushalt und Hof zu führen und sich auf ein Leben als Ehefrau vorzubereiten.

Dann kam ihr Juna in den Sinn. »Ich könnte vielleicht kann ich einem Heiler helfen.«

Java nickte beeindruckt. »Das ist eine gute Idee, die dir viele Möglichkeiten bringt, auch was Nützliches zu erlernen. Du könntest es vielleicht sonst erst einmal als Apothekerin versuchen. Heiler nehmen oftmals nur Lehrlinge, die schon Erfahrung haben. Und deine magischen Fähigkeiten zählen hier nicht.«

Aésha nickte und stellte sich bei einer ganz normalen Tätigkeit vor, doch dann schob sich die Vernunft dazwischen. »Vorher würde ich aber gern mehr über die Wächter erfahren, die die Hallen erbaut haben. Gibt es oben auch eine Bibliothek?«

»Ahh, ich verstehe, natürlich, ja, die gibt es.« Diegos Augen leuchteten auf. »Ich zeige sie euch nachher.«

»Nicht nötig, ich bin mir sicher, ich finde sie auch ohne Hilfe«, lehnte Aésha das Angebot ab. »Du siehst ganz danach aus, als könntest du noch etwas Schlaf gebrauchen«, neckte sie ihn.

Er machte einen gekränkten Schmollmund, schien jedoch einverstanden zu sein.

»Ich komme mit dir!«, beschloss Diego freudig und sprang auf. Grinsend schob sie den Stuhl zurück.

KAPITEL 22

Seine Augen glänzten, als die beiden zwischen die bis an die Decke reichenden Regale schritten und er seine Finger über die vielen Buchrücken gleiten ließ. Sie hatten sich den Weg von den Wachen der Wächter beschreiben lassen und waren ein wenig durch die Gänge geirrt, bis sie fündig wurden.

Die literarischen Werke und Chroniken wurden in einer Art Halle aufbewahrt, die von ähnlichen magischen Lichtquellen beleuchtet war wie die übrigen Gänge im Berg. Rund um diesen riesigen Raum hatte man kleine Zimmer als Lesestuben eingerichtet, deren Fenster das Tageslicht hineinließen, aber die Bücher selbst in den Regalen nicht erreichten. Aésha vermutete, dass man fürchtete, sie würden ausbleichen oder brüchig werden. Eine Zeit lang blieben die beiden zusammen und stöberten in den Schriftstücken, bis Aésha vorschlug, sich zu trennen.

»Ich möchte mich noch weiter hinten umschauen. Treffen wir uns in einer Stunde wieder hier?«

»Hm?« Diegos Nase war tief über die Seiten gebeugt. »Oh ja, ja, ist gut.«

Aésha schlenderte durch ein paar Regalreihen, bis sie ihre Schritte beschleunigte und schließlich jemanden fand, den sie ansprechen konnte.

»Guten Tag, der Herr, könnte ich Euch wohl um Auskunft bitten?«, fragte sie den in einer weißen Robe gekleideten Bibliothekar.

»Guten Tag, aber natürlich, womit kann ich behilflich sein?«

»Ich bin auf der Suche nach Jonte und Jorne, könntet Ihr mir verraten, wo ich sie finde?«

Der Mann hob irritiert eine Augenbraue, doch dann nickte er und erklärte Aésha, wie sie über einige Treppen und Gänge zu den Brüdern gelangen würde. Sie bedankte sich und folgte der Beschreibung - in der Hoffnung, Diego nicht über den Weg zu laufen.

Lieber wäre sie allein hergekommen, doch sie hätte sich denken können, dass er sich diese Sammlung nicht entgehen lassen würde. Sie stahl sich nicht gern hinter seinem Rücken davon. Noch unwohler fühlte sie sich dabei, ihm und den anderen etwas zu verschweigen.

Eine kleine, unscheinbare Treppe führte Aésha hinauf in einen Raum, wie sie ihn noch nie gesehen hatte. Dicke, weiche, fast bettgroße Kissen und Polster standen umgeben von hauchzarten, fast durchsichtigen Vorhängen in den Gängen zwischen hohen Bücherregalen. Ein sanftes, dämmriges Licht sorgte für Gemütlichkeit, bot jedoch keine idealen Voraussetzungen fürs Lesen. Feine Rauchschwaden hingen in der Luft.

»Willkommen«, erklang eine weiche Stimme, als zwei identisch aussehende Männer hinter einem Bücherregal hervortraten. Ihre dunklen Haare waren kurz gehalten und beide trugen einen gepflegten Bart.

Aésha räusperte sich verlegen. »Ich … ich bin Aésha Hallinor.« Was sollte sie sagen?

»Aésha, schön, dich kennenzulernen.«

»Was führt dich zu uns?« Die beiden sprachen abwechselnd.

»Die Suche nach der Wahrheit, wenn man es so ausdrücken möchte.«

Sie nickten, boten ihrem Gast einen Platz in einer naheliegenden Sitzecke an und ließen sich ebenfalls auf die weichen Kissen nieder. Anscheinend waren sie nicht überrascht, dass Aésha ihnen einen Besuch abstattete. Ob Alenia sie angekündigt hatte?

»Die Wahrheit also, ja?«

Aésha wusste nicht, wer von den beiden zu ihr sprach, war sich aber auch nicht sicher, ob das überhaupt wichtig war.

»Die Wahrheit kann einiges verändern.«, ergänzte der andere.

»Schockierend sein.«

»Oder befreiend.«

»Du bist eine Seherin, richtig?«

Aésha nickte zaghaft. Unter anderen Umständen wäre ihr die Situation wahrscheinlich unangenehm gewesen.

»Wir sehen hier auch. Die Gegenwart, die Vergangenheit, manchmal sogar die Zukunft.«

»Darum haben mich Alenia und Lilja zu euch geschickt.«

»Wir sollen dir helfen.«

»Alenia vermutet, dass du hier etwas sehen könntest.«

Sie nickte. »Habt ihr in letzter Zeit etwas sehen können?«

»Ich fürchte nein.«

»Wir können nur selten sehen. Wir sind eher die Hüter der Zukunft.«

»Und der Vergangenheit.« Sie wiesen auf die Regale, die gefüllt mit den Büchern waren.

»Hier sind die meisten Aufzeichnungen, die über

Wahrträume gemacht wurden.«

Jetzt erkannte Aésha, dass die Bücher dem Traumtagebuch ähnelten, das Alenia ihr gegeben hatte.

Einer von den Männern griff zu einer Kanne auf einem kleinen Tisch neben den Sitzen und goss ihnen Tee ein, doch Aésha lehnte dankend ab. Er roch furchtbar.

»Wir beide haben nie ein richtiges magisches Talent entwickelt, musst du wissen. Nur hier im Berg erhaschen wir hin und wieder ein paar Bilder in unseren Träumen, doch nur, wenn wir uns gegenseitig unterstützen«, erklärten sie.

»Unterstützen?«

»Ja. Es gibt Möglichkeiten, die Magie unter bestimmten Bedingungen zu kanalisieren.«

Er sah Aésha tief in die Augen und sie erwiderte den Blick. Etwas an diesem Ausdruck fesselte sie. Sie spürte einen tiefen, inneren Drang, in ihrem Gedächtnis nach etwas zu suchen.

Jonte wollte ihr etwas sagen. Ja, es war Jonte.

Jorne saß neben ihm. Aésha wusste es, ohne dass sie sich hatten vorstellen müssen.

»Ihr wisst, wer ich bin, richtig?«

Sein Blick genügte als Antwort.

»Alenia sagte mir, ihr seid einst drei Brüder gewesen.« Aésha sprach langsam und hielt den Blickkontakt.

Jonte nickte kaum merklich.

»Drillinge.« Aéshas Mundraum war wie ausgetrocknet. Sie schluckte.

»Im Wald bei Elandor im Garten der Hexe Juna ist ein Herz eingeritzt mit den Buchstaben S und J. Wofür stehen sie?«

Jorne japste auf. »Das ist bemerkenswert! Äußerst bemerkenswert«, stieß er begeistert aus.

Aésha wartete.

»Sarina und Jaron, unser Bruder«, gab Jonte schließlich zu.

Blinzelnd unterbrach Aésha den Blickkontakt, raufte sich die Haare und sprang auf.

»Das ist nicht möglich.«

»Aésha, warte!« Jonte war ebenfalls aufgestanden und an ihre Seite getreten. Nun hielt er sie sanft an den Armen, ließ sie jedoch schnell wieder los.

»Mein Vater war Tamo. Ein Händler aus Maurin.«

Jonte schüttelte langsam den Kopf. »Du weißt, dass das nicht wahr ist.«

Sie zögerte, ehe sie sich ihm wieder zuwandte. Während ihr Atem kurz ging und sie ihr Herz bis zum Hals pochen spürte, versuchte sie, einen klaren Gedanken zu fassen.

Die beiden ließen ihr die Zeit. Es fiel ihr schwer, zurückzufinden in diesen Raum, während ihre Emotionen sich einem wilden Sturm hingaben.

»Und Jaron ist …?«

»Schon vor vielen Jahren gestorben.« Die Trauer war noch immer in Jontes Stimme zu hören.

»Wie?«

»Ein Attentat.« Er wies sie mit einer Hand an, sich wieder zu setzen. »Es kam nie heraus, wer es verübt hatte. Doch wir fürchteten nicht ohne Grund, dass er nicht das eigentliche Ziel war. Darum floh Sarina in den Norden, wo sie Tamo traf.«

»Wusste er, dass ich …?«

»Dass du nicht seine Tochter warst?«

Sie nickte. Stumme Tränen liefen ihr über die Wange, ohne dass sie sich erklären konnte, wieso. Sie hatte schon um Tamo getrauert, als er vor fünf Jahren gestorben war. Weinte sie nun um einen Mann, der ihren echten Vater darstellte, aber schon starb, als sie noch gar nicht geboren worden war?

»Das wissen wir nicht. Wir hatten keinerlei Kontakt mehr zu Sarina, nachdem sie uns hierherschickte.«

»Aber ihr wusstet, dass ich eure Nichte bin?« Die beiden sahen sich verunsichert an.

»Nicht immer.«

»Wie darf ich das verstehen?«

»Alenia hatte schon lange die Vermutung. Aber erst als sie dich sah, war sie sich sicher.«

»Du bist Sarina zwar äußerlich sehr ähnlich, doch wenn man genau danach sucht, sieht man auch Ähnlichkeiten zu Jaron.«

»Warum hat sie nichts gesagt?« Aéshas Stimme wurde brüchig.

»Aus demselben Grund, aus dem sie dich hierhergeschickt hat«, mutmaßte Jonte.

»Dem Verräter?«

»Sie traut derzeit niemandem mehr.«

»Du hättest es jemandem erzählen können, der es nicht für sich behält.«

»Aésha, du darfst erst nach Elandor zurück, wenn wir herausgefunden haben, wer gegen die Wächter arbeitet und ihn ausschalten können.« Jornes Stimme war eindringlich und ernst.

Bedrückt nickte Aésha. »Ich muss gehen.« Sie hatte jegliches Zeitgefühl verloren. Erst jetzt fiel ihr ein, dass Diego noch immer unten in der Bibliothek war und womöglich schon nach ihr suchte.

Sie fand ihn in ein Buch versunken, als er gerade eine Karte studierte.

»Aésha! Ist die Stunde schon vergangen? Verzeih, ich hab' die Zeit vergessen.«

Sie winkte ab und atmete insgeheim auf. Sie sah in seine warmen, vertrauten braunen Augen und verspürte einen leichten Stich in der Magengegend.

»Alles in Ordnung mit dir?« Er sah sie besorgt an. »Hast du geweint?«

Verflucht, ihre Augen waren sicher noch gerötet.

»Was? Nein!« Sie wischte sich mit den Händen über ihr Gesicht. »Das kommt sicher vom Staub der Bücher«, redete sie sich heraus.

Diego schluckte die Lüge, legte das Buch zurück und folgte ihr in die Höhle, in der die anderen bereits Vorkehrungen für das Mittagessen trafen.

»Und? Wie fantastisch war sie?« Naomi grinste die beiden erwartungsvoll an. Wie zu erwarten schwärmte Diego während der gesamten Mahlzeit, während Aésha eher still blieb und sich darauf beschränkte, hin und wieder kauend zu nicken, wenn Diegos Blick zu ihr hinüberwanderte.

Er setzte gerade an, um sie anzusprechen, als Naomi und Kalef ihn unterbrachen und begannen, von ihrer Arbeitssuche zu berichten. Während Naomi sogleich eine Anstellung in einer nahegelegenen Schneiderei gefunden hatte, hatte Kalef immerhin eine Vorstellung bei dem Ausbilder der örtlichen Stadtwache ausmachen können, bei der er sich neben anderen Anwärtern würde behaupten müssen.

»Darin sehe ich kein Problem«, winkte er selbstsicher ab.

Ein Klopfen an der Tür unterbrach die Gruppe in ihrem Gespräch.

»Erwarten wir jemanden?« Naomis Augenbrauen zogen sich zusammen, als sie aufstand.

Vor der Tür stand ein riesiger Zwerg.

»Farin! Komm nur herein!«, rief Java, während sich sein Freund mühsam an der Halbelbin vorbei in den Flur schob und sie dabei interessiert beäugte.

Java war ebenfalls aufgestanden und brühte einen Tee auf.

Farin standen die Spuren der durchzechten Nacht ebenso ins Gesicht geschrieben.

»Danke, Java.« Laut schnaufend setzte Farin sich auf den letzten freien Stuhl und bemerkte die Blicke der anderen auf sich. Unangenehm in den Mittelpunkt gerückt, räusperte er sich.

»Oh, bitte verzeih, dies hier sind Kalef, Naomi, Diego und Aésha«, stellte Java alle vor, woraufhin Farin mit einem Nicken zeigte, dass er sie wiedererkannte.

»Noch recht jung für Wächter, he?«

»Wir sind noch in der Ausbildung«, erklärte Aésha, sich ebenfalls räuspernd.

»Hätte nie gedacht, dass es mal so weit kommt, dass Alenia ihre Schüler losschickt.«

»Der Unterricht wurde für eine Weile unterbrochen«, fuhr Diego fort und berichtete zusammen mit den anderen, was inzwischen in Elandor geschehen war.

Farin sog scharf die Luft ein, als er vom Tod des alten Lehrers und Großmeisters Wymiot erfuhr. »Und man weiß nicht, wer der Mörder ist?«

Java schüttelte zur Antwort den Kopf. »Einer der Gründe, der mir solch ein Unbehagen bereitete, als wir nichts mehr von euch hörten. Dann noch der Vorfall in Rosthal …«

Farin nickte betrübt. »Ich hörte davon.« Seine Hände umklammerten die Tischkante.

Aésha bemerkte, wie sich Diego, Kalef und Naomi Blicke zuwarfen. Schließlich beugte sich Diego nach vorn und richtete sich an den Zwerg. »Warum hörten wir nichts von euch?«

Alle vier sahen neugierig zu Farin.

»Du hast es ihnen nicht erzählt?«, sprach dieser stattdessen Java an.

Der zuckte mit den Schultern. »Noch nicht.«

»Hm«, grummelte Farin. »Na dann.« Er holte eine Pfeife aus der Innentasche seines Wamses hervor und fragte mit einem Blick in die Runde, ob er sie sich anzünden dürfe.

Naomi zog die Nase kraus, billigte den Wunsch jedoch, sofern sie endlich mehr erfahren würde.

»Antaris und ich hatten den Auftrag, ein Bündnis mit Altstadt vorzubereiten. Doch eine ziemlich … brisante Enthüllung …« Er druckste bei seiner Wortwahl. »Nun ja, wisst ihr, wir hatten bis dato eine gewisse Sonderstellung im Königshaus von Nundinn und dadurch erhofften wir uns ein offenes Ohr. Doch das war einmal.« Farin holte tief Luft, als er in die verwirrten Gesichter seiner Zuhörer schaute. »Ihr müsst wissen, Antaris ist der jüngste Sohn von König Junias und damit der Elbenprinz.«

Aésha hob überrascht die Augenbrauen. »Ein Prinz?«

Farin nickte.

»Ein Prinz mit Spielschulden?«, brach es aus Kalef heraus.

Der Zwerg rutschte mit sichtbarem Unbehagen auf seinem Stuhl herum, dann nickte er erneut.

»Antaris ist kein Thronanwärter.«

»Nicht? Aber ich dachte, der König hätte neben einem Sohn nur drei Töchter«, erinnerte sich Diego.

»Das schon, doch er hat die Nachfolge seines Vaters

schon vor Jahren abgelehnt.« Farin zog mit Bedacht an der inzwischen entzündeten Pfeife. Das Kraut, das er rauchte, roch deutlich besser als das von Java. »Antaris wählte schon vor einer langen Zeit ein Leben abseits des Palastes.«

»Und das hat Junias ihm gestattet?«

Wieder rutschte Farin hin und her und wippte dabei mit dem Kopf. »Na ja, er hat es ihm gut verkauft. Antaris und ich agieren inzwischen seit Jahren als Botschafter der Elben, Zwerge und Wächter.«

»Und was ist nun diese brisante Enthüllung, die alles änderte?«, bohrte Naomi.

Farin sah verunsichert zu Java, der bekräftigend nickte.

»Farin und Antaris sind ein Paar«, merkte er nach einigen Sekunden des Schweigens an.

»Oh«, machte Naomi nur, während die anderen nichts zu sagen wussten. »Was Junias sicherlich nicht besonders fröhlich stimmte«, schloss sie nüchtern und erntete einen undeutbaren Blick von Farin. Sie lächelte und zeigte ihm damit ihr Wohlwollen.

Aésha unterdessen war verwirrt. Sie hatte noch nie davon gehört, dass zwei Männer ein Paar sein konnten. Kurz dachte sie darüber nach, fand jedoch nicht heraus, was daran so anstößig oder verwerflich sein könnte. Nur die Sache mit den zukünftigen Thronerben stellte sie sich schwierig vor.

»Und was geschah, als er davon erfuhr?« Diego schien sich von der Neuigkeit ebenso wenig erschüttern zu lassen.

»Ich wurde des Palastes verwiesen und man machte mir deutlich, ich wäre in der Stadt nicht mehr erwünscht«, brummte Farin. »Antaris wollte bleiben und seine Familie versöhnlich stimmen.« Wieder bereitete sich Schweigen aus.

Diesmal war es Kalef, der die Stille brach. »Ich hoffe, er schafft es.«

Verblüfft sah Java ihn an und nickte dann anerkennend.

Farin lächelte schwach. »Danke.«

Als Aésha sich am Abend nach oben in ihr Zimmer zurückzog, entdeckte sie als erstes Maru, die sich mit vom Wind zerzausten Federn an das Fenster drängte. Sofort ließ sie ihre gefiederte Freundin in die wohlige Wärme der Höhle, wo sie sich auf dem Pfosten ihres Bettes niederließ und Aésha vorwurfsvoll anschrie.

»Tut mir leid«, entschuldigte sie sich, setzte sich neben den Vogel und strich ihr zärtlich über den Rücken. »Du glaubst gar nicht, was in der Zwischenzeit alles geschehen ist.«

Mit einem Schlag überkamen sie all die Neuigkeiten, die sie in den wenigen Tagen in den Hallen der Wächter erfahren hatte. Melchior, Rixa und Elea, das Fenster, Farin, der gar nicht wirklich verschwunden war, Jonte und Jorne, ihre Onkel … Aésha wurde flau im Magen. Während des gesamten Nachmittags mit Farin hatte sie sich erfolgreich davor gedrückt, sich damit auseinanderzusetzen. Nun überkam sie die Erkenntnis mit voller Wucht und sie wusste nicht, was sie fühlen sollte. Gleichermaßen verstand sie nicht, wie sie ihr überhaupt kam. Woher wusste sie, welche Fragen sie stellen musste? War das etwa diese Art von Bindung, die die Magie - wie nannten sie es? - kanalisieren konnte? Hatte Jonte es ihr tatsächlich in den Kopf gesetzt?

Aésha kauerte sich in ihrem Bett zusammen und hüllte sich in ihre Decke ein. Dass Naomi sich noch mit Kalef in sein Zimmer zurückgezogen hatte, kam ihr gelegen. Sie wollte allein sein.

Es war bereits dunkel geworden. Ein leises Klopfen hatte Aésha geweckt, doch sie erwachte erst richtig, als ein schmaler Lichtschein in das Zimmer fiel, weil die Tür geöffnet wurde.

»Aésha?«, flüsterte Diego leise und schlich sich auf leisen Sohlen hinein. »Schläfst du schon?«

Sie konnte sich ein Lächeln nicht verkneifen. Nach kurzem Zögern richtete sie sich auf, blinzelte zu ihm herüber und schüttelte den Kopf, während sie sich die Haare aus dem Gesicht streifte.

Er lachte leise.

Es dauerte eine Weile, bis Aésha darauf kam, dass sie wahrscheinlich ziemlich zerzaust aussah. Hastig versuchte sie, ihre Locken zu zähmen und schickte sich an, sie mit den Fingern grob durchzukämmen, blieb jedoch schnell hängen und gab es auf.

»Was gibt es?«

Diego, noch immer in der Tür stehend, schaute zurück in den Flur, ehe er antwortete.

»Naomi und Kalef belegen das andere Zimmer«, erklärte er genervt und rollte theatralisch mit den Augen.

Aésha kicherte und entzündete ihre Lampe mit Hilfe von Magie, indem sie ihren Zauberstab, der auf dem Nachttisch lag, kurz berührte.

Diego lächelte anerkennend. »Kaum zu glauben, dass wir damit mal Schwierigkeiten hatten, was?«

Sie verzog das Gesicht. »Du meinst Kalef und mich.«

»Du bist mächtiger als ich«, merkte er an, als er sich auf Naomis Bett niederließ und seinen Blick durch das Zimmer gleiten ließ.

Sie schnaubte. »Das hast du ja mehrfach zu spüren gekriegt.«

Er lachte. Offensichtlich verstand er die Anspielung auf ihre peinlichen Unfälle, unter denen meist er der Leidträger gewesen war. Vor allem das eine Mal, als sie ihm einen Lichtball ins Gesicht geschleudert hatte.

Eine kurze Zeit ruhten seine Augen auf Maru, die mit dem Kopf zwischen Flügelansatz und Körper schlief. Aésha folgte seinem Blick.

»Ist wirklich alles in Ordnung mit dir?«

Seine unerwartet direkte Frage ließ sie zusammenzucken. Unsicher kaute sie auf ihrer Unterlippe herum.

»Ich seh' doch, dass etwas nicht stimmt.« Er stand auf und setzte sich neben sie auf ihr Bett. Seine Augen fixierten die ihren. »Was ist in der Bibliothek geschehen?«

Ihre Kehle fühlte sich wie ausgetrocknet an. Sie schluckte. »Ich muss dir was erzählen«, gestand sie ihn. Sie musste reden. Schluss mit der Geheimniskrämerei. Wenn sie ihren Freunden nicht vertrauen konnte, wem dann?

Als Aésha geendet hatte, konnte sie Diego nicht länger in die Augen blicken. Sie wartete eine gefühlte Ewigkeit, bis er endlich etwas sagte.

»Das ist unglaublich«, brachte er langsam und nachdenklich hervor.

»Es tut mir leid, dass ich das vor euch verheimlicht habe.« Jetzt, wo sie alles ausgesprochen hatte, fühlte sie sich befreit, doch fiel es ihr deutlich schwerer, die Tränen zurückzuhalten.

Diego schien das zu bemerken. Sanft legte er einen Arm um ihre Schulter.

»Du brauchst kein schlechtes Gewissen zu haben«, tröstete er sie. »Es muss hart gewesen sein, das für dich zu behalten.«

Sie nickte und lehnte sich an ihn. Er roch gut. »Ich weiß nicht mehr, ob es wirklich das Richtige war, Maurin zu verlassen.«

Statt direkt zu antworten, hob er seinen Kopf und gab ihr einen Kuss auf ihren Scheitel, bevor er sein Kinn darauf ablegte und sie umarmte. »Doch, das war es.«

Ihr Herz pochte. Geschah dies gerade wirklich? Starr vor Unsicherheit, wie sie sich verhalten sollte und weil sie nicht wollte, dass er die Nähe wieder löste, rührte sie sich nicht, bis sich die Tür einen Moment später erneut öffnete.

Naomi huschte auf leisen Sohlen in den Raum und stockte abrupt, als sie sich der Situation bewusst wurde, in die sie hereingeplatzt war.

»Oh! Verzeiht!«, nuschelte sie überrascht, gluckste und verschwand wieder im Flur.

Zu Aéshas Bedauern beendete Diego die Umarmung daraufhin, rückte jedoch nicht von ihr weg. »Sie ist gerade wieder in mein Zimmer gegangen, oder?«, mutmaßte er trocken.

Aésha kicherte. »Wahrscheinlich.«

Gespielt seufzend stand er auf und klopfte Naomis Kissen zurecht. »Dann werde ich heute Nacht wohl mit ihrem Bett vorliebnehmen müssen, wenn es dir recht ist.« Diego legte sich voll bekleidet auf die Bettdecke und starrte nach oben ins Leere, die Hände auf dem Bauch gefaltet. »Meinst du, der Verräter war es, der uns in Tradenstadt aufgehalten hat?«, grübelte er vor sich hin.

»Hm?« Aésha dachte eine Weile nach. »Das ist gut möglich.«

»Und du kannst ihn durch deine Visionen entlarven?«

»Das ist zumindest Alenias und Liljas Hoffnung. Ich persönlich bin mir da nicht so sicher. Bisher waren diese

Träume immer sehr undeutlich.« Aésha drehte sich auf die Seite. »Die Bedeutung hinter ihnen ist mir nie wirklich klar gewesen, bis eingetreten ist, was sie zeigten und einige verstehe ich bis heute nicht.«

»Aber dabei können dir Jonte und Jorne doch sicher helfen? Schließlich hat Alenia dich aus diesem Grund hierhergeschickt.«

Aésha zuckte mit den Schultern. »Ja, möglicherweise«, murmelte sie leise, während die Müdigkeit sie überkam.

KAPITEL 23

Der süßliche Duft des Räucherwerks benebelte ihre Sinne und machte sie träge. Aésha lag auf einem gepolsterten Bett, umgeben von dünnen Vorhängen und hielt die Augen fest geschlossen, während sie wartete.

Jonte und Jorne saßen nicht weit von ihr. Einer von ihnen musizierte mittels einer großen Klangschale und füllte den Raum mit einer sanften, angenehmen Melodie. Doch es half nichts. Frustriert richtete sie sich auf.

»Ich weiß nicht, wieso, ich schlafe einfach nicht ein.«

»Trink noch etwas von dem Tee«, riet Jorne ihr und reichte ihr eine Tasse des widerlichen Gebräus. »Er hilft dir.«

Doch Aésha verzog das Gesicht und schüttelte den Kopf. »Nein danke.«

Jorne stellte den Tee wieder ab.

»Wie geht es dir?«, fragte Jonte. »Du könntest eine Blockade haben, weil du aufgewühlt bist.«

»Natürlich bin ich aufgewühlt! Ich habe vor gar nicht langer Zeit erfahren, dass mein Vater nicht mein Vater war und ich zwei Onkel habe, die mir dabei helfen sollen, einen Verräter unter den Wächtern zu finden, der wahrscheinlich meinen Lehrer in Magie umgebracht hat.« Aéshas Stimme war lauter als beabsichtigt, doch sie sah nicht ein, sich dafür zu entschuldigen, obwohl ihr sehr bewusst war, dass Jonte und Jorne an alldem keine Schuld trugen.

»Das verstehen wir.«

»Wir müssen nur etwas finden, mit dem wir diese Blockade lösen können.«

Aésha richtete sich auf und ging ein paar Schritte von einem Regal zum anderen und wieder zurück. »Ich schätze, ich brauche einfach ein wenig Zeit, um das Ganze zu verarbeiten.«

»Zeit ist so ziemlich das Einzige, was wir nicht haben.«

»Das senkt den Druck enorm«, gab Aésha sarkastisch zurück. Sie seufzte. »Ich komme heute Abend zurück. Vielleicht gelingt es mir dann, einzuschlafen. Und von mir aus trinke ich auch diesen Tee.« Damit verließ sie den Raum in dem Wissen, dass sie ganz gewiss nicht an diesem Tag wiederkehren würde.

Kalef bekam seine gewünschte Stellung bei der Wache der Hallen. Stolz präsentierte er nur wenige Tage später seine Uniform und die blauen Flecken, die er sich bei den Trainingseinheiten zugezogen hatte.

Naomi hingegen schwieg grinsend über die Annäherung, die sie bei Diego und Aésha beobachtet hatte.

Diego hatte weder ihr noch seinem Bruder etwas von Aéshas Geheimnis verraten. Aésha vermutete, dass er darauf wartete, dass sie es selbst tat, während sie sich immer schlechter dabei fühlte, ihnen vorzugaukeln, als Aushilfe bei einem Apotheker zu arbeiten, während sie in Wahrheit bei ihren Onkeln versuchte, doch noch eine Vision hervorzulocken.

Doch auch wenn sie inzwischen mit Hilfe des Tees und einiger Entspannungsübungen wie der Meditation, die

Wymiot ihr einst beigebracht hatte, immer wieder Fetzen von Bildern in ihren Schlafeinheiten sah, war sie der Aufdeckung des Verräters noch kein Stück nähergekommen.

Ein buntes Treiben herrschte in den Straßen einer wunderschönen Stadt aus hellen, fast strahlend weißen Gebäuden, die mit bunten Blumen und Efeu geschmückt waren. Zwei Frauen schritten gemächlich durch die Menge.

»Du willst sie tatsächlich mitnehmen?«, stieß eine von ihnen ungläubig aus. Eine junge Frau mit braunen Haaren, die sie zu einem Zopf zusammengebunden hatte. Aésha war fast der Meinung, sie hätte sie schon einmal gesehen.

»Was soll ich denn deiner Ansicht nach anderes tun?«, fragte die zweite. Sie trug einen hellen Schal um den Kopf, um sich vor der sengenden Hitze zu schützen.

»Sie hierlassen? Es ist nicht unsere Aufgabe, Kinder zu retten, nur, weil sie niemand anderes haben will.« Die Frau, die Aésha so bekannt vorkam, schürzte die Lippen.

»Doch, genau das ist unsere Aufgabe«, widersprach ihre Begleiterin, in der Aésha wie vom Donner gerührt Alenia erkannte. Nur war sie deutlich jünger. Doch wer war die andere Frau?

Neugierig versuchte Aésha, einen besseren Blick auf sie zu erhaschen, doch sie bekam die Frau nicht von vorn zu sehen.

Die beiden schlenderten weiter über den Markt.

»Ich verstehe nicht, warum du dich derart dagegen sträubst. Du bist doch selbst Mutter. Kannst du sie tatsächlich hier sich selbst überlassen?«

»Alenia, sie wird immer anders sein! Nirgends wird sie dazu gehören!«

»Hier auch nicht«, entgegnete die zukünftige Ratsvorsitzende.

Die andere Frau warf die Hände in die Höhe. Sie war ein Mensch, so viel konnte Aésha zumindest an der Anzahl ihrer Finger deuten.

Außerdem waren ihre Ohren rund und zu klein für eine Elbin.

»Was können wir denn dafür, dass sie ein Bas-?«

»Hüte deine Zunge!«, fuhr Alenia sie scharf an. Die Frau erstarrte, als hätte sie ihr soeben eine Ohrfeige gegeben. »Ich weiß, du hast viel Zeit mit den alten Schriften verbracht, doch vergiss nicht, Rodin war wahnsinnig! Er hat uns nur Verderben gebracht!«

»Ich hab' ja auch nicht gesagt, dass …«, stammelte sie. »Davon habe ich auch gar nicht geredet!«

»Das will ich dir auch geraten haben.« Alenia funkelte sie an.

»Könntest du das bitte lassen? Ich habe lediglich einmal gesagt, dass ich seine Thesen verstehen kann und Menschen nicht dafür geschaffen sind, sich mit Elben und Zwergen zu vermischen. Wir sind nicht ohne Grund so unterschiedlich! Damit habe ich in keiner Weise seine Taten rechtfertigen wollen!«

Alenias Blick sprach all die Verachtung aus, die sie in dem Moment verspürte.

»Hör auf, mich so anzusehen, als würde ich vorschlagen, dieses Kind töten zu lassen. Ich finde nur nicht, dass wir sie mitnehmen sollen. Sie wäre hier besser aufgehoben, in ihrem Heimatland. Sie könnte in einem Tempel aufwachsen.«

»Sie ist aber den Wächtern übergeben worden und nicht diesen Gottesanbetern.« Alenia wedelte mit einer Hand in der Luft herum.

»Und woher willst du wissen, dass sie später nicht nach ihrem Vater kommt?«

Die Elbin setzte einen Gesichtsausdruck auf, der zeigte, wie lächerlich sie diese Frage fand.

»Sie ist fünf Jahre alt und hat ihn in ihrem gesamten Leben noch nie gesehen. Wie sollte sie?«

Die Frau mit den braunen Haaren zuckte mit der Schulter. »Ich weiß nicht. Möglicherweise liegt es ja auch im Blut.«

Aésha schlug die Augen auf. Einer der Zwillinge, nein eigentlich Drillinge, beugte sich über sie.

»Es hat geklappt, richtig?«

»Du hast geträumt?«

Aésha richtete sich auf und wich ihrem Onkel aus. Sich die Schläfen massierend, nickte sie. Sie hatte die beiden noch immer nicht davon überzeugen können, diese Räucherstäbchen wegzulassen. Oder den Tee.

»Aber es hatte nichts mit dem Verräter zu tun.« Sie seufzte. »Es hat nichts gebracht.«

»Darf ich fragen, was du geträumt hast?« Jonte hatte sich zu ihr auf das Bett gesetzt und blickte ihr mit aufrichtiger Neugier in die Augen.

»Ich habe von der Vergangenheit geträumt. Alenia war da, aber sie war noch jung. Und sie sprach mit einer Frau über ein Mädchen, sie waren sich nicht einig, ob sie es mitnehmen sollten …« Sie beschrieb den Brüdern den Traum in allen Einzelheiten, an die sie sich erinnern konnte, während Jorne eifrig mitschrieb.

»Hat das etwas Bestimmtes zu bedeuten?«

Jonte zuckte mit den Schultern. »Das ist gut möglich, es muss aber nicht sein. Es kann auch hervorgekommen sein, weil du dich mit etwas beschäftigst, was diese Vision betrifft. Diese Hallen sind nahezu durchflutet von Magie und du bist derzeit der stärkste Empfänger. Immerhin hast du geträumt und das ist ein gutes Zeichen.« Er lächelte aufmunternd. »Jetzt geh, du solltest dich ausruhen.«

Er hatte Recht. Obwohl Aésha die ganze Zeit geschlafen hatte, fühlte sie sich ausgelaugt und erschöpft. Der Schlaf hatte ihr keine Erholung gebracht.

Auf dem Rückweg in die gemeinschaftliche Höhle blendete sie die Sonne, die durch die Fenster am obersten

Ende der Halle schien. Der Mittag war noch nicht lange vorüber. Sie hatte noch Zeit, ehe sich die anderen nach der Arbeit einfinden würden. Sollte sie wirklich schon zurückkehren? Aésha könnte stattdessen auch die Halle auf eigene Faust erkunden.

Entschlossen tauchte sie ein in die Menge des Marktes, den sie vor einigen Tagen schon besucht hatten, bis sie fand, wovon Java bei ihrer Ankunft in den Hallen berichtet hatte. Einen Aufzug, mit dem Waren, aber auch Menschen, Elben, Zwerge und Vieh von oben nach unten oder unten nach oben transportiert wurden. Sie erkannte die floßähnliche Plattform, die von einem hohen Geländer umrandet war, an den großen auffälligen Zahnrädern, die Javas Beschreibung entsprachen. Wie hatte er es genannt? Flaschenaufzug.

Aésha entdeckte nichts, das entfernt Ähnlichkeit mit einer Flasche hatte. Lediglich ein paar Ochsen, die dem Mahlwerk einer Mühle gleichend an einem Rad gebunden ihre Kreise drehten und damit offensichtlich das Fuhrwerk in Gang brachten.

»Eine Fuhr, die Dame?«, sprach ein geschäftig wirkender Zwerg sie an, der soeben noch Mühe damit gehabt hatte, einen riesigen Stapel Kohlköpfe auf einer Kiste unter Kontrolle zu bringen, die ein Junge nach unten bringen sollte. Ein dicker grobschlächtiger Mann kam ihm hinterhergelaufen und reichte ihm einen Sack mit Karotten.

»He, Bursche, die auch noch, die nimmt mir hier oben keiner mehr ab!«, wies er ihn an und verschwand eilenden Schrittes wieder zu seinem Stand.

Aésha verstand. Was hier oben den Wohlhabenden nicht mehr gut genug war, wurde unten für einen kleineren Preis verkauft, damit es nicht weggeworfen werden musste. Sie nahm sich vor, Naomi diesen Tipp zu geben. An den

Kohlköpfen konnte sie zumindest keinen Makel erkennen.

»Mein Fräulein?« Der Zwerg sah Aésha auffordernd an. »Wollt Ihr nun oder nicht?«

Wie aus einer Trance erwachend, reagierte Aésha und nickte kräftig. »Was? Oh ja, nach unten bitte.«

»Na, weiter rauf geht's nich'.« Der Zwerg lachte unangenehm laut und hielt die Hand auf.

Einen Moment zu spät bemerkte Aésha, was er von ihr erwartete und sah ihn fragend an.

»Zwei Diral.«

Sie kramte in ihrer Tasche, zahlte ihn aus und gesellte sich mit mulmigem Gefühl im Magen zu den Kohlköpfen und dem hageren Jungen, der überfordert damit wirkte, diese unter Kontrolle zu behalten.

Die Ochsen hatten sich schon in Bewegung gesetzt und der Lastenaufzug ruckelte bedenklich, da warf der Zwerg dem Jungen ein Netz entgegen.

»Hier! Bevor unten noch einer erschlagen wird!«

»Das wär's noch. Erschlagen vom Kohlkopf. Na, als ob's oben jemanden scheren würd'«, grummelte der Junge mehr zu sich selbst und sicherte die Kohlköpfe.

Aésha drehte sich um und bestaunte den einmaligen Anblick, der sich ihr bot. Sie ruckelte an den einzelnen Stockwerken vorbei, dem Boden immer näherkommend, mit einer Aussicht über den gesamten Marktplatz der großen Halle, auf dem sich das Gewusel nur mit einem riesigen Ameisenhaufen vergleichen ließ.

Als der Boden mit einem groben, dumpfen Rumms unten aufsetzte, zitterten ihr doch ein wenig die Knie. Die Kohlköpfe waren, durch das Netz abgesichert, nicht heruntergefallen. Nur die Karotten purzelten über die Holzdielen, als der Junge den Sack ungeschickt fallen ließ.

Aésha wollte ihm helfen, sie einzusammeln, doch er schlug ihre Hand weg und klaubte das Gemüse in Windeseile auf.

Der Markt hier unten unterschied sich grundlegend von dem, was sie von ihrem Stockwerk kannte. Auch war er nicht mit dem in Elandor zu vergleichen. Die verschiedenen Rassen mischten sich zu einer bunten, vielfältigen Menge, die sich lautstark durch die Gänge schob.

In der Mitte der Halle erhob sich ein großer prächtiger Brunnen, wie Aésha ihn aus Elandor vom großen Platz kannte, nur dass dieser prächtig verziert war – mit elegant geschwungenen und niedlich lächelnden, aber übergroßen Fischen. Lediglich die Schuppen fehlten ihnen, wo doch sonst alles an dem Kunstwerk überaus detailliert gefertigt war. Dafür schoss das Wasser aus kleinen Löchern direkt hinter ihren Köpfen.

Aésha bewunderte die erstaunliche Fantasie des Bildhauers.

Hier, wo es freien Zugang zum Wasser gab, das augenscheinlich trinkbar und kostenlos war, hatten sich einige Standbesitzer angesiedelt, die davon profitierten. Neben mehreren Heilern, die stoffbezogene Rahmen zu einem Sichtschutz aufgestellt hatten, hinter dem sie ihre Patienten behandelten, buhlten die Barbiere lautstark um die Kunden, wollten sie doch die fantastische Lage nicht aufgeben, um ihren Konkurrenten aus dem Weg zu gehen. Zwischendrin bahnten sich Jungen und Mädchen mit schweren Zubern ihren Zugang zum Wasser, um dann mit den vollen Eimern vorsichtig, aber nicht minder schnell davonzueilen.

Während Aésha gebannten Blickes beobachtete, wie sich ein Mädchen seinen Eimer, der schon fast einer Wanne glich, im Gegensatz zu den anderen bis zum obersten Rand füllte und ihn dann mit erstaunlicher Kraft hochwuchtete, spürte sie plötzlich, wie sich das bekannte Gefühl meldete, das sie schon mehrfach verspürt hatte, wenn etwas nicht stimmte.

Aufgeschreckt durch den Sinn der Magie, drehte Aésha sich um und bemerkte im letzten Augenblick, dass ein Junge von höchstens acht oder neun Jahren gerade damit beschäftigt war, an ihrer Jackentasche herumzunesteln.

Erschreckt starrte er sie aus großen schwarzen Augen an, bevor seine Gliedmaßen wieder zum Leben erwachten und er wie vom Teufel besessen ohne Beute davonrannte.

Aésha wollte ihm noch nachrufen, doch da war er schon Haken schlagend in dem Treiben untergetaucht.

»Verdammte Lausebengel!«, wütete eine Frau nicht weit von ihr. »Diese kleinen Ratten werden zu einer wahren Plage. Habt Ihr ihn erkennen können? War es einer dieser Elbenkinder?«

Irritiert schüttelte Aésha den Kopf. »Nein, es war ein Menschenjunge«, entgegnete sie.

Die Frau sah sie skeptisch an. »Ach ja?«

Aésha wusste nichts darauf zu antworten. Scheinbar war es nicht das, was die auffällig geschminkte und etwas deplatziert wirkende Dame hören wollte. Erst jetzt fiel Aésha auf, dass sie auch hier unten vorwiegend nur Menschen und Zwerge gesehen hatte. Nur hier und da erhaschte sie einen Blick auf lange Ohren. Sie blieben wohl am liebsten im südlichen Teil des Berges, wo sie bisher die meisten von ihnen gesehen hatte.

Aésha dachte über den Jungen nach. Sein Gesicht wirkte dünn und eingefallen. Er hatte Hunger, es war ihm am ganzen Leibe anzusehen. *Wäre er doch nur stehen geblieben*, dachte sie. Sie hätte ihm etwas zu essen gekauft.

Aésha sah sich an einem Heilerstand mit verschiedenen Kräutern eine Weile um und deckte sich mit frischen Arzneien ein. Dann erst kehrte sie in ihre Höhle zurück und ließ sich, aller Kräfte beraubt, in ihr Bett fallen.

Die anderen hatten unten in der Küche etwas gekocht, doch Aésha hatte keinen Appetit. Die Eindrücke des Tages lasteten schwer auf ihr: ihre erste richtige Vision, seit sie angekommen war, der Markt, die vielen Menschen, der Junge, der so verzweifelt vom Hunger getrieben war, dass er sich im Stehlen versuchte, um sich den Magen zu füllen und diese Frau.

Wieder waren es die Elben, denen man mit Misstrauen begegnete. Aésha rief sich den Vorfall in Rosthal ins Gedächtnis. Man hatte einen Elben beschuldigt, jemanden betrogen zu haben. Es artete darin aus, dass das Haus einer anderen elbischen Familie in Brand gesteckt wurde und die Bewohner des Dorfes aufeinander losgingen. Dann fiel ihr Antaris ein und die Wut, die so viele Menschen in Tradenstadt auf ihn hatten, als sie nach ihm gefragt hatten. Spielschulden und ebenfalls der Vorwurf, sie übers Ohr gehauen zu haben. Die Art und Weise, wie mit Naomi umgegangen wurde. Und schließlich die Vermutung der Frau, bei dem Dieb müsse es sich um einen Elben handeln.

Waren diese Vorwürfe gerechtfertigt? Wie kam es, dass immer Elben als betrügerisch und kriminell angesehen wurden?

Aésha kannte nur die Elbinnen Alenia und Naomi. Nein, auch Rexadnela hatte elbisches Blut, sie hatte sechs Finger an der einen Hand, erinnerte sie sich. Doch keine von ihnen war hinterhältig oder betrügerisch. Von Naomis Hang dazu, sich nicht von einem Schloss abhalten zu lassen, mal abgesehen. Gut, die Plane und die Seile hatte sie dem Gastwirt gestohlen, der ihnen die Zimmer bei strömendem Regen verwehrt hatte, doch er war ein Scheusal. Er hatte es nicht anders verdient.

Aésha wusste auch nicht recht, ob das tatsächlich hilfreich war oder dem Vorurteil nicht sogar eher zuträglich.

Aber war Naomi deswegen direkt eine Diebin, der man nicht vertrauen konnte? Nein, Aésha vertraute ihr voll und ganz, im Leben würde ihr nicht einfallen, anders zu denken.

KAPITEL 24

Elea stöhnte leise, aber qualvoll auf, als die Spitze des Messers durch ihre Haut stach. Die Klinge ritzte eine längliche Wunde in ihren linken Unterarm. Ein rotes Rinnsal lief in Richtung Handgelenk.

Sie legte den Ritualdolch beiseite und nahm das Blut mit dem rechten Zeigefinger auf. Langsam führte sie ihn zu ihrer Stirn und malte, dunkle Worte sprechend, einen horizontalen Streifen auf ihre Haut. Dann einen vertikalen, ihrem Nasenrücken folgend. Schließlich vollendete sie die Zeichnung mit einem Strich an ihrem Kinn und jeweils einem schrägen Strich auf ihren beiden Wangenknochen.

Die Kerzen flackerten bedrohlich, obwohl kein Wind die Nacht berührte. Die Blätter der Esche über ihr raschelten auf ein unsichtbares Zeichen hin. Es musste eine Esche sein, nur sie war für das geeignet, was sie vorhatte.

Elea trat ein in die Schwärze eines formlosen Raumes. Er wartete bereits auf sie. Ein großer, düsterer Umriss im Schatten. Ein Lichtstrahl ohne erkennbaren Ursprung fiel zwischen ihnen auf den Boden und war die einzige Möglichkeit, überhaupt etwas zu erkennen.

»Berichte.« Koruns Stimme war tief und ohne Hall. Beängstigend.

»Mein Herr«, begann sie, auf die Knie gesunken, das Haupt gesenkt, unfähig, ihn direkt anzusehen. »Sie ist in den Hallen der Wächter angekommen, alles verläuft nach Plan. Nur noch wenige Tage und wir werden zuschlagen. Alles ist vorbereitet. Die Schläfer sind bereit und warten auf das Kommando des Zugriffs.«

»Wieso dann die Verzögerung?«, hakte er nach.

Elea zögerte kurz und sandte ein Stoßgebet zu den Göttern, dass Jael, dieser Schweinehund, Korún nicht hinter ihrem Rücken berichtet hatte.

Er hatte noch immer nicht begriffen, dass er nur ein Mittel zum Zweck war und nicht mehr wert als der Dreck unter den Fingernägeln eines Schweinehirten.

»Es … ich muss zuvor noch etwas erledigen.«

Er schwieg eine Weile. Still und reglos stand er da.

Kalter Schweiß bildete sich auf ihrer Stirn, obwohl sie fror.

»Was ist mit der Seherin?«

»Aésha ist bei den Bewahrern der Chroniken. Sie tappt im Dunkeln. Ihre Aufzeichnungen wurden von meinen Leuten geprüft. Nichts deutet daraufhin, dass sie etwas von Euren Plänen weiß.«

»Und ihre Mutter?«

»Ist noch immer unauffindbar, mein Herr. Verzeiht-«

»Weiß sie von ihr?«, unterbrach er sie, ohne sie aussprechen zu lassen.

Hastig schüttelte sie den Kopf. »Sie hat keine Ahnung, dass sie noch lebt.«

»Aber sie ahnt den Verrat an den Wächtern.« Es war keine Frage, er wusste von dem Verdacht, der im Raum stand.

»Es scheint ganz so«, hauchte sie. »Alenia und Lilja haben

vor ihrer Abreise eine Unterredung mit ihr gehabt. Ich gehe davon aus, dass sie ihr den Auftrag gegeben haben, in den Hallen ihre Sehkraft zu stärken, was wohl auch der Grund ist, warum sie Kontakt zu den Bewahrern aufgenommen hat.«

»Wieso erfahre ich erst jetzt davon?«, herrschte er sie an.

Elea sank noch tiefer. »Verzeiht!«, wimmerte sie. »Es erschloss sich mir erst, als ich hörte, sie habe Jonte und Jorne aufgesucht. Ich dachte nicht, dass sie überhaupt so weit kommt!«

»Spar dir die Ausflüchte.« Dass er nun wieder ruhig und beherrscht sprach, ließ die Worte stärker wirken, als hätte er geschrien. Wie gern hätte sie ihm erklärt, dass es Jaels Schuld und die seines jämmerlichen Auftragsmörders war, der damals schon dabei versagt hatte, Sarina zu ermorden und stattdessen Jaron erwischte.

»Es wird nicht wieder vorkommen«, hauchte sie stattdessen. »Ich werde die Sache in Zukunft persönlich in die Hand nehmen.«

»Die Ratsvorsitzende und ihre Freundin müssen als Erstes beseitigt werden, wenn es soweit ist. Schaffst du das?«

»Gewiss. Ich habe bereits begonnen, den Rat zu schwächen. Sie suchen schon verzweifelt nach der Heilerin. Vergraben im Wald, werden sie sie jedoch schwerlich finden.« Ein stolzes Lächeln umspielte ihre Mundwinkel.

»Das wird kaum ausreichen. Ich muss gestehen, ich zweifle derzeit an deiner Kraft, es mit ihnen aufzunehmen.«

»Seid versichert, ich bin dazu in der Lage! Ich habe viele Unterstützer im Rat gesammelt, die unserer Überzeugung zustimmen. Und ich habe bereits das Gift angerührt, um ihre Kräfte zu mindern. Heute noch gebe ich es dem Wein und dem Tee bei. Unsere Gefolgsleute sind unterwiesen, nur noch Wasser oder Bier zu sich zu nehmen, bis die Übernahme erfolgt ist. Sie werden keine Chance haben.«

»Dasselbe Gift, mit dem du auch den Lehrer beseitigt hast?«

Sie nickte eifrig. »In geringer Dosis sind die Auswirkungen kaum spürbar. Es vermindert jedoch die magische Kraft erheblich. Da sich keine Schüler in der Stadt befinden, um unterrichtet zu werden, wird es keiner bemerken, bis es zu spät ist. Es gibt keinen Grund für sie, Magie zu wirken.«

Dass sie das Gift auch noch anderweitig anwandte, verschwieg sie ihm.

»Ich dulde kein weiteres Versagen«, waren seine letzten Worte. Dann löste sich der dunkle Schleier auf.

Elea stand wieder auf der Lichtung unter dem Baum. Die Fackeln waren schlagartig erloschen, als sie aus der Sphäre trat, in der sie mit dem dunklen Herrscher gesprochen hatte. Abwesend richtete sie sich die Haare, verband sich den Arm und wischte sich das Blut aus dem Gesicht, bevor sie sich auf den Rückweg durch die eiskalte Nacht machte.

Korún trat ebenfalls aus der Sphäre. Eine unfassbar alte, kleine, gebückte Frau klammerte sich unweit von ihm an einen schiefen Krückstock und wankte bedrohlich.

»Quila. Wirst du langsam zu alt für so was?«, spottete er.

»Mach dir keine Sorgen, Junge. Ich bin stark genug für uns beide«, gab sie nicht minder bissig zurück und lächelte dann schief. Er setzte sich in Bewegung und schritt in ihrer Begleitung durch den Garten, in dem sie sich befanden. Durch offene Flügeltüren trat er in den großen Saal.

»Eine deiner Töchter ist tot. Ich hoffe, diese Nachricht versetzt dich nicht zu sehr in Aufruhr.«

Quila machte ein abfälliges Geräusch. »Juna war schwächlich. Wie so viele meiner Kinder sah sie nicht das große Ganze. Sie hat ihre Seite gewählt und ich meine.«

Er schwieg.

»Eetah ist da viel gefährlicher.«

»Ich dachte, sie hält sich aus den Angelegenheiten der Wächter raus?«

»Ja, das mag stimmen. Aber nicht aus dem Weltgeschehen. Sie schirmt mich ab, doch ich spüre sie in der Ferne. Sie wartet nur.«

»Dann beseitigen wir auch sie.«

Die alte Frau lachte. Ihre Falten waren so zahlreich und tiefhängend, dass ihre Augen kaum zu sehen waren.

»Ich weiß nicht, ob dazu jemand in der Lage ist. Diese Elea gewiss nicht.«

»Sie hat den nichtsnutzigen Jael an ihrer Seite«, wandte Korún ein.

»Ja. Wie du schon sagst, ein Nichtsnutz. Ich verstehe nicht, wieso sie sich seiner noch immer nicht entledigt hat.«

»Wir brauchen jeden Wächter auf unserer Seite, den wir kriegen können«, erklärte er ruhig.

»Das mag sein, doch es verstärkt auch die Macht der Drei.«

»Sprich nicht in Rätseln.« Er war verärgert.

»Erinnerst du dich an die Bücher, die sie uns vor einiger Zeit übergeben hat? Ich habe sie auf der Suche nach Hinweisen zu Sarina studiert. Dabei fand ich Stammbucheinträge, auch über die Familie ihres Mannes Jaron.«

»Einer der Drillinge.«

»Richtig. Der Einzige von ihnen, der begabt war. Doch es gibt noch einen vierten Bruder, einen älteren. Aus irgendeinem Grund hat er jedoch zur gleichen Zeit erst gelernt, mit der Magie umzugehen.«

»Jael«, schlussfolgerte Korún.

»Du verstehst, worauf ich hinauswill. Die Drillinge sind nur noch zwei. Doch es gibt noch immer drei Brüder.«

Er dachte eine Weile über ihre Worte nach.

»Das ist unwichtig, ich beseitige ihn später. Diese Aésha wird ohnehin bald sterben und die Bewahrer der Chroniken mit ihr. Dann fehlt nur noch Sarina und schließlich gibt es keine Seher mehr.« Ihm rauchte der Kopf, aber das ließ er sich nicht anmerken. Wie konnte sich dieses alte Weib nur all diese Personen merken?

Eine Gestalt unterbrach ihn in seinen Gedanken, als sie schier aus dem Nichts vor ihm auftauchte. Ein groß gewachsener Mann mit rabenschwarzem Haar, einem kurzen Bart und dunklen Augen, der aus tiefen Gedanken hochgeschreckt war.

»Tristan, du elender Taugenichts von einem Sohn! Wo hast du den ganzen Tag gesteckt?«, fuhr Korún ihn an und ignorierte dabei, wie Quila sich erschrocken ans Herz fasste.

Tristan hob unbeeindruckt seine rechte Augenbraue und zuckte mit den Schultern. »Hab' ein schönes Nickerchen gemacht.« Er vergrub seine Hand in eine tiefe Tasche seines dunklen Mantels und holte einen grünen Apfel hervor, in den er genüsslich biss, um seinen Vater noch mehr zur Weißglut zu treiben. »Sag, spielst du eigentlich Schach?«

Korún hatte keine Antwort für ihn übrig. Mit einem großen Schritt rauschte er an seinen Sohn heran und packte ihn an der Brust, seine Hände tief in den Stoff des Mantels gekrallt.

Tristans Fassade verlor seine Authentizität. Seine Nasenflügel blähten sich auf.

Korún beugte sich vor und säuselte ihm beinahe liebevoll ins Ohr: »Du bist nicht mehr als eine jämmerliche Promenadenmischung, weißt du das?«

Bevor Tristan etwas erwidern konnte, schmetterte sein Vater ihn mit einer Stärke, die man seiner Statur nicht zugetraut hätte, von sich.

»Ich hätte dich in einem Sack ertränken sollen, als du noch in einen hineingepasst hast. Dann hättest du einen angemessenen Platz neben deiner Mutter in dem Schweineloch gefunden.«

Die Abscheu in ihrer beider Blicke ließ eine Dienstmagd auf dem Absatz kehrtmachen, Quila hingegen ließ sich nicht davon beeindrucken. Sie widmete der Auseinandersetzung ungefähr die gleiche Beachtung wie dem Schmutz unter ihren Fingernägeln. Seiner vorlauten Worte beraubt, rappelte sich der Sohn auf. Mit aufeinandergepressten Lippen marschierte er raschen Schrittes davon, doch erst, als er um die zweite Biegung war, ließ er sich dazu hinreißen, sein Tempo zu einem Sprint zu erhöhen.

»Ich will, dass die Seherin Sarina gefunden wird.«

»Gewiss, mein Herr« Quila überspielte, was sich soeben zugetragen hatte. Sie mischte sich nicht in die privaten Belange ihres Königs ein.

Sie bückte sich und hob den Apfel auf. Er war grün und saftig. Frisch, als wäre er erst heute gepflückt worden. Sie entdeckte ein Loch, in dem sich etwas rührte.

»Ein Wurm« Sie beäugte ihn genauer, fixierte das Obst und beobachtete, wie der Apfel binnen Sekunden in ihrer Hand faulte. Vergänglichkeit. Wie sehr sie doch unterschätzt wurde. »Interessant.«

KAPITEL 25

Jemand rüttelte unsanft an Aéshas Schulter und holte sie gewaltsam aus dem Schlaf. Fetzen eines Schachbretts flogen als vage Erinnerungen durch ihren Kopf. Sie hatte es schon einmal gesehen, doch diesmal war etwas anders. Es gab einige Figuren mehr. Auch eine, die neben dem König stand. Die Königin.

»Aésha, wach auf!« Diego, Kalef und Naomi standen neben ihrem Bett und füllten beinahe den gesamten Raum.

»Was ist los, ist etwas geschehen?«, murmelte sie schlaftrunken und bemühte sich, die Augen zu öffnen.

»Rixa war hier«, erzählte Naomi. »Sie hat eine Nachricht aus Elandor überbracht.«

Aufmerksam wartend sah Aésha die drei an.

»Unser Vater ist krank«, erklärte Diego. Seinem und Kalefs Gesichtsausdruck nach zu urteilen, schwer.

»Sie will, dass wir nach Hause kommen, falls …« Kalef sprach den Satz nicht aus.

»Aber Juna kann ihn doch sicher heilen!«, versuchte Aésha den beiden Mut zu machen, doch Diego verzog den Mund.

»Juna ist nicht aufzufinden.«

Aésha unterdrückte ein Gähnen. Diese Träume zehrten

an ihren Kräften. Hatte sie sich die Fähigkeit, etwas zu sehen, vor einiger Zeit noch herbeigesehnt, verwünschte sie sie inzwischen.

»Das heißt, ihr drei reist wieder ab?« Die beiden Brüder schwiegen betreten, als Naomi den Kopf schüttelte.

»Nein, ich soll nicht kommen. Familienangelegenheiten.«

»Naomi …«, setzte Kalef an, doch sie sah ihn nicht an. »Wie ich schon sagte, sie hat dich damals aus Nundinn fortgebracht und mit nach Elandor genommen. Du bist Teil unserer Familie!«

»Anscheinend nicht wirklich.«

»Wir werden auch nicht gehen«, gab Diego leise von sich.

Aésha sah auf.

Er sah ihr direkt ins Gesicht, das jetzt rot und warm wurde. War jetzt der richtige Zeitpunkt, Naomi und Kalef von ihrem Auftrag zu erzählen?

Kalef unterdessen starrte wie ein Karpfen. »Tun wir nicht?«

»Nein, ihr solltet hierbleiben«, begann Aésha.

Er hatte Recht, die Zeit war gekommen.

Als sie geendet hatte, fühlte sie sich angenehm befreit.

Naomi und Kalef hatten sich inzwischen gesetzt und schwiegen.

»Das heißt, unsere Eltern sind in Elandor zusammen mit einem Verräter unter einem Dach?«, fragte Kalef nach einer Weile.

»Du hättest uns früher einweihen können«, meinte Naomi bloß, Kalef ignorierend, und sah in Aéshas Augen. »Aber ich bin dir nicht böse, dass du es nicht getan hast.« Damit umarmte sie ihre Freundin.

Aésha fühlte einen dicken Kloß im Hals. Wieso hatte sie es eigentlich nicht früher erzählt?

Kalef schnaubte. »Ich sehe das ein bisschen anders.« Er würdigte Aésha, die nun aufstand, keines Blickes und verließ, gefolgt von den anderen, den Raum.

»Nimm es dir nicht zu Herzen, er wird sich schon noch einkriegen«, flüsterte Naomi ihr zu.

Aésha zog sich etwas über und sah kurz aus dem Fenster in die Dunkelheit, die sich über den Berg gelegt hatte. Maru war draußen und nicht von der Jagd zurückgekehrt, obwohl sie sonst zur Dämmerung immer am Fenster saß. Doch Aésha machte sich keine großen Sorgen um sie. Spätestens morgen würde sie ihre gefiederte Freundin wiedersehen.

Unten traf sie auf Java, der allein vor dem Feuer saß. Die anderen waren offensichtlich in das Zimmer der Brüder gewechselt, was Aésha einen kleinen Stich gab, denn es hieß, dass sie ihr aus dem Weg gingen.

»Hallo, Aésha. Dich bekommt man in letzter Zeit außer zum Essen ja eher selten zu Gesicht.« Java lächelte freundlich.

»Es tut mir leid«, entschuldigte sie sich, doch er winkte ab. Sie setzte sich zu ihm und betrachtete eine Weile die Flammen im Kamin. »Java, ich muss dir was erzählen.« Er antwortete nicht sofort, sondern wartete erst ab, bevor er ihr dann doch zuvorkam.

»Du meinst von deinem geheimen Auftrag und deinen Besuchen bei Jorne und Jonte?«

»Du weißt davon?«

Er lachte leise. »Ich bin seit Jahrzehnten im Auftrag der Wächter unterwegs und Lilja ist mehr als nur eine Freundin für mich«, erklärte er zwinkernd. »Aber ich schätze es, dass du dieses Geheimnis so lange für dich behalten hast. Das zeigt mir, dass du deine Aufgabe sehr ernst nimmst.«

Aésha wusste nicht, ob ihr diese Reaktion gefiel. Sie hätte die ganze Zeit mit ihm darüber reden können!

»Hast du etwas Erwähnenswertes geträumt?«

Aésha zuckte mit den Schultern. »Nichts, von dem ich denke, dass es uns weiterhilft. Doch ist da etwas anderes, worüber ich deine Meinung hören möchte. Ich glaube, ich träumte von Alenia und Elea.«

»Elea?«

»Ja. Erst erkannte ich sie nicht. Im ganzen Traum habe ich ihr Gesicht nicht sehen können, auch trug sie ihre Haare anders. Doch es war ein Streit der beiden darüber, ein Kind mitzunehmen, von dem ich glaube, dass es sich nur um Naomi handeln kann und Elea war diejenige, die Naomi mit Alenia nach Elandor brachte.«

»Das ist interessant. Rede weiter«, forderte Java sie auf.

»Bis eben habe ich den Zusammenhang nicht erkannt, doch Kalef wiederholte gerade, was er vor einiger Zeit schon einmal sagte. Nämlich, dass Naomi zur Familie gehöre und sie sich Eleas Zuneigung daher sicher sein könne, da sie sie doch zu den Wächtern geholt habe. Aber in dem Traum war Elea vehement dagegen, das Kind mitzunehmen. Sie sagte … also sie sagte, sie wäre gegen eine Vermischung der Rassen. Dass sie nirgends dazugehören würde und besser ins Kloster gebracht werden sollte.«

Java wurde stutzig. »Sie ist gegen eine – was?«

»Es war von Rodins Thesen die Rede. Sie sagte, sie könne sie verstehen, auch wenn sie seine Taten nicht rechtfertigen wolle.«

»Das hat sie gesagt? Bist du dir sicher?« Javas Augen verengten sich.

Aésha nickte. Einen Augenblick schwieg sie

Java holte seine Pfeife aus der Tasche und zündete sie an.

»Wenn das stimmt, könnte das doch etwas mit unserem Problem zu tun haben.«

»Du willst sagen, du glaubst, Elea ist die Verräterin?« Aésha schnappte nach Luft.

Andächtig zog Java am Stiel seiner Pfeife.

Aésha erkannte in dem Rauch Farins Kraut.

»Es ist zu haltlos, um sie direkt anzuklagen, doch ich glaube nicht, dass es Zufall ist, dass du von ihr geträumt hast, während du auf der Suche nach einem Verräter bist. Und wenn sie tatsächlich von Rodins Thesen überzeugt ist, ist das definitiv in Betracht zu ziehen. Du sagst, sie hatte diesen Streit mit Alenia?«

»Ja. Das bedeutet doch aber, dass sie davon weiß!«

Java legte den Kopf schief. »Ja. Es ist aber auch möglich, dass sie dem nicht die angemessene Bedeutung zumisst, die uns dein Traum deutlich macht. Weißt du, Elea ist, wie Diego es sich zum Ziel gemacht hat, Bibliothekarin. Sie hat lange Zeit mit den alten Schriften der Wächter verbracht. Jene, die zu Rodins Zeiten geschrieben wurden, verseucht von dunklen Ansichten. Vielleicht zu lange. Es könnte ihren Geist vergiftet haben.«

»Rodin war überzeugt davon, dass die Rassen sich nicht mischen sollen, das sagte Alenia in meinem Traum« Aésha versuchte, sich an den Unterricht bei Rexadnela zu erinnern, doch diese hatte nicht darüber gesprochen.

»Das stimmt. Er hat damals das ganze Land aufgewiegelt und es gibt noch immer welche, die daran glauben. Das ist der Grund, warum wir Korúns Erfolg so fürchten.«

»Java, ist dir klar, was das bedeutet?« Aésha war mit einem Schlag hellwach.

»Hm?«

»Überleg doch, sie ist die Verbindung, sie hat die

Kontrolle über die Kommunikation!«

»Du meinst …«

»Farin! Sie wusste die ganze Zeit, dass es ihm gut geht, er hat es ihr gesagt und sie hat es Alenia verschwiegen, sodass wir überhaupt erst losgeschickt wurden!«

»So etwas in der Art hat auch unser Zwergenfreund schon vermutet«, grübelte Java laut. »Aber was ist ihr Ziel? Warum sollte sie uns hier haben wollen und nicht in Elandor?«

»Ich weiß es nicht. Noch nicht.«

Eine Weile sagte keiner von ihnen ein Wort.

»Wir müssen Alenia warnen«, beschloss Java dann.

Sie spürte einen dicken Kloß im Hals. Einerseits aus Dankbarkeit, weil sie froh darüber war, dass Java ihr Glauben schenkte mit dem, was sie sich zusammenreimte, andererseits auch aus Furcht über die Konsequenzen, wenn sie falsch läge. »Aber wie?«

»Das Fenster ist keine Option. Ich habe nicht ein Gespräch mit Alenia führen können, seit wir hier sind. Stets ist sie verhindert oder beschäftigt. Sagt zumindest Elea. Eine Rückreise nimmt zu viel Zeit in Anspruch … Wir könnten einen Boten schicken …«

»Maru«, überlegte Aésha laut.

»Du meinst … traust du ihr das zu?«

Aésha zuckte mit den Schultern. »Ich würde ihr sogar mehr zutrauen. Sie hat mich noch nie enttäuscht.«

Das Frühstück verlief recht unangenehm. Kaum hatte Kalef stur auf seinen Teller starrend aufgegessen, verließ er den Tisch und beeilte sich, um seine Schicht bei der Hallenwache früher als nötig anzutreten. Und während auch Diego und Naomi kurze Zeit später die Höhle gemeinsam verließen, blieben Java und Aésha allein zurück.

Maru war inzwischen wieder aufgetaucht. In den Windschatten des Fenstersimses gedrängt, ruhte sie vor der Scheibe und wartete auf Einlass. Aésha war froh, sie nicht verpasst zu haben. Java hatte einen winzigen Zettel geschrieben. Er knotete vorsichtig an Marus Fuß herum, während Aésha ihr erklärte, was sie zu tun habe.

»Bring das zu Alenia, hörst du? Nach Elandor. Lass ihn niemanden sonst lesen. Es ist unheimlich wichtig! Und pass auf dich auf«, redete sie auf den Vogel ein.

»Ich hoffe, es ist noch nicht zu spät. Wenn es wirklich Elea ist, wer weiß, wie lange sie wartet, bis sie noch jemanden tötet. Oder die Macht an sich reißt.«

»Meinst du, Alenia könnte auch ein Ziel für sie sein?«

Java nickte. »Davon gehe ich aus. Ich weiß nicht, wieso Wymiot sterben musste, aber ich glaube nicht, dass der Rat unter seiner jetzigen Führung in Koruns Pläne passt.«

Aésha wandte sich wieder Maru zu. »Flieg, so schnell du kannst, hörst du?«

Sie tätschelte den Falken, während der Vogel sich aufplusterte, sie mit schiefem Kopf musterte und leise fiepte. Einen Moment lang überkam Aésha eine Art Beklemmung. Fernweh war es nicht. Vielmehr der Wunsch, wieder draußen zu sein. Freien Himmel über sich zu haben. Und ihre Freundin auf ihrer Schulter, wo auch immer sie war.

»Das war's dann also erstmal. Jetzt können wir nur abwarten, was geschieht«, meinte Java, der Marus schemenhafte Silhouette am Himmel noch eine Weile verfolgte, bis sie nicht mehr zu erkennen war.

Aésha sagte nichts. Zu sehr lastete diese schwerwiegende Vermutung auf ihr. Stattdessen überlegte sie, wie lange der Flug ihrer Freundin dauern würde.

KAPITEL 26

Ihr Flug war anstrengend. Stürmische Winde hielten sie auf und erschwerten ihr das Vorankommen. Und dennoch flog sie so viel schneller als diese langsamen Vierbeiner, auf denen die Menschen immer ritten. Wäre nur der verfluchte Schnee nicht, dann hätte sie bloß ein paar Stunden gebraucht. So aber war sie schon nach kurzer Zeit ausgelaugt und musste sich einen Unterschlupf suchen, um eine kurze Rast zu machen.

Der Winter hatte inzwischen im ganzen Land Einzug gehalten. Die eisigen Böen beschränkten sich längst nicht mehr auf die höheren Gebirgslagen. Auch die Täler waren jetzt weiß bedeckt. Maru mochte das. Sie konnte die dunklen Flecken, die ihre Beute ausmachten, auf dem hellen Untergrund viel leichter entdecken als im dichten Gras. Doch jetzt blieb keine Zeit dafür. Sie musste etwas erledigen. Sie musste Aésha und ihren Freunden helfen.

Fast hätte sie zu spät bemerkt, dass sie nicht allein die Lüfte beherrschte.

Ein dunkler Schatten zischte rechts an ihr vorbei und verschwand in einer tiefhängenden Wolke.

Der Schreck ließ sie kurz aus dem Takt des Flügelschlags kommen. Der Schatten war deutlich größer als sie.

Still wechselte sie in einen Gleitflug, um dem unbekannten Begleiter am Himmel auszuweichen und schwenkte dabei nach links. Doch genau dort tauchte plötzlich ein zweiter Schatten vor ihr auf.

Eine riesige schwarze Kralle raste auf sie zu und griff direkt neben ihr ins Leere, während ein markerschütternder Schrei durch die Luft hallte.

Maru fing sich mit größter Mühe und einigen uneleganten Schwingen ihrer Flügel, während sie schon hörte, dass sich ihre Gegner zum nächsten Angriff bereitmachten.

Diesmal sah sie, mit wem sie es zu tun hatte, als sie unter den beiden Harpyien hinwegtauchte und sie fast ineinander krachten. Wütend schrien sie auf, machten eine Schleife und jagten ihr erneut hinterher.

Maru war schnell. Viel schneller als Pferde und auch schneller als Harpyien. Auch wenn diese deutlich größere Flügel hatten als sie. Sie waren schwer. Doch waren sie bei Weitem nicht so erschöpft wie der Falke.

Maru ignorierte ihre fehlenden Reserven und schlug mit den Flügeln, schlug, schlug und flog über die Wiesen, Dörfer und Wälder. Es war nicht mehr weit. Dort hinten, das müsste Elandor sein. Sie schrie vor Verzweiflung.

Ihre Kräfte ließen nach. Die Flügelschläge wurden langsamer. Marus Vorsprung verringerte sich, je weiter sie flog. Sie sah die Stadt und hinter sich hörte sie die Harpyien. Immer näher kamen sie. Sie würde es nicht schaffen.

Sie stieß noch einen gellenden Schrei aus. Bäumte sich mit letzter Macht gegen den Wind, der ihr so hartnäckig jede Hilfe verwehrte. Eine Böe erfasste sie. Machtlos und jeglicher Kraft beraubt, wurde sie mitgerissen, beinahe ohnmächtig vor Erschöpfung. Die Harpyien hatten gewonnen. Maru rechnete jeden Moment damit, von ihnen ergriffen zu werden.

Da ertönte ein Krächzen in der Luft. Sie hörte flatternde Flügelschläge.

Maru sah sich um, als der Himmel sich nach und nach verdüsterte. Der Lärm schwoll ohrenbetäubend an, als aus der nächsten Wolkenfront tausende schwarze Vögel auftauchten.

Die Raben verdunkelten den gesamten Himmel über Elandor. Sie griffen die Harpyien an, die in diesem Moment zu dem kleinen Falken aufgeschlossen hatten.

Ein Schnabel schnappte nach vorn und erwischte Maru am linken Flügel.

Sie kam ins Strudeln und fiel unkontrolliert gen Boden. Zum ersten Mal seit einer gefühlten Ewigkeit sah sie dabei hinter sich und stellte fest, dass zu den zwei gigantischen Raubvögeln inzwischen zwei weitere gestoßen waren, die nun von allen Seiten die Krallen und Schnäbel der Raben zu spüren bekamen.

Mit ihrer gewaltigen Größe waren sie zu schwerfällig, um es mit einer solchen Überzahl an Widerstreitern aufzunehmen. Graue Federn wirbelten im Wind davon.

Andere Raben ließen sich währenddessen zu einem Sturzflug fallen und rasten auf Maru zu, die immer noch schreiend auf die Baumkronen unter sich zustürzte. Doch sie hatten keine Chance, ihren Sturz aufzuhalten. Von den Ästen der Baumkronen aufgehalten, krachte Maru durch das Blätterdach und landete in einer Schneewehe, in der sie reglos liegen blieb.

Fünf Raben landeten neben ihr und fragten krächzend nach ihrem Befinden. Einer von ihnen wagte sich zu ihr und pickte mit seinem Schnabel vorsichtig in ihr Federkleid, als der Wind den Schnee erfasste und den Falken mit weißen, schimmernden Flocken bedeckte.

Da erstrahlte ein helles Leuchten und die Raben wichen ehrfürchtig zurück.

Eetah stapfte keuchend durch den kniehohen Schnee, der sich inzwischen angesammelt hatte und versank immer wieder in tiefen Löchern, die unter der weißen Decke nicht zu erkennen waren. Ein Fluch entglitt ihren Lippen, als sie abrupt stecken blieb und mit dem Oberkörper auf einem umgekippten Stamm landete.

»Verfluchter Winter!«, schimpfte sie, als zwei Raben zu ihr geflogen kamen und sich einer von ihnen auf ihrer Schulter niederließ.

»Krah! Krah!«, stieß er ungeduldig aus.

»Ich weiß, ich weiß! Ich mach doch schon so schnell ich kann!« Die Sumpfhexe kämpfte sich aus dem Loch und tastete mit ihrem Gehstock nach dem nächsten sicheren Tritt, bis sie frustriert seufzte.

»So wird das nichts«, stellte sie fest. »Das dauert zu lange.« Eetah sah sich um, ob jemand im Wald war, der sie sehen konnte und murmelte zum bestimmt zehnten Mal ein paar Worte und umklammerte mit geschlossenen Augen ihren Stock, als würde sie sonst umkippen. Doch nichts geschah.

»Verflixt noch eins, wie war das denn noch?«, schimpfte sie und ballte ärgerlich eine Faust. Angestrengt nachdenkend runzelte sie die Stirn und versuchte es mit einem anderen Spruch, mit dem es endlich klappte. Zufrieden lächelnd öffnete sie die Augen und nickte.

»Schon besser.«

Ohne zu zögern, trat sie auf die Schneedecke, die ihr

Gewicht nun trug und ließ sich von den Vögeln den Weg zeigen.

Die führten sie zu einer Schneewehe unter einer hohen kräftigen Tanne.

Dort fand Eetah eine Frau. Ohnmächtig, nackt und zusammengekauert lag sie im Schnee.

»Das ist sie also?« Die Hexe wühlte in ihrer Tasche und zog eine Decke und Kleidung hervor, in die sie die junge Frau, die jetzt die Augen öffnete, behutsam einhüllte.

»Schön, dich wiederzusehen, Maru.« Eetah lächelte und betrachtete die Gestalt ihres Gegenübers.

»Hallo, Eetah«, hauchte Maru mit schwacher Stimme.

»Ich dachte, ihr Tiergeister könnt euch nur in absoluten Ausnahmefällen verwandeln?« Eetahs Blick glitt nach oben zum Himmel, von dem Maru gestürzt war und dann zu den umliegenden Bäumen, in denen sich ganze Schwärme Raben niedergelassen hatten. Still und schweigend ruhten abertausende Augenpaare auf den beiden Frauen und betrachteten sie neugierig.

»Es ist ein absoluter Ausnahmezustand«, erklärte Maru und zog sich die Decke eng um ihre Schultern. Sie folgte Eetahs Blick. »Danke für eure Hilfe.«

Die Sumpfhexe winkte ab. »Komm erst mal mit, Kleines. Und unterwegs erklärst du mir, was los ist.«

Doch Maru schüttelte den Kopf. »Nein, es bleibt keine Zeit. Wir müssen nach Elandor, ich habe eine Nachricht für Alenia!«

Doch es war zu spät.

Alenia stieß die Tür zur Gänze auf.

»Was bei allen Göttern tust du da?«, rief sie erschüttert. Elea hatte sich über ihren Mann gebeugt. Mit letzter Kraft mühte er sich, den Kelch in ihren Händen abzuwehren, mit dem sie ihm eine klare Flüssigkeit einflößte.

Alenias Sinne schlugen sofort Alarm. Die Erkenntnis, dass Elea Thore gerade nicht pflegte und ihm etwas zur Genesung verabreichte, traf sie wie ein Donnerschlag.

Lilja und sie hatten kurz zuvor eine tote Ratte in der Küche gefunden. Sie hatte sich vergiftet an der Kanne, aus der Elea wenige Zeit zuvor etwas Wasser für Thore eingeschenkt hatte.

»Du bist es. Du hast Wymiot ermordet. Ist es nicht so?«

Elea sagte nichts. Mit einem kalten Lächeln im Gesicht erhob sie sich von Thores Bett. Die Atemzüge ihres Gatten verlangsamten sich, bis ein letzter Hauch seinen Mund verließ.

»Warum?«, keuchte Alenia und wappnete sich innerlich.

Sie bekam keine Antwort. Die Abtrünnige griff sie an. Elea brauchte keinen Fokus, ihre Hände reichten aus, um die Magie in ihrem Inneren zu entladen.

Alenia versuchte, den Feuerball, den ihre Gegnerin auf sie schleuderte, mit einem Schild abzuwehren, doch es gelang ihr nicht. Im letzten Augenblick rettete sie sich mit einem Sprung zur Seite.

Sie schrie vor Schmerzen. Ihre Schulter hatte einen Treffer abbekommen. Mit der rechten Hand löschte sie das Feuer auf magische Weise, doch der Zauber brachte kaum Linderung, wo er doch eigentlich die Wunde versorgen sollte. Alenia verstand nicht, was hier vor sich ging. Diese Art von Magie war eigentlich ihre Spezialität.

Sie rappelte sich auf und stolperte hinaus in den Gang, doch Elea war mit nur wenigen Sätzen direkt hinter ihr und zerrte sie an den Haaren zurück.

Eine Tür flog auf, Lilja eilte, Blitze in ihrer Hand zuckend, den Flur entlang.

»Lass sie los!«, kreischte sie und entlud einen der Energiestöße.

Elea hielt ihn mit einem Nicken auf.

Auch die Herrin des Hauses war nicht im Vollbesitz ihrer Kräfte.

Das Kampfgeschrei lockte mehr Wächter an.

Alenia hatte Mühe, die Augen offen zu halten. Ihre Sicht war verschwommen, die Wunde war stärker, als sie gedacht hatte. Wo war nur ihre Stärke geblieben?

»Das Gift, du hast es nicht nur Thore gegeben, sondern uns allen …« Ihre Stimme war kaum hörbar. »Warum?«

»NEIN!«, heulte Lilja auf.

Eleas Messer blitzte im Schein der Lampe an der Decke auf. Noch immer hatte sie nichts gesagt.

Die einstige Vertraute, eine Wegbegleiterin für viele Jahre, sah plötzlich aus wie eine Fremde. Kalt und hasserfüllt hatte sie sich über die tote Ratsvorsitzende gebeugt.

Lilja war bei der Geburt ihrer Söhne dabei gewesen.

»Du niederträchtige Schlange!«, brüllte eine Stimme von der anderen Seite des Ganges. Rexadnela hatte die Szenerie beobachtet und machte sich gerade daran, eine große Vase zu ergreifen, um sie auf die treulose Wächterin zu werfen.

Sie brüllte, Tränen glitzerten in ihren Augen, da stockte sie abrupt und holte zischend Luft.

Jaels zu einer Grimasse verzogenes Gesicht tauchte

hinter ihr auf und seine Hände stießen die Geschichtslehrerin unsanft zu Boden.

Sie landete mit dem Gesicht auf dem Holz, in dem das dunkle Blut langsam versickerte.

Lilja keuchte. Wie konnte es sein, dass Elea ihre Blitze so einfach hatte abwehren können?

Das ungleiche Duo wandte sich ihr zu und hob bedrohlich die Hände. Elea formte ihre berühmten Feuerbälle, da brauste ein orkanartiger Windstoß, begleitet von einem Schrei, der in den Ohren schmerzte, durch das gesamte Haus und fegte die Ehrlosen von den Füßen.

Lilja fuhr herum. Zwei Frauen standen hinter hier. Eine davon kannte sie.

»Eetah!«

»Steh da nicht so dumm rum! Komm!«, donnerte die Alte.

KAPITEL 27

»Aésha, nimm es dir nicht zu sehr zu Herzen«, tröstete Diego sie mit seiner einfühlsamsten Stimme. Sie saßen allein vor dem befeuerten Kamin der Höhle.

Java und Farin waren seit einer Stunde unterwegs, Kalef und Naomi hatten sich zurückgezogen.

»Er lässt jetzt eine Weile nicht mit sich reden, aber er ist eigentlich nicht sauer auf dich. Es wurmt ihn, dass du einen wichtigeren Auftrag bekommen hast als er, der so lange dafür gearbeitet hat. Dass es einen Verräter gibt, war uns allen bewusst, er schiebt es nur vor, um den wahren Grund seiner Wut nicht zu offenbaren. Und er fühlt sich hintergangen, weil er von nichts wusste.«

»Neid?« Das war ungerecht. Als hätte Aésha diesen Auftrag gewollt. »Aber weder er noch ich können etwas dafür, dass ich in meinen Träumen sehen kann. Nur darum habe ich diesen Auftrag bekommen!«

»Ich weiß, Aésha. Das ändert nur nichts an seinen Gefühlen«, versuchte er, sie zu besänftigen. »Lass ihm etwas Zeit, dann beruhigt er sich schon noch. Er ist mein Bruder, glaube mir, ich kenne ihn.«

Aésha unterdrückte den Impuls, unzufrieden zu schnauben und bemühte sich, wieder Ruhe zu finden. »Ich danke dir für deine Worte.«

»Gern. Du weißt aber nun, dass du immer offen mit uns reden kannst, oder?«

Aésha nickte. Wieder war da dieser Kloß im Hals. »Über alles?«, hakte sie vorsichtig nach.

»Sicher.«

»Auch wenn es euch nicht gefällt?«

Diego atmete tief durch. »Was hast du auf dem Herzen?« Er war ihr schon wieder viel zu nah. Wieso musste er so dicht neben ihr sitzen? Das machte das Ganze nicht einfacher.

»Und du wirst auch nichts unternehmen, um die Person zu warnen, wenn es jemand ist, der dir nahesteht?«

»Nein. Wie nahe?«

»Selbst dann nicht, wenn es dabei um deine Mutter geht?«, fragte sie wider jede Vernunft. Java würde sie schütteln, wenn er mitbekam, dass sie ein solches Wagnis einging und riskierte, dass Diego ihren Plan, Alenia heimlich zu verständigen, zunichtemachte.

Es dauerte einen Moment, bis er merkte, dass die Frage nicht rhetorischer Art war. Er reagierte ähnlich, wie Aésha es befürchtet hatte. Mit einem Rutsch entfernte er sich eine Armlänge von ihr, als wäre sie eine Schlange, die bereit war, ihn zu beißen.

»Was redest du da?!«, stieß er aufgebracht hervor und funkelte sie wütend an. »Du meinst das ernst? Unsere Mutter?«

»Diego, bitte …«

Er brachte sie mit einer Geste zum Schweigen.

»Ich fass es nicht, dass du sie überhaupt in Erwägung ziehst.«

»Ich habe von ihr geträumt, Diego. Sie war in Altstadt mit Alenia und stritt sich mit ihr darüber, ob sie Naomi wirklich mitnehmen sollten. Sie meinte, sie würde nirgends dazugehören. Sie wollte sie nicht nach Elandor bringen, sondern in ein Kloster, weil sie dagegen ist, wenn sich die Völker vermischen. Das erklärt auch, warum sie nicht möchte, dass Naomi mit euch heimkehrt. Und warum wir seit unserer Ankunft hier nicht einmal mit Alenia sprechen konnten. Sie kontrolliert, welche Nachricht den Berg verlässt. Darum sind wir überhaupt hier, weil sie nicht weitergegeben hat, dass Farin in Sicherheit ist!« Aésha sprach schnell, aus Angst, dass er sie wieder unterbrechen und ihr nicht mehr zuhören würde. »Diego, du darfst ihr nichts davon erzählen. Auch Rixa und Melchior nicht. Wenn sie unschuldig ist, dann wird ihr nichts geschehen«, bettelte sie ihn an.

Eine Weile schwieg er. »Ist dir eigentlich klar, dass du meine eigene Mutter damit eines Mordes bezichtigst?«

Das laute Klirren zerbrochener Scherben ließ die beiden herumfahren.

Kalef und Naomi standen hinter ihnen. Einer von ihnen hatte wohl bis eben einen Tonkrug in der Hand gehabt. Dieser lag nun als Scherbentrümmer zu ihren Füßen.

Naomis Lippen waren dünn wie ein Strich, ihr Gesicht kalkweiß.

Kalef hingegen schäumte vor Wut. »Ich fass es nicht, dass du es wagst …!«

Aésha zuckte zusammen, so laut war seine Stimme. Noch nie hatte sie ihn so bedrohlich erlebt. Doch obwohl es zunächst wirkte, als würde er jeder Zeit auf sie losgehen, drehte er sich auf dem Absatz um und stürmte die Treppe hoch. Oben knallte er die Tür zu.

Naomi rührte sich noch immer nicht. Nur ihr Kopf bewegte sich, als sie ihm hinterherschaute und dann wieder zu Aésha und Diego blickte.

Auch Diego war inzwischen aufgestanden.

Aésha zitterte, als sein kalter Blick sie traf und er ohne ein weiteres Wort seinem Bruder folgte.

»Naomi -«, begann Aésha, doch die Halbelbin brachte sie mit einer erhobenen Hand zum Schweigen.

»Nicht.« Dann ging auch sie und ließ Aésha allein vor dem Kamin zurück, dessen Wärme sie längst nicht mehr erreichte, obwohl das Feuer noch kräftig prasselte.

Tränen liefen ihre Wangen hinunter. Wie konnte sie nur so dumm sein? Jetzt würde sie Java beichten müssen, was sie getan hatte.

Doch sie war längst eingeschlafen, als er zurückkehrte.

Kalef weckte sie am nächsten Tag. Mit stapfenden Schritten ging er zu ihr und blieb über Aésha stehen, ohne sie eines Blickes zu würdigen. »Wir werden sie nicht warnen. Tu, was du für richtig hältst, doch es wird darin enden, dass ihre Unschuld bewiesen wird. Ich werde heute meine Stelle kündigen. In Zukunft gehen wir getrennte Wege.« Er ging, ohne dass er eine Antwort von ihr abwartete.

Aésha quälte sich hoch. Niemand sonst war zu sehen, die Küche schien unbenutzt. Anscheinend schliefen die anderen noch. Sie wollte gerade aufstehen und ein Frühstück vorbereiten, da klopfte es an der Tür. In Gedanken mit der Vorbereitung auf ein Gespräch mit Java beschäftigt, dauerte es eine Weile, bis Aésha reagierte.

»Jonte! Jorne! Welch Überraschung!«, presste sie mühsam lächelnd hervor, darauf bedacht, keinen betrübten Eindruck zu machen. Kurz überlegte sie, ob sie eine Verabredung mit den beiden vergessen hatte.

»Guten Morgen, Aésha«, begrüßte Jorne sie und wollte

gerade eintreten, als plötzlich alles schwarz um Aésha wurde. Sie sackte zusammen und fiel zu Boden.

»Gute Güte! Kind! Endlich lässt du mich herein!« Eetah sah erschreckend aus. Ihre Haare standen wüst ab und waren auf der einen Seite nur noch schulterlang. Die Spitzen wirkten verkohlt. Sie hatte eine schwere Wunde am Hals, die Haut sah verbrannt aus.

»Eetah? Was ist passiert?!«

»Aésha, du musst fliehen! In Elandor ist das Chaos ausgebrochen und es breitet sich aus. Die Wächter, sie … oh Kind, versteck dich! Und um der Götter willen, versteck deine Freundin! Die Elben, sie hängen … Zwerge werden vertrieben. Lauf! Lauf und versteck dich und deine Freunde! Ich komme zu dir. Und sei vorsichtig, wem du traust.« Die Frau zitterte am ganzen Leib.

»Meine Botschaft kam zu spät, richtig?«, hauchte Aésha.

Eetah schüttelte langsam den Kopf. »Sie wurde entdeckt. Diese Frau, Elea, sie hat einen Seher auf ihrer Seite. Du hättest es nicht verhindern können, kleine Aésha.«

»Ich hatte Recht? Es ist Elea?« Ihre Stimme war piepsig und brüchig. »Hast du gerade gesagt, die Elben hängen …?«

Aésha keuchte vor Schreck, doch Eetah verschwand schon wieder, bevor sie ihr eine Antwort geben konnte. Sie wirkte schwach. Aésha hatte keine Ahnung, wie viel Kraft es wohl kosten mochte, in einem Traum mit ihr in Kontakt zu treten. Sie hatte es bisher nicht einmal für möglich gehalten …

Ihre Umgebung veränderte sich. Finsternis umgab sie. Sie hörte Schreie, sie durchdrangen die Schwärze. Langsam nahm sie schemenhafte Umrisse in ihrer Umgebung wahr, als würde die Nacht nur von schwachem Mondlicht erhellt werden. Sie roch Feuer.

Eine Gänsehaut bildete sich auf ihren Armen. Sie spürte, wie etwas in den Schatten lauerte. Eine dunkle Kreatur, bestehend aus reiner Boshaftigkeit.

Einen Moment war es still, bis ein Klagelaut ertönte, der ihr bis in die Glieder fuhr. Sie kannte diesen Schrei, sie hatte ihn schon gehört. In einem Traum vor langer Zeit.

Sie bäumte sich auf, nach Luft ringend. Sie spürte den Rauch in ihren Lungen brennen wie tausende Nadelstiche.

Sie sah in Javas vor Schreck geweitetes Gesicht direkt vor ihren. »Aésha!« Sie war nicht mehr im Eingang der Höhle. Irgendjemand hatte sie auf das Sofa vor dem Kamin gebracht, um das nun neben Java auch Jonte, Jorne, Diego und Farin standen, die sie allesamt besorgt musterten.

»Wir müssen hier weg!«, stammelte sie panisch und versuchte, sich aufzurichten, doch Javas Hand hielt sie zurück.

»Beruhige dich. Was ist geschehen? Jonte und Jorne sagten, du bist einfach umgekippt.«

»Mein Traum, er war eine Warnung, es ist zu spät. Etwas Furchtbares ist in Elandor geschehen, ich weiß nicht genau, was, aber wir sind hier nicht länger sicher! Java, bitte, glaube mir, wir müssen hier weg!« Aéshas Worte überschlugen sich, sie war unfähig, einen klaren Gedanken zu fassen und gehemmt von der Vorsicht, ihm lieber nicht zu erzählen, von wem diese Warnung ausgesprochen worden war.

Sie wusste, Java würde Eetah misstrauen, doch sie wusste auch, dass die Hexe die Wahrheit gesagt hatte.

In diesem Moment schlug die Tür auf. In ihr stand Kalef in voller Wachmontur, gerüstet wie für einen Kampf.

Als er die Situation erfasste, hob er die Augenbrauen und starrte in die Runde. »Ich muss mit euch reden«, sagte er ernst und spähte zurück nach draußen in die Halle, bevor er die Tür schloss. In Aéshas Brust hämmerte es, hatte sie Java doch noch nicht sagen können, dass die anderen von ihrem

Verdacht wussten.

»Wo ist Naomi?«, fragte Kalef, als ihm ihr Fehlen aufgefallen war.

Diego zuckte mit den Schultern. »Ich habe sie heute noch nicht gesehen, ihr Zimmer ist leer. Was ist passiert? Wieso bist du nicht bei der Wache?«

»Hab' 'ne Krankheit vorgetäuscht«, gab er knapp zur Antwort und sah noch einmal zur Tür zurück, als würde er hoffen, dass seine Liebste in diesem Moment auftauchte.

»Wieso das?«

»Etwas Merkwürdiges ist im Gange. Wir haben alle diese Rüstung bekommen, wurden für Sonderschichten eingeteilt und dann war da diese Ansprache. Der Hauptmann der Wache hatte plötzlich jemanden bei sich. Ein Riese von einem Kerl, übler Zeitgenosse, wenn ihr mich fragt. Jemand, den niemals jemand zum Schutz für Personen einstellen würde. Dann faselte er etwas von einer einschleichenden Bedrohung und dass wir achtgeben sollen, ob uns Bürger auffallen, die der Magie fähig sind.« Alle Personen im Raum richteten sich aufmerksam auf.

»Der Magie fähig?« Noch immer sprach Diego als Einziger mit seinem Bruder, während die anderen versuchten, die Informationen zu verarbeiten.

Aésha sah, wie sich Jonte und Jorne an den Händen hielten und einander einen kurzen Blick zuwarfen.

Java wandte sich wieder an Aésha. »Hattest du jemals zuvor solch einen Traum, obwohl du ursprünglich gar nicht geschlafen hattest? Bist du vorher schon einmal deswegen ohnmächtig geworden?«, erkundigte er sich eindringlich.

»Du bist ohnmächtig geworden?« Kalefs Stimme klang eigenartig. War das Sorge, die da mitschwang?

Mit zusammengezogenen Augenbrauen schüttelte Aésha

den Kopf. »Ich bin mir nicht ganz sicher. Es kam einmal vor, dass ich mich nicht mehr daran erinnern konnte, eingeschlafen zu sein.«

»Wann war das?«

»Als ich von Wymiots Tod träumte« Der Gedanke daran bereitete ihr ein flaues Gefühl im Magen. Sie spürte eine Hand auf ihrer Schulter. Es war Diegos.

»Ich denke, dass wir eine gewisse Mitschuld daran tragen«, meldete sich Jorne zu Wort.

»Wie darf ich das verstehen?«, fragte Java und sah zu ihm auf.

»Wir ahnten, dass etwas vorgefallen sein muss. Etwas war anders, aber unsere Fähigkeiten reichen für Klarträume nicht aus. Doch unter gewissen Umständen, wenn drei in irgendeiner Art Verbundene zusammenkommen, verstärkt sich die Kraft. Ich nehme an, als wir auf Aésha trafen, hat sie die Wucht dieser Kraft regelrecht umgeworfen«, erklärte ihr Onkel.

Da schoss ein anderer Gedanke durch Aéshas Kopf. »Naomi ist den ganzen Tag schon weg? Kalef, ich weiß, wie du gerade über mich denkst, aber bitte glaube mir, wir müssen sie finden! Sie ist in Gefahr!«, drängte sie.

Einen quälend langen Augenblick atmete er durch. »Das glaube ich auch.«

»Moment, warum ist sie in Gefahr?«, schaltete sich Farin ein.

»Wenn sie tatsächlich jeden Bürger suchen, der magiebegabt ist, schließt das auch die Elben ein«, erklärte Diego, der inzwischen eins und eins zusammengezählt hatte.

»Wo könnte sie hingegangen sein?«

»Sie ist nicht in der Schneiderei, das habe ich schon auf dem Weg hierher geprüft. Dort ist sie heute nicht erschienen.«

»Könnte sie zum Markt gegangen sein?«, schlug Java vor, doch Kalef, Diego und Aésha schüttelten den Kopf.

»Wenn sie tatsächlich der Arbeit ferngeblieben ist, dann nicht, weil sie unbedingt zum Markt wollte«, schlussfolgerte Aésha. »Hat sie nach gestern Abend noch etwas gesagt?«

»Nein«, meinte Kalef. »Sie ist wortlos zu Bett gegangen und ließ nicht mit sich reden.«

»Aber ihre Sachen sind noch da?« Aésha befürchtete kurz, ihre Freundin wäre davongelaufen, nachdem sie am Vortage behauptet hatte, seine Mutter hätte sie niemals in das Land holen wollen, in dem sie in ihm ihre Liebe fand.

»Ja«, bestätigte Diego.

Alle zuckten zusammen, als die Tür erneut aufging und sich die schöne dunkelhäutige Halbelbin schnell wie ein Schatten hineinschlich. Ihr Gesicht war von einem dünnen Schal bedeckt, den sie wie eine Kapuze über ihren Kopf trug.

Aésha bemerkte, dass ihre Kleider und Haare nass waren.

»Naomi!« Voller Erleichterung fiel Kalef ihr um den Hals.

»Kalef, was geht hier vor?«, fragte sie leise. Sie klang ängstlich.

»Gut, wir sind vollzählig«, unterbrach Java die beiden. »Alles Weitere klären wir, wenn wir in Sicherheit sind. Greift euch das Nötigste. Zum Packen bleibt keine Zeit, Waffen möglichst versteckt und nur das, was wir am Leibe tragen. Naomi, lass den Schal auf deinen Haaren, verdecke sie am besten vollständig und hier, zieh die an.« Er reichte ihr ein paar Handschuhe mit fünf Fingern.

»Tu mir den Gefallen und spiel für einen Tag einen Menschen, ja? Zu deiner eigenen Sicherheit«, bat Kalef sie flüsternd und küsste sie auf die Wange. Naomis Wangenknochen traten deutlicher hervor, als sie mit zusammengepresstem Kiefer nickte.

Aésha hoffte, dass Kalefs Uniform ihnen helfen würde, unbehelligt durch die Halle zu kommen. Naomi in ihrer Mitte, umringt von den Größten von ihnen, schlenderten sie so unbedarft wie möglich über den Marktplatz, auf dem derzeit ein anderes Schauspiel die Aufmerksamkeit der Anwesenden auf sich zog.

Es war der Stand, den sie an ihrem ersten Tag näher untersucht hatten. Die Frau, die angeblich magische Artefakte feilbot, wurde gerade von einem Wachmann verhaftet, ihre Waren in große Säcke geräumt. Etliche Schaulustige hatten sich um die Szenerie versammelt und beobachteten, wie die Händlerin unter lauten Unschuldsbeteuerungen abgeführt wurde.

Kalef fing den Blick des Wachmannes auf.

Er nickte und wandte sich ab, um ihnen zu folgen, während Kalef, der Wächter mit dem Fokusstab an seinem Gürtel, regungslos blieb, solange, bis Java ihm eine Hand auf den Rücken legte und ihn sanft nach vorn schob.

»Sie ist nicht magiebegabt. Sie verliert ihren Stand, vielleicht wird sie fortgejagt, aber weiter wird ihr nichts geschehen«, versicherte er ihr. Farin bot ihnen in seiner Unterkunft in der Nähe der südlichen Halle Schutz. Hier drängten sich plötzlich die Bewohner und Händler der Hallen, vertrieben aus den anderen Bereichen des Berges.

Aufgeregte Stimmen drangen durch die Türen und Fenster. An jeder Ecke besprachen die Bürger das plötzlich geänderte Verhalten der Wachen.

»Ich hab‘ gehört, Elben hätten ab sofort keinen Zugang mehr zur großen und nördlichen Halle!«, tönte ein Mann vor Farins Höhle.

»Und sogar Zwergen wird angeraten, die Silvanei zu verlassen«, bekräftigte ein anderer.

»Sind wir hier wirklich sicher?« Kalef spähte aus dem Fenster, das in den Tunnel zeigte.

»Die Wächter wissen nichts von dieser Höhle. Ich habe nur angegeben, bei welchem Sattler ich Arbeit gefunden hatte, damit sie mich dort würden finden können.« Farin kniete sich vor einen kleinen Ofen, um ihn anzufeuern.

»Könnten wir jetzt BITTE darüber reden, was hier gerade geschieht?«, schallte Naomis Stimme durch den kleinen Raum. Mehrere Augenpaare wandten sich erst zu ihr und dann zu Aésha.

»Etwas Schreckliches ist in Elandor geschehen.« Sie schilderte ihren Traum und ließ diesmal nicht aus, wer mit ihr gesprochen hatte. Bei Eetahs Erwähnung schnaubte Java zwar, ließ es ansonsten jedoch unkommentiert.

»Das passt zu dem, was ich herausgefunden habe«, murmelte Naomi und sah ins Leere.

»Was meinst du damit? Wo warst du?«, fragte Aésha.

»Ich habe Melchior und Rixa belauscht. Kalef, es tut mir so leid. Aésha … sie hat Recht. Es ist wirklich Elea.«

Kalef sah aus, als würde er die Luft anhalten. »Bist du dir sicher?«

Naomi nickte. »Die Zwillinge haben mit ihr gesprochen. Sie sollten die Schläfer wecken. Dieser Umbruch, der hier gerade stattfindet, der war von langer Hand geplant!«

»Wie bist du denn in die Räume dort oben gekommen, ohne entdeckt zu werden?«, wollte Diego wissen. Doch das hatte Aésha bereits herausgefunden.

»Sie war auf dem Berg.«

Naomi lächelte schief. »Nicht alle Fenster sind magisch verriegelt.«

»Schlaues Mädchen«, sagte Farin anerkennend.

»Und was machen wir jetzt?« Diego war in Gedanken schon wieder weiter. »Reiten wir nach Elandor?«

»Ich glaube nicht, dass das so einfach ist. Wir können von Glück reden, dass wir es hierher geschafft haben, in die nördliche Halle lassen sie Naomi auf gar keinen Fall«, widersprach Java.

»Und wir wissen nicht, welche Methoden sie anwenden, um die Magiefähigkeit zu testen«, merkte Aésha an.

»Ich kann es nicht glauben. Mutter? Unsere Mutter?« Kalef murmelte mehr für sich vor sich hin.

»Was meinst du, wie es Vater geht?«

»Es widerstrebt mir, hier zu bleiben, anstatt das herauszufinden«, gab sein Bruder zu.

»In jedem Fall brauchen wir mehr Informationen«, warf Aésha ein. »Vorher sollte niemand von uns voreilig handeln.« Ein zustimmendes Murmeln wanderte durch den Raum.

Eine Stimme von außerhalb lenkte die Aufmerksamkeit der Gruppe auf sich. Ein Herold verkündete die neue Ordnung, wie er sie nannte.

»Auf Geheiß der neuen Regierung gilt folgender Erlass: Die Silvanei ist ein Land der Menschen. Alle nichtmenschlichen Bürger, dazu zählen sowohl Elben als auch Zwerge und solche, die nicht reinen Blutes sind, werden hiermit angehalten, das Land binnen einer Woche zu verlassen. Die Befähigung zur Magie ist ab sofort meldepflichtig. Gibt es das Wissen über einen Mitbürger, dass er der Zauberei mächtig ist, so ist dies unverzüglich dem zuständigen Wachmann mitzuteilen. In treuer Freundschaft und absoluter Loyalität zu Koangahn und Korún, unserem Herrscher!« Aésha bekam einen Hustenanfall, als sie vor Schreck zu tief Luft holte.

KAPITEL 28

»Eine neue – was? Regierung? Was bedeutet das?« Kalef spähte hinaus, um sich den Mann, der die Bekanntgabe verkündete, genauer anzusehen.

»Bleibt von den Fenstern weg!«, zischte Java.

»Es bedeutet nichts Gutes«, sprach Aésha die Gedanken aus, die auch den anderen ins Gesicht geschrieben standen.

Jetzt schaltete sich Farin ein.

»Wir gehen nach Nundinn. Wenn es stimmt, dass Korún die Macht in der Silvanei an sich gerissen hat, dann müssen wir mit Antaris und König Junias sprechen. Außerdem ist es der nächste Ort, an dem wir Zugang zu einem Fenster erlangen können, um zu anderen Wächtern Kontakt aufzunehmen.«

»Dem stimme ich zu. Wenn wir den Wächtern helfen wollen, brauchen wir die Unterstützung der Elben. Und der Zwerge, wenn wir sie bekommen können«, sagte Aésha.

Farin nickte. »Zunächst brauchen wir jedoch mehr Informationen. Wenn tatsächlich die Elben und Zwerge das Land verlassen sollen, müssen sie notgedrungen hier durch. Vielleicht können wir so die eine oder andere Nachricht aufschnappen. Mit großem Glück sogar aus Elandor.«

Sie beschlossen, noch ein paar Tage im Berg zu warten.

Hin und wieder erklang ein Schluchzen in der Nacht. Flehen. Leise Schreie. Eine Frau klagte bis zur späten Stunde ihr Leid. Kinder weinten.

Bis plötzlich eine gewaltige Explosion sie aus dem Schlaf riss.

»Was zur Hölle war DAS?«, keuchte Diego, der kerzengerade im Bett saß.

»Unsere Höhle.« Aésha hatte es gesehen. »Melchior und Rixa haben sie zum Einsturz gebracht, weil sie dachten, wir wären dort.«

»Was? Das würde Mutter nicht zulassen! Sie würde niemals riskieren, dass uns etwas geschieht, wir … wir sind ihre Söhne! Ihr Fleisch und Blut«, stammelte Kalef.

»Deswegen wollte sie, dass ihr zurückkommt.«

Nein! Nein, das durfte nicht wahr sein!

»Du verfluchter räudiger Köter hast *was*?«, fuhr sie ihn an.

»Rixa und Melchior mitgeteilt, dass sie die Phase zwei ausüben sollen. Du hast gezögert.« Seine Kaltschnäuzigkeit trieb sie zur Weißglut.

»Da drin waren meine Söhne!« Sie presste die Worte mühsam hervor. Ihre Hände zitterten.

»Aber auch die Seherin. Du kennst unseren Auftrag.« Er drehte sich um und widmete sich der Teekanne auf der Kommode neben ihm. »Dein Plan hatte nicht weiter funktioniert. Und ich konnte nicht riskieren, dass die geflohenen Wächter Kontakt zu ihr aufnehmen oder sie gar wieder schützen, wie es hier in Elandor der Fall war.«

Elea schüttelte ein Messer aus ihrem Ärmel. »So, du konntest das nicht riskieren? Ich glaube, du hast vergessen, wer hier das Sagen hat und die Aufträge von Korún erhält.«

Jael beschäftigte sich mit dem Aufguss, statt ihr zu antworten. Seine Arroganz widerte sie an.

Dickes, dunkles Blut quoll aus seiner Kehle und landete im brühend heißen Tee. Idiot. Hätte er nur einmal weiter gedacht als bis zu seiner Nasenspitze.

Sie presste eine Faust auf ihr Herz. Stumme Tränen liefen ihr über das Gesicht. Sie fiel auf die Knie, unfähig zu atmen. Das hätte nie passieren dürfen!

Sie rappelte sich auf und stolperte durch den Flur in den nächsten Raum.

»RIXA! MELCHIOR!«, brüllte sie. Mit den Handrücken wischte sie die Tränen von ihren Wangen. Dann sah sie durch das Fenster, wie die Zwillinge den Raum betraten.

»Elea …« Rixas Blick huschte zu ihrem Bruder. »Verzeih, wir dachten, wir hätten sie erwischt …«

»Ihr dachtet was?«

»Die Höhle war leer«, erklärte Melchior.

Elea atmete erleichtert auf. Sie lebten. »Von jetzt an nehmt ihr Befehle ausschließlich von mir an, habt ihr verstanden? Kalef und Diego wird kein Leid hinzugefügt. Wie weit ist die Übernahme in den Hallen?«, raunte sie.

»Es hat alles geklappt, wie es sollte. Wie wir es erwartet hatten, blieben Aufstände aus. Die Wachen haben sich bereits genug Respekt erarbeitet, als dass jemand gegen sie aufbegehren würde und für die Elben setzt sich kein Mensch ein«, erstattete Melchior siegessicher grinsend Bericht.

»Und wie sieht es bei den Wächtern aus?«

»Der Bibliothekar wollte sich uns nicht anschließen. Er wählte den Tod. Ebenso wie die Heiler.«

»Und die Bewahrer? Was ist mit Jonte und Jorne?«

Rixa räusperte sich verlegen.

»Sie sind ebenfalls unauffindbar.«

»Dann sucht sie! Fertigt Steckbriefe an und hängt sie aus. Von allen! Lasst jeden genauestens prüfen, der die Hallen verlassen will!«

Farin besorgte auf dem Markt verschiedene Utensilien, mit denen sie sich verkleideten, sodass je zwei von ihnen unerkannt durch die Gänge wanderten, um so viele Gesprächsfetzen wie möglich aufzuschnappen.

Jonte und Jorne bestätigten Aéshas Traum am nächsten Tag. Sie hatten Kontakte im ganzen Berg und sich umgehört.

Angst ergriff die Bewohner der Hallen der Wächter. Verunsicherung und Furcht vor dem, was nun folgen würde, waberte wie ein giftiger Nebel in den Tunneln umher.

Die Wachen gingen verstärkt auf Patrouille.

Kalef traute sich nicht vor die Tür, aus Angst, erkannt und als Deserteur gefasst zu werden.

Auch Naomi blieb in Farins Heim. Die Ablehnung gegenüber den Elben war inzwischen bis hierher zu spüren, obwohl es noch keine gewalttätigen Übergriffe gegeben hatte. Sie wussten alle, dies war nur eine Frage der Zeit.

Am dritten Tag klopfte es an ihrer Tür.

Mit einem Schlag war die komplette Gruppe still.

»Wer ist da?« Kalef hatte die Hand auf den Knauf seines Schwertes gelegt.

Aésha tastete stattdessen nach ihrem Stab. Java hatte ihr gesagt, es wäre ihre beste Chance und er hatte Recht damit.

»Nur eine alte Frau auf der Suche nach einer sicheren Unterkunft. Eine Freundin gewissermaßen.«

»Öffne die Tür, ich glaube, ich weiß, wer das ist!«, wies

Aésha eilig an.

Tatsächlich, dort stand Eetah und auf ihrer Schulter saß Maru, die erfreut kreischte und mit ihren Flügeln schlug.

»Na, na, beruhige dich. Du fällst auch so schon genug auf!«, maßregelte die Sumpfhexe den Falken und trat auf ihrem Stock gestützt ein. »Besonders weit seid ihr ja noch nicht gekommen. Hallo, Java, schön, dich zu sehen.«

»Eetah«, presste er hervor und grüßte sie mit einem Kopfnicken.

Sie setzte sich schwerfällig auf einen Holzstuhl und nahm sich den Schal ab, den sie um den Hals geschlungen hatte. Die Haut am Hals hatte eine rosa Verfärbung, doch die Wunde, die Aésha in ihrem Traum gesehen hatte, war bereits zum Teil verheilt.

»Hat jemand vielleicht mal einen Schluck Wasser für mich? Ich habe einiges zu erzählen.«

Naomi brachte es ihr mit vorsichtigen Schritten. Ihr Blick verriet ihre Gedanken.

Aésha lächelte leicht. Ja, dies war wirklich die Sumpfhexe.

Eetah trank in großen Schlucken. »Danke, Kind. Gut zu sehen, dass es dir gut geht.«

Naomi hielt einen Augenblick inne, verblüfft darüber, dass sie wusste, wer sie war.

Eetah grinste. Aésha kannte diesen Ausdruck. Die rätselhafte Sumpfhexe war nicht im Begriff, ihr Wissen preiszugeben. Oder wie sie daran gelangt war.

»Was ging in der Hauptstadt vor sich? Wer ist sonst noch entkommen?«, lenkte sie sie auf ein wichtigeres Thema.

Eetah schlug die Augen nieder. »Wenige. Nur wenige. Als ich in Elandor ankam, war der Kampf schon in vollem Gange. Ich stieg durch ein hinteres Fenster in das Haus der Wächter und schlich mich in den Keller. Dort half ich Lilja.

Sie fand kurz zuvor Elea, über die tote Ratswächterin gebeugt, ein Messer in der Hand.«

»NEIN!« Naomis Stuhl kippte nach hinten um, als sie aufsprang.

»Was ist mit Lilja?« Java rührte sich nicht, während er auf die Antwort wartete, die Augen angsterfüllt aufgerissen.

»Sie lebt. Ich kämpfte mich mit ihr durch die Wächter, die sich für Elea und Korún entschieden haben.«

»Und unser Vater? Ist er ... auch auf ihrer Seite?« Diegos Stimme klang trocken und brüchig.

Eetah brauchte einen Moment, ehe sie etwas sagte. »Nein, das war er nicht. Es tut mir leid, Junge. Lilja und Alenia entdeckten, dass Elea ihren Gatten vergiftete, so wie auch schon Wymiot. Sie mischte das Kraut in das Wasser. Alle Wächter tranken es, sie waren kaum in der Lage, sich zu wehren. Thore bekam das meiste, wir wissen nicht, warum.«

Aésha ergriff Diegos Arm. Er zitterte.

»Sie versuchte, die beiden damit wieder nach Elandor zu locken«, wisperte sie.

»Und darum sollte ich hier bleiben«, schlussfolgerte dann Naomi.

Aésha nickte langsam.

»Das heißt, wären wir zurückgekehrt, dann wäre unser Vater jetzt noch am Leben?«, brachte Kalef hervor.

»Möglicherweise. Aber Naomi und ich wären es ganz sicher nicht. Melchior und Rixa hätten die Höhle sofort zum Einsturz gebracht, sobald ihr die Hallen verlassen hättet.«

Die Halbelbin rührte sich nicht, bis Kalef mit Tränen in den Augen aufstand, zu ihr ging, sie von hinten umarmte und auf den Scheitel küsste. In etwa so, wie Diego Aésha noch vor einigen Tagen geküsst hatte.

»Wo ist Lilja jetzt?«, fragte Java.

»Ich habe sie nach Norden geschickt. Sie wird in Enorhaven das nächste Schiff nach Flumentia besteigen. Sie braucht eine Heilung, die sie in diesen Landen nicht kriegen kann. Das Gift und der Kampf haben sie stark geschwächt.« Eetahs Blick wurde leer. »Sie hatten einen Gulhard.«

Das Gesicht des Waldmannes wurde schlagartig kalkweiß. Jonte und Jorne, die in den letzten Tagen sehr schweigsam gewesen waren, japsten auf und Farin ging sogar so weit, sich an die Brust zu fassen.

»Was ist ein Gulhard?«, fragte Diego wissbegierig, wie es seine Natur war.

»Ein Dämon ohne Gewissen. Gulhards entstehen aus Magiern, die bei der Ausübung der dunkelsten Magie ums Leben kommen und ihre Seele verlieren«, erklärte Jorne.

Sofort hatte Aésha ein Bild vor Augen. Ein schwarzer Schatten in der Dunkelheit.

»Einen Gulhard kann nicht jeder einfach so beschwören, vor allem nicht allein«, meinte Farin. »Dazu braucht man Macht und … und …«

Eetah hob die Augenbrauen. »Ich hätte nicht gedacht, dass du dich damit auskennst«, merkte sie ehrlich überrascht an. »Ganz recht. Das geht nicht allein.«

»Lasst mich raten, es braucht dazu drei?«, ahnte Aésha und erntete ein lächelndes Nicken.

»Drei ist eine machtvolle Zahl. Nicht so stark wie Neun, aber stark genug. Sie muss neben Jael noch jemand Drittes gehabt haben. Jemand Mächtiges.«

»Jael. Das hätten wir uns ja denken können«, grunzte Kalef bissig.

»Natürlich, so konnten sie sich die ganze Zeit gegenseitig decken.« Das leuchtete Aésha ein.

»Und somit passt es auch, dass Melchior und Rixa

mitmachen«, fügte Naomi hinzu.

»Alles war von langer Hand geplant und vorbereitet. Mehrere Wächter waren eingeweiht und wussten, was bevorstand. Sie hatten sich schon für ihre Seite entschieden. Korún hat sie benutzt, um die Silvanei zu übernehmen.«

»Aber das verstehe ich nicht ganz. Wenn er Magiebemächtigte so verabscheut, wieso arbeitet er dann in diesen Fällen mit ihnen zusammen?«, fragte Aésha.

Eetah zuckte mit den Schultern. »Ich kenne ihn nicht, aber soweit ich weiß, hat er eine anpassungsfähige Moral. Magie ist anscheinend legitim, wenn sie für seine Zwecke gebraucht wird.«

Naomi lachte freudlos auf.

Aésha sah in die tränenerfüllten Gesichter ihrer Freunde. Fassungslos ging sie im Geiste durch, was sich in der Zeit ihrer Abwesenheit abgespielt hatte. Doch sie hatte noch immer nicht herausfinden können, warum Elea dafür gesorgt hatte, dass Aésha hier in den Hallen landen würde. Hatte sie es überhaupt gewollt? Was hatte sie mit ihr geplant?

»Wir müssen die Hallen der Wächter so schnell wie möglich verlassen und nach Nundinn aufbrechen«, brachte sie es auf den Punkt. »Jonte, Jorne, wisst ihr, ob Lian schon gegangen ist? Wir brauchen unsere Pferde.«

Ihre Onkel sahen einander ernst an. »Wir werden es herausfinden.«

»Morgen Mittag wird Lian mit unseren Pferden das südliche Tor nach Nundinn durchqueren.«

»Sie wird sich als Pferdehändlerin tarnen, um keinen Verdacht zu erregen. Wir werden erst draußen auf sie treffen, wo sie uns die Tiere übergibt.«

Jonte und Jorne hatten fast den gesamten restlichen Tag

gebraucht, um die Pferdepflegerin zu finden. Schließlich wurden sie auch noch auf dem Rückweg aufgehalten. Die Hinrichtung des Hallenmeisters, dessen Amt in etwa vergleichbar war mit dem eines Bürgermeisters, wurde in der großen Halle angekündigt.

Die zuvor noch kritischen Fragen und das aufrührerische Murmeln, das es vielleicht an einigen Ecken gegeben hatte, verstummten.

Die Gruppe fand kaum Schlaf in der letzten Nacht in den Hallen. Sie versuchten, Vorräte zu besorgen, um für die Weiterreise gewappnet zu sein, doch vergeblich. Die Märkte und ihre Stände in dem südlichen Bereich des Berges waren leer.

Eine lange Schlange Flüchtlinge bildete sich und bewegte sich in Richtung Nundinn. Getrieben von Wachen, die ihren Unmut darüber, diesen Dienst zu verrichten, nur zu gern an ihnen ausließen.

Sie hatten sich in kleineren Grüppchen aufgeteilt, Farin war ganz vorn gegangen, doch plötzlich tauchte er wieder vor ihnen auf. »Psst! Wir haben ein Problem.«

»Was ist los?«, fragte Aésha.

»Die Wachen vorn am Tor haben alle Steckbriefe. Ich hörte, wie sie sich beschwerten, dass es noch nicht für alle Diensthabenden reichen würde. Und ich wäre mir nicht sicher, ob eure Verkleidungen ausreichen.«

Diego fluchte leise neben Aésha. Eine vage Beschreibung hätten sie mit ihren Maßnahmen sicher täuschen können. Bei Steckbriefen war das so eine Sache.

Aésha sah rüber zu Naomi. Sie hatte ihre Haare mit dem Ruß aus dem Kamin geschwärzt und eine Mütze aufgesetzt, um sich als Menschenfrau aus der Wüste Maranur auszugeben. Dort, wo ihre Hautfarbe üblich war. Aber dass sie dennoch auffiel, konnten sie nicht verhindern.

Aésha selbst hatte ihre wilden Locken zu einem Zopf geflochten und ein weites Kleid übergezogen, das ihre Figur verbergen sollte. Sie fühlte sich unwohl damit, trug sie sonst nie solche Kleider, doch es erfüllte seinen Zweck. Von der schlanken Statur der jungen Frau war kaum etwas zu erkennen und sie konnte hervorragend ihre Waffen darunter verstecken. Auch wenn das bedeutete, dass sie nicht an ihren Stab kam, ohne das Kleid hochzuraffen.

Unwillkürlich hielt sie nach Maru Ausschau, doch sie war zu auffällig gewesen, um sie bei sich zu behalten. Eetah hatte sie vor ihrem Aufbruch zu einem Lüftungsschacht weiter oben gebracht, damit sie draußen wieder zu ihnen stoßen könnte.

»Dort vorn kommt gleich eine Abzweigung. Ich weiß, was wir machen, folgt mir«, wies Jonte sie an und ging mit seinem Bruder voraus.

Die beiden führten die Gruppe in einen Nebengang und von diesem aus in den nächsten, bis die Höhlen irgendwann immer weniger bewohnt waren. Schließlich gelangten sie an das Ende eines Tunnels, in dem nur noch eine schmale Treppe hinabführte. Hinein in die Tiefe des Berges.

»Hier geht es zu den alten Minen und Gängen der Tunnelgräber. Passt auf, einige von ihnen schleichen sich hier frei herum und die können ziemlich unangenehm werden, wenn man sie auf dem falschen Fuß erwischt. Aber es gibt hier auch einen Ausgang, der nicht bewacht wird. Es wird nur nicht ganz leicht, hindurchzukommen.«

»Das ist Wahnsinn!«, redete Jorne auf ihn ein. »Im Winter?«

»Uns bleibt keine Wahl.«

»Da sind sie!«, schallte plötzlich eine Stimme von der

ersten Stufe.

»Das ist Rixa!«, erkannte Kalef sofort.

»Lauft!« Aésha schob ihn vorwärts und rannte los, um den Anschluss nicht zu verlieren, damit Jonte und Jorne sie vielleicht noch abhängen konnten. Eilig spurteten sie durch die dunklen, nicht mehr so fein säuberlich ausgearbeiteten Gänge. Hier gab es keine Lampen mehr.

Jonte und Jorne ließen Lichtbälle steigen, um ihnen zu leuchten.

Mehr als einmal stolperte Aésha über den unebenen Boden oder stieß mit der Schulter gegen eine spitze Kante in der Wand. Die Enge war bedrückend.

Nach ein paar Biegungen, als sie an einer Kreuzung ankamen, bedeutete Jorne ihnen, leise zu sein, damit ihre Verfolger nicht hören würden, für welchen Gang sie sich entschieden hatten.

Leise schleichend hörten sie nur die Tropfen von Wasser und ein entfernteres, dröhnendes Rauschen.

Aésha wäre fast in Diego hineingelaufen, der direkt vor ihr stehen geblieben war, wie auch Jonte und Jorne vor ihm. Der Gang tat sich zu einer größeren Kammer auf, in der eine schmale Öffnung, gerade groß genug für eine Person, ein sanft schimmerndes Licht durchließ, getrübt durch die Massen an Wasser, die davor hinabprasselten.

»Wir haben Glück, es ist noch nicht gefroren. Rasch, beeilt euch! Wenn sie richtig geraten haben, sind sie nicht mehr weit!«, flüsterte Jonte und wies auf den Wasserfall, der vor dem Höhlenausgang brauste.

Doch sie hatten richtig geraten. Ein Feuerball krachte nur wenige Zentimeter von Aéshas Kopf entfernt gegen die Höhlenwand und blendete sie für einen Augenblick.

»Bleibt, wo ihr seid!«, dröhnte die herrische Stimme

Rixas. Ihr Bruder und einige Wachen tauchten in eben jenem Moment neben ihr auf.

Doch niemand dachte daran, sich zu ergeben.

Erbost sammelte sie ein zweites Mal das Feuer in ihren Händen.

Aésha zog den Schutzschild gerade rechtzeitig hoch, um sie und Diego vor dem Aufprall des flammenden Geschosses zu schützen. So knapp, dass er einen kleinen Aufschrei nicht unterdrücken konnte.

Instinktgesteuert setzte sie direkt zu einem Gegenangriff an und schleuderte einen Energiestoß zurück.

Melchior warf sich dazwischen und lenkte ihn mit seinem Stab in der Hand ab, sodass einer der Wachen von ihm getroffen wurde, aber nicht seine Schwester.

Auch er attackierte gleich darauf, die Gruppe hatte keine Wahl, als sich zu schützen. Sie konnten keine Pause in ihren Schusssalven nutzen, um in das eisige Wasser zu steigen.

Bolzen surrten an ihnen vorbei. Die Wachen hatten ihre Armbrüste bespannt.

»Halte den Schild, Kind!«, rief Eetah nicht weit von Aésha entfernt und stieß ihren schulterhohen Stock in den felsigen Boden. Mit einem Kopfnicken bedeutete sie Jonte, Jorne und Aésha, sich schützend vor dem Rest zu positionieren. Eine dunstig schimmernde Wand baute sich vor ihnen auf.

Hinter ihnen schlüpfte einer nach dem anderen durch den Spalt, der in die Rettung führte.

»Aésha, komm!«, donnerte Diego mit einer erstaunlichen Stärke in seiner Stimme direkt hinter ihr.

Sie wirbelte herum. Er war der Einzige, der noch nicht durch den Spalt aus der Dunkelheit des Berges geflohen war.

»Nun geh schon, Aésha!«, drängte auch Eetah, die Wand

zum Schutz mühsam aufrechterhaltend, die Melchior und Rixa unablässig mit Schüssen traktierten.

Einen letzten Moment zögerte sie, dann ergriff sie Diegos Hand und ließ sich von ihm mit sich ziehen.

Das eisige Wasser stach wie tausend Nadelstiche auf sie ein. Das donnernde, inzwischen gewaltige Tosen der Wassermassen verschluckte jeden anderen Ton. Sie konnte noch sehen, wie Diegos Lippen etwas formten, bevor er von der kalten Flut mitgerissen wurde, so wie sie schon zwei Sekunden später.

Sie drehte sich, die Luft anhaltend, zweimal, dreimal, bis sie nicht mehr wusste, wo oben und unten war. Davontreibend in der Schwärze der Dunkelheit versuchte sie, sich dem Strom anzupassen, um möglichst bald an die Oberfläche getrieben zu werden, doch das Kleid hatte sich vollgesogen und zog sie immer weiter in die Tiefe.

Aésha strampelte, doch der schwere Stoff wirkte wie ein Anker. Sie war fast versucht, aufzuschreien. Nein! Die Luft in ihren Lungen war verbraucht, ihr Brustkorb brannte, da ergriff sie endlich eine Hand am Arm.

Hustend und Wasser spuckend schleppte sie sich von Diego gezogen ans Ufer.

»Aésha, ist alles in Ordnung mit dir?«, vergewisserte er sich besorgt.

Zitternd nickte sie. »I-ich-ich muss aus diesem Kleid r-r-raus«, stotterte sie und sah sich um.

Gerade bemerkte sie, dass Naomi über Kalef gebeugt war, der sich offensichtlich im Wasser am Bein verletzt hatte, da erschütterte ein tiefes, dunkles und lautes Grollen den Berg.

Etwas Großes und eigenartig Geformtes flog durch den Wasserfall wie ein verunstalteter Vogel. Mit zusammengekniffenen Augen erkannte sie Eetah, die ihre Gestalt verändert hatte. Ehrfürchtig verfolgte sie ihren Flug und bewunderte die Fähigkeiten der rätselhaften Frau, bis sie die Schlammspritzer und Steine bemerkte, die ihr folgten. Im Gegensatz zu zwei gewissen Onkeln, die noch hinter ihr waren.

»Jonte! Jorne!«

Anmutig und beinahe sanft landete Eetah mit schwarzblauen Federn in den Haaren auf den Schultern vor ihr und schenkte ihr einen langen, zunächst undeutbaren Blick.

Es dauerte endlose Sekunden, bis Aésha verstand, dass es Trost war, den sie ihr vermittelte.

»Nein!«

»Aésha, es tut mir leid. Sie haben den Gang zum Einsturz gebracht, um dich zu retten. DU musst überleben. Du bist die Seherin.«

Aésha fiel auf die Knie. Ihr war nicht mehr kalt. Und wenn, dann spürte sie es nicht. Sie fühlte gar nichts mehr. Da hatte sie endlich jemanden aus ihrer Familie gefunden und ihnen war kaum Zeit vergönnt gewesen. Sie war mitunter sogar ungern zu ihnen gegangen. Sie hätte viel mehr …

»Wir müssen hier weg. Lian wird nicht ewig auf uns warten können«, hörte sie Diegos Drängen wie aus weiter Ferne.

Jemand ergriff sie an den Armen und zog sie fort. Fort von dem Fluss, der nun graues Wasser führte. Grau von all dem Staub.

Sie kletterten die Hänge hinab.

Aésha zog sich das Kleid aus und ließ es einfach liegen. In ihrer Hose fühlte sie sich deutlich wohler.

»Wie hast du das gemacht?«, durchbrach Kalef plötzlich

die Stille.

»Hm?«

»Du hast ohne Stab Magie gewirkt.«

»Hab' ich das?« Ihr Kopf war zu leer, um sich damit zu beschäftigen. War es überhaupt wichtig?

Diego legte eine Hand auf die Schulter seines Bruders und schüttelte den Kopf. Seine Lippen formten ein unhörbares »Später.«

Sie trafen Lian hinter einer Brücke, die abseits der üblichen Handelsroute lag.

»Hier entlang geht es zu den Sümpfen neben dem Berg. Die Straße besteht eigentlich nur, um Wachposten einen Weg zu bieten«, keuchte Java.

Aésha ergriff den Knauf am Sattel ihres Pferdes und zog sich hinauf. Gerade drehte sie sich noch einmal um, um zu prüfen, ob die anderen auch schon aufgesessen waren, da entdeckte sie einen Schatten auf der anderen Seite der Brücke. Jemand war ihnen gefolgt.

»Lian, halt!«, schrie sie aus Leibeskräften, doch die Wächterin war schon auf der deckungslosen Brücke. Eine Gestalt erhob sich hinter einem Felsen.

Jemand, den sie kannte. Ein riesiger, bärtiger Hüne, von dem sie bis eben gedacht hatte, er wäre im großen Wald gestorben. Zerfetzt von einem Dämon oder Nachtmahr.

Sinan legte an und zielte, gerade als Lian die Bedrohung entdeckte und sich umdrehte, um davonzulaufen.

Sie war schnell. Sie hatte kräftige Beine vom täglichen Reiten, mit dem sie die Pferde in ihrer Obhut bewegte. Doch ein Bolzen flog schneller, als jeder Mensch, Elb oder Zwerg rennen konnte.

Aésha hob die Hände, konzentrierte sich und fixierte die

Armbrust.

Wie von einer Schlange gebissen, schleuderte Sinan die Waffe von sich, die in diesem Moment in Flammen aufging.

Im selben Moment fiel Lian und landete auf dem letzten Stück der Brücke. Ein Bolzen, fast schon winzig, ragte aus ihrem Rücken.

Aésha war nicht schnell genug gewesen.

»NEEEIN!«, schrie sie auf. Nicht noch jemand! Sie war doch unschuldig! Sie hatte nichts anderes getan, als das, worum sie jemand gebeten hatte! Ihnen zu helfen. Diesen Leuten, die sie kaum kannte.

Heulend vor Wut sprang Aésha von ihrem Pferd.

»Aésha, nein, was tust du?«

Sie hörte es nicht, sie rannte. Sprintete auf die Brücke zu. Schier unerschöpfliche Kraft durchströmte ihre Muskeln, ihre Sprünge waren weiter als je zuvor. Sie musste ihr helfen. Vielleicht war es noch nicht zu spät. Vielleicht konnte sie sie heilen!

Nur aus den Augenwinkeln nahm sie verschwommen wahr, wie jemand an ihr vorbeirauschte.

Es war Eetah, zur Hälfte verwandelt, ihren Stock schwingend, den sie kurz vor Aésha auf die Brücke schlug und sie mit einem Arm aufhielt.

Aésha wurde zurückgeschleudert und konnte nur noch mit aufgerissenen Augen sehen, wie der schmale Übergang zur anderen Seite Risse bekam, bröckelte und dann mit Lians Körper in die Tiefe stürzte.

Sinan blieb auf der anderen Seite. Er lachte und deutete auf sie, bevor er hinter den Felsen verschwand.

»Nein! Nein! Warum hast du das getan?!«

»Weil du leben musst, verdammt! Ich hab‘ es doch eben schon gesagt, du bist die Seherin!«

Aésha blickte sie durch den Schleier ihrer Tränen an. »Was meinst du damit, ich bin die Seherin? Es gibt viele Seher!«

»Nicht mehr. Und keine ist wie du. Du bist eine Hallinor, du bist die größte Gefahr, vor der Korún sich fürchtet.«

ENDE

Über die Autorin

Johanna B. Becking ist das Pseudonym der Hamburgerin Bendte Wehner, die am 23.07.1989 in der Hansestadt geboren wurde und ungefähr sechs Jahre später ihre erste Geschichte »Der Zahn des Nikolaus« zu Papier brachte. Während dieses Erstlingswerk seitdem liebevoll von ihrer Großmutter behütet wird, schrieb sie unerbittlich weiter. Jetzt möchte sie, dass ihre Geschichten gelesen werden. Zu ihren Hobbies gehört die kreative Entfaltung jeglicher Art, sei es in Schriftform, als Bild oder Strickmuster, sowie die Flucht in andere Welten, ob in einem Buch, in dem sie versinkt oder auch Computerspiel. Jedoch ist sie als eine der wenigen in ihrer Familie absolut unbegabt in der Beherrschung sämtlicher Instrumente. Wirklich absolut unbegabt.

Danksagung

Es gibt so viele Menschen, die mich in den letzten Jahren dabei unterstützt haben, dieses Buch zu schreiben und so viele haben ein unglaublich fettes Dankeschön verdient! Danke, für‘s an mich glauben, für das Verständnis, für die vielen Ideen, Gespräche, den Trost und das Feedback.

Ich werde wenig Namen nennen, denn so wie ich mich kenne, vergesse ich mindestens eine ganz wichtige Person, die dann furchtbar enttäuscht ist.

Meiner Familie gebührt Dank für’s immer wieder nachhaken, für jedes »Das schaffst du!« und vor allem meiner Tochter für den Stolz, den sie mich spüren lässt, wenn sie jemandem erzählt, dass ihre Mama Bücher schreibt. Es lässt sich kaum in Worte fassen, wie mir dabei das Herz aufgeht.

Ich danke auch meinen Freunden, die sich immer freuen, mich zu sehen, auch wenn ich mich wochenlang in mein Schreibnirvana verkrochen habe und mich nicht blicken ließ. Die mich stets ermutigt haben und sich tatsächlich mein Buch bestellen, um es zu lesen.

Dann gibt es da noch so viele Menschen, die im Hintergrund mit an einem Buch wirken und dabei oft viel zu unsichtbar bleiben. Das wären zuallererst natürlich der Verlag Hawkify Books und damit Falkenmama Svenja selbst, aber auch Katherina die Lektorin, Regina die Korrektorin und die wahnsinnig vielen Autoren, die inzwischen meinen Freundeskreis füllen, ohne die dieses Buch nie so geworden wäre, wie es jetzt ist.

Und niemals dürfte ich es versäumen, Jaqueline Kropmanns für dieses unsagbar wahnsinnige Cover zu danken!

Nicht zu vergessen die Testleser und Blogger, genau wie die vielen Menschen, die mir über die sozialen Netzwerke schreiben und mir als Autorin folgen. Ich freue mich über jeden von euch!

Ich bin Chloe Sanchez, Halbdämonin und Privatdetektivin. Eigentlich hatte ich diesen Freitag nur vor, Mr. Allingston beim Fremdgehen zu überführen, da läuft mir doch ausgerechnet der verdammte Dämonenprinz höchstpersönlich vor meine Karre! Blutüberströmt… von Vampiren und Ghulen verfolgt.
Mir bleibt keine andere Wahl, als den verwöhnten Prinzen mit in mein Büro zu nehmen. Hätte ich geahnt, was auf mich zukommt, als er mich daraufhin anheuert, hätte ich mir das zwei Mal überlegt und ihn vielleicht doch den Blutsaugern überlassen. Ausgerechnet ich soll Beweise gegen das Arschloch finden, das es auf ihn abgesehen hat.
Und ab da ist die Kacke am Dampfen: Ein Prinz, der mir näher kommt, als mir lieb ist, von einem Golem verfolgt und mit der alten Baba Yaga konfrontiert. Ich muss sagen, dass mir die Untreue von Mr. Allingston erstmal scheißegal ist…

Dies ist der erste Band einer Dilogie

Hexen. Es gibt sie wirklich. Schon lange zaubern sie nicht mehr mit Zauberstäben und Büchern, denn sie haben sich angepasst. Sie leben mit und unter uns. Doch für wie lange noch?
Immer mehr Hexen verschwinden spurlos oder werden ermordet an den dunkelsten Orten Chicagos aufgefunden. Die 23-jährige Kunststudentin Marjory Loving ahnt nichts von der Gefahr, die auch hinter ihr lauert, denn sie gehört einem 7-köpfigen Hexenzirkel an, mit dem sie aber nichts zu tun haben will.
Als ihre Cousine Phaedra jedoch vor ihren Augen von furchteinflößenden Männern entführt wird, entschließt sie sich, dem nachzugehen. Die Welt, die sich ihr nun offenbart, lässt Marjory an allem zweifeln, was sie bisher kannte, und im Kampf gegen eine noch unbekannte Gefahr soll sie sich dem Zirkel erneut anschließen.
Doch was steckt hinter diesem Blutschwur, vor dem jeder sie zu warnen versucht? Ist sie wirklich dazu bereit, alles hinter sich zu lassen und ihr komplettes Leben für die Hexen aufzugeben?

Adele liebt das Meer auf eine ganz besondere Weise, mehr noch als das Kitesurfen oder Singen. Eigentlich scheint das Leben mit ihrer Großmutter perfekt, all das ändert sich jedoch in nur einer Nacht.

Als ihre Klassenkameradin Conny eine Kette mit einer grünen Perle geschenkt bekommt, steht ihr Leben plötzlich Kopf. Noch nie hat sie sich so sehr zu etwas hingezogen gefühlt, nicht einmal zum Meer. Geheimnisvolle Stimmen fordern von ihr, die Perle in ihren Besitz zu bringen.

Wie hätte sie ahnen können, was sie damit ins Rollen bringt? Ihr Schicksal ist fortan eng an das anderer gebunden, denn sie ist nicht allein; fünf Perlen, fünf Mädchen.
Doch nicht nur Eingeweihte kennen ihr Geheimnis. Dabei ist die Frage, die Adele sich eigentlich stellen sollte: Warum der Tod ihrer Mutter der Grund für all das sein könnte?

Die Geschwister Joe und Lexi hatten ihre Zukunft genau geplant. Zum Studieren an die Westküste, weg von der Familie. Doch es kommt alles anders und ein grausamer Autounfall reißt Lexi aus dem Leben ihres Bruders.

Zwei Jahre nach dem Tod seiner Schwester hat sich Joe's Leben langsam wieder normalisiert. Doch, als hätte er mit seiner Trauer nicht schon genug zu kämpfen, tauchen in Boston Menschen auf, die in Flammen aufgehen, ohne zu sterben, und versetzen die Bewohner in Angst und Schrecken. Die Medien sind voll von den mysteriösen Flammenmenschen, deren Herkunft sich keiner erklären kann.

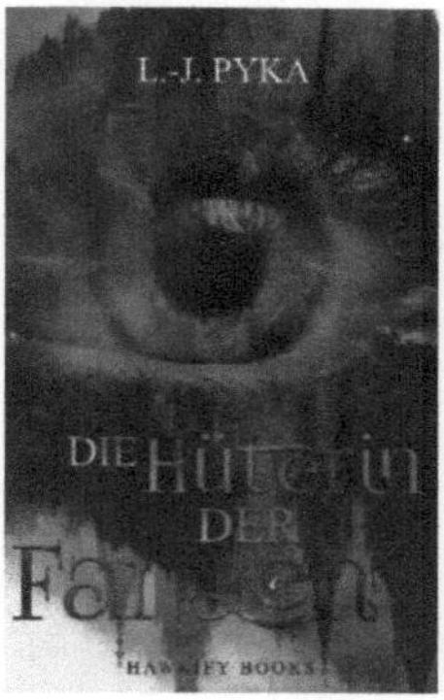

Mit gerade einmal 17 Jahren hat Haley alles verloren: Ihre Eltern sind tot, und sie muss ihre Freunde ebenso verlassen, wie ihre Heimat New York. Doch bei ihrer Tante Helen wird das Leben nicht besser. Die junge Schülerin findet keinen Anschluss und zieht sich immer mehr zurück. Bald ist ihr Alltag nur noch von tristen Gedanken geprägt, die eines Tages Realität werden.
Denn plötzlich erwacht Haley in der grauen Welt von Zirkonia. Hier gibt es keine Farben, keine Freude – Nichts. Nur die graue Maus Tabby, von der Haley erfährt, dass sie erst wieder in ihr altes Leben zurückkehren kann, wenn sie alle Farben wiedergefunden hat.

In einer Welt, in der die **Wahrheit** alles ist, was zählt, kann eine einzige **Lüge** alles verändern.

Seit Melia denken kann, ist Lügen in Mentira streng verboten. Doch außerhalb der Stadtmauern liegt eine Welt, in der die Wahrheit kein Gewicht hat. Als Melia einen wichtigen Auftrag bekommt, gerät das Vertrauen in ihre Schwesternschaft immer mehr ins Wanken. Sie nimmt all ihren Mut zusammen und flieht. In Sombra, der Schattenstadt, erhofft sie sich endlich die Antworten zu finden, die sie in Mentira vergeblich gesucht hat.

Doch die fremde Stadt birgt ein dunkles Geheimnis. Niemand spricht über die Dunkelheit, die die Menschen befällt und ihnen jegliches Gewissen raubt. Wird Melia den Schatten der Stadt entkommen, oder wird auch ihre reine Seele der dunklen Seite zum Opfer fallen?